신서로
장편소설

피어
클리벤의
금화 6

황금가지

피어클리벤의금화 6 목차

제 1장

울리케는 정신이 돌아오자마자 외마디 소리를 내지르고 눈을 부릅뜨며 몸을 일으켰다. 하지만 까마귀와 인간의 사지가 갖는 감각의 차이 사이에서 순간적으로 몸의 통제를 헷갈려 버린 데다 스스로가 어디서 누워 있었는지도 잊고 있었던 탓에, 그만 거하게 집무실의 간이 침상에서 굴러떨어지고 말았다. 평소라면 바닥에 찍어 버린 무릎을 붙잡고 한동안 낑낑거렸을 테지만, 지금은 그럴 여유가 없다. 울리케는 이빨 사이로 바람 들이마시는 소리를 내며 집무실을 가로질러 문을 벌컥 연다. 새하얀 눈발과 냉기가 훅 들이닥쳤다.

"행정관님?"

그리젤의 까마귀 금고 단원 하나가 공관 앞을 지나다 그를 보고 아는 체를 한다. 둘러보니 연병장과 성벽 위에 무장한 단원들이 평소보다 훨씬 많이 보였다. 필시 아이비레인의 내방에 대비한 것이리라. 하지만 울리케는 지금 이런 것들에 신경 쓸 여지가 없기에, 곧장 안뜰을 가로질러 성의 본관으로 달려갔다. 마주치는 모든 이들을 무시하며 울리케는 시그리드의 방으로 들이닥친다.

"누님?"

누이가 때려 부수듯 문을 열고 나타나자 놀란 발프리드가 딸꾹질하듯 물었다. 울리케는 이 역시 무시한다. 침상에서 일어나 앉은 채 미간을 온통 찡그리고, 늘 그렇듯 마법의 여파로 인한 통증을 삭이던 시그리드가 팔찌를 풀어 건네주었다.

"아가씨가 쓰세요. 전 토할 것 같군요……."

"알겠어요."

바로 이것 때문에 온 것이다. 울리케는 팔찌를 끼고 곧바로 심상의 원화를 시도해 보았으나, 예상했던 대로 응답은 없다. 울리케는 심각한 얼굴로 시그리드에게 말했다.

"……역시 파마의 결계가 완성된 거네요. 하지만 어떻게 그럴 수가 있죠? 진중의 경계를 뚫는 게 그리 쉬운 일이었을까요?"

"진중 안에 이미 포섭된 협력자들이 있을 수 있겠죠. 종군 상단의 일꾼들까지 일일이 감시하진 않으니까요. 아룬드 소백작과 황녀 전하도 위장 상단으로 잠입할 수 있었잖아요? 그리고 아가씨는 바로 며칠 전, 소로드와 함께 직접 파마의 결계를 해체했어요. 그게 설치하기 어려운 거였나요?"

결코 아니다. 파마의 결계는 여섯 개의 검은 말뚝을 여섯 방위의 지점에 제대로 박아넣기만 하면 작동하는 것이었다. 물론 각각의 말뚝을 식별하고 현장 상황의 변수에 따라 위치를 새로이 계산해야 하는 번거로움이 존재하긴 했지만 결계를 설치하는 일 자체는 그저 단순한 작업이었다.

그리고 그게 이 기술의 가장 무서운 점이었다. 교육을 조금만 받으면 거의 누구라도, 거의 어디에든 마법을 봉인하는 영역을 설정할 수 있는 것이다. 게다가 이 결계를 구성하는 지주(支柱)들은 그 자체로 파마의 물건이기에, 마법적인 방법으로는 아예 탐지가 불가능했다. 물론 일전에 경험했듯 울리케만은 예외였다. 어떻게 그것이 가능한지는 아무도 설명할 수 없었지만.

"······진중의 마법사들이 모두 힘을 억제당하면 육왕의 서리심에게 대항할 수 없어요. 저는 아까 그게 얼마나 어려운 일인지 보았어요."

"그렇겠죠."

발프리드가 내민 차를 단숨에 들이켜고 마침내 조금 편안해진 시그리드가 울리케의 말에 대답했다. 둘은 잠시 우울한 침묵을 공유한다. 울리케는 서리심의 겨울 자체가 불러일으키는 불가항력의 공포와 암담함을 내내 떠올리다 문득 물었다.

"뉘르뉴는요?"

"부엌에 있어요."

대답한 건 발프리드였다. 울리케는 기묘한 표정으로 다시 묻는다.

"거기서 뭘 한대?"

"……계속 뭘 먹습니다."

발프리드가 어색하게 말한다. 울리케는 멍하니 동생을 보다가 시그리드에게 묻는다.

"아이비레인이 언제쯤 온다고 했죠?"

"아까 반나절이라 했으니, 이제 얼마 남지 않았어요."

"어떻게 대응하기로 했나요? 그리젤의 단원들이 부쩍 늘어난 걸 보긴 했는데, 그게 의미가 있나요?"

"저도 사실 없다고 생각하지만, 무방비하게 있을 수는 없으니까요. 일종의 요식 행위죠."

시그리드는 회의에서 나누었던 말들을 정리해서 울리케에게 들려주었다. 울리케는 로릭스데를 인질 삼는다는 방안에 대해 미간을 찌푸렸고, 파마의 결계로 용을 위협한다는 이야기엔 아예 정색을 했다. 끝내 약간은 질책하듯 시그리드에게 묻게 된다.

"그렇게까지 할 필요가 있다고 생각하셨어요?"

"아이비레인은 빌러디저드와 달라요. 아주 다르죠. 그가 여태껏 보인 태도와 했던 일들을 생각해 볼 때, 이 정도는 되어야 한다고 생각했어요. 뉘르뉴가 없었다면 저는 분명 두 가지 방안 모두 강력하게 추진했을 겁니다. 백작 부인께서 과연 이걸 말리셨을까요?"

울리케는 할 말이 없어졌다. 침울해 보이는 그를 향해, 시그리드는 피식 웃더니 말을 덧붙였다.

"어쩔 수 없는 일은 받아들일 줄 알아야 해요. 이럴 때는 쉴 수 있다고 기뻐하는 게 낫죠. 가서 뉘르뉴에게 뭘 좀 만들어 주는 게 어때요? 그가 다시 서리심으로 돌아가게 된다면, 지금이 따스한 음식을 먹을 마지막 기회일지도 모르니까요."

크누드의 주장은 곧바로 후작의 호위병들에게 제지당했다. 대장으로 보이는 자가 검을 뽑으며 곧장 이렇게 외쳤다.

"불가하오! 이건 납치요!"

"마침 딱 그렇게 보이긴 하겠습니다만,"

크누드는 시야프리테로부터 그림니르를 건네받아 등에 지고 있던 새장 안에 넣으며 대꾸했다.

"지금 이 진중에 이 정도의 중상으로부터 각하를 구할 수 있는 사람이 있습니까? 모든 마법사들이 무력화된 상황인데요? 이대로 두면 감자 한 알 찔 시간에 각하는 확실히 죽습니다. 뉘른스에크 성안에 각하를 치료할 수단이 있다고요! 경은 그보다, 각하를 저격한 놈을 찾는 게 더 낫지 않겠습니까?"

"치료사더러 오라고 하시오! 각하는 모셔갈 수 없소!"

크누드는 답답함이 도달한 짜증을 만면에 드러내며 호위대장을 쳐다보았지만 그를 비롯한 호위대 모두가 발검을 한 채 물러서지 않는다. 동편 하늘은 다시 새하얗게 뒤덮이고, 음울한 바람 소리가 점점 거세지는 게 들려왔다. 훈기의 방패가 없다면 이들은 모두 다 죽고 말 거다. 크누드는 그렇게 확신했다. 그때, 후작을 살피던 시야프리테가 고개를 들고 호위대장에게 소리 질렀다.

"오다가다 정말 죽는다고요! 그리고 올 때까지 버티실 수는 있겠어요? 곧 다 얼어 죽을 지경이 될 텐데?"

"아무튼 안 돼! 각하는 여기 계실 거다!"

크누드는 그렇게 맞받아치는 호위대장의 칼끝이 시야프리테에게 향하는 걸 본다. 이들이 무얼 염려하는지를 모르진 않았지만, 아무리 그래도 이렇게까지 답답하게 나올 일인가? 크누드는 그렇게 생각하며 잔뜩 찌푸린 얼굴로 호위대장을 보았다. 그 단단히 굳은 표정과 단호한 입매를. 그리고 살짝 떨리는 눈동자까지.

"시야프리테."

그때 크누드와 정확히 똑같은 걸 포착한 라그나가 나직이 속삭였다.

"이들을 물러나게 해. 아무래도 딴생각이 있는 것 같다."

"예?"

당황한 시야프리테가 되묻는 순간, 호위대장의 검이 라그나를 찔러 들어갔다. 옆에서 지키고 있던 랄로프의 방패가 그걸 튕겨냄과 동시에, 그의 검이 검집째로 호위대장의 목을 때렸다. 다음 순간 호위대 전원이 일행에게 달려들기 시작했다.

"시야프리테! 어서! 우리 수가 부족해!"

라그나는 그렇게 소리쳤지만 조금도 당황한 기색 없이 쌍단창을 휘두르며 자신에게 쏟아지는 협공을 끊어 내는 것이 그저 뜨개질을 하는 듯 평온해 보였다. 랄로프도 보조개가 팰 정도로 만면에 화색을 띄우곤 참으로 오랜만에 몸을 푼다는 듯 날뛰어 댄다. 한편 브륀힐데는 몇 차례 쇠뇌를 겨누긴 했지만, 뭔가가 마음에 걸린 듯 방아쇠를 당기지는 못했다. 결국 시야프리테는 외친다.

"공격! 중상은 입히지 말아요!"

마흔 구의 드라우그르 용병들이 거들기 시작하자 마침내 스물 남짓한 호위대들과 뒤엉킨 난전이 도래했다. 결코 다시 죽거나 고통을 느끼지 않는 상대를 향해 무기를 휘두른다는 것은 헛된 일이었으므로 드라우그르 용병들이 참전하자 호위대들은 빠르게 전의를 상실했다. 용병들은 시야프리테의 지시를 착실히 지켜 그들의 급소를 노리지 않았고, 라그나와 랄로프 또한 마찬가지였기에 호위대 가운데 몇몇이 가벼운 상처를 입는 데서 그친다. 싸움이 일단락되자 라그나는 시야프리테를 통해 드라우그르 용병들이 후작과 자신들을 둘러싸고 방패 벽을 세우도록 지시한다.

한편, 크누드는 싸움에 참가하지 않고 그저 이 난장판을 묵묵히 지켜보았다. 사생결단을 낼 듯이 맹렬하게 덤비는 것은 호위대장과 그 측근으로 보이는 몇이 전부였을 뿐 호위대 전부가 이 싸움에 적극적인 것은 아니라는 걸 그는 간파해 낸다.

"아무래도 경은 배신자인 것 같군요."

랄로프의 애검, 바람잡이의 검파두식에 얻어맞아 앞니가 부러지는 바람에 바닥에 시뻘건 피를 뱉고 있던 호위대장이 사납게 눈을 치켜뜨며 크누드를 보았다. 크누드는 계속 말한다.

"어째 각하가 너무 어이없이 저격당했다고 생각했죠. 호위대장의 목을 내놓을 일 아닙니까? 지금도 각하는 시시각각 죽어가고 계시는데요."

호위대장이 새는 발음으로 받아쳤다.

"······닥치시오. 뭘 안다고!"

"여긴 정말 분열이 끝도 없네요. 삼류 용병 부대도 이러지는 않겠습니다."

"이게 무슨 개판인가!"

그때, 이런 고함과 함께 나타난 것은 바로 그렐카 라르그문드 백작이었다. 모포에 말려 들것에 실린 마법사 패스트리드와 후작의 제자인 프로드나르, 그리고 나글핀넬 기주라가 한 무리의 특수전대들에 의해 이송되고 있었다. 라르그문드 백작은 파마의 결계가 작동한 것을 깨닫자마자 휘하 관리에 있는 마법사들을 모두 데리고 결계 바깥으로 돌파해 나가기 위해 곧장 움직인 것이다. 그 신속한 조치에 감탄하면서, 라그나는 그들 가운데서 일전 한 번 보았던, 예종사 란미르와 헤르미르의 얼굴과 이름을 기억해 낸다. 백작은 뻣뻣한 얼굴로 싸움의 흔적과, 쓰러져 정신을 잃은 채인 후작을 본다. 백작의 노호성이 다시 좌중의 한가운데에 작렬했다.

"설명해! 이게 무슨 일이지?"

"파마의 결계가 펼쳐진 것은 아시겠지요? 후작 각하께서 저격당하셨습니다. 저희는 황녀 전하의 하그비르크로 각하를 살릴 수 있을 거라 생각합니다. 다만 그 호위대는 그렇게 생각하지 않는 것 같군요."

크누드의 대답이었다. 그렐카는 피를 흘리며 씨근덕거리고 있는 호위대장을 일별하더니 길게 생각하지 않고 다음 명령을 내렸다.

"체포해! 무장 해제하고 포박해라!"

"잠시만요, 백작 각하."

크누드가 갑자기 나서서 그를 제지한다. 단장 그리젤의 얼굴과 눈빛을 쏙 빼닮은 그렐카의 날카로운 시선이 자신을 향하자, 크누드는 은연중 식은땀을 흘리면서도 제 할 말을 이어 나간다.

"이제 곧, 서리심의 끔찍한 겨울이 다시 여길 뒤덮을 거라 예상합니다. 마법사들의 도움을 받지 못하는 이상 저항은 거의 불가능하며, 이 진중의 절반 이상이 그저 얼어 죽을 겁니다. 지금 우선 생각해야 할 것은 퇴각입니다. 이 파마의 결계 바깥으로요. 호위대장의 처분 같은 문제로 시간을 쓸 수는 없습니다."

"동의하네만, 다른 부대의 지휘관들이 내 의견을 듣진 않을

걸세."

딱 잘라 말하던 그렐카의 시선이 후작의 파리한 안색에 머문다. 그의 말이 이어졌다.

"파마의 결계 안에서도 특수전대의 호신부는 절반 정도는 제 기능을 하니, 우리가 길을 열지. 최단 거리로 뉘른스에크에 도달한다!"

곧 후작이 들것에 실리고 예종사들이 그를 든다. 라르그문드 백작은 드라우그르 용병들에 관해 물었고, 크누드는 숨기지 않고 설명해 주었다. 잠시 생각하던 그렐카는 다시 묻는다.

"그럼 이들도 파마의 결계나 서리심의 겨울 안에서 아무런 문제 없이 활동할 수 있겠군?"

"그럴 겁니다. 다만 지휘관이 문제죠."

크누드가 턱으로 시야프리테를 가리키며 말했다. 그때, 동편 하늘로부터 찢어지는 듯한 울음소리들이 터져 나오며 수십 마리의 와이번 떼가 나타났다. 진중에 고함과 명령이 빗발치기 시작한다.

"빠져나간다!"

라르그문드 백작이 소리 질렀다. 특수전대원들이 네 개의 들것을 들고 열을 맞춰 달리고, 드라우그르 용병들이 스물씩 좌우에서 호위하는 듯한 형태가 되었다. 크누드와 모험가들은 시야프리테와 나귀 유슬리스를 보호하며 행렬의 맨 앞을 잡아나갔다.

그러던 그들의 앞에 정신을 잃은 베르벳을 들쳐 업은 우스칼드가 자신의 호위대와 함께 나타났다.

"라르그문드 백작!"

"우스칼드! 따라붙으시오!"

그렐카는 다짜고짜 짧게 명령했다. 이 결계의 바깥으로 나가기 전에 서리심의 겨울이 들이닥치면 끝장이다. 그 사실을 주지한 모두의 마음이 급했다.

우스칼드는 숨을 헐떡이면서도 베르벳을 하인이나 자신의 호위들에게 넘기지 않고 행렬의 선두에 끼었다. 그의 호위대 또한 우스칼드의 뒤를 따랐다.

"문제는 이 결계의 끝이 어딘지를 알 도리가 없다는 겁니다! 최악의 경우, 발트부름의 결계와 맞닿아 있을 수도 있죠! 그럼 퇴로는 이쪽이 아닌 거고요!"

크누드가 급격히 떨어지는 온도와 거세지는 바람을 이기기 위해 악을 쓰며 그렐카를 향해 소리쳤다. 백작은 맹렬하게 대꾸한다.

"할 수 없지! 운을 걸어 볼 수밖에!"

이제 명령 체계가 완전히 분열된 아우스뉘르 진중의 모든 개별 부대들이 저마다 움직이고 있었다. 시야프리테의 밝은 귀엔 어느 용병단들이 퇴각을 소리치며 달리는 소리가 들렸고, 또 어느 부대는 끝끝내 용노포를 부숴야 이 저주받을 상황이 끝난다며 아우성이었다. 그래도 진중의 지휘관들 대부분은 결계의 바깥으로 내빼야 한다는 점에 생각이 도달한 것 같았다. 그 가운데 가장 시끄럽게 법석을 피우는 쪽은 종군 상단들이었다.

"기다려! 살려주게!"

바로 이 예툰드 상회처럼 말이다. 새파랗게 질린 비드리가 자신의 상단 수레짐 쪽에서 발을 동동 구르다 행렬을 발견하고는 믿을 수 없는 속도로 달려와 소리쳤다.

"어딜 가는 거요? 같이 가시오!"

비드리가 숨넘어가는 소리로 크누드를 향해 외쳤다. 크누드가 뭐라 대답하기도 전, 그렐카가 잡아먹을 듯이 소리 지른다.

"따라오든 말든 맘대로 해라! 기다려 주지는 않겠다!"

목책과 망루가 세워진 진중의 경계가 멀지 않았다. 라그나가 쳐다보니 망루 위의 경계병들은 이미 어디론가 사라지고 없었다. 다시금 하늘이 울었고, 모두가 줄달음치던 어느 순간, 마침내 도착한 겨울이 그대로 만물을 집어삼키고 만다. 훈기의 방패 없이 서리심의 겨울을 처음 경험하는 이들은 모두가 하나같이 끔찍한 신음을 토했다. 아니, 경험했던 이들 또한 마찬가지였다. 그야말로 한도 끝도 없는 듯 침강하는 기온의 나락이, 들이마시는 숨을 통해 폐부를 찔러 댄다. 반사적으로 새어 나온 눈물이 앞을 가리다 눈꼬리에서 얼어붙으며 귀는 떨어져 나갈 것 같았다. 완전히 희뿌옇게 틀어막힌 사위에서, 식별되는 것은 오직 바로 앞뒤의 사람들뿐이었다. 이 가운데서 인간이 할 수 있는 일이란 겨우 걸음을 떼는 정도가 고작일 테다. 마법 호신부들로 보호받는 예종사들과, 이미 한번 겨울에 삼켜졌던 드라우그르 용병들만이 이 겨울에 저항할 수 있었다. 라르그문드 백작이 벽력같은 고함을 질렀다.

"대열을 유지해라! 예종사들이 길을 잡는다! 헤르미르, 앞으로 가! 란미르, 경계를 단단히 해라!"

라그나도 질세라 악을 썼다.

"시야프리테! 용병들에게 하늘을 경계하라고 해!"

눈보라를 뚫고 볼 수 있는 그들의 눈에, 마침내 덮쳐 온 거대한 그림자가 포착되었다. 예종사 란미르가 백색 장막의 한중간을 향해 검을 세우며 소리쳤다.

"와이번! 옵니다!"

미스미르드군은 이제 전술을 바꾼 것 같았다. 단단하게 뭉쳤던 아우스뉘르군의 대형이 모두 산개된 상황이라 더 트롤들의 돌파력이 필요하지 않거니와, 파마의 결계 바깥으로 빠져나가기 전 도망치는 아우스뉘르군을 따라잡아 최대한의 피해를 입혀야 했기 때문이다. 그래서 아까와는 다르게 와이번들을 먼저 적극적으로 출격시킨 것이리라. 눈보라의 벽 너머 공중에서 별안간 튀어나오는 이들의 공격은, 그것을 사전에 꿰뚫어 볼 수단이 없는 이상 언제나 성공적인 기습이 된다. 하지만 착용한 호신부들을 통해, 감각을 마비시키는 서리심의 겨울을 어느 정도 극복할 수 있는 드레스바르프의 특수전대들인만큼, 이따위 기습은 용납하지 않는다.

"백작 각하! 예종사들이 감당할 필요가 없습니다! 이쪽
이……!"

"란미르! 모두 물러나!"

크누드가 소리치자마자 그 의도를 파악하고 지시를 내리는
그렐카였다. 다음 순간 귀를 손으로 싸매고 있던 시야프리테에
게 라그나가 무어라 윽박질렀고, 류그라 소녀의 서툰 호령에
이끌린 드라우그르 용병들이 장막을 찢으며 나타난 와이번을
향해 기다렸다는 듯 쇄도했다. 기습을 자신하며 나타난 마수가
오히려 그 뱀 같은 목을 휘청이며 경악할 만한 대응이었다. 와
이번은 곧바로 자신에게 달려드는 가장 가까운 드라우그르 용
병에게 그 송곳니를 박아 넣었으나, 곧바로 뭔가 완전히 잘못
되었다는 걸 깨닫고 만다. 스며드는 죽음이라는 이명을 가진,
이 마수의 맹독이 드라우그르 용병들을 대상으로 할 수 있는
일은 없었다. 이들은 이미 죽었으므로.

"쳐라!"

거기에 다른 드라우그르 용병들이 일제히 창을 세워 와이번
의 움직임을 봉쇄하자마자 그렐카가 이렇게 소리쳤다. 그 즉시
한 예종사가 눈밭을 박찼고, 오우거의 머리조차 벨 수 있을 듯
한 높이로 뛰어올라 와이번의 목 아래를 베어 내었다. 마수의
단말마가 피거품이 뿜어지는 소리로 대체되며, 곧바로 침묵하
였다. 그게 끝이었다. 허무할 정도의 도살이었다.

"서둘러라! 다시 행군한다!"

크누드는 방금 본 예종사들의 기예에 감탄하면서도, 저들의 호신부가 어째서 파마의 결계를 무시하고 작동할 수 있는지 궁금해졌다. 당장 자신은 이 안에서 원화의 팔찌를 사용할 수 없으며, 저들의 호신부와 비슷한 물건들로 자신의 선천적 장애를 보완하고 있는 아이비레인 또한 이 파마의 결계를 극복할 수 없다고 알고 있는데 말이다. 이 생각은 재차 몰려든 눈보라에 한쪽 뺨이 베이면서 더 이어지지 못했다.

"아."

농담이 아니다. 정말로 베였다. 이젠 눈송이가 아니라 글자 그대로 얼음 조각이었다. 이 겨울은 그야말로 어떤 것도 살려두지 않겠다는 기세였다. 이 북부의 일반적으로 건조한 겨울바람과 달리, 어딘지 눅눅한 서리심의 눈보라는 그것이 마주친 모든 사물에 켜켜이 흰 더께를 쌓으며 그 뿌리까지 냉기를 전했다. 완전히 가로로 휘몰아 닥치는 눈들은 숫제 수억 개의 칼날 같았다.

"모두 칼을 뽑아 들고 달려라! 납검한 채로 있지 마!"

그렐카는 목청을 틔우는 마법 호신부라도 끼고 있는 게 아닐까? 이 눈 폭풍의 한가운데서 저렇게 뚜렷한 고함을 지를 수 있다니 말이다. 라그나는 그렇게 생각했고, 랄로프는 자신의 검을 뽑으려다 칼집이 그새 얼어붙은 걸 깨닫고 큰 소리로 투덜거렸다. 하지만 결국 모두는 어떻게든 자신의 검을 빼 드는 데 성공한다.

"와이번! 셋!"

란미르가 바람결에 갈라지는 목소리를 끌어모으며 간신히 또 다른 위기를 알린다. 예종사들을 제외한 나머지 사람들은 그 외침을 듣자마자 절망을 느낀다. 뻣뻣하게 굳어 가는 갑옷과 사지, 오로지 춥다는 생각 외에 들지 않는 집중력으론 단순한 구보조차 필생의 도전으로 바뀐 참이었다. 전투에 배당할 체력은 마땅치 않다. 미증유의 겨울은 모두의 의지와 판단력을 체온보다 빠르게 빼앗아 가고 있었다.

"시야프리테, 정신 차려! 용병들이 모두를 보호하게 해! 보호가 우선이야!"

라그나가 소리쳤다. 시야프리테는 일전 앗슈레드가 내주었던 털외투를 입고 있었음에도 코끝이 새빨개진 채 계속해서 달달 떠느라 어쩔 줄을 모르고 있었다. 그러느라 드라우그르 용병들에게 내리는 명령이 더디게 흩어지기만 한다. 대열의 끝까지 목소리가 전달되지조차 않았다. 그럼에도, 드라우그르 용병들은 용케도 이 작은 지휘관의 의지를 이해한 모양인지 행렬을 등지고 그들의 방패와 창을 내세운다. 모든 것이 얼어 터지는 이 상황에서 선명하고 기민한 것은 오직 그들뿐인 듯했다. 예종사들조차 차츰 이 끝 모르는 한파에 침식되는 듯 보였으니까.

마침내 찢어지는 듯한 와이번의 괴성이 눈보라의 저편으로부터 들려왔다. 이어서 세 덩이의 그림자가 나타나는가 싶더니, 곧바로 대열을 공격하지 않고 하늘을 타 넘으며 모두의 머리

위에서 혼란스러운 선회를 반복하기 시작했다. 백색의 장벽 너머로 그림자가 비칠 때마다 특수전대들과 드라우그르 용병들이 움찔거리며 태세를 취했으나 그게 전부였다. 실질적인 공격은 이뤄지지 않은 채 대열의 발을 묶고 농락만 하는 것이 와이번들의 전략이 됐다.

"미친, 저것들이 언제 저렇게 머리가 좋았지?"

"쟤들은 원래 너보다 머리가 좋아."

랄로프가 씹어뱉듯 투덜거리자 브륀힐데가 받아친 대꾸였다. 심각한 냉기에 시위가 터져 버릴 걸 우려한 그는 자신의 쇠뇌를 포기하고, 달달 떠는 시야프리테의 손을 주물러 주고 있었다. 그 모습을 안쓰럽게 쳐다보던 크누드는 별안간 등에 지고 있던 새장을 내려 잠든 그림니르의 상태를 확인하고 재빨리 도래까마귀를 시야프리테에게 내민다.

"네가 품에 안고 있어. 둘 모두에게 그게 더 나을 거야."

크누드의 이 조치는 정말로 효과가 있었다. 사람보다 체온이 높은 까마귀를 털외투 안으로 쑤셔 넣고 끌어안자, 류그라 소녀의 떨림이 어느 정도 멎었다. 랄로프는 그게 부러운지 말했다.

"그거 괜찮아 보이는데? 저 상단 수레에 닭이라도 몇 마리 없을까?"

"아마 있을걸? 곧 다 얼어 죽을 테지만."

라그나가 대꾸했다. 크누드는 좀 어처구니가 없다는 표정으로 이 모험가들의 한담을 듣는다. 세 마리의 와이번이 계속해서 괴성을 지르며 모두를 위협하는 상황이란 말이다. 전직 용병인 기사는 탄식하듯 말했다.

"모험가란 제 생각보다 신경줄이 굵어야 될 수 있는 거였군요. 해 볼 생각 안 하길 잘했습니다."

"경의 문제는…… 신경줄이 아니라 혀요."

라그나의 말이었다. 근엄하게 말했더라면 더 좋았겠지만, 이젠 그조차 파리하게 질린 채 몸의 떨림을 억누르는 데 온 힘을 다하느라 조금 더듬고 만다. 크누드는 피식거리더니 말했다.

"이대로는 모두 정말 얼어 죽을 겁니다. 그것도 생각보다 훨씬 빠르게요. 그리고 모두 아시겠지만, 울리케 아가씨의 본체는 바로 여기 있죠. 절대로 잃어서는 안 되는 거란 말입니다."

"……이 추위에서 어떻게 그렇게…… 길게 말할 수 있소?"

라그나는 정말로 감탄한 것 같았다. 아닌 게 아니라, 크누드는 정말로 전혀 떨고 있지 않았다. 눈썹에 서리가 달라붙고 양뺨과 코끝이 빨개진 꼴은 여느 사람들과 다르지 않았는데도 말이다. 실제로 크누드 또한 추운 건 완전히 마찬가지였기에, 연신 양손의 주먹을 번갈아 쥐었다 폈다 하고 있었다. 그럼에도 그의 태도와 말투만은 의연하다.

"뻔뻔함이 경지에 이르면 이렇게 됩니다."

"끝내주는군."

그때 행렬의 후미에서 약간의 소란이 한차례 일어났다. 한 와이번이 비드리의 상단 수레 하나를 기습하여 뒤집고 달아난 것이었다. 잔뜩 긴장하여 찌푸린 얼굴로 눈보라의 너머를 노려보던 라그나가 말했다.

"닭은 없어."

"다행이네."

랄로프가 콧물을 훌쩍이며 대답한다. 크누드는 둘의 정신 상태를 살짝 의심하며 브륀힐데를 보았고, 브륀힐데는 가볍게 고개를 가로저음으로써 자신의 견해를 더한다. 크누드는 잠시 시야프리테를 쳐다보다 고개를 돌려 그렐카에게 목이 터져라 외쳤다.

"각하! 이러다 다 죽겠습니다! 얼어서요!"

"눈트롤! 예순! 아니, 여든!"

하지만 눈보라의 너머 어딘가에서 들려온 건 라르그문드 백작의 대답이 아니라 란미르의 고함이었다. 순간 크누드가 눈을 부릅뜨며 라그나에게 시선을 돌렸으나, 이 노련한 모험가는 추위에 얼이 빠진 듯 랄로프에게 이렇게 물을 뿐이다.

"들었냐?"

"좆 됐구려."

"아이 앞에서 욕하지 마!"

브륀힐데마저 이렇게 거든다. 크누드는 한숨을 내쉬더니, 자기가 랄로프보다 욕을 잘한다고 굳게 믿는 시야프리테에게 말했다.

"좀 냉정한 결정을 해야겠다. 내가 지켜야 할 최우선 대상은 아가씨야. 네 품의 까마귀지. 드라우그르 용병 절반에게 널 지키라고 해. 나머지 절반만 이 행렬의 나머지를 거들라고 하고."

"……그런!"

"안 되오."

시야프리테가 머뭇거리며 입을 떼자 라그나가 단호히 막아온다. 크누드가 삼엄한 얼굴로 그를 노려보자, 라그나는 침중히 말을 잇는다.

"절반 위가 아니라…… 전원 아가씨를 보호하라 해야지. 드라우그르들이 방패가 되어 주면…… 마수들을 무시하고 곧장 요새까지 달리면 되오."

"나머지 사람들은요! 저기 상단 사람들도 있다고요."

한술 더 뜨는 라그나에게 시야프리테가 항의했지만 크누드나 라그나는 반응하지 않았다. 브륀힐데 또한 말이 없다. 시야프리테는 다시 말했다.

"아가씨라면 이런 결정 절대 안 하세요."

"시간 없어."

기분 탓일까, 눈트롤들이 내달려 오는 진동이 발밑을 울리는 것 같다 느끼며 라그나가 말했다. 크누드는 라르그문드 백작이 고함을 지르며 예종사들을 독려하는 걸 바람결의 아우성 사이로 들었다. 그러고 보니 우스칼드는 이 와중에 행렬 어디에 있는 걸까? 알 수 없다. 너무 춥다. 일신의 모든 감각이 마비되는 것 같으면서도 등골 깊이 배어 오는 고통만은 선명한, 그런 모순적인 상태가 판단력을 흐리게 하고 있었다.

"어서, 시야프리테."

나귀 유슬리스가 투레질하는 소리를 들으며, 라그나가 재차 다그쳤다. 시야프리테는 이를 악물고 있다가 결국 진저리를 치며 입을 연다. 그 외침을 들은 드라우그르 용병들 전원이 그들의 류그라 지휘관과 모험가들을 둘러싸고 진을 형성했다. 다음 순간, 모두가 묶여 있던 걸음을 족쇄처럼 떼어 내고 북쪽으로 힘겹게 달리기 시작했다. 그러자마자 그들 등 뒤에서 그렐카의 노호성이 터져 나온다.

"무슨 짓인가!"

크누드는 대답하지 않았다. 이걸 설명하려면 울리케가 도래까마귀 자신이라는 걸 말해야 한다. 그리고 그걸 밝힌다 하더라도 그렐카가 울리케의 중요함에 대해 이해해 줄지도 미지수이다.

"어디 가는 겁니까!"

그 순간 때마침 맞은편에서 호위병들과 함께 우스칼드가 나타났다. 여전히 등에 베르벳을 업고 있으며, 큼직한 털외투를 뒤집어 써 온통 눈투성이가 된 그가 말이다. 우스칼드의 어깨너머 기댄 베르벳의 조그맣고 창백한 얼굴이 보이자, 모험가들의 가슴이 덜컹 내려앉는다. 라그나가 변명하듯 소리 질렀다.

"이대로 있으면 다 죽소! 죽더라도 아가씨는 살려야 해!"

"……그렇군요."

순간적으로 납득하는 우스칼드다. 크누드는 그가 울리케의 정체에 관한 사실을 알고 있다는 걸 깨닫는다. *왜지? 어떻게 알고 있지?* 크누드는 기이한 질투심과 적대감을 동시에 느끼며, 그에게 쏘아붙였다.

"아시겠습니까? 그러니 가서 라르그문드 백작 각하께 저희 입장을 좀 알려 주시죠. 욕은 좀 먹더라도 어쩔 수 없다고요."

크누드는 우스칼드가 거절할 거라 생각했다. 하지만 놀랍게도, 그는 바로 수긍한다.

"그러지요. 대신 베르벳을 부탁합니다."

긴말을 서로 따질 시간이 없다. 그들은 은연중에 그러한 전제를 공유한 것 같았다. 브륀힐데가 우스칼드로부터 아이와 외투를 받아 대신 업었고, 우스칼드는 자신의 호위대를 이끌고 비틀거리면서도 눈보라 너머로 빠르게 사라졌다.

이제 일행은 그렐카의 특수전대와 분리된 드라우그르 용병대들의 호위를 받으며 서둘러 전진한다. 목표가 한결 분명했기 때문일까, 혹은 추위에 저항하기 위해서였을까? 모두의 걸음이 아까보다 한결 빨랐다.

"젠장, 아까 그 친구들이 없으니 아무것도 보이지 않는 건 문제인데! 시야프리테, 혹시 들리는 것 없어?"

랄로프가 소리쳤다. 시야프리테가 잠시 머뭇거리더니 답한다.

"……안 들려요!"

드라우그르 용병들이야 기계적으로 발을 내딛고 있을 뿐이었으나, 모험가들의 신경은 온통 동쪽에 향해 있었다. 예고 없이 언제든 지척에서 마수들이 튀어나올 수 있다는 사실이 모두를 오싹하게 만든다. 시야프리테는 말했다.

"뒤에 남은 사람들은…… 괜찮을까요?"

"평범한 병사들이 아니잖아. 저 진중의 다른 누구보다 안심해도 될 거야."

라그나의 대답이었다. 크누드 역시 동의한다. 이미 앞서 목격한 바, 드레스바르프의 특수전대는 가공할 겨울의 영역 안에서 평상시와 같은 전투력을 낼 수 있는 유일한 병과다. 물론 피와 살을 가진 사람인 관계로 드라우그르 용병들만큼은 결코 아니었지만 말이다. 그래도 비교하자면 마법 호신부의 도움을 받아 인간의 육체가 가진 한계를 뛰어넘는 예종사들은 일격필살의 공격력을 갖고 있었다. 그에 반해 드라우그르들은 결코 죽거나 지치지 않는 만큼 방어에 완전히 특화된 존재들이다. 그 개개의 공격력이야 일반 병사들보다 나을 것은 없었으나 그 적이 끝내 질려 물러나거나 지쳐 쓰러지게 만드니까. 크누드는 문득 이 드라우그르들이 정말 쓰러지기는 할까 궁금해졌다. 사지가 완전히 박살난다면? 그때는 정말 답이 없지 않을까?

크누드의 이 의문은 뜻밖에도 바로 해소될 기회를 가졌다. 침묵한 채 눈보라를 뚫고 내달리던 모두의 오른편으로부터, 어느 순간 찌르는 듯한 노린내가 시야프리테의 코끝을 스쳤던 것이다. 서리심의 눅눅한 눈보라는 냄새를 감추는 데는 취약했다.

"눈트롤, 와요! 수는 몰라요!"

곧 알게 되었다. 정확히 서른다섯 마리의 눈트롤이 나타나 순식간에 그들을 에워쌌다. 아까 란미르가 여든 마리라 했으니 절반은 저쪽으로 갔다는 말일 테다. 크누드는 그렇게 깨달으며 평생 볼 거라 상상하지 못했던 이 기막힌 포위망을 한 바퀴 둘러보았다. 내내 빼어 들고 있던 파마의 검이 그 무게를 새삼스레 알린다. 그는 나직이 선언했다.

"우리는 오로지 아가씨, 그러니까 도래까마귀, 다시 말해 시야프리테만을 지킵니다."

"……그게 어떻게 오로지요?"

라그나가 지적한다. 브륀힐데도 불만을 토했다.

"유슬리스랑 베르벳도 지켜야죠!"

크누드는 침착함을 유지하려 애쓰며 말을 이었다.

"무리해서 공격에 참가하지 말자는 말입니다."

"너무 추워서 몸을 좀 녹이고 싶은데."

이건 랄로프의 투덜거림이었다. 크누드는 마침내 성질을 부리고 말았다.

"도대체 유세트 경은 평소에 여러분을 어떻게 이끈 겁니까?"

"아니, 지금 자기를 감히 어디에 갖다`대요? 우리 선배님한테?"

이제는 시야프리테조차 기가 막히다는 듯 이렇게 말한다. 크누드는 진한 고독을 느끼며 그를 한순간 노려보았지만, 생각해 보니 마흔 구의 드라우그르 용병들을 지휘하는 류그라 소녀는 좀 버르장머리가 없어도 될 것 같았다. 더구나 시야프리테는 현재 요인 호송 중인 이가 아닌가? 크누드는 안색을 가다듬으며 시야프리테에게 말했다.

"무슨 일이 있으면, 우릴 포기해서라도 너는 요새까지 달아나야 해. 알겠지? 너는 지금부터 까마귀 운반자야."

시야프리테가 뭐라 대답했는지는 들리지 않았다. 온 사위로부터 일제히 내지른 눈트롤들의 고함이 그대로 좌중을 직격했던 것이다. 다음 순간, 흰 털의 거구들이 살의를 지닌 흰 파도처럼 그대로 밀어닥쳤다.

곧바로 사방에서 금속이 격돌하는 소리가 터져 나온다. 드라우그르 용병들이 앞세운 방패와 눈트롤들의 갑주가 마주치는 소리였다. 그제야 크누드는 이 눈트롤들이 아까 진중에 난입했던 녀석들과 달리, 온몸에 맞춤한 무구들을 뒤집어쓰고 있다는 걸 발견했다. 눈트롤들이 팔을 휘두를 때마다 드라우그르 용병들이 휘청이며 넘어가는 게 보였다. 아무리 지치지 않는 그들이라 하더라도 완력 자체는 생전과 별 차이가 없을 것이고, 눈트롤과 용병들의 수는 거의 같으니 방진이 무너지는 것은 시간문제였다. 시야프리테가 보다 전술적인 지휘를 할 수 있다면 또 모르겠지만, 지금 상황에서 그런 것을 기대할 수는 없는 일이었다.

"시야프리테!"

털투성이 모루 같은 눈트롤이 팔이 방어선을 넘어 쑥 들어온 순간 라그나가 소리 질렀다. 서넛의 눈트롤이 작정하고 모험가들에게 가장 밀착된 용병들의 방진을 미친 듯이 난타하던 끝에 일어난 침입이었다. 라그나와 함께 눈트롤의 겨드랑이에 검을 쑤셔 넣느라 한발 늦게 대응한 랄로프도 눈을 부릅뜨며 채 언어가 되지 못한 고함을 질러 대었고, 시야프리테의 가장 가까이에 있던 브륀힐데가 그의 단검 자루를 막 잡아채려는 순간, 뒤쪽에 있던 크누드가 앞으로 몸을 던지며 파마의 검을 휘둘러 눈트롤의 강철 아대 사이로 그 손목을 베어 올렸다. 하지만 충분히 깊지 않다. 크누드가 그렇게 여기며 재차 공격하려 자세를 바꾼 직후였다.

별안간 손목을 베인 눈트롤이 마치 불에 데기라도 한 것처럼 비명을 지르고 발광을 하기 시작했다. 숙련된 사냥꾼인 브륀힐데는 그 눈트롤의 눈에 지금까지 서려 있던 맹목과 광기가, 대신 공포와 혼란으로 뒤바뀐 걸 본다. 이내 크누드에게 공격당한 눈트롤은 주변의 다른 눈트롤들을 밀치며 뒤로 물러나더니 자신의 몸에 채워진 갑옷들을 쥐어뜯으며 대열로부터 완전히 이탈하기 시작했다.

"서리엇 경!"

"한 번 더 시험해 보죠!"

브륀힐데가 무언가 깨달은 듯 다급히 외치자 크누드가 알아들었다는 듯 답하며 라그나와 랄로프가 막아서고 있던 눈트롤에게 달려들었다. 공격이 깊을 필요가 없다면, 이야기는 훨씬 쉬워진다. 크누드는 두 번째 눈트롤의 갑주 틈을 찾아 다시 파마의 검을 찔러넣었고, 정말 그것만으로도 충분하다는 점이 판명되었다. 그 눈트롤 역시 미쳐 날뛰며 등을 돌려 달아났던 것이다.

"……이거 혹시."

라그나가 숨을 몰아쉬며 입을 떼자 크누드가 말했다.

"예. 아무래도 이 물건이, 마수와 서리심 사이의 권속 관계를 끊어버리는 것 같습니다."

"작전을 바꿔야겠소?"

라그나가 묻는다. 파마의 검이 보는 것처럼 신속하게 눈트롤들을 사실상 격퇴할 수 있다면, 크누드가 조금 무리해서 공격에 나서는 편이 좋지 않겠느냐는 뜻이다. 하지만 그 경우, 시야프리테(와 그 품 속의 울리케)를 최우선으로 보호한다는 애초의 목표가 좀 위태로울 수 있다. 물론 궁극적으로는 눈트롤들을 빨리 걷어내는 쪽이 모두에게 가장 안전하긴 하다. 빠르게 계산을 마친 크누드가 시야프리테를 힐끗 보고 라그나에게 말했다.

"아뇨. 드라우그르 용병들은 지치거나 다치지 않으니까, 그걸 믿고 계속 수세(守勢)를 유지하는 게 낫겠습니다. 저는 적당한 기회를 보며 하나씩 솎아내도록 하죠."

"그러시오."

이제 싸움의 양상은 조금 달라졌다. 모험가들은 시야프리테를 둘러싸고 대기하며, 크누드가 드라우그르들의 장벽을 뚫고 들어오는 눈트롤이 있을 때마다 나서서 상처를 입히는 것이다.
물론 눈트롤들이 워낙 빠르고 공격적인 데다 갑주까지 방해하
는 통에 그마저도 말처럼 쉬운 일은 아니었지만 말이다. 그래
도 때때로 라그나와 랄로프가 거들어주어 크누드의 검격은 내
내 예리함을 유지할 수 있었다. 드라우그르 용병들은 모두의
기대대로 움직이는 방책의 역할을 훌륭하게 수행해낸다. 살아
있는 병사들 같으면 진작에 어딘가 부러지거나 쓰러졌을 만한
타격을 입고 나가떨어져도, 꾸역꾸역 일어나 다시 그들의 창과
방패를 드는 것이다. 사위를 할퀴어대는 눈보라 속에서 그 모
습은 광포한 눈트롤들의 난동과 대비되어 스산한 공포를 불러
일으키기까지 했다.

"이제 이놈들이 절반으로 줄었소!"

라그나가 단창을 휘둘러 피를 털어 내며 소리쳤다. 부지런히
뛰어다니던 크누드는 숨을 몰아쉬며 고개를 끄덕인다. 그리고
는 피에 젖은 파마의 검을 내려다보았다.

모든 빛을 빨아들이듯 들끓는 어둠의 검은 여전히 그늘의 한
조각 같다. 이것이 헤르펠의 잔당들에게 제식 병기라면, 미스미
르드의 서리심을 대비한 것이었다고 생각해도 무방하겠지. 스
레이야에 따르면, 이 병기는 마법사의 마력을 영구적으로 박탈
할 수도 있다고 했다. 하지만 그는 이게 마수들의 권속화를 풀
어낸다는 이야기는 안 했다. 몰랐던 걸까? 실록의 폐장들이 미
스미르드와 뉘른스에크의 공격을 함께 준비했다면, 그 사실을

감추는 편이 경계를 덜 사긴 할 것이다. 크누드는 이런 생각들을 정리하며 눈앞에 도열한 채 눈트롤들을 막아서는 드라우그르 용병들을 보았다. 그럼 이걸로 저들을 치면 어떻게 될까?

"서리엇 경!"

잠깐의 휴식은 브륀힐데의 외침에 의해 끝났다. 크누드는 다시 파마의 검을 꼬나잡고 브륀힐데가 가리킨 방향으로 쏟아져 들어온 두 마리의 눈트롤을 향해 몸을 날렸다. 그러고는 마치 한 동작처럼 이어진 단 두 번의 칼질로 마수들의 구속을 풀어버렸다. 브륀힐데는 그 깨끗한 동작을 보며 새삼 감탄한다. 지난날, 시우부름에서 그가 라그나를 상대로 거둔 승리는 결코 우연이 아니었던 것이다.

"시야프리테! 이제 북쪽으로 전진하라고 해! 밀어 올리면서 갈 수 있을 거야!"

그 평가에 동의하는 라그나가 짜증 내듯 소리 질렀다. 그나마 몸을 움직인 덕에 추위를 잠시 잊을 수 있었지만, 문제는 흘린 땀이 식으면 더 위험해진다는 사실이었다. 때문에 다들 죽도록 힘들어 하면서도 이대로 멈추길 원하지 않는다.

그러나 그때, 동편으로부터 어마어마한 함성이 터져 나오며 지금까지의 추위를 몇 곱절은 더 혹독하게 만드는 강풍이 쏟아지기 시작했다. 라그나의 입에서 어처구니없다는 듯한 탄식이 쏟아졌고, 크누드 또한 한순간 바람으로부터 얼굴을 돌리며 욕을 삼켰다. 이건 정말 말도 안 된다. 이 추위는 더 이상 사람이 견딜 수 있는 게 아니었다. 새파랗게 죽어가는 귓가를 스치는 얼음 조각들로부터, 더운 피를 가진 모두를 향해 육왕의 서리심이 토해내는 저주가 들리는 것 같다. 아니, 실제로 들린다.

— 이 겨울은 너희의 생에 마지막 계절이 될 것이며, 봄의 기약은 너희의 목숨처럼 부지(扶持)할 것이다.

그건 격노한 외침이 아니라 느긋하다 못해 송연해지는 속삭임과 같았다. 모두가 그렇게 여긴 순간, 동쪽으로 펼쳐진 눈보라가 옅어지며 그 어슴푸레한 풍경 너머로 진격해 오는 한 군대가 보였다. 활을 든 미스미르드 기병들과, 그 머리 위의 와이번 떼가.

"끝이 없군."

라그나가 말했다. 지친 듯 아무런 감정도 느껴지지 않았다. 랄로프는 침묵한 채 어깨를 털 뿐이다. 서리심의 눈보라가 다시 군대를 감추었다. 명백히, 보여 주기 위해 잠시 들춘 광경이리라.

"피어클리벤!"

남쪽으로부터 또 다른 고함이 터져 나왔다. 크누드는 그 목소리가 반갑게 들린다는 게 이 상황의 심각성을 뜻한다고 여긴다. 라르그문드 백작의 외침이었다. 그가 또 외친다.

"멍청히 서 있지 마라! 달려!"

그래. 이젠 정말 그 방법밖엔 없겠지. 추위는 숨조차 쉴 수 없을 만큼 몸을 옥죄어 온다. 잠시 뒤면 활을 가진 기병대가 들이

닥친다. 병력을 온존하며 이동하려다간 아예 모두가 갇혀 전멸할 것이다. 크누드는 자신의 목적을 다시 한번 상기했다. 그러고는 시야프리테에게 말한다.

"달려야 돼. 용병들에게 최대한 뒤를 막으라고 해. 너는 돌아보지 말고 계속 달려. 무슨 일이 있어도 말이야."

추위 때문인지 아니면 이 상황 때문인지, 시야프리테는 눈가가 붉어져 연신 눈물을 흘리고 있었다. 마침내 드레스바르프의 특수전대와 우스칼드의 호위대가 뒤섞인 채 그들을 따라잡았고, 남쪽에 면해 여전히 용병들을 두들겨 대던 눈트롤들을 일거에 베어 넘겼다. 피투성이가 된 채 나타난 라르그문드 백작이 뒤이어 소리 질렀다.

"달려, 멍청이들아!"

그 와이번들을 끝내 다 잡아 낸 모양인지, 특수전대들은 하나같이 피칠갑을 하고 있었다. 미끼와 방패가 될 드라우그르 용병들이 없으니 아까처럼 깔끔하게 해내진 못한 것이겠지. 크누드는 일부러 그들의 수를 세어 보진 않았다. 두려웠기 때문이다. 대신, 그는 울음 섞인 명령을 토해 낸 시야프리테를 떠밀며 발을 떼기 시작했다. 세 모험가가 우직하게 그 뒤를 따랐다. 또다시 싸움의 양상은 변하기 시작했다.

이제 드라우그르 용병들이 눈트롤들을 물고 늘어지는 가운데 기진맥진한 예종사들이 그들 틈으로 날뛰며 칼춤을 추어 댔다. 행렬은 차츰 빠르게 북쪽으로 내달리며 흰 눈보라의 장막

속으로 점차 엷게 흩어지고, 낙오자들을 삼키는 겨울을 등진 채 살아남은 이들은 계속 달렸다. 이따금 안갯속의 암초처럼 나타난 눈트롤에게 크누드의 검이 휘둘러졌다. 베르벳을 업은 브륀힐데가 빠르게 달린다. 나귀 유슬리스도 어째 아직까지 용케 살아 달리는 것 같았다.

하지만 어느 순간, 크누드는 오직 시야프리테와 자신만이 이 엄혹한 백색의 폭풍 속에 고립되었다는 걸 깨닫는다. 용병들은? 크누드가 시야프리테에게 막 뭐라 말하려는 순간, 기력이 다한 소녀의 무릎이 꺾여 버렸다.

"시야프리테!"

크누드는 눈밭에 쓰러진 시야프리테를 부축하고 그 품의 그림니르가 무사한지 확인한다. 그러고는 자신의 손이 형편없이 얼어 터진 채 덜덜 떨고 있는 걸 깨닫고 한숨 같은 웃음을 흘렸다.

"일어나. 넌 무겁단 말이야."

열에 들끓어 정신을 잃은 시야프리테는 대답이 없다. 크누드는 웅크린 채 잠시 귀를 기울여 보았으나 울어대는 바람 너머로 어떤 외침이나 병장기 소리도 들려오지 않았다. 그러고 보니 이쪽이 도대체 북쪽은 맞는 건가? 발트부름 산기슭의 성하촌이 이렇게나 멀었던가? 크누드는 시야프리테를 안아 들며 주정 부리듯 지껄이기 시작했다.

"여름이 올 거야, 시야프리테."

— 아니, 너희의 여름은 오지 않는다.

"겨울은 끝나게 되어 있어. 저 말에 속지 마."

"……."

"이건 환청이야."

크누드는 시야프리테를 안아 올리고 걸음을 뗀다. 그러느라 검을 들지 못해 완전히 무방비해졌으나 그는 되도록 아무 생각도 하지 않으려 했다. 시야프리테를 버리고 그림니르만을 챙겨 홀로 달리는 방법도 있겠지만, 그랬다간 울리케 아가씨는 지켜내되, 왠지 영원히 뭔가 하나를 잃어버릴 거라는 공포감이 있었다. 스스로도 이게 전혀 합리적이지 않은 짓이라는 생각은 있었다. 하지만 크누드는 그냥 그렇게 하기로 했다. 어차피 이 눈보라 속에서 류그라 소녀 하나 더 들고 달리거나 말거나, 속도엔 별 차이도 없으니까. 적어도 동쪽으로부터 맹렬히 불어닥치던 강풍에 실린 화살 하나가 소리 없이 그의 어깨에 꽂힐 때까진 그렇게 생각했다.

"시야프리테!"

크누드는 눈밭에 몸을 수그리고 곧바로 쥐어짜듯 소리 질렀다. 그때까지 넋을 놓고 있던 시야프리테가 아주 살짝 눈을 떴다.

"용병들을 불러! 널 데리고 북쪽으로 가라고 해!"

"……."

"어서!"

틀렸다. 시야프리테의 이마는 불덩이 같았다. 무리도 아니다. 더없이 강건한 무사들도 이런 상황에서는 단지 이 추위만으로 쓰러질 수 있다. 하물며 류그라 소녀야 말할 것도 없다. 시야프리테가 더 명령을 내릴 수 없기 때문에 드라우그르 용병들은 흩어진 채 각자 눈앞의 적에 최선을 다하고 있는 것일까? 어쩌면 그들의 최우선 목표는 시야프리테의 보호가 아니라 그 생전의 대적에 대한 복수뿐인 걸까? 대열을 유지하고 버텼어야 했나? 오른쪽 어깨를 파고드는 통증이 선명해질수록 그의 의식은 흩어져 갔다. 그럼에도, 그는 시야프리테를 눈 속에 파묻기 위해 곱은 손을 놀렸다. 자신이 싸우고 있는 것이 추위인지 통증인지 분간이 가지 않았다.

그가 힘겹게 검을 다시 빼 들고 일어섰을 때, 눈보라를 헤치며 한 무리의 기병들이 나타났다. 거대한 큰뿔털사슴의 위에 올라탄 미스미르드인들이었다. 얼굴을 온통 뒤덮는 투구의 면갑 때문에 얼굴이나 눈빛조차 보이지 않는다. 그들 중 하나가 크누드에게 활을 겨누었다. 크누드는 맞서 칼을 겨누고 천천히 옆으로 걸음을 옮긴다. 다친 어깨 탓에 제대로 된 자세가 나오지 않았지만, 그것이 현재 중요하지는 않다. 그의 신경은 오로지 눈 속에 파묻힌 시야프리테에게 가 있었다. 이 눈보라 덕에 어쩌면 저들은 시야프리테를 발견할 수 없을지 모른다. 지금 그가 마지막으로 걸어볼 희망은 그것뿐이었다.

그 판단은 틀렸다. 크누드가 미스미르드인들의 신경을 긁기 위해 장구하고 현란한 마지막 지껄임을 막 토해 내려는 순간, 짧은 화살 수십 개가 기병들에게 날아들었던 것이다. 그 익숙하고 독특한 살깃의 양식을 알아챈 크누드는 낭패한 표정으로 서둘러 시야프리테를 파묻은 눈더미에 몸을 날려 엎드렸다. 그러고는 북쪽으로부터 달려오는 늑대기수들을 향해 피를 토하듯 소리쳤다.

"여기 밟지 마!"

미스미르드인들이 일제히 검을 뽑으며 뭐라 소리 질렀다. 크누드는 엎드린 채 북쪽의 눈보라를 헤치며 나타난 병력들을 보았다. 팔왕 아힌달의 이미르 기병에, 소발의 전위충격대와 앗슈레드의 친위대들이 고블린 기수들의 인도를 받아 달려오고 있었다. 팔왕의 서리심에게 복종하는 일대의 겨울이 육왕의 서리심에게 저항하며 그 테두리를 일그러뜨린다. 하지만 크누드를 놀라게 한 것은 전혀 그것들이 아니었다. 그들은 그저 아주 일부의 병력에 불과했다. 바로 수천의 드라우그르 용병들이, 생전의 무구를 앞세우고 눈발을 누그러뜨리며 달려오고 있었던 것이다. 그러자 그들을 목격한 육왕의 기병대들이 사슴을 돌려 달아나기 시작했다.

"서리엇 경."

"오백장."

크누드는 여전히 엎드린 채, 다가온 늑대기수를 올려다보며 반겼다. 아우케트는 면갑을 들어 올리고 그의 꼬락서니를 훑어보더니 말했다.

"기어이 한 방 먹었군."

"살려 주십시오."

아우케트는 혀를 차더니 함께 온 십장들에게 명령을 내렸고, 곧 그들의 휘하 이백의 기수들이 눈보라 속으로 사라졌다. 생존자들을 찾아 구출하기 위함이었다. 크누드는 소발의 전위충격대들이 분기탱천해서 앞서 달아난 육왕의 기병들을 쫓아가는 걸 보았다. 두 고블린 병사의 부축을 받으며 몸을 일으킨 크누드가 볼멘소리로 말했다.

"왜 이렇게 늦었습니까?"

"울리케가 없으니까."

아우케트는 참으로 당연하다는 듯 대꾸했다. 크누드는 어처구니없다는 듯 그를 보았고, 고블린 오백장은 부연한다.

"지금 저 요새에 있는 모든 병력을 한데 지휘할 자격이 누가 있는가? 서로 싸우지 않게 하는 것만도 힘든 일이다. 의견 수렴이 쉽지 않지. 게다가 가매장한 전사자들이 벌떡벌떡 일어나는 대소동도 있었다. 우리가 도대체 어떤 상황이었을 것 같나?"

"아니, 빌러디저드 님은요?"

"밥값은 외상이 안 된다는 소리만 하더군."

그때, 그들을 따라잡은 드라우그르 군대가 눈밭을 헤치며 지나가기 시작했다. 크누드는 뻣뻣하게 굳어 가는 오른팔에 짜증을 내다가 이 대군의 행렬에 자못 감명을 받고 만다. 도무지 현실감이 없는 풍경이었다.

"결국 이렇게 되는군요……. 아니 가만, 이들은 누가 지휘합니까?"

"펠윈이다. 서리엇 경. 어서 어깨나 보여 주게."

대답은 어느새 지팡이를 들고 나타난 닐스그림으로부터 나왔다. 크누드는 그 뒤에 선 펠윈을 멍하니 바라보았다. 그러고 보니 저 아가씨는 아이기네스라 했던가? 류그라 일족의 계보상 최상위자라고? 그렇기에 밀파네스인 에파나, 길가네스인 시야프리테의 권위보다 높다고 했다. 밀파네스의 힘으로부터 유래된 황녀의 하그비르크 또한 통제할 수 있다고 말이다. 그렇다면 이 드라우그르 대군은 에파에 의해 일어났다고 해도, 펠윈의 명령을 들을 수밖에 없다는 걸까?

뭔가를 깨달은 크누드는 고블린 병사들이 눈구덩이에서 꺼낸 시야프리테를 보며 중얼거렸다.

"적어도 이 천둥벌거숭이의 손에 지휘권을 맡기진 않아도 되겠군요."

제 2장

울리케는 피어클리벤 성의 부엌에서 뉘르뉴를 위한 세 번째 요리를 완성한 직후에야 뉘른스에크로부터 연락을 받았다. 뉘르뉴는 그때까지도 커다란 화덕 앞에 붙박인 채 그야말로 흉년의 기갈 들린 아이처럼 먹어 대며, 북부의 인류가 지난 천 년간 쌓아 올린 식문화의 발전에 만족스러워하는 것 같았다.

"우리 때는 이런 게 없었느니라."

울리케는 뉘르뉴가 입술에 양념을 범벅한 채 종알거리는 이야기를 들으며 조금 아득해졌다. 뉘르뉴는 또 말했다.

"물론, 인간이었을 적 기억은 흐릿하지만 말이다. 잊지 못하는 권능은 그 이후의 것이니까. 그때의 인간들은…… 그저 식재료를 익혀 먹는 것에 불과했지. 요리라고 할 만한 것들이 아니었다. 그저 더 오래 보존하기 위해, 그리고 독을 빼기 위해 하는 수고들이 전부였다."

"그래?"

울리케는 흥미롭게 들으며 방금 내놓은 요리에 대해 설명하기 시작했다. 콩을 갈아 굳힌 뒤 눌러 물을 뺀 것을 다시 튀겨내 그 안에 고기와 야채를 채우고 귀퉁이를 여며 육수에 끓여냈다는 이야기를 하자, 뉘르뉴는 어처구니없다는 표정으로 묻는다.

"……도대체 콩에 무슨 짓을 한 거야?"

"먹어보면 알겠지."

그리고 임시로 직위 해제 상태인 이 반신(半神)은 그 아찔하도록 노동 집약적인 맛에 조금 충격을 받은 것 같았다. 뱉을 말을 고르듯 주저하던 뉘르뉴는 말했다.

"인간은 기어이 시간의 맛을 빚어내 즐기는 데에 이르렀구나."

"……그거 칭찬이야?"

바로 그 순간, 울리케의 팔찌가 찌릿했다. 그때까지의 여유롭던 태도를 순식간에 집어치우며 울리케는 긴장한 표정으로 기다리던 연락을 받는다.

"서리엇 경?"

— 라그나입니다.

차분하고 심후한 모험가의 목소리는 미리 잘 준비했던 듯 신속하면서도 조리 있게 울리케와 연락이 끊어진 이후의 상황을 풀어내기 시작했다. 울리케는 파마의 결계가 작동한 이후 후작이 저격당했다는 데 깜짝 놀랐고, 파마의 검이 서리심의 권속들을 끊어 낼 수 있다는 데 흥미를 가졌다. 마지막으로 크누드가 화살에 맞았다는 이야기에 가슴이 덜컹하며 물었다.

"그는 괜찮아?"

— 괜찮습니다. 늦지 않게 결계 바깥으로 옮겨져 황녀 전하의 지팡이로 치유 받았으니까요. 문제는 후작입니다. 그는 파마의 화살을 맞았는데, 아시겠지만 시그리드는 동일한 일을 겪고도 별문제 없이 류그라의 지팡이로 회복했었지요. 그런데 이게 후작에게는 그렇지가 않은가 봅니다. 황녀 전하의 지팡이는 류그라의 것과 동일하지는 않으니까요. 아직 완전히 확실한 건 아닙니다만…… 아무래도 드레스바르프 후작은 영구적으로 마력을 잃게 될 듯하답니다.

아우스위르 진중에 펼쳐진 파마의 결계는 아직까지 그대로였다. 라그나는 다섯 가문과 여덟 용병단의 이만 병력이 모두 결계 바깥으로 이탈해 흩어진 상태에서 각자 그들 소속의 마법사들을 구심점으로 서리심의 겨울과 마수에 대항 중이라는 이야기를 전했다. 육왕의 서리심은 아우스뉘르군의 체계를 와해시킨 데 만족했는지, 그 이후에는 눈안개만을 뿌려 둔 채 더 마수들과 기병대를 투입하진 않는다고 했다. 다만 여전히 호시탐탐 기습할 기회를 노리면서 흩어진 각 부대들의 신경을 갉아내고 있는 것 같았다.

— 결국 전사자들의 팔 할이 다시 일어났습니다. 그러니까,

어림잡아 팔천이지요. 그들 모두 펠윈 양의 직접적인 지휘를 받고 있고요.

"⋯⋯펠윈이?"

울리케는 펠윈과 제대로 이야기해 보지 못했다. 울리케에게 그는 황녀 닐스그림과 함께 어쩌다 뉘른스에크로 오게 된, 불행한 류그라였을 뿐이다. 한스와 모종의 관계가 있는 듯했지만 거기까지였다. 솔직히 별로 신경 쓰지 않던 인물이었다. 그런데 난데없이 이 대군의 지휘자라니? 라그나는 류그네라스 가지에 얽힌 계보의 권한에 대해 말했고, 울리케 또한 알고 있던 내용이기에 납득하긴 했지만 황당하긴 마찬가지였다. 그가 완강하게 신목의 활착을 거부하던 모습이 떠올랐다. 이 새로운 변수가 도대체 어떻게 작용할까?

─ 그 류그라 아가씨도 무척 당황한 것 같아 보이긴 했습니다만, 피하지 않고 담담하게 이 상황을 받아들이는 듯하더군요.

"그래?"

─ 예. 황녀 전하가 강하게 설득한 것 같았습니다. 아시겠지만, 펠윈이 지휘를 거부하면 이 군대는 에파의 지휘를 받게 됩니다. 우리로서는 그 속 모를 이에게 힘을 실어 주는 게 꺼려지는 만큼, 펠윈이 이 권한을 놓지 않고 버티는 쪽이 도움 됩니다. 하다못해 만일의 경우, 아무것도 하지 않아도 말입니다.

팔천의 드라우그르 군대는 현재 발트부름 산기슭 아래 포진한 상태로 육왕군에 대한 저지선을 형성하고, 흩어진 아우스뉘르군을 수색하는 데도 동원되고 있었다. 결코 지치지 않고 어떤 보급도 필요하지 않은 군대다. 이용하기에 따라서는 용이나 대마법사보다 위력적인 무기가 될 수 있었다.

— 다만 펠윈 양은 살생을 극도로 꺼리는 것 같았습니다. 심지어는 눈트롤들을 죽이는 것도 싫어하더군요. 물론 드라우그르들은 언제까지나 물고 늘어지는 방패벽이 될 수 있으니, 별 상관은 없긴 합니다.

살아있는 병사들로 이뤄진 군대라면 수세적이기만 한 방어의 경우 지속적인 병력 소모를 피할 수 없으므로 선호되는 전략은 아니다. 하지만 드라우그르들은 아니다. 라그나는 그 점을 지적한 것이었고, 울리케 또한 동의한다.

"아, 시야프리테는? 괜찮아?"

— 펠윈 양의 그런 지휘에 아주 불만이 많아 보이더군요.

"씩씩하게 잘 있다는 말이네."

이제 아우스뉘르의 방어선은 사실상 무너졌다. 물론 결계 영역으로부터 물러나 한 걸음 더 후방에 다시 형성하면 될 일이긴 하겠지만, 후작이 끝내 마법사로서 돌아오지 못한다면 과연 누구를 구심점으로 삼을 수 있을까? 영현봉송관으로서 잠시 방문한 그 진중에서 울리케는 아우스뉘르군이 내부적으로 문제가 많다는 걸 느꼈다. 대개의 병사들은 물론, 고위 귀족들 역시 빌러디저드에 대한 적대감이 거의 없었으며, 오히려 기회가 된다면 떠받들 것 같이 보였다. 오로지 후작만이 홀로 그러한 기류를 상대하면서 찍어 누르고 있던 게 아닐까? 그런데 만일 이제 그가 영향력을 잃는다면?

아우스뉘르는 두 번째 용을 가지게 될까?

"아 참, 외숙은?"

울리케는 복잡해지려는 사고를 차단하며 환기하듯 물었다. 그러자 라그나가 '도대체 어떻게 이게 가능한지 모르겠다'는 투의, 자못 기가 막히다는 듯한 목소리로 대답했다.

— 예툰드 상단은, 예, 무사합니다. 심지어 물자도 거의 잃지 않았더군요. 지금 그를 비롯한 종군 상단들 대부분이 성하촌에 집결해 새로이 집하장을 꾸리고, 피어클리벤 백작 각하의 재가를 얻어, 빈 농가들을 사용 중에 있습니다. 덕분에 여긴 지금 아주 바쁩니다.

라그나는 인내력을 발휘해 점잖게 표현한 것이었다. 울리케는 그 뒤에 숨은, '바빠 미쳐 버릴 것 같다'는 내심이 절실하게 읽혔다. 쓴웃음이 나왔지만 바쁜 걸로 따지자면 울리케야말로 늘 부족함이 없었으므로, 달리 놀려 먹을 기분은 들지 않았다.

"아버지는? 뭐라셔?"

— 딱히 들은 건 없습니다. 전 기사가 아니니까요.

라그나가 기사라는 단어를 입에 올리자, 울리케는 불현듯 한 가지가 떠올랐다. 내키지 않는 질문이었지만 하지 않을 수 없다.

"……혹시, 달슨 경은? 일어났어?"

— 아닙니다. 그는 일어나지 않았습니다. 그뿐만 아니라 피어

클리벤 측 사상자들은 단 한 명도 다시 일어나지 않았습니다. 디드리크가 확인했답니다.

이건 에파의 배려일까? 울리케는 그런 의문이 들었지만 입 밖에 내어 말하진 않았다. 그때, 어느새 차려진 요리들을 다 먹은 뉘르뉴가 다가와 울리케의 소매를 붙잡았다. 울리케가 내려다보니, 검은 머리의 서리심은 말한다.

"그가 왔다. 울리케."

"……라그나, 가 봐야 해. 아이비레인이 왔어."

— 잘 처리하시길 바랍니다.

그렇게 대화를 끝낸 울리케는 뉘르뉴와 함께 부엌을 나서다 계단을 내려오던 시그리드와 마주쳤다. 울리케는 그와 함께 성의 안뜰로 나서며 방금 들어온 소식들을 전달해 주었다. 마법사는 무엇보다 후작의 일에 관심을 가진다.

"그 정도의 마법사가 에다의 도리를 더 논할 수 없게 된다면, 필시 좌절감이 엄청날 거예요."

"……그럴까요?"

"단언할 수 있어요. 그런데 대체 왜 그만한 요인(要人)이 수호의 부적조차도 준비하지 않았던 건지 좀 이상하군요."

성에는 여전히 눈이 내렸다. 아니, 오히려 아까보다 더욱 짙어져 성의 하인들과 용병들이 눈을 치워 길을 내느라 부산했다. 굵은 눈발들이 사방의 소리를 먹어 치워 이 모든 풍경이 적막하고 멀게만 느껴진다. 그럼에도 날은 그리 춥지 않아, 분노한 서리심의 광포한 겨울과는 전혀 다른 목가성이 있었다. 그런 고요의 가운데, 긴장하고 우울한 얼굴의 로릭스데와 그의 기사 이조엔 에바니르가 나타났다. 시그리드와 울리케는 그와 눈인사를 나눈다.

"영주 대리께는 나오지 마시라 권했어요."

시그리드가 나직히 말했다. 울리케가 묻는다.

"왜요?"

"공연히 추운 데서 눈을 맞으실 필요가 있나요? 용건이 있는 사람들만 나오면 되지요. 아이비레인은 우리가 깍듯이 예를 차릴 대상도 아니랍니다."

"……그렇군요."

시그리드는 용병들 몇을 부르더니 용의 내방이 가까워졌음을 알린다. 곧 군무관 그리젤이 갑주를 절그럭거리며 나타나 그 휘하들과 함께 도열했고, 성벽 위에는 궁수들이 늘어섰다. 피어클리벤의 종사들은 뉘르뉴의 신목 항아리를 둘러싼 채 우물가에 자리 잡는다. 모두가 제 위치에 설 때쯤, 뉘르뉴는 홀로 안뜰의 중앙을 향해 몇 걸음 나아갔다. 길고 검은 머리가 굵은 눈발들 사이로 나부끼다 딱 멈추어 선 그 순간, 완전히 바람이 거두어진 성의 안뜰에서 마치 정지한 듯 부유하던 눈발들 사이로 마침내 한 존재가 쏟아지듯 나타났다.

그건 사뿐하다거나 할 수준의 고요함이 아니었다. 눈송이들이 사각거리는 듯한 환청이 들릴 만큼 침묵으로 가득 찬 일대에서, 오로지 라핀다시르의 백룡만이 느릿하면서도 섬세하게 움직이고 있었다. 그것은 중력을 거스르고, 바람을 외면하며, 자신을 쳐다보는 모든 이들의 얼을 빼앗듯 나타났다. 높은 산의 만년설 봉우리 한쪽을 떼어다 두면 저리 보일까. 거대하고 매혹적인 신의 짐승은 좌중을 둘러보더니 입을 열었다.

"로릭스데."

"……아이비레인."

"케틸과 하즈바는?"

"아문세트 경은 아픕니다. 하즈바에게 당했죠. 그래서 하즈바는 갇혀 있고요."

로릭스데는 어떤 감정도 드러내지 않으려 노력하며 말하는 것 같았고, 그래서 오히려 고통스러워 보였다. 아이비레인은 그를 일별하고 울리케 쪽으로 고개를 틀며 날카롭게 물었다.

"내가 이 문제를 누구와 다투면 되지?"

"나입니다."

울리케가 한 발짝 나서며 말했다. 하지만 다음 순간, 몇 걸음 앞에 홀로 선 채 아이비레인을 응시하던 뉘르뉴가 말했다.

"그렇지만 다툴 일은 없을 것이다."

"너는……!"

그제야 뉘르뉴를 알아본 듯, 내내 무시하고 있던 아이비레인의 눈에 번개 같은 기세가 감돌았다. 푸른색인 것은 뉘르뉴와 같았으나 빙하의 심금처럼 심원한 뉘르뉴의 눈과 달리, 아이비레인의 눈동자는 보다 창백하고, 어떤 예기가 선뜻선뜻 어렸다. 그 입을 통해 나오는 목소리도 마찬가지였다.

"그래, 이제 알아 보겠는가?"

아이비레인은 일전 뉘르뉴와 맞섰던 기억을 떠올린 듯 팽팽한 분개를 감추지 않았으나 동시에, 현재 뉘르뉴의 모습에 혼란을 느낀 것 같았다. 그의 시선이 안뜰을 훑다 우물가에 도열한 종사들과 그들 곁의 안그라네스를 발견한다. 백룡은 더욱 이해할 수 없게 되고 만다.

"하즈바가…… 아니, 이게 무슨 일이지? 나는 묻는 것을 좋아하지 않는다!"

"뭐, 그게 자랑이야?"

"네가 감히!"

아이비레인은 순간 머리를 낮춰 뉘르뉴의 바로 앞에 턱을 들이대며 한 발을 앞으로 내디뎠다. 단지 그 한 동작에 의해 안뜰에 쌓여 있던 눈들이 일제히 비산했고, 로릭스데의 입으로부터 이를 말리듯 짧은 탄식이 튀어나왔으며, 시그리드는 뛰쳐나가려는 울리케의 어깨를 찍어 눌러야 했다. 그리고 어느새 치켜 올린 그리젤의 오른손에 의해, 성벽 위 모든 궁수들의 활시위가 만작(滿酌)에 달했다. 하지만 아이비레인은 그저 자신의 눈앞에 양팔을 벌린 채 가로막듯 서 있는 작은 소녀에게만 집중하고 있었다. 백룡은 소리친다.

"네가 지금 나를 막을 수 있겠느냐! 지금의 너는 아무것도 아니다!"

"관을 벗은 왕은 왕이 아니더냐? 넌 그렇게 여기기에 여태껏 집착하고 있었는가?"

"닥쳐!"

용이 고함을 내지른 순간, 얼마 전 모처럼 불어난 재정으로 콧노래를 부르며 새로 해 넣었던 내성의 유리창 몇 개가 말 그대로 폭발해 버렸다. 그 뚫린 창 너머 어디선가, 에이드리크의 욕지거리가 실제로 들려왔다. 피어클리벤의 알뜰한 재정에 영 관심이 없는 백룡은 계속 소리친다.

"내가 무엇을 원하는지, 논하고 말을 엮을 자격은 아무에게도 없다!"

"왜?"

뿌리를 든 이후 분위기가 일변해 이제는 거의 평범한 사람의 아이처럼 보이는 뉘르뉴가 용의 턱 아래서 이렇게 물으니 당돌하기 그지없었다. 아이비레인 역시 다르지 않게 느꼈는지, 창백한 분노로 빛나던 그 눈이 흔들린다. 뉘르뉴는 봄날의 아이처럼, 즐거이 계속 말했다.

"진정으로 감히 그렇게 말할 수 있었을지도 모를, 빌러디저드도 그런 이야기는 하지 않았어. 그는 절기와 생육의 섭리에서 비껴선 존재이기에 내게 있어 본질적으로 불쾌한 녀석이었지. 하지만 그대는 아니다. 인간이 다루는 힘으로 살아 숨 쉬고, 그들의 제도 위에 군림하며, 심지어 축재하지. 나는 그대가 무엇에 분노하고 무엇을 바라는지 알 것 같기에 오히려 의문이 가. 그대가 가진 것들이 어디서 비롯되었는가를 말이야. 그대가 갖지 못했다고 생각하는 것들이 진정 추구할 가치가 있을까?"

"……무슨 말을 하는 거야?"

"거래를 하자."

뉘르뉴는 말했다. 백룡은 어이가 없다는 듯이 작은 소녀를 내려다보았다. 그 모습은 마치 이걸 한입에 씹어 버릴까 고민하는 맹수 같아, 지켜보는 모두를 조마조마하게 만들었다. 마침내 용이 비웃으며 말했다.

"네가? 감히 무엇으로? 너는 내가 무얼 바라는지 알지 못할 것이며, 내 마음을 돌릴 어느 것도 내놓을 수 없을 것이다! 변방의 촌구석 땅귀신이 아무리 해묵어도 주머니가 두둑해지지 않는다는 건 내가 알고 있지! 너 같은 가난뱅이가 나와 무엇을 거래할 수 있다는 말이야?"

울리케에게는 조금 놀랍게도, 그 순간 뉘르뉴는 작게 한숨을 내쉬었다. 소녀의 얼굴은 보이지 않았지만, 그 작은 뒷모습과 좁은 어깨로부터, 울리케는 뉘르뉴가 마수들을 대할 때 늘 보이던 어떤 종류의 관용을 아이비레인에게도 발휘하고 있다는 걸 깨달았다. 그제야 울리케는 한 가지를 이해했다. 뉘르뉴에게 있어 살아 숨 쉬는 모든 존재는 애틋한 대상이었다. 때문에 홀로 오롯한 빌러디저드는 뉘르뉴를 내내 불편하게 했던 것이다.

하지만 아이비레인은 아니다. 다음 순간 뉘르뉴는 입을 열어 백룡에게 말했다.

"네 아비의 유언으로. 스미드레드의 딸."

거대한 백룡은 머리를 들어 올려 뒤로 빼고 꼿꼿한 채 얼어
붙었다. 심대한 의혹이 서린 그 푸른 눈이 탐색하듯 눈앞의 작
은 소녀를 훑어본다. 그러나 인과의 눈만이 결여되었을 뿐, 린
트부름의 후손으로서 어엿한 아이비레인은 뉘르뉴의 말이 거
짓이 아님을 알고 있었다. 그럼에도 동요를 내보이는 일이 일
종의 치욕이라 여기는 백룡은 차분히 선언한다.

"나는 묻는 것을 좋아하지 않아."

"용들은 도대체 왜 매번 이따위로 말하는 거야, 울리케?"

뉘르뉴가 짜증을 내듯 돌아보며 물었다. 그때까지 울리케의
어깨에 손을 올리고 있던 시그리드가 허락처럼 팔을 내렸고,
울리케는 도톰한 눈을 헤집어 밟아가며 천천히 다가갔다.

"글쎄. 나는 그게 린트부름의 후예들이 나름 수줍어하는 방
식이라 여기고 있긴 해."

울리케는 생애 두 번째로 직접 목격하는 용을 신선한 듯 올
려다보며 나직이 말했다. 다음 순간, 시선을 마주친 두 존재는
꼼짝도 않고 서로를 응시하였다. 백룡은 울리케의 시선 너머
창공을 가르는 까마귀의 그림자를 좇았고, 그 끝에 웅크린 검
은 용의 각오와 관철을 보았다. 아이비레인의 의혹은 더욱 커
져 이제 차라리 공포에 가까워져 있었으나, 그는 결코 그것을
인정할 수 없었다. 긴 세월 라핀다시르의 혈연들로부터 넘치는

경애를 받아왔으되, 단 한 번도 동등하거나 자신을 넘어선다고 여기는 존재와 관계 맺지 못했던 불행한 용은 이 순간 지극히 미숙했다. 강하고 거대하며, 탐미적이기까지 한 스스로의 육신이 일순 터무니없이 과잉된 허세처럼 느껴졌으나, 그것에 모멸감을 느낄 틈도 없이 백룡은 자신도 모르게 말한다.

"나는 스미드레드의 자손, 라핀다시르의 언약자인 아이비레인이다."

울리케는 잠시 얼이 빠져 백룡을 본다. 이것은 용들이, 그들 사이에서나 나누는 인사였다. 한낱 인간에게 할 인사가 아니었다. 울리케는 잠시 망설이다 정중히 말했다.

"나는 노아크와 이실케의 자손이자, 빌러디저드의 언약자인 울리케입니다."

예를 과도하게 차릴 필요가 없다는 시그리드의 말을 들었을 때부터 울리케는 자신을 낮추지 않기로 결심하긴 했다. 그래도 마치 스스로를 용인 듯 소개하는 이 순간은 꽤 어색하다.

"너희는 너무나도 비롯된 관계로부터 스스로를 소개하는구나. 댈 이름이 없는 자는 무엇으로 인사하지?"

뉘르뉴가 볼멘소리를 한다. 울리케는 말없이 팔을 뻗어 그 조그만 어깨를 감싸며 나란히 섰다. 그런 둘을 내려다보며, 아이비레인은 결연히 말했다.

"나는 내 선대의 유지를 이을 뜻이 없다. 그따위 것이 나를 제한하게 할 수는 없어!"

"그대 아비는 그대에게 명령하지 않았다. 내게 부탁했지. 그 말들이 구속력을 갖지는 않으나 그대가 듣는 순간 영향받을 것이다. 따르든 부정하든, 어느 쪽이든 간에 말이야. 심지어 나는 이대로 입을 다무는 선택을 할 수도 있어. 나는 과거를 봄으로써 스미드레드가 보았던 미래를 엿들었다. 그대가 보일 앞으로의 행보가, 그 미래의 재현이든 혹은 부정이든 단지 그 사실 자체가 중하다고 여긴다면, 나 역시 말을 전할 필요를 느끼지 않는다."

거래나 교섭이라기엔 너무 폭력적이지 않아? 울리케는 그렇게 생각하며 뉘르뉴의 말을 들었다. 하지만 상대가 상대인 만큼 이 정도는 해줘야 할 것 같기도 하다. 울리케는 백룡의 눈 안에서 두려움을 읽는다. 순간, 울리케는 아이비레인이 거짓을 말할 수 없는 용임을 깨달았다. 빌러디저드의 말에 따르자면 오직 거짓을 말할 수 있는 용들만이 세상으로 나온다 했다. 아이비레인도 예외는 아니었다. 그러니 이 눈앞의 백룡이 오로지 자신의 고집만으로 용들에 관해 널리 알려진 사실, 즉, 용은 진실만을 말한다는 사실을 관철하고 있다는 사실은 제법 울리케를 놀래켰다.

다시 말해 아이비레인은, 거짓을 말할 수 있음에도 자신이 '올바른' 린트부름의 후예여야만 한다는 강박에 의해 진실만을 이야기하기로 스스로 결의하고 있다는 것이다. 그러니 그는 거짓을 말하지 '않는' 용이 되는 셈이다. 울리케는 또한 아이비레인이 라펀다시르와의 언약에 집착한다는 사실도 꿰뚫어 볼 수 있었다. 하지만 이 깨달음들이 확고할수록, 오히려 울리케는 스스로에게 당황하기 시작했다. 이게 단순히 통찰로 도달할 수 있는 결론들인가? 전혀 그런 영역이 아니지 않은가?

"그는…… 빌러디저드는 대체 무얼 하려고 하지?"

아이비레인 역시 울리케로부터 무언가를 느낀 듯, 흠칫하며 물었다. 울리케는 대답한다.

"그분께 그 질문을 한다면, 오히려 내게 무얼 하겠냐고 되물으실 겁니다."

"왜 그가 그런 것을 신경 쓴단 말이냐?"

질문하는 것을 좋아하지 않는다던 선언이 무색하게 아이비레인은 연달아 물었다. 태평히 쏟아지는 눈송이들을 헤아리며 한동안 묵묵히 있던 울리케가 말한다.

"세상과 관계되려 하니까요. 교류란 주고받는 것이며, 절실함이 없다면 청할 것도 없을 것입니다. 빌러디저드 님은 바로 그 절실함을 구하고자 스스로의 완전함이 무너지도록 방기하였습니다. 물론 그러한 결정조차 선택적이고 돌이킬 수 있다는 점에서 기만이기는 합니다."

적막한 피어클리벤 성의 안뜰에서 읊조리듯 퍼지는 울리케의 목소리는 마치 신탁처럼, 모든 잔향을 집어삼킨 눈들에도 불구하고 모두의 귓가에 선명히 날아들었다. 모든 이들이 그 언령의 사슬에 매인 듯 꼼짝하지 못하고 이어지는 그의 말을 들을 따름이다.

"특히 아이비레인, 그대는 더욱 그렇게 느끼겠지요. 하지만 스스로가 인간에게, 라핀다시르에게 의존적인 존재란 것이 그렇게 문제란 말입니까? 이 땅의 모든 것이 본래 상호 의존적이지 않습니까?"

"그만해라. 더 듣지 않겠다."

아이비레인은 차갑게 말했으나 그 목소리엔 명백한 동요가 있었다. 다른 이들은 몰라도 로릭스데는 그걸 선명하게 느낄 수 있었다. 다음 순간 참지 못하고 한발 나선 그를 향해 백룡의 머리가 기울어진다. 용은 그의 이름을 불렀다.

"로릭스데."

"아이비레인…… 하즈바 에써 경에게 지시 내려 서리심의 신목을 파내려 했던 것이 정녕 아버님의 뜻입니까?"

"그 아이를 너무 나무라진 말거라. 에파가 다치고, 너마저 다치지 않았었느냐?"

로릭스데는 아무 말도 하고 고개를 떨구었다. 그 모양을 잠시 내려다보던 백룡이 말한다.

"그래, 나는 라핀다시르의 기반에 모든 것을 의탁해 왔지. 내 재량이라는 것은 결국 인세의 허울을 넘지 못했다. 내 목숨을 붙여 놓고, 린트부름의 혈연이라는 허세를 지불하기 위해 드는 모든 비용이 매 순간 얼마나 될 것 같으냐? 내가 한 모금의 숨을 내쉴 때마다 한 포기의 초목이 죽어간다면 어떻겠느냐? 나는 이 처지야말로 진정한 포식자의 저주라고 생각했다. 빌러디 저드? 그 녀석이 절실함을 갈구한다 말했느냐? 그것이야말로 참된 강자가 욕심낼 최후의 교양이로구나! 가끔 왕들이 거지의 흉내를 내기도 하는 것처럼!"

"아닙니다!"

울리케가 발끈하여 맞섰다. 용은 멈추지 않고 소리쳤다.

"나는 살인자요, 지난 전쟁의 학살자이다! 너희가 그들 모두의 이름을 아느냐? 왜 그 죽음들을 지웠느냐! 나는 내 죄를 갚고, 내 상처를 설계한 이들에게 받아 낼 빚이 있다! 결사의 무게를 모르는 무지한 놈들과 나는 논할 것이 없다!"

"결사, 결사라고 했습니까?"

울리케는 창백하게 분노해서 말했다.

"뉘른스에크에서 단지 얼어 죽어간 그 모두에게 그렇게 말할 수 있겠습니까? 헤르펠이 꾀한 죽음들이 아닙니까!"

"나는 그걸 계획하지 않았다!"

분노한 용이 고함을 지른 순간, 천둥이 울렸다. 그러자 시그리드가 고개를 모로 꼰 채 불쾌한 표정으로 하늘을 올려다보는 것이, 여차하면 뭔가를 용에게 갈겨 줄 기세였다. 하지만 다행히 아이비레인은 그 이상 뭔가를 더 저지르진 않았고, 한동안 울리케와 팽팽한 눈싸움만을 지속했다. 그 침묵을 자른 것은 뉘르뉴였다.

"자, 그대가 바란다면, 나는 그 옛 싸움을 보러 갈 수도 있어.

그리고 모두의 이름을 들어 주지. 그것이 그대가 진정 바라는 것 중 하나라면 말이다."

"······뭘 한다고?"

아이비레인이 물었다. 뉘르뉴는 대꾸한다.

"나는 대지의 기억을 되살려 볼 수 있다. 그대의 아비가 내게 남긴 전언을 들을 수 있었던 것처럼 말이다. 내 심장이 얼어붙은 뿌리로부터 유래한 그 날 이후의 모든 시간이 전부 내 권능에 해당되지."

백룡은 대답하지 않고 의혹에 찬 눈으로 뉘르뉴를 볼 뿐이다. 이것이 진실임을 알 수 있는 만큼 되물을 필요는 없었으나, 그렇기에 조금 충격을 받은 듯했다. 뉘르뉴는 그 반응에 아랑곳하지 않고 천연덕스럽게 말을 이어갔다.

"물론 나의 뿌리가 다시 심어지고, 뻗어간 이후에나 가능한 일이지만 말이다."

"심어진다고?"

"그 에다의 말라깽이와 협력자들의 무엄한 시도를 내가 왜 허락했을 것 같으냐? 나는 그간 최대한 희생을 덜기 위해 분투하는 많은 이들을 보았다. 셰이위르부터······ 모두가 그러했지. 하지만 그대와, 그대가 적이라 생각하는 이는 그렇지 않은 듯하군."

"내가? 희생을 덜기 위해 노력하지 않는다고?"

백룡은 깊은 모욕감에 치를 떨듯 물었다. 뉘르뉴는 새침하게 되묻는다.

"결사를 운운하지 않았는가?"

아이비레인의 몸 안쪽 깊은 곳으로부터 으르렁거림이 들려왔다. 그가 인내하며 말한다.

"나와, 나의 아이들에게는 계획이 있어! 너희가 하는 것은 단지 한낱 대응일 뿐이지, 어떤 선제적인 일이 아니다!"

"양쪽의 고집불통들 사이에 있으니 어쩔 수 없지 않습니까?"

마침내 울리케가 짜증내며 말했다. 그의 말이 이어진다.

"에파는요? 아이비레인 그대와 이대로 영영 결별한다고 하면 어쩔 겁니까? 에파 때문에 온 거 아닙니까?"

순간 용은 말문이 막힌 듯 보였다. 아이비레인의 시선이 울리케로부터 떠나 로릭스데에 이른다. 라핀다시르의 장남은 비통한 얼굴로 백룡을 마주 볼 따름이었다.

"……그건 내 문제다."

마침내 용이 항복하듯 숨을 토하며 말했다.

"내가 여기 온 것은, 뉘른스에크로 향하기 전 로릭스데를 보기 위함이었다. 단지 그것뿐이지."

"거긴 전쟁터입니다, 아이비레인. 가지 마십시오."

로릭스데가 한발 나서며 울듯이 말했다. 하지만 용은 그를 보지 않았다. 로릭스데는 다시 말한다.

"내가 가겠습니다. 나는…… 라핀다시르는 그대의 상처를 압니다. 전쟁터로 가지 마십시오. 간청합니다."

"……언제까지고 이럴 수는 없다, 로릭스데. 라핀다시르의 요람을 한 번 넘었을 때, 그 이름은 내게 감옥이 되었지. 한동안은 그게 마땅하다 여겼다. 하지만 너도 네 아비도, 그 감옥이 끝내 내 관짝이 되길 바라지는 않을 것이다. 그렇지 않으냐?"

"아이비레인……!"

"이 귀결의 유예가 너무나 길었다. 그리고 나는 싸우러 가는 게 아니다. 결코."

거짓을 말할 수 없는 용은 그렇게 말했다.

제 3장

 그리고 이제, 이야기는 다시 여러 날을 건너뛰어 이실바프로 되돌아온다. 굳게 내려진 성문의 철창 너머에서 초조히 기다리던 시르게이르는 등불을 들고 돌아오는 아스미르를 발견하고 안도의 탄성을 토했다. 하지만 들린 철창 아래로 몸을 숙여 들어온 아스미르의 표정은 무언가 이상했다. 그나저나 관심 없는 치안대장 나딘이 묻는다.

 "어찌 되었습니까?"

 "으음."

 아스미르는 그렇게밖에 말할 수 없었다. 그 역시 방금 보고 들은 것들을 정리할 시간이 필요했던 것이다. 오랜만에 본 여동생이 도래까마귀의 모습으로 나타난 것만 해도 꽤 완충이 필요한 광경이었으니까. 한동안 나딘을 초조하게 만든 끝에, 아스미르가 말했다.

"고블린 군대가 뉘른스에크로 가길 원합니다. 이실바프를 지근거리에서 우회할 텐데, 시로부터 어떤 공격도 받지 않고자 하고요."

"그놈들이 미쳤군요."

나딘은 당치도 않다는 듯 말했다. 예상대로의 그 모습을 멀거니 보던 아스미르가 말한다.

"그들이 왜 가고자 하는지는 안 궁금합니까?"

"이유가 있고, 그 이유가 어떻다 해서 시의 치안군이 대응을 달리해야 한단 말씀이오?"

"저들이 공격을 해 오는 것도 아닌데, 일부러 요격하겠다는 겁니까? 그 무익한 공격에 참여할 용병들을 수배할 수 있겠습니까?"

나딘의 표정이 굳어졌다. 그는 이빨 사이로 바람 소리를 내며 으르렁대듯 말했다.

"피어클리벤 공, 계속하시면 정말로 고블린 간첩이라는 불명예를 쓰게 되실 겁니다."

시르게이르가 치안대장을 험악하게 노려보았으나 정작 아스미르는 별달리 노여워하지 않았다. 오히려 예상했다는 듯, 허탈한 표정에 가깝다. 그는 중얼거린다.

"울리케 말대로군……."

"뭐?"

66

시르게이르가 물었지만 아스미르는 들리지 않는 듯했다. 그는 문득 고개를 들고 어두운 하늘을 빤히 쳐다보았다. 그 시선을 좇아 같이 하늘을 살피던 시르게이르가 아무것도 발견하지 못한 채 다시 묻는다.

"아스미르, 왜 그래?"

"아냐."

여전히 치안대장 나딘이 그를 노려보는 중이다. 아스미르는 그에게 말했다.

"그게 다입니다, 그들이 전한 말은. 저는 아무 권한이 없으니 말을 전해주겠다 했고요. 혹시…… 이 내용을 시 의회에 상고하실 생각은 없습니까?"

"이런 허튼소리는 보고할 가치도 없습니다! 그보다 뭐였던 겁니까? 그 고블린 대사라는 말은?"

"아, 단순한 착오입니다."

"이보시오!"

나딘은 이제 본격적으로 화를 내고 있었다. 아스미르가 터무니없는 이야길 전한 순간부터 그는 자신이 그래도 되는 권한을 쥐었다고 여기는 것 같았다. 사실 자유도시의 치안대장 입장에서는 전혀 무리가 아닌 판단이었다. 그랬기에 아스미르는 그의 태도로부터 별다른 불쾌함을 느끼지 않는다. 나딘은 침을 튀기며 소리쳤다.

"지금 저 밖에 고블린 군대 이천이 있소! 안으로는 역병이 돌고, 동쪽에서는 전운이 감도는 이 시국에 말이지! 착오? 착오로 어떻게 공의 가문 이름을 정확히 저들이 지목해 온단 말이오? 고블린들 사이에서 피어클리벤이 그토록 명가요? 나를 납득시켜 보시지요!"

"납득하지 못하시면? 우릴 가두고 취조하기라도 하시겠단 말인가요? 저희가 봉명사라는 걸 잊으신 겁니까?"

시르게이르가 지지 않고 대든다. 나딘은 정신을 가다듬듯 눈알을 한 바퀴 돌리며 숨을 들이마시더니 단호하게 외쳤다.

"비상시국이니, 자유도시 의회의 재량에 따라 그 정도는 가능하오!"

아니, 법적으로는 불가능하다. 의회는 언젠간 황명에 의해 질책당하고 이들의 억류를 풀 수밖에 없다. 하지만 적어도 봉명사 행렬의 발을 일정 기간 묶을 순 있으리라. 시르게이르가 나딘의 말에 분개해 뭐라 소릴 지르려는 찰나, 아스미르가 재빨리 말했다.

"그럼 그러시죠."

"뭐?"

시르게이르가 어처구니없어 하며 준비했던 악을 아스미르에게 토해내고 만다. 아스미르는 나딘에게 말했다.

"그러려면 제가 전한 내용을 의회에 보고할 수밖에 없을 테니. 제 쪽에서는 그편이 덜 찜찜합니다."

그러자 이제는 나딘의 표정이 괴상해진다. 시르게이르와 치안대장 모두 일순 할 말을 잃고 아스미르를 본다. 그 순간, 어둠 속에서 별안간 파닥이며 나타난 도래까마귀 한 마리가 그들 곁의 목책에 앉으며 소리쳤다.

"아니, 보내 놨더니 뭔 소리를 하고 있어 도대체!"

시르게이르와 나딘이 놀라 펄쩍 뛰며 이 정체불명의 존재를 본다. 아스미르를 비롯한 이 셋을 차례로 본 울리케의 시선이 시르게이르에게 문득 고정된다.

"어…… 오라버니 여자 친구?"

여전히 여동생의 모습이 낯설기만 한 아스미르가 반사적으로 대꾸했다.

"여자 맞고, 친구도 맞다."

긍정인지 부정인지 모르겠다.

"오라버니라니? 뭐야 이게?"

시르게이르의 물음이다. 아스미르는 얼빠진 표정의 나딘을 힐끔 보고 대꾸했다.

"놀라울 정도로 정교한 속임수거나, 혹은 내 동생 울리케지."

"아, 그 울리케? 동생이 까마귀라는 말은 안 했잖아?"

"당연히 까마귀가 아니었으니까."

아스미르는 이런 식의 대화가 익숙한 듯 맞받아친다. 울리케는 자신의 존재를 납득하지 못해 당황하고 있는 나딘과 달리, 시르게이르가 천연덕스러울 정도로 유연하게 이 상황을 받아들이는 데 대해 호감을 느꼈다. 여태껏 도래까마귀로서 이 사태에 개입하는 동안, 울리케는 인간의 형상을 벗어나 있는 데서 오는 자유의 덕을 톡톡히 보아왔지만, 한편으로는 바로 그렇기 때문에 모든 이들이 자신을 진지하지 않게 대한다는 불만도 있었다. 때문에 시르게이르를 쳐다보며 아스미르에게 묻는다.

"내 이야기를 한 적 있나 봐?"

피어클리벤의 형제들은 기본적으로 상호 존대하도록 교육받았고, 이는 북부 귀족들 사이에서 일반적인 예법이었다. 하지만 어느 집이나 그렇듯 형제간의 역학 관계란 그리 단순하지 않은 법이다. 오히려 동복 오빠인 아룬드와는 깍듯이 대하는 울리케였으나, 적어도 유례가 없는 자리에서만큼은 아스미르와 울리케는 지금처럼 막역하게 말을 주고받았다.

"너랑 나눴던 이야기들은 인용하기 좋거든."

울리케의 물음에 답하는 아스미르다. 이쯤 되자 마침내 더 참을 수 없게 된 치안대장 나딘이 말한다.

"도대체 지금 이게 무슨 상황입니까?"

"오라버니가 전해 드리지 않았나요? 유하라로부터 온 고블린 이천의 이동을 이실바프가 방해하지 않길 바란다고요. 물론 치안대장님께서 독단으로 결정하실 수 있는 일은 아니겠지요. 그런데 의회의 판단을 요구하실 생각도 없으신 것 같고요. 그럼 그 또한 일종의 독단이 아닙니까?"

나딘은 울리케가 이렇게 말하자 기어이 부하들 앞에서는 결코 짓지 못할 표정에 도달했다. 울리케는 이어 말한다.

"이런, 인사가 늦었군요. 제가 바로 저들이 찾던 고블린 대사, 울리케 피어클리벤입니다. 동시에 피어클리벤의 진흥행정관이자 용의 사자이며, 영현봉송관이기도 하답니다."

"까마귀…… 고요."

나딘이 말을 더듬으며 지적했다. 울리케는 샐쭉하니 대꾸한다.

"그건 직함이 아닌걸요?"

하지만 아무래도 이 가엾은 치안대장에게는 앞서 소개한 울리케의 직함들보다 도래까마귀라는 형상이 더 중요한 모양이었다. 이래서야 이야기가 진전되질 않겠다. 그때, 울리케와 정확히 같은 걸 생각한 아스미르가 나선다.

"이 까마귀는 제 동생이 맞습니다. 그런 보증이 필요하신 거라면요. 동쪽에 새로 나타난 용이 한 영지를 점거하고, 고블린들이 몰려드는 이 시국에 한 가문의 영애가 까마귀처럼 보이는 게 무슨 그리 큰 문제겠습니까? 그보다는 중요한 당면 문제들이 있을 텐데요."

"……어, 그렇겠지요."

하지만 치안대장은 결국 사고가 정지한 듯 보였다. 보다 못한 울리케가 말한다.

"이실바프의 치안대장, 나딘 하이슈켈이 맞으시지요?"

"맞습니다만……."

"이그라 아트뤼드 경의 친우되시는 분이라 들었습니다."

그때까지 좀처럼 이 상황을 받아들이지 못해 흐려져 있던 치안대장의 눈에 빛이 돌아온다. 그는 의혹과 경계의 얼굴을 하고 도래까마귀를 쳐다본다.

"그는 무사합니까?"

"무사하답니다. 그의 형님인 라그나도 자신의 안부를 전하면 치안대장께서 좋아할 거라 말하더군요."

그제야 나딘은 눈앞의 이 까마귀가 실제로 존재하는 인간이라고 여기기 시작한 모양이다. 그런 기색을 읽어 내며 울리케는 곧바로 쐐기를 박는다.

"급히 오느라 이런 모양새가 되었습니다. 양해해 주시지요."

"아니, 뭐…… 소관이 뭐라 하겠습니까."

"작금의 사태에 대해 분명 곤혹스러우시리라 생각합니다. 자유도시의 치안 책임자로서 성벽 바깥에 고블린의 군대가 몰려와 있는 걸 아는 상황이니까요. 하지만 그런 만큼 이 문제를 의회로 올리시고, 판단을 유예하셨으면 합니다. 저들 역시 그리 서둘지 않을 것입니다. 제가 이래 봬도 이런 문제를 다루는 데는 조금 경험이 있답니다. 저들이 대화가 통하는 상대라고 전제해 주실 수 없을까요?"

전례가 없는 상황이다. 그러니 역시 마찬가지로 특이하고 비범한 존재가 이 문제를 감당하는 게 맞을지도 모른다. 하나도 논리적이지 않은 생각이었지만, 치안대장 나딘은 도래까마귀의 당당한 태도를 보며 문득 그렇게 착각했다. 그는 한숨을 내쉬며 졌다는 듯 말한다.

"좋습니다…… 봉명사에, 무슨 대사에, 행정관과 봉송관이시라구요. 오히려 이걸 무시했다간 시의회가 훗날 저를 문책하겠군요."

"혹시 더할 직함이 많으면 좋은가요? 여기 용숙수도 있는데요. 힐드룬입니다."

시르게이르의 말이었다. 그러자 아스미르가 헛기침을 했고, 나딘은 멀거니 그를 쳐다보다 고개를 살래살래 휘저으며 양해를 구하곤 그 자리를 떠났다. 그렇게 대화가 흐지부지 끝난 가운데, 울리케만이 어둠 속에서 눈을 반짝이며 되묻는다.

"용숙수라고요?"

"자, 이제 뭐가 어떻게 돌아가는 건지 좀 말해 줄래?"

이실바프 시의 여각 지구, '재회의 구렁텅이(울리케는 이쯤에서야 제국에서 여관 이름을 이상하게 짓는 것이 하나의 문화적 전통이라는 사실을 깨달았다. 사실 여기에는 재미난 고사와 그것으로부터 유래된 민속신앙적 이유도 곁들여져 있으나, 이 이야기에서는 과감히 생략한다)'라는 이름의 여관 2층 방이었다. 비로소 나딘의 압박에서 벗어난 아스미르는 봉명사 행렬의 구성원 전원을 이 여관에 투숙시키고 한숨 돌린 참이었다. 울리케는 볼일이 있다며 남문에서 그대로 헤어졌다가 아스미르와 시르게이르가 식사를 마친 이후 다시 찾아왔다. 사전에 고지한 대로 열린 창문을 통해 날아든 까마귀가 탁자 위에 내려앉자, 아스미르가 다짜고짜 위와 같은 말을 던졌다. 하지만 시르게이르가 한 손을 들어 그를 제지하며 울리케에게 물었다.

"차를 드리는 게 실례가 될까요?"

"정말 감사한 제안이며, 적당히 식은 차라면 저도 마실 수는 있지요. 하지만 몇 번 시도해 본 바, 새의 부리라는 게 아무래도 예법에 걸맞은 교양을 보이기는 불가능하더라고요."

울리케의 대답이었다. 턱을 손에 올리고 그런 여동생을 쳐다보던 아스미르가 말했다.

"그건 좀 논쟁의 여지가 있지 않을까. 새가, 까마귀가 그렇게 생겨 먹은 것 자체를 무례하다고 말할 수는 없지. 예법은 인간의 것이고, 그조차 보통은 평균이라는 폭력에 입각한 기준을 갖고 있잖아?"

"나도 다시 봐서 무척 반가워, 오라버니."

울리케는 흐뭇하게 맞받아쳤다. 그러고는 덧붙인다.

"하지만 예법은 궁극적으로 상대가 불쾌하지 않게 배려하는 것이지. 부리에서 찻물을 흘려 대거나 비듬 날리는 까마귀를 마주할 준비가 되어 있어?"

"저는 닭이 물 마시는 걸 아주 재밌다고 생각해 왔어요!"

시르게이르가 모종의 의무감을 갖고 선언한 바였다. 울리케는 고개를 끄덕이며 말한다.

"그게 웃기긴 하죠. 저도 웃겨야 하나요?"

"웃지는 않을 거다."

아스미르가 정말로 웃기지 않다는 듯 말했다.

울리케는 이런 이야기들을 사실 건성으로 흘리고 있었다. 지금 이 자리에는 그들 셋뿐만 아니라 못 보던 사람 하나도 끼어 있었던 까닭이다. 그는 잠자코 희미한 웃음을 띤 채 이 모든 정황을 그저 바라보고만 있었다. 울리케는 옷차림과 꾸밈새를 보고 그가 귀족임을 판단한다. 딱히 까마귀의 통찰력이 요구되지도 않았다. 그런 그가 말한다.

"인사드립니다, 울리케 피어클리벤 영애. 많은 직함을 갖고 계시다 들었습니다만, 제게 의미 있는 것은 용의 사자시라는 사실이군요. 정말이지, 이렇게 뵈어서 영광입니다."

울리케는 그가 풍기는 기묘한 느낌에 일순 움찔한다. 중년의 여성은 무언가에 강하게 경도되고, 그것을 일상적으로 체화했다는 점에서 마법사들과 유사한 분위기를 풍겼으나, 사물의 본질을 통찰하는 것과는 별반 상관없어 보인다는 점에서 그들과 궤를 달리하는 느낌이 있었다. 울리케는 그로부터 이질적이면서도 익숙한, 모순된 느낌을 동시에 받는다. 말하자면 저 실록의 폐장들과 마법사의 교집합이라고나 할까? 모종의 맹목이, 미련 가득한 회의의 껍질에 싸여 있는 것만 같아 보인다.

"이런, 소개가 늦었군요. 저는…… 레이프니르의 이드냐입니다. 편하게 이드냐라 부르세요."

"그리고 선험관이시지."

이드냐라 자신을 소개한 그 여성의 말이 끝나자마자 아스미르가 차를 따르며 덧붙인다.

선험관(先驗官). 이는 예로부터 각 지방의 영지나 사건, 인물 앞에 파견되어 자신이 보고 느낀 바를 황제에게 전달하는 관리들이었다. 다시 말해 황제의 눈과 귀였으며, 사관인 동시에 필요에 따라서는 재량에 따라 어느 정도의 몰수권마저 행사할 수 있는 이들이었다. 즉, 이들은 좀처럼 보기 힘들며 특별한 권한을 지닌, 은밀한 공무원이다. 때문에 울리케는 조금 놀라 대답했다.

"울리케 피어클리벤입니다. 저야말로 영광이군요."

"그리고 이쪽은 시르게이르. 힐드룬의 적장녀로 아까 들었듯이 현 용숙수의 삼대이지."

"그리고 어쩌면 새로운 일대일지도 모르고요. 희망 사항이지만요."

자기소개를 빼앗긴 시르게이르가 재빨리 거들고 나섰다. 울리케는 고개를 갸웃하며 말한다.

"새로운 일대라? 빌러디저드 님의 용숙수가 되길 바라신다는 말씀일까요? 폐하께서 그걸 허락하셨나요?"

"사실상 그렇답니다. 저조차도 제국에 용이 없다는 걸 최근에야 알았으니까요. 황실에 쏟아질 '비난'들은 모조리 힐드룬에게 집중될 수밖에 없었죠. 경위야 어쨌건 이건 거대한 사기극처럼 보였을 테니…… 그래서 여기까지 온갖 식재료와 조리 도구들을 싸 들고 왔답니다. 구호물자로 위장하고 있지만요."

이 북새통에서 밥투정을 하는 용도 웃기지만 정말로 그 밥을 해 주겠다고 먼 길을 달려온 사람이 있다. 울리케는 조금 어이가 없어서 멍하니 있다가 중얼거린다.

"……순전히 이것 때문에 나를 보냈나?"

"무슨 말이지요?"

조용히 차를 마시던 이드냐가 문득 흥미롭다는 듯 물었다. 울리케는 망설이다 대답한다.

"빌러디저드 님이 저를 보냈어요. 아실지 모르겠는데, 현재 북대륙의 거의 모든 고블린 군락들이 소개되고, 그 구성원들이 무리를 형성해 뉘른스에크로 향하고 있답니다. 현재 이실바프 바깥의 이천은 겨우 제 일파(一波)에 불과하죠. 그리고 이건 방랑 류그라들도 마찬가지인데, 그나마 그들은 제국민들의 경계를 사진 않으니 문제없지만 고블린들은 아니죠. 저는 고블린들이 뉘른스에크에 도달할, 지속적이고 안전한 노선을 확보해야 해요. 남쪽으로부터의 길은 출발 전 이미 어느 정도 해결해 두었지만, 이실바프가 위치한 서쪽 대로는 보다시피 아니니까요."

"그거 엄청난 임무인데? 가능하겠어?"

아스미르가 뜻밖이라는 듯 묻는다. 울리케는 멀거니 아스미르를 비롯한 셋을 쳐다보다 오빠에게 말했다.

"사용할 수 있는 패들은 꽤 있어. 실은 좀 많아……. 그리고 하나하나 강력하지. 그래서 오히려 고민이야. 부작용을 최대한 덜어 낼 방법을 선택해야만 해. 그것도 가급적이면 인간의 힘만으로."

"인간의 힘 이상 가는 패가 있단 말이군요?"

이드냐의 물음이었다. 울리케는 고뇌에 휩싸인 듯 말한다.

"네. 그렇습니다. 아실지 모르겠는데 뉘른스에크는 현재 복마전(伏魔殿) 그 자체라 해도 과언이 아니랍니다. 제가 여기 와서 느낀 건데, 이실바프엔 아직 용혈열 말고는 전해지지 않은 것 같더군요."

"뭐가 더 있지? 그리고 그 용혈열에 대해서 좀 말해봐."

"음."

울리케는 침음을 흘렸다.

그의 말대로, 이실바프엔 그날 있었던 아우스뉘르쪽의 패배와 수천 드라우그르들의 발흥(發興)이 알려져 있지 않았다. 울리케의 즉흥적이었던 작명대로 영령군이라 불리게 된 그들이 철저히 서리심의 눈보라 안에서만 움직인 까닭도 있었으며, 목격자들이 여전히 전선에 머물고 있는 이유도 있었다. 물론 더러 병참선을 따라 전해진 소문이 아주 없는 것은 아니었으나, 이런 황당한 이야기는 눈에 보이는 질병보다 더 강력히 퍼지진 못했다.

"용혈열은…… 아니 어쩌다 그런 이름이 붙었는지 원……."

울리케는 잠시 혼잣말로 탄식하고 말을 잇는다.

"그건 그저, 원래 이 지방의 흔한 열병이야. 그것의 아주 소이(小異)한 변종이래. 좀 심하게 앓긴 하지만, 치사율은 오히려 기존의 열병보다 낮아. 적절한 조치와 구호만 있으면 평소 지병이 있지 않은 바에야 모두 무사히 쾌유할 수 있다고. 난 직접 환자들을 보았는걸. 오히려 여기 와서 이렇게들 호들갑을 떠는 걸 보고 좀 놀랐다니까? 아니, 전장의 역병이라는 게 그렇게 드문 것도 아니고 말이야."

"그렇기는 하지. 그런데, 이게 그렇게 심한 병이 아니란 걸 알리지 않는 쪽이 오히려 낫겠던걸?"

아스미르의 말이었다. 이에 울리케는 무슨 소리냐는 듯 그에게 눈을 부라렸고, 아스미르는 자신의 여정에서 보고 들은 것들을 털어놓았다. 용혈열에 대한 과도한 공포가 방역 조치들로 이어졌고, 결과적으로 그것이 다른 전염병들까지 유의미하게 감소시켰다는 사실을 말이다. 시르게이르도 한마디 보탠다.

"이민족의 습속이라고, 내내 손으로 먹길 고집하던 귀족들도 식기 사용을 도입하기 시작했지요. 황성에서는 현재 젓가락 사용이 대유행이랍니다."

"……뜻밖이군요."

울리케는 뭐라고 말해야 할지 몰라 그렇게 중얼거리듯 대꾸했다. 이건 그조차 예상하지 못한 효과였다.

드라우그르들이 일어났던 그날, 결국 싸움은 벌어졌고 용의 경고는 실현되었다. 울리케는 어떻게든 막아보고자 했지만 파마의 결계 안, 산성에 틀어박힌 검은 용과 도래까마귀의 몸으로 대화할 방법은 없었다. 물론 다른 이들을 보내거나, 하다못해 뤼드라도 날려 보내 간접적인 대화는 주고받을 수 있었다. 하지만 울리케가 아닌 그 누구도, 용과의 대화를 사실상 '견뎌내지' 못 했다. 아마도 울리케를 제외하자면 고블린 오백장 아우케트가 용과 그나마 부담 없이 대화할 수 있는 존재였으리라. 그럼에도, 그조차 어떤 문제를 가지고 용과 따지고 드는 걸 시도할 생각은 없어 보였다. 아니 그전에, 그는 역병이 도는 걸 막는 데 부정적인 눈치였다. 다투고 싶지 않아 결국 말을 삼키긴 했지만, 울리케는 아직까지도 그 부분이 마음에 걸렸다.

그래도 천만다행인 것은, 울리케의 말마따나 결국 창궐한 이 병이 실제로는 치명적이지 않다는 사실이었다. 비록 환자는 극심한 근육통과 고열에 시달리며 정말 죽기 직전의 상태까지 가긴 했지만, 열흘 정도만 견디면 거짓말처럼 나아 버렸다. 이것이 원래 용의 의도였는지도 모른다. 그렇다 할지라도 역병을 수단으로 삼은 일의 부도덕성을 외면할 수는 없겠지만 말이다.

"그래서? 가진 패가 뭐야? 여기까지 전해지지 않았다는 것들이, 이 용혈열 말고 뭐냐고."

아스미르가 묻는다. 울리케는 이들의 면면을 다시 한번 보았다. 아스미르야 피어클리벤 사람이니 상관없고, 시르게이르는 어차피 용의 턱 앞에 이를 테니 뭔가를 감추는 게 불가능할 터다. 그럼 남은 것은 이드냐 레이프니르인데, 알다시피 그는 선험관이다. 황제의 눈과 귀였다. 그에게는 보아야 할 것을 보고 들어야 할 것을 듣는, 권리와 의무가 있으며 이는 황제의 이름으로 보장된 바다. 울리케는 마음을 정하고 부리를 열었다.

"일단…… 소집 가능한 드라우그르 무장 병력 팔천과, 라핀다시르의 백룡 아이비레인이 있어요. 아, 아이비레인을 다루는 건 좀 어렵긴 하지만요. 그리고 고블린 병력 오백에, 현재는 일종의 휴가 중이긴 하지만 서리심도……."

하지만 울리케는 말을 하다말고 부리를 닫을 수밖에 없었다. 듣고 있던 다른 세 사람의 표정이 하나같이 괴상해졌던 것이다. 가까스로 입을 연 것은 다시금 의혹과 불신에 사로잡힌 아스미르였다.

"너네…… 정말로 무슨 마왕군이라도 되는 거야? 아버지는? 아버지는 무사하셔?"

일단 이 오해를 풀어야겠다.

이튿날, 아스미르 피어클리벤은 성벽의 망루 위에서 울리는 경종 소리를 들으며 느지막한 잠에서 깨어났다. 전날 늦은 시간까지 울리케의 이야기를 듣느라 안 그래도 취침이 늦었는데도, 들은 이야기들이 하나같이 대단해서 그대로는 도저히 잠을 이룰 수 없을 것 같아 술을 한잔 마셔야 했었다. 때문에 그는 조금 띵한 머리를 붙잡고 자리에서 몸을 일으킨다. 종소리는 여전히 시끄럽게 울리고 있었고, 여관의 투숙객들 모두 불안스레 움직이는 소리가 삐걱대며 들려왔다.

"아스미르! 일어났어?"

방문이 벌컥 열리며 시르게이르가 들어온다. 여행복으로 갈아입은 그를 보며, 아스미르는 물었다.

"이게 다 무슨 소란이야?"

"자세한 건 모르지만, 아무래도 성벽 바깥에서 심상찮은 움직임이 포착된 모양이야. 고블린들 말이야."

"……고블린?"

아흐가르라 했던가. 아스미르는 자리에서 일어나 물을 찾아 마시며 생각했다. 고블린과 직접 대화한 것은 어제가 난생처음이었고, 그건 꽤 신선한 경험이었다. 하지만 울리케는 말했다. 아흐가르는 호전적이고 꽉 막힌 고블린의 전형일 뿐이라고. 더구나 지금 그들은 용의 계시를 받았다 생각하며, 그들의 성지로 향하고 있다. 그러므로 얼마든지 예상 이상의 호전성과 맹목성을 드러내도 이상하지 않다는 것이 울리케의 설명이다.

아스미르는 또다시 어제 들었던 그 장대한 이야기들을 떠올리며 혼란을 느꼈다. 울리케의 정리와 말솜씨는 훌륭했고, 그런 만큼 더더욱 현재의 상황이 얼마나 복잡한지를 여실히 파악하게 해 주었다. 들었던 이야기들을 따라잡는 데만도 솔직히 벅차다. 그것으로부터 무언가를 판단해 내는 일은 아직 너무 일렀다.

오랜만에 본 동생은 비단 도래까마귀의 형상을 취하고 있다는 것 이상의 충격을 그에게 안겨주었다. 단지 시골 영지의 여덟째에 불과했던 그 아이가, 어떻게 이런 거대한 이야기의 한복판에 있을 수 있게 된 것일까? 게다가 울리케는 자신이 주도적으로 이 문제들에 관여하려 애쓰고 있었고, 실제로 그럴 수있는 실권과 영향력도 가진 듯했다. 아스미르는 황성의 귀족들 틈바구니에서 그들이 얼마나 시시한 것들을 가지고 첨예하게 다투며 온갖 허세를 피우는지 보았기에, 더욱 여실히 파악할 수 있다. 울리케는 이제 자평하는 것보다 훨씬 대단한 존재였다. 아스미르와 시르게이르, 그리고 선험관 이드냐 모두 어젯밤 그 사실을 깨달았다. 그들 눈앞의 이 도래까마귀는, 완전히 상궤를 벗어난 미증유의 존재라고.

아스미르는 마른세수를 하고 그제야 땡땡 울리던 종이 그친 것을 깨달았다. 좁은 창밖으로 내다보이는 잿빛 도시의 거리는 우중충했다. 그는 서둘러 옷을 차려입고 아래층으로 내려간다. 이미 시르게이르와 이드냐가 나와 방금 나온 아침을 들고 있었다. 봉명사 행렬의 다른 수행원들 역시 모두 모여 식사하는 게 보인다. 아스미르가 자리에 앉자 시르게이르가 말했다.

"고블린들 맞는 것 같아."

"이쪽의 응답을 기다리지 않고 움직이기로 한 모양입니다."

이드냐도 그렇게 부연했다. 나름 잘 잔 듯 보이는 시르게이르와 달리 선험관의 눈엔 충혈된 기운이 남아 있어, 그가 지난밤 꽤 잠을 설쳤음을 알려주었다. 무리도 아닐 것이다. 울리케의 이야기들은 그만큼 엄청났다.

"내분일까요?"

울리케에게 들은 고블린들의 의사 결정 체계를 떠올리며 죽그릇을 노려보던 아스미르가 말했다. 마침 같은 걸 생각하고 있던 선험관은 대답했다.

"글쎄요. 그걸 내분이라 말하는 건 우리의 시각이겠죠. 영애의 말에 따르면 저들은 그리 통일된 합의체를 구성하지 못한 모양이니까요."

하지만 저들의 왕이 나타난다면 이제 그 합의가 이루어질 것이다. 이드냐와 아스미르는 각자 그런 생각에 잠겨 침묵했다. 그들과 달리 별로 침묵할 생각이 없는 시르게이르가 입을 연다.

"고블린의 왕이 나타나는 게, 우리 제국 입장에서 좋은 일일까요?"

"좋은 점을 말해 보자면······."

아스미르가 기다렸다는 듯 즉각 입을 떼었다가 눈치를 보듯 이드냐를 한번 쳐다보았다. 선험관은 웃으며 말한다.

"오, 저는 아무것도 판단하지 않을 겁니다, 아스미르."

"······각지에 흩어져 지역민들과 충돌을 일삼던 그들이 한데 모여드니, 지방 영주들 입장에서는 골칫거리를 치울 수 있게 된다는 점입니다. 하지만 이제 구심점을 찾아 무시할 수 없을 만큼 큰 세력을 이루었으니, 제국은 이들을 정식으로 상대해야 합니다. 외교적으로든, 군사적으로든 말입니다."

"지방 영주들의 골칫거리가 중앙 귀족들의 골칫거리로 바뀐다는 말이로군?"

시르게이르의 정리다. 아스미르는 피식거리며 대꾸했다.

"그렇지."

이 점을 빠르게 파악한 지방 영주들 중 일부가 고블린들의 이동을 포착하고서도 묵인하듯 무시한 경우들도 있었다. 물론 더러 고지식하게 자신의 의무를 강조하며, 고블린들의 이동을 저지하려다 끝내 불필요한 소모만을 일으키고 만 영주들의 이야기도 들려왔다. 아스미르 또한 고블린들을 인간의 도로와 들판이 아닌 숲에서 상대하는 게 얼마나 어리석은 일인지를 어느 정도 알고 있었다.

"하지만 이실바프는 다른 지방 영주들처럼 이 고블린들의 이동을 무시할 수가 없어. 여기서 동쪽으로 작은 마을 두어 개만 지나면 바로 뉘른스에크야. 이실바프 또한 원래는 뉘른스에크의 속지이니까, 동쪽에 고블린 대군이 집결하는 걸 방관만 하고 있을 수가 없지. 안 그러면 여기가 최전방이 될 텐데."

"아스미르 군은 저들이 꼭 적이 될 거라고 생각합니까? 영애의 이야기에 자주 등장한 그 고블린 오백장…… 아우케트를 부를 때 영애는 무척 호의적인 태도를 보이던데요. 실제로 그들은 협조적이고요."

이드냐의 물음이다. 아스미르는 고개를 흔들며 대답했다.

"그 고블린이야 그렇겠지요. 울리케와 만났고, 실제로 저희

집안과 조약을 맺었으며, 용과도 얽힌 당사자니까요. 하지만 성문 밖의 저들은 아닙니다. 저들에게는 그 모든 '관계'가 없죠. 저들은 명분만으로 움직이기에, 오히려 절박할 겁니다. 다시 말해 이 상황을 입체적으로 볼 여유 같은 건 없을 거예요. 그러니 조금만 상황이 안 좋아도 공격적으로 굴 수 있죠. 전 그렇게 생각합니다."

이드냐는 이해한 듯 고개를 끄덕이곤 무언가 골똘히 생각하기 시작했다. 아스미르는 꾸덕한 죽을 떠먹으며 내심 다시 한 번 그의 눈치를 본다.

선험관 이드냐 레이프니르. 그는 황성에서 출발하며 처음부터 이 봉명사 행렬에 따라붙은 밀사였다. 봉명사의 목적이 빌러디저드와 대면하는 것인 만큼, 이드냐야말로 용과 대화할, 황제의 분신인 셈이었다. 하지만 이드냐는 자신이 정확히 무엇을 위해 움직이는지 말하지 않았고, 또한 그럴 권리를 갖고 있었다. 물론 선험관의 권리란 건 딱 거기까지다. 용을 상대로 지방 영주에게나 통할 몰수권이 의미 있지도 않거니와, 선험관이란 황제의 눈과 귀이지 입은 아니었으니까. 아스미르는 황실이 도대체 무슨 생각을 하고 있는지 궁금했지만 한 번도 그런 의문을 내비치진 않았다. 그에게 있어 선험관은 무척 조심스러운 상대였다.

"피어클리벤!"

별안간 여관 문짝이 벌컥 열리며 들이닥친 병사 하나가 이렇게 소리 질렀다. 아스미르는 깜짝 놀라 불쾌한 얼굴로 그를 노려보며 일어선다. 가문의 이름이 이런 식으로 불리는 건 정말이지 싫은 일이었다.

"아스미르 피어클리벤이다."

"치안대장께서 모셔오라 요청하셨습니다!"

"알았으니 소리 지르지 마! 그리고 밥은 먹고 갈 거다."

아스미르는 꾸덕한 죽을 서둘러 비우고 일어났다. 시르게이르와 이드냐도 일어선다.

"이번엔 저도 동행하겠습니다."

"원하시는 대로."

세 사람은 남은 봉명사 수행원들에게 짐을 잘 지키라 이르고 병사를 따라나섰다. 어제저녁에 울렸던 2종 경계 태세는 밤새 해제되지 않았고, 아까 울렸던 경보 때문인지 거리의 분위기는 어제와 또 달랐다. 화재가 났었는지 까맣게 타 버린 웬 여관 자리를 지나자, 아스미르는 광장 저편에서 한 용병단과 상단주가 시끄럽게 떠들며 서로 따지는 소란을 보았고, 한 무리의 치료사들이 바쁘게 달리는 것도 발견했다. 무기가 가득 쌓인 수레에 달라붙은 노동자들도. 여기가 군수 도시임을 만방에 주장하듯 허연 연기를 뿜는 대장간들이 경종보다 시끄러운 소리를 울려 대고 있었다.

"밤새 잘 주무셨길 바랍니다."

아스미르를 다시 만난 나딘의 아침 인사가 마치 으름장처럼 들렸다. 아스미르는 그의 눈에 피로와 핏발이 선명한 걸 보며 초연히 대꾸했다.

"무슨 일입니까?"

"무슨 일이냐고요? 저놈들이 기어이 전진했습니다. 화살 사거리 바깥이지만 보란 듯이 전진했고, 대오를 짰다고요!"

"의회는 뭐랍니까?"

"아직 결정난 건 없습니다. 지금도 회의 중이죠."

"그렇군요. 절 부르신 이유는?"

그러자 치안대장은 충혈된 눈으로 아스미르를 흘겨보다가 한숨을 내쉬며 말했다.

"이것 보십시오. 나라고 저놈들과 싸우고 싶겠습니까? 여기 있는 모두가, 늘 그렇듯 아무 일도 없길 바랄 뿐이죠. 더구나 이건 이겨 봤자 무슨 영광이 따라오는 전쟁도 아닐 거라고요. 아니, 제기랄! 저 미친놈들은 이 성벽의 높이가 보이지도 않는 모양이지?"

아스미르는 그가 무슨 말을 하기 위해 이런 이야기들을 늘어놓는지 이미 파악했지만, 짐짓 모르는 척 의뭉하게 말을 자르며 물었다.

"도대체 무슨 이야길 하고 싶은 겁니까?"

"뭐라도 해 보시오! 제기랄."

나딘은 자신의 입에서 나온 말을 스스로 믿을 수 없다는 듯 투덜거리며, 서둘러 변명하듯 말을 이었다.

"나도 소문을 들은 바가 없지 않소. 뉘른스에크에서 무슨 일들이 벌어지는지. 그리고 거기로 향하는 고블린들이 있다는 것도 말입니다. 그러면 지금 밖의 저놈들이 처음이 아닐지도 모르고, 우리는 어쩌면 여기서 내내 저들을 상대해야 할지도 모른다는 거요. 헌데 이실바프는 뉘른스에크에 도달하는 모든 병참의 거점이란 말입니다. 이따위 싸움이 벌어지면 그게 다 엉망이 될 거요! 이 도시에 몰려드는 용병단과 상단들의 치안을 담당하는 것만으로도 내 할 일은 차고 넘친단 말입니다!"

그렇긴 하다. 애초에 자유도시의 치안대장이란 외적의 침입을 상정해 발탁하는 보직이 아니었으니까. 아스미르는 조금 측은하게 그를 보다가 말한다.

"어째 어제와는 좀 태도가 다른 것 같군요."

"저놈들이 선공을 걸어 올 거라는 건 아무도 예상하지 않았으니까요!"

그제야 아스미르는 치안대장의 당황이 어디서 비롯되었는지를 깨닫는다. 고블린 군대가 인간의 도시를 공격한다? 그것도 높고 두터운 성벽으로 보호받는 자유도시를? 제국의 사백 년 전사(戰史)에 기록된 바 없는 일이다. 그때 문득, 이드냐와 함께 아스미르의 뒤에 서 있던 시르게이르가 묻는다.

"그런데 저들의 공성이 가능하긴 한가요?"

"투석기 같은 것이야 없지만, 궁수가 있고 사다리가 있으면 어떻게든 시도해 볼 수 있는 것이죠. 물론 말할 것도 없이 우리가 이깁니다! 내가 염려하는 것은 이 뻔한 싸움에 소모될 내 부하들입니다. 우리는 공연히 저놈들을 몰살시킬 생각도 없단 말입니다. 만에 하나…….'

치안대장은 이런 이야기 자체가 불경한 가정이라는 듯, 잠시 주변의 눈치를 살피더니 말했다.

"만에 하나 저들이 뉘른스에크에 정말 거점을 마련하는 날이 온다면, 이 충돌의 값을 받아 내려 할 게 아닙니까? 고블린들에게 얕잡히는 건 참을 수 없는 노릇이지만, 필요 이상의 대응을 하는 것도 문제입니다. 저놈들이 공격을 걸어온다면 맞아 싸우는 것이 당연하지만, 솔직히 말해서 결과가 뻔히 예상되는 이득 없는 싸움 따월, 도대체 누가 하고 싶겠소?"

확실히 도시의 자유민은 영주나 영지민과 생각하는 게 다르다. 아스미르는 그걸 여실히 깨달으며 말했다.

"글쎄요, 내가 뭘 할 수 있겠습니까? 어제 나눈 이야기들을 무시하고 저렇게들 몰려왔는데, 나더러 저 대오 앞으로 나가라고요? 농담이겠죠."

"그…… 까마귀는 같이 안 왔습니까?"

나딘이 주변을 둘러보며 조금 민망한 듯 묻는다. 울리케는 어제 밤늦게까지 긴 이야기를 마치고는 다시 오겠다며 창밖으로 날아가 버렸다. 아스미르가 막 입을 열어 까마귀는 오지 않았다고 말하려던 참이었다. 마치 어디선가 그들의 말을 엿듣다 기다렸다는 듯, 커다란 도래까마귀 한 마리가 별안간 나타나 그들 머리 위를 한 바퀴 맴돌았다. 주위에 앉을 만한 자리가 없다는 걸 깨달은 아스미르가 엉거주춤 팔을 내밀자 까마귀가 바로 내려앉았다.

"밤새 어디 있었던 거야?"

아스미르가 묻는다. 울리케는 고개를 갸웃거리며 말했다.

"글쎄, 그 이야긴 나중에 하고. 상황이 결국 이렇게 되었군요. 나는 저게 일종의 무력시위라고 생각하지만."

"그냥…… 시위라고요?"

치안대장 나딘은 울리케를 기다렸음에도 이 유창히 말하는 까마귀를 보는 게 영 적응되지 않는지, 떨떠름한 얼굴로 맞이하며 이렇게 물었다. 울리케는 대답한다.

"밤새 저들도 온갖 이야기를 나누었겠죠. 어쩌면 끝내 도달한 이곳에서 저들이 기대했던 자신들의 대사가 눈에 차지 않았을 수도 있고요. 저들은 내가 단박에 모든 걸 해결해 줄 거라고 여긴 눈치였어요. 나는 용의 사자니까. 하지만…… 젠장, 일이 그렇게 쉬우면 누가 이 고생이야!"

울리케는 별안간 짜증이 치밀었는지 말하다 말고 소리를 빽 질러 모두를 놀라게 했다. 멀찍이서 이들을 보던 병사들의 눈도 휘둥그레해진다. 이제야 이 까마귀가 인간의 말을 한다는 걸 발견한 것이다. 시선에 아랑곳하지 않고 울리케는 계속 소리쳤다.

"양쪽에 분쟁과 갈등이 발생했을 때 그들 모두를 찍어 누를 만한 강자를 중재자로 내세우는 건 참으로 얼마나 간편한 방법인지요! 하지만 그게 정말로 중재라고 말할 수 있나? 그저 불만을 나중으로 미룰 뿐인 미봉책이 아니냐고요! 하지만 참으로 짜증나게도 나 역시 여전히 매 순간, 바로 그런 권위를 소환하고 싶다는 욕망에 시달린답니다! 저 성벽 위에 아이비레인이 내려앉아 그 망할 성질머리의 5분의 1만 털어내도 모든 게 깔끔해질 테지! 이 가련한 두발짐승들 같으니!"

순간 모두가 아연해 있는 가운데 오로지 아스미르만이 숨죽여 낄낄거리며 웃기 시작했다. 그러고는 말한다.

"너 아주 고생이 많구나."

"미안하지만, 상상도 못 할걸?"

"솔직히 그래. 믿을 수 없을 정도야. 그런데? 왜 그 편리한 권위들을 동원하지 않으려는 거야?"

"그것들은 결국 언젠가 우리 모두의 빚이 돼."

도래까마귀는 단호히 말했다.

"용의 부재가 낳은 작금의 사태를 봐. 불경한 발언이라 여기겠지만 대제께서 후대에 떠넘긴 문제나 마찬가지야. 물론 그 시대의 불가피함을 이해하지만."

"글쎄, 네 이야기에 나온 고블린 오백장 친구는, 용이라는 인감도장 없이도 피어클리벤을 배신할 것 같지 않던데? 아니면 너 혼자 그렇게 믿고 있는 건가? 적어도 내겐 그렇게 들리던데."

그러자 도래까마귀는 조금 말문이 막힌 듯 차분해졌다. 그러더니 말한다.

"빌러디저드와 달리 아이비레인은 누대에 걸친 기반을 쌓은 용이야. 장애가 있다는 게 문제가 되지 않을 만큼, 상대하기 피곤한 존재라고. 나는 여기에 이르기까지 그와 내내 주도권 싸움을 해야만 했어. 솔직히 말하면 정말로, 그의 손 따윈 빌리고 싶지 않아. 그러니……"

돌연, 울리케는 내내 눈을 희번덕거리며 이 대화를 구경하던 나딘에게 고개를 돌렸다. 그러고는 말한다.

"그러니 치안대장께서는 용단 하나를 내리시지요. 지금 즉시 동문을 열고 고블린 오백장 아우케트와 그 휘하 십장 아홉의 늑대 기수가 입시하는 걸 허락해 주십시오. 제가 그들과 함께 다시 한번 저들과 접촉하겠습니다."

치안대장 나딘은 방금 들은 이야기를 이해하는 데 조금 시간을 잡아먹고 말았다. 멀거니 입을 열고 눈을 끔벅거리던 그가 어느 순간 미간을 있는 대로 찡그리며 말했다.

"뭘 들이라고요? 고블린 기수들이요? 도시 안에 말입니까? 이 상황에요?"

"바로 이런 상황이니까요."

"도대체 무슨 상황 말입니까!"

나딘이 침을 튀기며 말한다.

"성문 밖에 적의를 드러낸 고블린 군대가 와 있는데, 뒷문으로 또 다른 고블린들을 들이라고요? 아니 그래, 백번 양보해서 저들을 설득할 수 있는 고블린들이 있다면 그대로 성 밖에서 만나게 하면 될 일이지, 구태여 왜 성벽 안에 들였다가 다시 내보내야 한단 말입니까?"

울리케는 차분히 되묻는다.

"그게 뭘 의미할 것 같나요? 인간의 도시에 무사히 들어왔다 나온 동족들이, 지금 저 앞에 몰려온 고블린들에게 어찌 보일 것 같으냐 말입니다."

"인간에게 공격받지 않은 고블린들을 보게 되는 거군."

아스미르가 나딘 대신 대답했다. 이에 나딘이 막 뭐라고 입을 떼려는 찰나, 울리케는 서둘러 다음과 같이 말한다.

"고작 고블린 기수 열을 입시시키고 그들의 안전을 보장하는 일이 치안대장의 권한 밖이라는 말씀 따윈 하지 마시지요. 또 치안대와 온갖 용병대가 가득한 이 도시에 고작 고블린 기수 열을 들이는 일이 자유도시의 치안대로서 감당할 수 없이 위험한 일이라는 엄살도 마시고요. 여기는 저들에게 단 한 번도 관대한 적 없었던 민족의 거대한 소굴입니다. 과연 어느 쪽이 더 두렵고, 용기를 가져야 가능한 일일까요? 치안대장께서는 이 제국에서 한낱 마수로 치부되는 저 고블린 기수들보다 더 겁이 많으십니까? 동족의 피를 보지 않기 위해 결연한 마음으로 이 일에 자원한 저들의 기백을 조금이라도 닮아 주시기 바랍니다. 그리고 저들이 이 도시에 어떤 위해도 끼치지 않으리란 걸 피어클리벤의 이름으로 보증합니다."

아스미르는 감탄한 얼굴로 울리케의 말을 듣고 있다가 동생이 가문의 이름을 입에 올리자 조금 움찔한 기색이었다. 이렇게 태연히 그 이름을 입에 올려 보증에 써먹는 것은 결코 함부로 해서는 안 되는 일이었다. 그럼에도 울리케는 이게 아주 익숙한 모양이었다. 그러나 그럴 수밖에 없었으리라. 아스미르는 울리케가 들려준 그간의 이야기들을 되새기면서 생각했다.

"······정말, 내 생애 이런 끔찍한 달변은 처음입니다."

나딘은 간신히 말했다. 이 당혹스런 사태 앞에서 계속 흔들리고 있던 그의 눈빛과 목소리는 마치 따귀라도 한 대 얻어맞은 것처럼 어느새 차분해져 있었다. 그는 한숨을 내쉬고 주위의 휘하 병사들을 둘러보더니, 울리케가 한 말의 모든 문장을 되새기는 듯 입술을 잘근잘근 깨물며 침묵하였다. 그러더니 마침내 항복했다는 양 입을 연다.

"좋습니다······. 고블린의 입시 허가라······ 과연, 제 재량으로 할 수도 있는 일이겠군요. 이게 끝내주는 경력이 될지, 경력을 끝내주는 일이 될지는 모르겠지만······."

하지만 나딘의 엄살은 거기까지였다. 그는 이 파격적인 명령을 자신이 직접 내려야 할 것이라며 동문으로 가겠다 말했고, 이에 울리케는 아우케트와 휘하들을 데려오기 위해 그들과 잠시 헤어지기로 하고 아스미르의 팔로부터 날아올랐다.

순식간에 군수 도시의 잿빛 풍경을 발아래 둔 도래까마귀는 잠시 눈을 돌려 남문 성벽 바깥에 도열한 유하라의 고블린 부대를 관찰하였다. 나딘의 말처럼 그들은 화살의 사거리 바깥에서 질서정연하게 대오를 갖춘 채 성벽을 응시하고 있었는데, 문득 그들 가운데 한 십장이 울리케를 발견했는지 손가락질을 하는 게 보였다. 도래까마귀는 느긋하게 그들로부터 멀어져 이실바프의 동문 경계를 넘는다. 도시가 2종 경계 태세로 봉쇄되었기에 성문 바깥의 주변엔 발목이 잡혀 대기하고 있는 상단들과 용병단들이 진을 치고 있었다. 도래까마귀는 그들의 머리위를 지나 동쪽으로 이어지는 대로를 따르다 인적이 드물어지는 지점에서 길을 이탈해 숲에 접근하였다. 그리고 거기에, 그를 기다리고 있던 고블린 오백장이 있었다.

"납득하던가?"

도래까마귀를 맞이하며 팔을 내민 아우케트가 말했다. 울리케는 그 위에 앉아 잠시 숨을 고르곤 대답한다.

"의외로 간단하게 납득하던걸?"

"그걸 간단히 만든 건 네 재주겠지. 잘되었군."

"……정말 괜찮겠어? 피어클리벤도 아닌 땅에서. 저들이 널 불쾌하게 할지도 몰라."

아우케트는 차분히 대답했다.

"언젠가는 겪어야 할 일이라고 생각해왔다. 이미 우리는 너희의 성에도 들어가 봤으니."

"그때는 용이 있었지. 아니, 언제나 우리에겐 용이 있었지. 저기는, 이실바프는 아니야. 저기서 너희가 겪을 일을, 나는 결코 완전히 통제하거나 보장할 수 없어."

"완전한 보장 아래 움직이는 것이 과연 어떤 결실을 이룰 수 있나. 영원히 그 보장의 주체에게 지는 우리의 빚이 될 뿐이라는 걸, 이제는 너도 느끼고 있지 않나?"

울리케는 잠시 멍하니 있다가 되묻는다.

"······우리가 이 이야기를 한 적이 있던가?"

"아니. 이번이 처음이다."

"그런데 왜 기시감이 들지?"

아우케트는 대답하지 않고 입을 실룩여 보였다. 고블린식의 미소였다.

뉘른스에크에서 싸움이 일어나 드라우그르들이 일어나고, 아이비레인이 피어클리벤에 방문했던 그 날로부터 이제 거의 한 달이 지난 상태였다. 그사이 시우부름의 고블린들은 비전투원인 여성과 아이들까지 모두 그들의 짐을 싸 들고 북쪽으로 향했다. 그럴 필요까진 없지 않느냐고 묻는 울리케에게, 우이라는 다음과 같이 딱 잘라 말했다.

'우리가 가야 제대로 된 보급을 추진할 수 있다.'

레퀜트로부터 간신히 도망쳐왔던 이들의 불안감과 저항이 있으리라 예상했건만, 울리케는 잊힌 성지 호로케냐르의 재발견이 그들에게 있어 얼마나 중요한 일인지를 깨달았을 뿐이었다. 수 세대에 걸쳐 일궈 온 그들의 터전을 뒤로 한 채, 고블린들은 아무것도 보장되지 않는 북쪽으로의 길을 결단했고, 피어클리벤 측에게 그 어떠한 것도 요구하지 않았다. 문제는 바로 그 점이었다. 고블린이 아무것도 요구하지 않았다는 것. 울리케는 고블린들이 피어클리벤 측에서 출발하는 원정대에 합류하길 원했으나, 고블린들은 특유의 고집불통 같은 면을 발휘하며 거절했다. 그들의 여정을 피어클리벤이 지원할 수 있도록 설득하기 위해 울리케는 적잖은 인내를 발휘해야 했다.

"오셨군요! 선배님으로부터 연락받았어요. 우이라와 뉘르뉴가 이제 뉘른스에크의 지척에 당도했대요."

쨍하니 울려 퍼진 이 목소리의 주인은 시야프리테였다. 크누드로부터 건네받은 마법 팔찌를 통해 시그리드와 방금 연락한 모양이다. 그와 동시에 눈 밝는 소리와 함께 나머지 사람들이 숲으로부터 나타났다. 아우케트의 나머지 아홉 십장들과 더불어 시그리드의 모험가 셋과 뉘른스에크의 기사 이그라 아트뤼드가 함께였다. 시야프리테는 사고 치지 못하게 끌려온 것에 가까웠으며, 이그라는 이실바프와의 소통이 실패할 경우 치안 대장 나딘과 친구인 점을 이용해 보기 위해 보험 삼아 데려온 것이었다. 하지만 그보다 더 큰 이유는 이그라가 뉘른스에크에 호송되어 온 발리위그 드레스바르프 후작에게 너무나 강렬한 적의를 드러냈기 때문이었다. 그대로 뒀다간 아무래도 사고를 칠 것 같다는 주변 이들의 말에 따라, 그는 내내 외면해 온 형 라그나와 함께 여기까지 동행해야만 했다. 이것이 지금 그의 표정이 딱딱한 이유 되겠다.

"어떻게 되었습니까?"

이그라가 묻는다. 울리케는 대답했다.

"치안대장이 허락했어요. 이제 가지요."

"……믿기지가 않는군요."

"이제 슬슬 익숙할 때가 되지 않았나."

라그나의 핀잔 같은 말이었다. 그러자 이그라는 날카로운 시선으로 그의 형을 노려본다.

"익숙해져요? 도대체 무엇에 말입니까? 주군을 잃는 일에요? 아니면 형님보다 훨씬 형제 같았던 기사들이 죽는 일에요? 제가 왜 여기 있는 겁니까?"

"하긴, 아트뤼드 경은 아직 모르시죠. 이제 아실 때가 되긴 했습니다."

울리케의 말이었다. 이그라는 무슨 말이냐는 듯 눈을 치켜떴고, 라그나의 표정은 돌연 뻣뻣하게 굳는다. 그런 둘을 가만히 바라보던 도래까마귀가 말했다.

"어제, 제 오라버니께 들었답니다. 황실의 문서들도 보았지요. 황성에서 수학 중인 뉘른스에크의 자제분들은 현 상황에서 상속권의 주장을 포기하였답니다. 좀 더 정확히는 황성에 있는 뉘른스에크의 자산만을 한정적으로 승계할 뿐 변경백으로서의 의무와 지휘권 모두를 거부했습니다. 두 분 다 아직 연차가 어린 관계로요. 장성하여 분가한 자제분들이 없는 것은 아니지만 그분들 모두 마찬가지였습니다. 무리도 아니긴 해요. 현재 뉘른스에크는…… 좀처럼 누군가 나서 제 땅이라고 말하기 어려운 곳이 되어버렸죠."

"……아가씨."

라그나가 마른 입술을 핥으며 말했다.

"지금 무슨 말씀을 하시려는 건지……."

"라그나 아트뤼드 뉘른스에크."

울리케가 정말 미안하다는 듯이 그렇게 불렀다. 그러고는 눈이 휘둥그레진 이그라에게도 말한다.

"이그라 아트뤼드 뉘른스에크. 이제 두 분을 그렇게 호명해도 되겠어요. 황실의 재가가 났습니다."

"……예? 아니 이게 무슨……."

이그라는 당혹하여 울리케를 보다가 라그나에게 눈을 돌렸다. 그러고는 그의 못 미더운 형이 심각한 얼굴을 하고 있다는 데 대해 다시 한번 충격을 받는다. 라그나는 한동안 말없이 눈밭을 내려다보다가 천천히 입을 연다.

"……저는 거부합니다. 말도 안 되는 일입니다."

"뭐, 사실 나도 그렇게 생각해."

울리케는 날개를 으쓱하며 말한다.

"다만 유사시 뉘른스에크의 이름을 입에 올릴 권한이 둘에게 분명히 있다는 이야기야. 이건 특히 이실바프에서 무시할 수 없는 이름이지. 오라버니의 말에 의하면, 현시점에서 뉘른스에크의 사태에 대해 제국법이 적용되기란 너무 어렵고 승계권을 가진 이들은 이미 나눠 가진 게 있기 때문에 이 독배에 손을 대지 않으려 한다는 거야. 그러니 허울뿐인 이름을 찾아내 인정해 버린 것에 가깝지. 솔직히 말해 영광보다는 모욕이라고 여겨도 무리 없어."

"……그렇군요."

"아, 아니, 어떻게 그렇게 말씀하실 수 있습니까?"

차분히 납득한 라그나와 달리 이그라는 정말로 모욕을 당했다는 듯 외친다. 하지만 울리케와 라그나의 시선을 받자 더 말을 잇지는 못한다. 그 꼴을 가만히 보던 라그나가 말했다.

"원래는 우리가 평생 알 필요가 없는 이야기였어. 나는 어쩌다 알아 버린 것이지. 그게 내가 떠난 이유였고……. 너는 끝까지 모르길 바랐다."

이그라는 역시 아무 말도 하지 못했다. 그는 흔들리는 눈으로 라그나를 한 번 노려보고 시선을 돌리더니 이내 실례하겠다며 자리를 물러 버렸다. 아무래도 갑작스런 사실 앞에 충격을 받은 모양이었다. 안쓰럽게 그 뒷모습을 보던 라그나가 울리케에게 조용히 말했다.

"제게만 조용히 말씀하셔도 되지 않았습니까?"

"미안해. 하지만 아트뤼드 경을 좀 조용히 시킬 필요가 있었어. 벌써 시간이 얼마나 지났는데, 아직까지 시각이 너무 좁아. 그건 뉘른스에크의 기사들 모두 마찬가지지."

"……그렇긴 합니다."

그들은 이제 떠날 채비를 시작했다. 고블린 기수 열에 류그라 하나, 인간 넷이 까마귀와 함께 뒤섞인 행렬이다. 시야프리테는 크누드로부터 팔찌뿐만 아니라 이동식 새장까지 받아와 등에 지고 있었다. 그를 가만히 보던 울리케가 물었다.

"내 몸뚱이는 잘 왔대?"

"별다른 이야기는 없었지만 잘 모셔 왔겠지요? 걱정되면 한 번 들렀다 오시던가요."

시야프리테가 새장의 덮개를 열어 보이며 권한다. 하지만 도래까마귀는 고개를 저었다.

"아냐. 됐어."

동분서주하는 것도 정도가 있다.

제 4장

그날, 이실바프 시의 역사엔 전례가 없는 사건이 기록되었다. 치안대장 나딘의 명령 아래, 2종 경계 태세로 내려져 있던 동문이 잠시 열리고 늑대를 탄 고블린 기수 열이 들어선 것이었다. 그들은 오로지 네 명의 인간과 한 명의 류그라에게 인도되고 있었으며, 하나같이 중무장하여 아무리 봐도 포로로는 보이지 않았다. 심지어 그들의 지휘관으로 보이는 고블린은 눈을 부릅뜨고 일행을 맞이하는 나딘에게 이런 농담을 던지기까지 했다.

"입시세는 얼마인가?"

제국의 자유도시는 고블린의 입시에 대한 세금 항목을 아예 정해 두지 않았기에 나딘은 아무런 말도 할 수 없었다. 다른 인간 넷과 류그라에게 입시세를 걷던 수문장은 이 사실이 무척이나 신경 쓰였고, 결국 그는 나딘에게 고블린들의 입시세를 얼마라도 걸어야 한다고 주장했다. 순간, 나딘의 부관은 이렇게 말했다.

"저것들은 마수야. 짐승이지. 짐승에게 무슨 세를 걷는단 말이야?"

나딘은 부관의 발등을 콱 밟았으나 이미 그의 말은 성문 주위의 모든 사람과 고블린들에게도 들린 이후였다. 그 자리에 있던 치안대원들은 어깨에 힘을 주며 고블린과의 충돌을 대비했다. 하지만 새까만 늑대 위에서 이쪽을 바라보는 고블린들은 아무런 반응을 보이지 않고 투구 속의 눈만을 형형하게 빛낼 따름이었다. 오히려 발칵 화를 낸 것은 시야프리테였다.

"아니 왜? 세금을 뜯으실 수 있는데? 고블린은 마수라는 그 구분이 돈보다 더 중하신 모양이죠?"

평소라면 시야프리테를 말렸을 모험가들도 묵묵히 서 있을 뿐이다. 나딘은 할 말이 없어 입술만 깨물었고, 그의 곁에서 이 진귀한 광경을 구경하던 아스미르가 이빨을 만개하며 웃는다.

"그것참! 하긴, 세금을 받는다는 건 저들을 이 사회의 구성원으로 나름 인정한다는 소리가 되지. 류그라는 세금을 내지 않습니까? 무슨 차이지요, 치안대장?"

나딘이 정말 짜증 난다는 듯 대꾸해 온다.

"소관이 판단할 영역이 아닙니다……. 저는 율령대로 할 따름이란 말입니다! 저 문을 여는 데까지가 제 재량이고, 여기서부터는 도저히 무리요. 맙소사……."

전혀 생각지도 못했던 문제에 봉착한 나딘은 끙끙거렸다. 고블린 오백장이 가볍게 던진 농담이(정말 농담이었을까?) 꽤 생각할 거리를 던져 주고 만 것이다. 시르게이르는 고개를 끄덕이며 생각에 잠겨 있었고, 선험관 이드냐는 정말이지 흥미롭다는 얼굴로 눈을 빛내며 이 모든 광경을 본다. 그때, 어깨 위에 도래까마귀를 얹은 시야프리테가 천천히 그들 앞에 다가왔다. 세 모험가와 이그라 역시 함께다. 서로를 알아본 나딘과 뉘른스에크의 기사가 무언의 눈인사를 주고받은 순간, 울리케는 부리를 연다.

"저들의 입시세를 내고 싶은데요, 치안대장님."

"……제가 언제 돈 내라고 했습니까?"

나딘은 기가 막힌지 눈을 질끈 감았다 뜨더니 따진다. 도래까마귀는 고개를 갸웃하며 대꾸했다.

"아니, 왜 내겠다는데 그래요?"

"이것 보십시오……."

나딘은 이제 사정하듯 어조가 바뀌기 시작했다.

"그렇게 단순한 문제가 아니란 걸 아실 만큼 영리하신 분이 왜 이러십니까? 고블린들에게 과세하는 선례를 남긴 순간, 저들은 앞으로 자유도시의 적법한 방문객이 될 수 있단 말입니다. 저는 도저히 이런 무시무시한 선례를 남길 수 없습니다."

"그럼 저들은 지금 이실바프의 적법한 방문자가 아닌 상태인가요? 어째서지요? 저들은 피어클리벤의 우방이며, 뉘른스에크에 주둔한 용의 군대입니다."

"저들은 마수입니다."

나딘은 나름 단호히 선언하려는 듯 말했으나 스스로 생각하기에도 옹색하기 그지없었다. 모두가 묵묵히 자신만을 바라보자 치안대장은 진땀을 흘리기 시작했고, 한술 더 떠 류그라 소녀는 자신의 양 귀를 손으로 잡아당겨 보이며 놀리듯 묻는다.

"우리는요? 우리는 왜 마수가 아니죠? 고블린은 왜 마수죠? 못생겨서?"

"우린 못생기지 않았다."

순간 뒤에서 늑대를 타고 다가온 아우케트가 면갑을 들어 올리며 진지하게 말했다.

그러자 오로지 그들을 베어 넘길 때 이외엔, 이토록 가까이서 고블린의 얼굴을 마주한 적 없었던 나딘과 그 휘하의 치안대원들 모두 움찔했다. 하지만 이제 와 새삼 적의를 드러내는 것도 우습거니와, 검은 늑대 위의 고블린도 태연하기 이를 데 없어 아무런 빌미를 주지 않는다.

"맞아. 고블린들은 못생기지 않았어. 사과해, 시야프리테."

"미안해요, 아우케트."

어깨 위의 도래까마귀가 엄히 말하자 류그라 소녀는 거의 반사적으로 이렇게 답했다. 이제 울리케는 다시 멍하니 선 나딘을 보며 말한다.

"세를 받으시길 권합니다. 잠재적인 세원들이 아주 많아질 테니까요."

그러자 나딘은 황망히 묻는다.

"뭐라고요?"

"비단 이 일이 오늘만 있는, 특별하고 예외적인 사건이 아니라는 말씀을 드리는 거예요. 앞으로 더 많은 고블린 군대들이 이실바프를 경유하려 들 겁니다. 그때마다 종을 치고, 성문을 걸어 잠그고, 시에 주재한 모든 용병단장에게 연통을 넣느라 바빠지셔야 할까요? 이 겨울이 다 가도록 내내 일어날 일이며, 어쩌면 계절이 바뀌어도 고블린들의 행렬은 계속될 거랍니다. 실제로는 고블린들과 싸우고 싶지도 않은 이실바프가 그때마다 옹색한 명분이라는 이를 드러내고 멀리서 돌을 던지며 딴죽을 걸 필요가 있을까요? 차라리 문을 열어 세를 받고, 그들의 통행에 대한 안전을 보장하며, 중간 보급지로서 장사를 하시는 게 자유도시가 지닌 특허의 권한과 취지에 훨씬 합당하지 않겠습니까? 여기는 영지가 아닌 만큼 실리를 추구하는 그 방향이야말로 어쩌면 진정한 자유도시의 갈 길이지요. 그리고 제가 겪어 봐서 아는데 저들은 용병으로서도 꽤 훌륭한 전력감이랍니다."

나딘은 그저 턱을 연 채 멀거니 울리케를 볼 따름이다. 아우케트는 용병 이야기가 나오자 미간을 꿈틀거리며 도래까마귀를 보았지만 입을 열어 방해하지는 않았다. 울리케는 계속 말한다.

"생각해 보시지요, 대장님. 한 오천쯤 되는 고블린들이 이실바프를 그냥 지나치도록 냉대한 후에야, '아, 그들 모두에게 세를 받았더라면 얼마나 좋았을까' 하는, 뒤늦은 후회가 깨달음처럼 온다면요?"

나딘은 여전히 턱을 살짝 벌린 채 정말로 울리케의 말에 따라 뭔가를 상상해 보는 표정이 된다. 도래까마귀의 마법은 계속된다.

"하지만! 이실바프의 치안대장 나딘께서 아주 약간의 파격과 단호함, 그리고 관용을 보여 고블린들에게 입시세를 거두는 선례를 남겼다면요? 처음에야 여기에 대해 조금, 구태에 천착한 자들에 의한 잡음이 나올지도 모르지만, 시 의회는 곧 깨닫게 됩니다. 이것이 상당히 짭짤한 수익이라는 것을요! 전략상의 거점인 자유도시가 이런 문제에 손을 놓고 있을 수는 없다는 것이 현재 이 모든 갈등의 근원 아닌가요? 그러니 무익하게 창과 활을 드는 대신, 유익한 돈을 받으시라는 것입니다. 저들에게 받는 입시세에, 이를테면 방위 분담금이나 안보 보증금 같은 이름을 붙인다면 명분도 챙길 수 있지 않을까요? 고블린들은 서로를 형제라 말하며 연대를 기본으로 하는 문화를 갖고 있는 만큼, 제 일파(一波)에 해당하는 저들을 잘 다독여 돈을 받고 통과시켜 준다면 이후에 계속해서 이 도시에 찾아올 고블린들에겐 좋은 본보기가 될 테지요. 나중에 도착한 고블린들이 여기에 응하지 않는다면 그때야말로 성문을 내릴 때고요. 안 그런가요?"

아우케트는 울리케의 말을 뒤에서 듣고 있다가 표정이 점점 미묘해지더니, 그걸 나딘에게 들키기 싫었는지 어느 순간 투구의 면갑을 슬그머니 내려 버렸다. 아마도 끝내 그가 도달한 표정은 나딘의 뒤에 서 있던 아스미르의 것과 별로 다르지 않았으리라. 아스미르는 웃음을 참는 듯하면서도 뭔가 정말 징그러운 걸 다 보겠다는 듯한, 약간의 익살맞은 혐오를 담뿍 담은 채 도래까마귀를 보고 있었다.

"으, 아니……."

하지만 나딘은 아니었다. 그는 홀로 폭풍 같은 고뇌에 휩싸여 있었다. 당장 고블린들에게 입시세를 걷는 것으로부터 빚어질 소란은 겁나지만, 울리케가 말하는 미래의 가능성은 꽤 달콤하게 들렸다. 입술을 깨물며 정처 없이 시선을 굴리던 그가 문득 묻는다.

"고블린들이 이후에 더 온다는 건, 확실한 정보입니까?"

"서쪽 대로를 왕복하는 순찰자들에게 물어보시면 아실 텐데요? 혹은 이 도시에 머무는 다른 류그라들에게도 한번 알아보시던가요. 하지만 정말로 치안대장께서 고블린들의 집단 이동에 대한 소문을 여태껏 전혀 못 들으셨을 거라고 믿기진 않는군요."

그건 사실이다. 나딘도 듣는 귀가 있었으니까. 단지 확신이 필요해서 묻는 것이었다. 이제 마음이 한쪽으로 기울기 시작했는지 눈빛에서 당황스러움이 서서히 걷혀 갔다. 이내 아우케트와 그의 기수들을 살피는 그의 표정이 자유도시의 치안대장에 어울리는 평소대로 돌아온다. 그렇게 도래까마귀의 마법이 완성된 순간, 그는 결심했다.

"좋습니다. 입시세를 거둡니다. 하지만 고블린들은 무장 인원인 만큼, 절대로 류그라들만큼 싸진 않을 겁니다."

"물론이죠."

곧 나딘은 두당 금액을 결정하기 위해 수문장과 논의에 들어갔고, 일행은 잠시 물러나 대기했다. 동문의 안쪽엔 이들 말고도 소문을 듣고 몰려든 시민들이 점차 늘어나, 일행은 모두의 구경거리처럼 포위되어 있었다. 고블린과 숲흑늑대라는 존재 때문에 다들 멀찌감치 떨어져 있긴 했지만 말이다.

"입시세에 관해 원래 생각하고 있었던 건가?"

아우케트가 울리케에게 묻는다. 도래까마귀는 고개를 갸웃거리더니 대답했다.

"아니."

"그런데 진즉 준비해 둔 것처럼 잘도 말하는군."

아우케트가 조금 어이없다는 듯 말했다. 시야프리테도 맞장구를 친다.

"정말 그래요. 마치 한 떨기 뱀 같으셔요!"

"북부의 인간들에게 뱀은 별로 좋은 비유로 들리지 않아. 그걸 지혜의 상징으로 생각하는 건 류그라와 우리뿐이지."

시야프리테의 귀가 또 쪼일까 걱정한 아우케트는 얼른 이렇게 설명한다. 울리케는 멍하니 그를 보다 묻는다.

"아니, 뭐야? 너야말로 이런 걸 계산하고 꺼낸 이야기가 아니었어?"

"그 이야기는 그냥 순간적으로 던져 본 거였다만, 일이 여기까지 오게 될 줄은 나도 몰랐다. 하지만 듣고 보니 정말 좋은 생각이군……. 다만 우리에 대한 인정이 아니라 순전히 돈 때문이라는 느낌이 들어 불편하긴 하다."

도래까마귀는 선선히 고개를 끄덕이며 말한다.

"그럴 테지. 그런데 말이야, 세상의 역사를 보면 바로 그 돈 때문에 은근슬쩍 물꼬를 트게 된 일들이 결국 하나의 흐름이 되고 위세가 되는 경우가 아주 많아. 피어클리벤과 뉘른스에크가 연달아 파격의 땅이 되었지만, 그것을 이곳 사람들까지 체감하는 데는 시간이 걸릴 테지. 자유도시라는 특허는 원래 돈을 위해 발행되느니만큼 여기서는 돈이야말로 실은 그 어떠한 명분보다 상위의 정의가 돼."

"저 밖의 형제들이 과연 그걸 이해해 줄지 모르겠군."

아우케트는 염려 가득한 목소리로 말했다. 울리케도 내심 걱정하던 문제이지만, 현재로서는 알 수 없다. 때문에 도래까마귀는 더 말하지 않았다.

결연한 표정의 나딘이 다가왔다. 그가 말없이 내민 양피지를 물끄러미 바라보던 울리케가 느닷없이 홰를 치며 소리쳤다.

"아니, 뭐라고요? 이 깡패 같은 가격은 대체 뭐죠?"

"실례가 안 된다면, 소관이 설명 드릴까요?"

나딘의 뒤에 서 있던 동문의 수문장이 재빠르게 나서며 말했다. 자신을 하빈이라 소개한 그의 말이 이어진다.

"이들의 소속이 난해하긴 합니다만 입시를 허락한 시점에서 적이라고 할 수는 없는 만큼, 첫째로, 중립적인 용병에 대한 시세를 적용합니다. 둘째로, 이들에 대한 무장 해제를 요구할 수 없으니 무장도에 따른 할증이 붙고요. 셋째로, 이들은 늑대를 타고 있는데 말과 달리 늑대는 맹수죠. 완전히 길들여졌다는 보장은 어디에도 없는 만큼 역시 위험도에 따른 가중치가 적용됩니다. 그리고 마지막으로, 유사시 이들이 일으킬 수도 있는 사고에 대한 보증금이 붙습니다. 물론 보증금인 만큼 무탈하게 출문할 경우엔 환급됩니다. 그렇게 해서 이 액수입니다."

"……아니, 아까는 난색을 표하시더니 아주 작정들을 하셨구만요?"

울리케가 기가 막혀 따졌지만 마음을 굳힌 나딘은 되려 흐뭇한 표정으로 그의 부하를 본다. 시야프리테는 전혀 놀라지 않고 어깨를 으쓱하며 말했다.

"이게 자유도시여요, 아가씨. 어서 오세요."

"아니 뭐, 그래……. 이해는 하겠는데…… 아우케트, 봐봐. 고블린들이 이 액수를 낼 수 있을까?"

"숫자를 들어서는 모른다."

늑대 위의 고블린 오백장은 심드렁하게 말했다. 고개를 끄덕이며 잠시 계산하던 도래까마귀가 말했다.

"염소 여섯 마리야."

"이 도둑놈들아."

아우케트의 말이 하도 평온하게 울려 퍼졌기에, 그 비난의 대상이 된 치안대장과 수문장은 전혀 모욕감을 느끼지 못했다. 게다가 하빈이 지극히 반사적이고 사무적으로 다음과 같이 말하는 통에 나딘은 뭐라고 항의할 기회마저 잃어버렸다.

"거기서 네 마리 가격 정도가 보증금이라 보면 됩니다."

"형제들이 그 정도의 가치를 지불할 수 있을지 모르겠다. 회의적이다. 지금 저들은 필사의 원정 중인 거나 마찬가지란 말이다. 또한 설령 지불할 수 있다 해도 과연 선선히 낼지 모르겠군. 우리의 과거를 떠올려 봐라, 울리케."

아우케트가 말했다. 도래까마귀는 고개를 끄덕이고 말했다.

"역시 그럴 테지. 하지만 우리가 빈손으로 온 것도 아니니까."

세액은 합의되었다. 울리케의 눈짓을 받은 랄로프가 잠시 망설이다 묻는다.

"그걸 꺼냅니까?"

"그래. 그거."

랄로프는 짊어지고 있던 짐으로부터 작은 함을 꺼내었다. 수문장 하빈은 랄로프가 함에서 주워 든 금화 몇 장을 받는다.

"이거 호방하시군요! 금화라, 근데 뭐가 이렇게…… 어?"

싯누런 색을 보자마자 반색하던 수문장의 눈이 휘둥그레진다. 그는 금화를 들어 앞뒤를 돌려보더니 돌연 침을 삼키며 외쳤다.

"아니, 이게……?"

"용금화라오."

랄로프가 씩 웃으며 말했다. 하빈은 당황하며 금화를 나딘에게 보여 주었고, 치안대장 역시 놀란 낯을 가리지 못한다. 수문장은 말했다.

"이게, 정말로 용금화라면 통상의 금으로 무게를 쳐 가치를 매길 수 없습니다. 좀 곤란합니다만……."

"그래요? 더 내야 합니까?"

짐짓 모르는 척 도래까마귀가 던지는 물음에 하빈이 당치 않다는 듯 소리쳤다.

"그럴 리가 있겠습니까? 이건 보물이라고요! 경매에 들어가는 품목이라 이 말씀입니다. 아무리 못해도 통상 금화의 스무 배는 가치가 있지요. 더구나 용금화는 제국환보다 더 무겁다고요. 이건 어디서 나신 겁니까?"

"그런가요? 녹이면 어차피 다 똑같은 금이 아닙니까?"

울리케는 더욱 모른 척하며 다시 묻는다. 수문장은 희대의 망언을 들은 듯한 표정으로 외쳤다.

"맙소사, 이걸 녹인다고요? 그런 미친 짓을 누가 한답니까? 왜요? 게다가 제가 알기로는, 여긴 용들의 마법이 걸려 있습니다. 인간의 재주로 피운 불로는 녹지 않는단 말입니다!"

역시 그렇군. 울리케는 출발 전 하슈펠 레미크로부터 정확히 같은 이야기를 들었다. 암시장 조합의 일인인 하슈펠인 만큼, 그는 용금화의 가치와 그 특징에 대해 자세히 알고 있었으며, 실제로 취급해 본 경험까지 갖고 있었다. 용금화는 통상의 제국환보다 열 배에서 스무 배까지의 가치를 지닐 수 있으며, 그 자체에 마법이 서려 있어 녹여 쓸 수 없다. 하슈펠은 뉘른스에크의 지하에 그야말로 막대한 양의 용금화가 있다는 사실을 전해 듣자 한동안 골똘히 생각하더니 이렇게 말했다.

'그렇다면 용금화를 녹여서 일반적인 금으로 유용할 수 없다는 사실이 오히려 문제가 될 수 있습니다. 아시겠지만 양이 많은 것은 싸질 수밖에 없지요. 기존에야 용금화는 매우 보기 드문 고대의 보물이기에 비쌌지만, 이제 용금화가 현재 제국에 유통되는 금화들보다 더 많다면 용금화는 일반적인 금보다 싸질 겁니다. 녹여 쓸 수 없으니 보통의 금값 시세에 영향을 미칠 수 없다는 건 좋은 일이겠습니다만.'

여기서 빌러디저드는 뤼드를 통해 전언을 보내왔다.

'원한다면, 원하는 만큼 녹여줄 수 있다.'

용의 말을 전해 들은 하슈펠의 얼굴엔 조금 공포가 드리워졌던 것 같다. 파마의 결계 안에 들어설 수 없는 울리케 때문에 성하촌까지 내려왔던 그는, 도래까마귀의 표정을 읽어 낼 재주가 없으면서도 울리케의 눈치를 살피며 이렇게 물었다.

'도대체…… 저 아래 용금화가 얼마나 있는 겁니까?'

'무기로 쓸 만큼은 되는 것 같더군.'

아직 용금화를 정확히 어떻게 사용할지에 대해서는 울리케를 비롯한 누구도 결론 내리지 못했다. 그렇기에 이실바프행이 긴급하게 결정된 직후, 적당량의 용금화를 시험 삼아 가져온 것이다. 여기엔 하슈펠의 간곡한 청도 있었다.

'별로 내키지 않으실 테지만, 부디 저희 조합장님을 만나 주실 수 없겠습니까? 용금화를 어떻게 사용하실지 몰라도요.'

암시장 조합이라. 울리케는 날카로웠던, 아우셀바프에서의 추억을 떠올렸다. 그 라스라는 자와의 인연이 이런 식으로 다시 이어지는군. 알고 보니 그는 황녀 닐스그림과 아룬드에게도 도움을 준 모양이었다. 꿍꿍이는 알 수 없는 자이지만, 울리케는 이실바프에서 그를 만나보는 것도 나쁘지 않으리라 생각했다.

"어쨌든 그 정도 양이면 부족하지 않다는 거로군요? 치안대에서 알아서 처분하시고, 차익은 우호적인 자유도시와 협조적인 치안대에 대한 기부금으로 여기셔도 좋습니다만."

울리케는 이렇게 말하자, 하빈은 혼란스러워하면서도 기분이 좋은지 연신 용금화를 만지작거렸다. 시야프리테가 쐐기를 박는다.

"일 끝나고 한 잔씩들 드셔요!"

"이거 정말…… 아니, 대체 어디서 나신 겁니까? 설마…… 아까 용의 군대라고 하신 게……."

수문장 하빈은 또다시 묻는다. 도래까마귀는 얼른 대답했다.

"그렇답니다."

단지 그것뿐인 대답이었지만 이제 하빈은 이 금화가 용의 사유 재산이며, 눈앞의 고블린들에게 지불된 일종의 급여라고 여기기 시작한 것 같았다. 그와 치안대들은 왠지 무언가에 감격한 듯, 자기들끼리 용금화를 돌려보며 감탄하기에 바빠졌다. 치안대장 나딘은 그 꼴을 말리지도 못하고 지켜보다 마침내 퍼뜩 자신의 본분을 떠올리고 말했다.

"자, 이제 가시지요. 이실바프의 치안대가 곧장 남문으로 안내하겠습니다. 야, 이놈들아! 정신 안 차려!"

이렇게 해서 고블린 기수들을 에워싼 시의 치안대들은 이실바프의 대로를 행진하기 시작했다. 소문을 듣고 몰려든 시민들과 방문자들, 그리고 아무것도 모른 채 지나가다가 우연히 이들을 발견한 모두 이 별난 광경으로부터 눈을 떼지 못한다. 그리고 역시 우려했던 대로, 적지 않은 이들이 고블린 기수들을 향해 적대감과 혐오를 감추지 못한 낯을 맹수의 누런 이빨처럼 드러낸다. 이를 여실히 감지한 도래까마귀가 시야프리테의 어깨로부터 날아올라 아우케트의 어깨로 옮겨 앉으며 나직이 말했다.

"미안해."

"뭐가 말인가."

아우케트는 느긋하게 묻는다. 그 음성에 실린 여유가 그 무엇보다 든든한 울리케다. 고블린 오백장은 다시 말했다.

"우리는 이제야 너희와 다른 관계를 맺을, 절호의 기회를 가진 것이다. 여전히 우리에게 용이 필요한지, 어디 한번 시험해 보지."

한편 아스미르와 시르게이르, 그리고 선험관 이드냐는 고블린 기수 행렬이 움직이기 시작하자 일정한 거리를 두고 천천히 그 뒤를 따랐다. 누구보다 흥미롭게 이 모든 상황을 지켜보던 이드냐가 아스미르에게 묻는다.

"어찌 생각하시지요?"

아스미르는 앞서가는 고블린 기수들에게서 눈을 떼지 않으며 말했다.

"놀랍군요. 제 동생보다는 저 고블린 오백장 말입니다. 미리 생각해 두었든 즉흥적이었든, 고블린이 자유도시에 정당한 세금을 낸다는 이야기가 가져올, 가능성의 확장을 놓치지 않았어요. 거기 장단을 맞춘 울리케도 그렇지만…… 이제 아우스뉘르는 공식적으로 이런 선례를 갖게 되었습니다. 피어클리벤 같은 벽촌의 작은 영지에서 그들 나름대로 맺은 조약과는 완전히 다른 이야기죠. 이건, 아마 세상을 바꾸게 되지 않을까요."

"그럴까? 그래도 오래 걸릴걸. 그, 고블린들이잖아."

무언가를 생략한 시르게이르의 말이다. 그래도 알아듣는 아스미르가 고개를 끄덕이더니 답한다.

"보통은 그렇겠지. 하지만 지금은 전쟁 중이고, 용들이 있는 만큼 의외로 금방 극복될 수도 있어."

세 사람은 고블린 기수 행렬의 뒤를 따라가는 시민들과 섞여 있었기에 울리케나 아우케트와는 달리 사람들의 반응을 한결 더 직접 보고 들을 수 있었다. 이실바프의 시민들은 하나같이 당혹해하고 있었으며, 그들 가운데는 고블린이 말을 할 줄 안다는 사실을 오늘 처음 안 사람들조차 있었다. 어떤 사람들은 행렬을 둘러싼 치안대원들 중 안면이 있는 이에게 말을 걸어보려 했으나, 그때마다 치안대장 나딘이 나서 호통을 치며 그들을 물리쳤다. 동문에서부터 이 행렬을 따라온 시민들 가운데서 자리를 뜬 이들은 거의 없는 반면, 새로 이 기괴한 광경을 마주치게 된 시민들은 자꾸만 늘어난 통에 결국, 고블린 기수들이 이실바프의 중앙 광장에 이르렀을 즈음엔 앞뒤 사방이 거의 마비될 정도의 인파에 에워싸인 꼴이 되었다.

"이보쇼, 하이슈켈 치안대장! 저놈들은 포로인가?"

운집한 구경꾼들 가운데 누군가 나서며 물었다. 아무래도 이실바프에서 한가락 하는 인물인 모양인지, 나딘은 무시하지 못하고 가볍게 묵례하며 대답하였다.

"아니요. 그렇지 않습니다."

"허허, 그럼 지금 호송하는 건가? 무장도 해제하지 않은 채로? 이게 도대체 무슨 일인지?"

"저들은 바로 남문을 빠져나갈 거니 신경 쓰지 않으셔도 됩니다."

"신경 쓰지 않아도 된다? 내가 싫다면 어쩔 거요? 설마하니 고블린들을 보호할 거란 말은 아닐 테지."

그 남성은 허리에 차고 있던 검을 절그럭거리며 이렇게 묻는다. 웃는 낯이었으나 눈은 전혀 웃고 있지 않았다. 나딘은 작게 한숨을 내쉬며 대꾸했다.

"보호할 거요. 이들에게 입시세를 받았으니까. 이들은 그럴 권리가 있지."

"······지금 뭐라고?"

"그러니 물러나십시오."

나딘은 딱딱하게 말했다. 하지만 사내는 물러서지 않고 눈을 부릅뜨며 치안대장과 고블린 기수들을 본다. 그가 외쳤다.

"진심이오? 자유도시 이실바프의 치안대장이 지금 고블린들을 시민으로부터 보호하겠다고 말하는 거요?"

"이들이 경에게 위해를 가했소? 치안대는 자유도시 내의 모든 분쟁에 간섭하며 조정할 권리를, 시민들로부터 위임된 의회로부터 할양받소이다!"

울리케는 조금 의외라는 듯 나딘을 본다. 치안대장은 고블린들에게서 세를 걷기로 결정한 순간부터 완전히 생각을 고쳐먹은 것 같았다. 아니면 단지 이미 결정한 바에 대해 물러서지 않는 완고함일지도 모르겠다.

"고블린과 그들의 늑대는 존재만으로도 자유도시에 위협이 되지!"

아무래도 편력 기사인 듯한 그 사내는 그렇게 소리치며 끝내 검을 뽑아 버렸다. 그러자 누군가는 탄식했고, 누군가는 목소리를 높여 거기에 응원을 더한다. 순간, 묵묵히 칸을 타고 있던 아우케트가 한발 나선다. 사내의 검이 흠칫하며 치켜 올라가는 것을 무시하며, 고블린은 말했다.

"우리가 어떤 위협이 된단 말인가?"

고블린이 말을 걸어올 것이라 예상하지 못했던 사내는 당황한 듯 눈을 치켜뜰 뿐, 제때에 대답을 내놓지 못한다. 아우케트는 좌중을 포위하듯 둘러싼 군중들을 천천히 둘러보다 다시 그를 향해 말했다.

"우리는 이 도시에 해를 끼칠 생각이 없으며, 이미 적법한 절차를 거쳐 입시했다. 그리고 이 도시에서 우리의 용무는 저 남문을 나가는 순간 끝나지. 또한 우리는 명백히 공무 중이다."

그러자 사내는 도대체 이게 무슨 개소리냐는 표정으로 나딘을 노려보았으나 치안대장이 기대와는 다르게 불쾌한 표정으로 고개를 삐딱이 기울이고 자신을 쳐다보고 있자 당황하고 말았다. 사내는 주변의 군중들에게 도움을 청하듯 시선을 갈팡질팡 옮겨도 보지만 의외로 직접 나서서 아우케트와 입씨름을 하고자 하는 이들은 없어 보였다. 아니, 그 전에 대부분은 고블린이 말을 이토록 유창히 한다는 사실 자체에 충격을 받은 것 같았다. 그때 이 분위기에 쐐기를 박듯 도래까마귀가 부리를 연다.

"그러니 좀 비켜 주시겠습니까?"

말하는 도래까마귀가 속한 고블린 기수 열. 그리고 그들을 앞에서 이끄는 네 사람 중 하나는 뉘른스에크의 문장이 또렷한 표장을 달고 있다. 아스미르는 동문으로부터 여기까지 따라온 사람들이 용금화에 대해 속삭이는 것을 아까부터 듣고 있었으며, 그 소문이 들불처럼 번져 간다는 것도 알 수 있었다. 이제 저들이 도대체 어떻게 보일까? 아주 약간의 상상력만 갖고 있어도 이 고블린들이 뉘른스에크로부터 왔으며, 용의 임무를 수행 중이라는 결론엔 그리 어렵지 않게 도달할 수 있으리라. 그들 앞을 막아선 저 사내는 단지 그런 이야기를 아직 듣지 못한 상태였던 것뿐이었다.

하지만 이 전개는 울리케가 바란 것이 결코 아니었다.

도래까마귀는 시민들의 눈빛 속에 용에 대한 모종의 감정이 일렁이는 것을 본다. 제국의 요새 하나가 괴멸된 이후 비로소 알려진 용의 부재. 때마침 들려온 두 번째 용의 강림. 앞서 전장에서도 울리케는 용에 대한 사람들의 어떤 태도를 목격한 바 있다. 신앙 말이다. 빌러디저드는 악명과 위명을 동시에 갖고 있다는 점에서 너무나 완벽한 믿음의 대상이었다.

"……제길."

분위기가 반전되는 걸 놓치지 않고 포착한 치안대장에 의해 그들의 길을 막아섰던 사내는 치워졌고, 고블린 기수들의 행렬은 다시 움직이기 시작했다. 울리케는 문득 이렇게 투덜거렸다.

"여전히 우리의 힘만으로는, 안 되는 걸까?"

"무슨 말인가?"

아우케트가 묻는다. 도래까마귀는 대답했다.

"결국은 우리가 뉘른스에크로부터 왔고, 용의 권속 같은 거라고 착각당한 끝에야 길이 열린 셈이잖아. 처음부터 용금화를 내지 말걸 그랬나 봐. 논리만으로 설복시켜야 했는데."

"당찮다. 시작부터 모든 것을 완벽하게 하려고 하지는 마라."

용이나 서리심의 권위에 기대지 않으려는 의지로 말하자면 아우케트 쪽이 한결 더 강렬하건만, 울리케가 내내 얼마나 분투해 왔는지를 아는 고블린 오백장은 반사적으로 이런 위로부터 내뱉는다. 그러고는 조금 민망하기라도 한지, 덧붙였다.

"너의 설득력은 그 이상을 상상할 수 없을 만큼 대단했다. 솔직히 말하면 좀 무서울 지경이더군. 그리고…… 상대의 주장과 논리에 따라 자신의 의견을 접을 준비가 되지 않은 이에게 과연 우리가 여전히 얼마만큼의 관용으로 대화와 교섭의 시도를 해야 하는지, 나는 여전히 잘 모르겠다."

"으음."

도래까마귀는 신음처럼 내뱉었다. 아우케트는 또 말했다.

"길게 봐야 한다. 우리는 너희를 약탈하고, 너희는 우리를 구축해 온 시간이 얼마나 길었던가. 세대가 바뀌며 과거의 일을 자연히 망각하고, 다른 관계를 형성할 수 있을 정도의 꾸준한 교류만이 서로에게 드리운 편견을 교정하겠지. 이 일에는 어쩌면 너희의 제국이 이어져 온 시간보다 더 오랜 시간이 걸릴지도 모른다.”

“대체 누가 너처럼 생각할까? 지금 저 밖에 몰려와 있는 유하라의 고블린들이 그런 생각을 갖고 있을까? 어제 내가 잠시 관찰하고 말을 섞어 본 바에 따르면, 저들은 용과 왕좌가 지난 오욕의 세월을 단번에 바로잡아 주리라 열망하는 것 같았어.”

“실로 그렇겠지.”

아우케트는 그렇게만 말하고 입을 다물었다.

성 밖의 고블린들과는 아직 대면하지도 않았건만 울리케는 벌써 지친 느낌이 들었다. 그럼에도 행렬은 멈추지 않고 계속 나아간다. 광장을 지나 인파를 헤치며 남문에 도달할 때까지, 다행히 더 길을 막고 시비를 걸어오는 이들은 없었다. 하지만 따라붙는 군중들의 수효는 여전히 어마어마했다. 혹 누군가 썩은 달걀이라도 던지지는 않을까 조마조마했지만, 다행히 그런 일은 일어나지 않았다. 울리케는 어느새 분위기가 다소 기묘해졌다는 것을 깨닫는다. 결코 우호적이라고 말할 수는 없어도, 맹목적인 적대감이나 편견과는 또 다른 느낌이었다.

“확실히 자유도시는 지방 영지와는 다르군.”

여전히 인파에 섞여 행렬의 뒤를 따르던 아스미르가 울리케와 같은 것을 포착한 듯 중얼거렸다. 시르게이르가 묻는다.

“뭐가?”

“우리 고향 같은 영지에서 고블린은 실질적인 위협이야. 골치 아픈 무리지. 가축을 약탈해 가거나 추수기의 곡식 포대를 들고 간다고? 그 과정에서 간혹 정말 충돌도 일어나고, 사상자도 생기지. 하지만 자유도시를 고블린이 공격해 오는 일은 보통 없잖아. 그러니 시민들에게 있어 고블린이란, 조금은 이야기 속 도깨비 같은 것에 불과하지. 실체를 가진 혐오의 대상이라고 하긴 접점이 너무 없단 이야기야."

"하긴, 나만 해도 그러니까."

황성을 떠나기 전엔 평생 이런 걸 본 적 없었던 시르게이르는 아스미르의 말을 단박에 알아듣는다. 아스미르는 고개를 끄덕이며 말을 이었다.

"그러니 이 정도로 끝나는 거겠지. 보통 지방 영지 한복판에서 이렇게 고블린이 길을 가로지른다면, 아무리 치안대장이 동행한다 해도 정말 칼부림이 나고 말 거야."

그리고 아스미르의 이 말은 상당히 앞선 거리에서 아우케트의 팔에 올라타 있던 도래까마귀에게도 잘 들렸다. 울리케가 주위를 둘러싼 시민들의 분위기를 읽기 위해 감각을 확장하고 있었던 까닭이다. 울리케는 뒤이어 입을 연 선험관 이드냐의 말도 듣게 된다.

"저들이 성 밖에서 하게 될 대화에 제가 참관하고 싶군요."

"예? 위험합니다."

아스미르가 당치않다는 듯 입을 열자, 이드냐는 묻는다.

"피어클리벤 공은 홀로 저들 앞에 나서놓고 괜찮다고요? 제가 뒤늦게 그 이야길 듣고 얼마나 기가 막혔는지 아십니까? 그리고 제가 가진 직책의 한 가지 끝내주는 점은, 제가 보고 듣고 자 하는 것을 막을 수 있는 합법적 권리가 아무에게도 없다는 것이지요."

아스미르의 당황한 목소리가 이어진다.

"합법…… 말입니까? 저들은 고블린입니다. 여차하면 자유도 시를 공격할 태세를 드러낸 고블린들이라고요. 저들에게 제국 법을 운운해서 봤자…….."

"오, 저는 그들에게 말하는 게 아니랍니다."

황제의 선험관이 배석한 상태에서 고블린들을 중재하는 건 나쁘지 않은 일일 것이다. 울리케는 내심 이드냐의 청을 들어 주기로 작정했다.

결국 고블린 기수들의 행렬은 남문에 이르렀다. 둘러싼 인파 의 규모를 확인하고 새삼 진저리를 친 치안대장 나딘이 신속하 게 남문을 올리라 소리 지르는 것이, 아무래도 최대한 빨리 이 상황에서 벗어나고 싶은 눈치였다.

"자, 같이 나가시죠?"

말을 걸 때를 포착하러 눈치를 보던 아스미르 일행에게 울리 케가 먼저 이렇게 소리쳐 불렀다. 시르게이르까지 나갈 필요는 없었을지 모르겠지만, 홀로 남겨지는 게 싫었는지 어영부영 함 께한다. 그리하여 봉명사의 요인 세 사람을 더한 울리케의 무 리는 열린 성문을 지나 눈밭에 도열한 고블린 무리를 향해 전 진하기 시작했다.

"거참, 인정머리하고는."

등 뒤에서 가차 없이 내려가는 성문의 철창 소리를 들으며 아스미르가 한탄하는 말이었다. 이그라는 그 말에 고개를 돌려 철창 너머 자신을 쳐다보던 치안대장 나딘과 한차례 눈을 마주친다. 이실바프를 가로지르는 동안 눈인사 외엔 한 마디도 섞지 않은 그들이었다.

"시우부름의 오백장, 아우케트 칸 아디우크다."

마침내 유하라의 고블린 이천 앞에 선 아우케트가 말했다. 그들이 이실바프의 성문을 열고 나오는 것을 똑똑히 지켜봐 온 유하라의 고블린들은 한결같이 의혹 어린 눈으로 그들의 동족을 노려본다. 거기에 당혹감을 더해, 그들의 지휘관 중 하나가 입을 열었다.

"중부 수해 유하라의 오백장 아흐가르 한 아이케다."

그와 함께 곁에 있던 다른 세 오백장들 역시 나섰다. 하지만 입을 열지 않고 다만 눈으로 인사할 따름이었다. 아니, 어쩌면 위협인지도 몰랐다. 아흐가르는 뒤이어 묻는다.

"대관절, 형제는 인간의 도시에서 무엇을 하다 나온 것이지?"

아우케트는 유들유들하게 대꾸했다.

"세금을 냈지. 그러고 보니 돌려받을 돈이 있는 걸 깜빡했군. 하지만 형제들과의 논의가 어떻게 되는가에 따라 그 돈은 잃을 지도 모르겠다."

"……뭐라고?"

"인간의 도시에 대한 적대를 거두어라, 아흐가르. 인간이 우리의 산중요새를 공략하는 것이 거의 불가능한 만큼, 우리 또한 인간의 성벽을 넘는 것이 무리다. 그리고 자유도시 이실바프는 형제들의 통과를 허락할 것이다. 다만 세금을 좀 받을 뿐이지."

"너는 도대체 무슨 소릴 하는 건가!"

아흐가르의 옆에 있던 고블린 오백장 하나가 씨근덕거리며 면갑을 들어 올리더니 입을 열었다.

"네놈은 인간의 앞잡이냐! 흐로케냐르로의 길이 열리고 우리의 왕이 등극할 이 시대에 너는 여기서 이 인간들에게 무슨 아양을 떨고 있는 것이지? 인간에게 낼 돈 따윈 없다!"

"그 왕의 자리를 보고 확인한 것이 바로 나다."

아우케트는 조용히 말했다. 그러고는 네 오백장을 찬찬히 둘러보며 말을 잇는다.

"형제들은 무엇을 기대하고 왔지? 거기 단지 옥좌가 있다고 해서 모든 것이 단숨에 해결될 거라고 보나? 거기엔 용이 있고, 마왕이 있고, 죽었다 일어선 드라우그르들이 있다. 이 자리에서 모두 설명하지 못할 만큼 많은 이들이, 저마다의 욕망을 가지고 교차하는 땅이란 말이다."

"류그네라스도 있어요!"

시야프리테가 한 손을 들며 거든다. 아우케트는 소녀를 힐끔 내려다보곤 고개를 끄덕이며 말했다.

"그렇다. 신목도 있지. 그리고 또 그 너머엔 용의 금고도 있다. 지금 이 땅의 모든 형제가 모여 물경 오만의 수를 채운다고 해서 순순히 등극이 진행될 수 있는 환경이 아니란 말이다. 더구나 이렇게, 지척에 이르지도 못한 곳에서 인간을 향해 이를 드러내서야 더더욱 안될 말이다. 형제들의 뒤에 올 다른 형제들에 대해서는 생각해 보았나? 여기서 그들 모두를 집결시켜 기어코 저 인간의 도시를 허물 생각인가?"

"그거 좋은 생각이군!"

면갑을 올리고 소리 질렀던 오백장이 재차 외친다. 그는 손가락을 들어 아우케트를 가리키더니 말했다.

"이놈은 전향자야! 인간에게 빌붙은 동족의 수치다! 우리는 교섭하지 않는다! 혀로 떠들지 않는다! 조건 없이 길을 열든가 문을 닫고 안에서 모두 죽어라! 전할 뜻은 그것뿐이다!"

그러자 이천의 고블린들이 일제히 함성을 지르며 열광하기 시작했다. 도래까마귀는 기가 막혀서 눈을 희번덕거리며 고개를 휘청거렸고, 팔짱을 낀 채 보고 있던 라그나가 긴장한 듯 시야프리테의 앞을 슬그머니 가리며 나선다. 아스미르 역시 당황한 얼굴로 이드냐와 시르게이르를 보았다. 고블린들의 함성이 잦아들 때쯤, 내내 묵묵히 그 꼴을 구경하던 아우케트가 마침내 한숨처럼 말했다.

"좋다. 그럼 결투를 신청한다."

"엉?"

놀란 울리케가 외치며 날개를 파닥거린 순간, 아우케트의 두
손이 도래까마귀를 진정시키듯 감싸왔다. 눈을 마주친 고블린
오백장은 나직이 말했다.

"이 방법뿐이다. 나는 저들을 이해해. 진정 뼛속 깊이 이해한
다. 이 불통은……. 그렇기 때문에 우리끼리 해결해야만 하지.
우리 대부분은, 설득보다 승복에 의해 더 감화된다."

"아니, 아니 잠시만. 무얼 하려는 거야?"

울리케는 그렇게 말했으나, 결투라는 말이 나오자 흥분해 버
린 유하라의 고블린들이 재차 소리를 질러대는 통에 대화를 더
이어 나가지 못했다. *아니, 느닷없이 이런 말을 사전 상의도 없
이 하면 어떻게 해?* 울리케는 아우케트를 노려보았으나 그는
침착하게 어깨를 으쓱할 뿐이다.

면갑을 들어 올렸던 그 고블린이 자신이 탄 늑대와 함께 앞
으로 나서며 소리친다.

"결투? 결투로 무얼 가리자는 거냐?"

"우리가 이기면, 너희는 내 말에 승복하고 세금을 내며 흐로
케냐르로 향하는 여정에서 인간에게 어떤 위해도 가하지 않는
다. 하지만 너희가 이긴다면, 뭐든 원하는 대로 해도 좋다."

"하!"

그러자 유하라의 오백장들이 웃기 시작했다. 그들 가운데 다
른 이가 말한다.

"우리가 왜 응해야 하지? 며칠 지나지 않아 저 도시의 인간

들은 이 벌판을 가득 메운 형제들을 보게 될 것이다. 저 성벽을 넘을 필요조차 없지! 포위하고, 말려 죽일 것이다!"

하룻밤 새에 그들 사이에 대체 무슨 말이 오갔던 걸까? 이들은 이제 고블린 대사나 용의 사자는 안중에도 없는 것 같았다. 순간, 아스미르가 앞으로 나서며 고블린들을 향해 말했다.

"그건 불가능해. 이 바보들아."

유하라의 고블린들이 일제히 아스미르를 향해 눈을 부라린다. 하지만 조금도 기죽지 않은 그가 다시 말했다.

"너희가 여기까지 비교적 수월하게 온 것은 순전히 인간들이 너희를 무시했기 때문이지. 그리고 그건 너희가 행군 중에 말썽을 피우지 않았기 때문이다. 그런데 뉘른스에크를 목전에 둔 이 길목에서 인간의 도시를 공격한다? 포위당하는 건 우리가 아니라 너희가 될 것이고, 요새가 아닌 이 평야에서 너희의 특기인 농성은 조금도 통하지 않을 거다. 아니 그 전에, 너희가 그런 계획이 있다는 걸 아는 순간 우리는 저 문을 열고 나와 너희의 집결을 있는 힘껏 저지할 거야. 도대체 무슨 말도 안 되는 생각들을 하고 있어?"

"그뿐만이 아니다!"

도래까마귀가 아스미르의 말을 이어 냉큼 덧댄다. 울리케는 말했다.

"이실바프를 비롯해 어디든, 길에서 인간을 공격한 고블린들은 결코 호로케냐르의 문턱도 밟지 못할 것이다!"

아스미르의 말이 이어짐에 따라 시시각각 분기를 더하던 고블린들의 표정이, 울리케의 이 말이 떨어지자 절정에 달했다. 면갑을 들어 올렸던 고블린이 사납게 소리 지른다.

"감히! 네놈들이! 우리의 성지와 왕좌를 볼모로 협박을 해!"

"협박은 너희가 하고 있어!"

울리케는 짜증을 감추지 않으며 외친다.

"너희는 대사를 요청했고, 그리하여 내가 왔다! 너희보다 훨씬 인간과 접촉한 경험이 많은 고블린 오백장과 함께 말이다! 아우케트가 왜 저 도시에서 나왔느냐고? 너희를 그저 마수로 여기는 인간들과 대화하고, 그들로부터 협력을 이끌어 내기 위해서였다!"

"그 협력이란 것이 고작 우리에게서 금을 갈취하겠다는 것인가?"

아흐가르가 묻는다.

"세금이란 것은 결코 일방적인 착취가 아니야!"

도래까마귀는 말한다.

"너희가 세금을 내고, 자유도시가 그것을 받는 순간 자유도시는 너희를 보호할 의무를 가진다! 너희를 한낱 적으로만 여길 수 없는 근거가 되지. 바로 그걸 알기 때문에 저들은 세금을 받는 것조차 처음에는 꺼렸단 말이야! 그것이 일방적인 착취라면 어째서 저들이 망설였을까?"

유하라의 고블린들은 아우케트를 쳐다보았다. 그는 고개를 끄덕인다.

"사실이다."

울리케는 또 말한다.

"단지 말 한마디만으로 너희를 지나가게 할 수 있을지도 모르지. 그걸 가능하게 하는 위력은 이 세상에 분명히 존재하고, 내 재량으로 동원할 수 없는 것도 아니니까. 하지만 그렇게 하면 한쪽은 불만을 가질 테고, 다른 한쪽은 이 상황을 근본적으로 오해할 수 있어. 그러니 너희의 권리를 정당히 구매해라!"

"돈 따위로 맺어진 관계라니! 우리는 피로 맺어진 것만을 믿는다!"

면갑을 들어 올린 오백장이 외치자 다시 한번 고블린 병사들이 환호했다. 울리케는 순간 딱하다는 눈빛을 거두지 못하며 아우케트를 쳐다보았다. 아우케트 역시 답답한 듯 얕게 한숨을 내쉬었다. 수하들의 호응에 도취된 고블린 오백장은 외쳤다.

"돈으로 산 권리 따위! 그 돈을 돌려주며 없었다고 하면 그만 아닌가? 우리가 그런 얄팍한 거래를 어찌 믿나!"

"그 돈을 돌려주는 건 결코 쉽지 않을 거다."

반박의 기회를 포착한 도래까마귀가 소리쳤다.

"왜냐하면 용의 금화이기 때문이지! 우리는 우리가 지불한 그대로만 돌려받고, 환전 따위는 용납하지 않을 거다! 이미 경매에 부쳐지고 소유권이 뿔뿔이 흩어진 용금화가 과연 제대로 환불될 수 있을 거라 생각해? 인간의 탐욕을 얕보지 마라!"

"……무슨 소리냐?"

아흐가르가 묻는다. 도래까마귀는 한결 소리 높여 말하기 시작했다.

"이런 이야기다! 너희의 입시세는 우리가, 용으로부터 불하받은 용금화로서 대납한다! 이후 모든 고블린들의 입시와 통행세도 그렇게 지불될 것이다! 그러니 너희의 빚은 인간의 자유도시가 아니라 우리, 용의 군대에 지는 것이다!"

이번에는 아우케트가 어처구니없다는 얼굴로 울리케의 느닷없는 말에 대한 비난의 눈길을 도래까마귀에게 던진다. 이렇게, 서로 한 번씩 주고받게 되었다.

이제 유하라의 고블린들은 조금 당황한 것 같았다. 필시 한번도 생각해 본 적 없는 영역의 사고일 테다. 한동안 동료 오백장들과 무어라 쑥덕이던 아흐가르가 물었다.

"그렇다면 우리는 실제로 한 푼도 내지 않는다는 건가? 그럼에도 불구하고 용에게 세금을 낸 것이 된다고? 그렇다면 사실상 빚을 지는 셈이 아닌가?"

"일단 이건 단순한 빚이 아니다. 자유도시들이 너희의 통행을 완전히 보장하고, 아울러 우리가 너희를 보호하는 근거가되지. 너희가 실제로 대갚음해야 할 유형의 재화 같은 것은 없으며, 우리 또한 그걸 요구하지 않을 거야."

"이건 사기야!"

갑자기 면갑을 들어 올린 예의 그 고블린 오백장이 소리쳤다. 도래까마귀가 사납게 그를 노려보며 묻는다.

"뭐가 사기라는 거지?"

"……뭔지 모르겠지만, 아무튼 사기다!"

참 딱하다는 듯이 형제를 보던 아우케트가 입을 열었다.

"아마도 너희가 실제로 아무것도 지불하지 않았으며, 대갚음 할 필요가 없는데도 불구하고 갑자기 권리가 발생했다는 이야 기가 달콤한 만큼 불안할 테지. 어떤 종류의 예속이나 강제력 이 이후에 빚으로 되돌아올까 겁나는 것이 아닌가?"

"맞다! 바로 그거다! 그게 내 생각이다!"

고블린 오백장은 신나게 소리쳤으나 좌중은 조금 어이없다 는 듯 그를 볼 수밖에 없다. 아우케트는 말했다.

"물론, 우리가 꾸준히 부를 쌓아 올려 이러한 권리를 매입하 겠다고 선제적으로 제시할 수 있었더라면 가장 좋았을 것이다. 하지만 우리가 한데 뭉쳐서 이런 일에 관한 의견을 주고받을 수 있었다면 지난 천 년간 우리의 왕이 나타나지 못했을 리 없 지. 통념과는 다르게 북부의 인간들이 우리를 견제해 왔기 때 문에 우리의 왕이 나타나지 못한 게 아니다. 모두 알다시피, 이 제국이 시작되기 한참 전부터 우리는 통일되지 못하고 와해된 상태에 머물렀으니까. 그리고 설령 우리가 이런 일을 먼저 제 안하여 시도한다고 할지라도, 우리가 지불할 것들이 인간에게 매력적이었을지는 불투명하며, 인간은 오히려 우리의 축재 방 식을 지적해 왔을 수도 있다. 약탈 말이지. 그러니 인간에게서 도, 우리들에게서도 유래하지 않은 저 금 조각이야말로 이 거래의 매개로 삼기에는 그야말로 적당하다. 그뿐만 아니라 형제들이여, 용금화는 잠재적으로 오히려 인간들에게 장기적인 흉재로 작용할 수도 있는 물건이다."

"……도대체 무슨 소릴 하는 거냐?"

아우케트의 문장들이 이어질 때마다 표정을 구기던 아흐가르가 참지 못하고 끊으며 묻는다. 아우케트는 태평히 그들을 보다가 기습적으로 되물었다.

"형제들은 진정한 부가 뭐라고 생각하는가?"

"금붙이!"

"살코기!"

"아니야, 멍청이들아! 새끼들이다! 더 많은 아이들이라고!"

"애들은 먹고 싸기만 한다! 멍청이는 너야!"

갑자기 유하라의 네 오백장들이 서로를 비난하며 와글와글 떠들어대기 시작했다. 한편, 이 모든 걸 지켜보고 있던 선험관 이드냐는 아우케트의 마지막 말이 마음에 걸리는지 곁에 있던 아스미르에게 속삭이듯 묻는다.

"용금화란 게, 대체 얼마나 있는 걸까요?"

"글쎄요. 하지만 저렇게 말했다는 것은…… 분명 무시할 수 없을 만큼 많다는 뜻 아니겠습니까?"

사실 선험관으로서는 세금으로 권리를 매입한다는, 울리케의 발언 자체가 그다지 맘에 들진 않았다. 징세권이란 모든 영주들의 가장 강력한 가전(家傳) 자산이나, 영주들의 영주인 황제는 정당한 이유와 절차로 그것을 부정하거나, 몰수 혹은 제한할 수 있었다. 근본적으로 이 땅의 모든 것은 황제에게 속해야 마땅했다. 물론 징세권이란 납세자를 보호할 의무를 동시에 가진다. 하지만 이것이 양방 동등한 계약이거나 거래일 수는 없다. 그런 것을 따지기 시작하는 순간 황권은 낱낱이 분해되어 버릴 테니까. 그러니 지금 전개되고 있는 이야기는 사실 정치적으로 꽤 위험하고 급진적인 이야기였다.

그럼에도 불구하고 이 자리의 모두는, 심지어 선험관 이드냐 스스로조차 이 흐름이 올바른 것처럼 느끼고 있었다. 일견 보기에 좀 우스운 모양새긴 했어도(특히나 진정한 부에 대한 열띤 토론에 들어간 고블린들을 목전에 두고 있자면 더욱 그렇다) 상당히 진지하고 유의미한 내용을 담고 있기도 했다. 이거야말로 선험관으로서 결코 놓칠 수 없는 광경이었다.

"아니, 진정한 부가 뭐냐니까? 아직도 정리들이 안 돼?"

울리케가 놀리듯이 묻는다. 아흐가르가 불만스레 돌아보더니 입을 뗐다.

"뭐, 너는 그게 뭔지 알고 있다는 거냐?"

"너라니? 나는 너희의 대사다! 존중을 보여!"

"……그래, 대사는 진정한 부가 무언지 알고 있느냐 말이다!"

"나의 답은 나의 것이지. 그걸 그렇게 간단히 알려줄 것 같은가? 아무튼 이 납세는 너희에게 아무런 손해도 되지 않을 거다. 너희는 인간에게 돈을 지불하기 싫은 거잖아? 그러니 우리가 용의 이름으로 대납해 주며, 너희는 잃은 것 없이 인간의 보상을 누리되, 대납의 주체인 우리에게 명예를 저당 잡힐 뿐이다. 너희가 좋다고 하건 싫다고 하건 나는 마구 대납해 버릴 거야! 너희가 명예를 모른다면 계속 소동을 피울 테고, 그러면 이 문제는 이제 인간이 아니라 용과 다룰 문제가 되겠지!"

"이건 협박이다!"

면갑의 고블린이 또 외쳤다. 울리케는 한심하다는 듯 그를 보며 묻는다.

"어, 그래? 이번에도 잘 모르겠지만, 아무튼 협박인 거야?"

"이제야 말이 좀 통하는군!"

면갑의 고블린은 이렇게 응수했고, 다음 순간 시야프리테가 풋 하고 웃음을 터뜨렸다. 시르게이르도 웃음기를 거두지 못하며 아스미르에게 속삭인다.

"고블린들이 이렇게 재미난 존재라고 왜 말 안 했어?"

"……난 남 험담 같은 거 안 해."

아스미르는 쓴웃음을 지은 채 대꾸했다. 그런데 그때, 전혀 웃지 않고 있던 아우케트가 이런 말을 했다.

"나는 앞서 결투를 신청했다. 너희는 그걸 비웃더군. 형제들은 전통을 잊은 것인가? 우리의 신성한 결투 의식은, 아무리 불합리한 이유에서 선언되더라도 그렇게 일방적으로 거부할 수 있는 게 아니다."

울리케는 부리를 딱 벌리고 아우케트를 돌아보았다. *대화의*

분위기가 거의 매듭지어져 가는 마당에 갑자기 이 무슨 케케묵은 소리야? 동시에 유하라의 네 오백장 또한 매우 불편한 표정을 지어 보였다. 아흐가르가 말한다.

"……잠시 기다려라. 우리끼리 논의하겠다."

대화는 잠시 소강 상태가 되어 두 무리는 거리를 두고 물러났다. 그러자마자 울리케는 아우케트에게 따져 물었다.

"아니, 왜 그래? 이야기가 잘 되고 있잖아!"

아우케트는 차분함을 유지한 채 대답한다.

"하지만 내가 앞서 결투를 신청한 건 지워지지 않는 사실이다. 이런 것이 그토록 가볍게 여겨져서는 안 돼. 우리의 결투는 너희가 이해하는 것보다 더욱 깊은 함의를 가진 의식이다. 지금쯤은 이해한 줄 알았다만."

"네가 결투에서 지면? 그럼 저들은 앞서 말한 대로 무도하게 이실바프를 공격할 거야."

"과연 그럴까?"

그제야 아우케트는 웃었다. 오백장은 말한다.

"저들은, 아니 우리는 설득당하는 데 익숙하지 않다. 아무리 봐도 즉흥적으로 보이는 너의 기습적인 제안은 내가 듣기에도 참으로 솔깃하게 들린다. 하지만 정말 단지 그것만으로 호로킨의 검은 혈맹들이 순순히 넘어올 거라 여기지는 마라. 우리는 누가 보더라도 불합리한 상황에서 고집을 부리는 것이 참으로 익숙한 문화를 가지고 있다. 왜 그렇게 되었을까? 아마 너는 역사를 미루어 보아 짐작할 수 있을 텐데."

"……뭐? 아니, 그럼 우리의 염소 조약은 다 뭐였어?"

일순 배신감을 느낀 울리케가 묻는다. 아우케트는 도래까마귀의 시선을 마주쳐오며 답했다.

"그때는 마법사가 있었지. 나중에는 용이 있었고, 끝내는 서리심이 있었다. 우리의 교류에서 매 순간, 양쪽이 모두 무시할 수 없는 강자의 존재가 있었다는 걸 잊었는가?"

"……잊지 않고 있어. 기운 빠지는 이야기네."

울리케는 정말로 기분이 상한 듯했다. 이번에야말로 스스로의 설득력만으로 이 난관을 극복하려 다짐했었건만, 따지고 보니 용금화와 그 뒤에 있는 용이 지닌 권위에 빌려 타 전개한 논리란 걸 깨달은 것이다.

물론 용금화를 세금으로서 대납해 주겠다는 이야기는 정말 즉흥적인 것이었다. 그리고 그건 앞서 아우케트가 이실바프에 입시하며 툭 던졌던, 입시세에 관한 발언으로부터 촉발된 이야기였다. 그러고 보니 자신이 고블린 대사임을 자처했던 것도 일종의 궁지에 몰려 나왔던 순간적 발상이 아니었던가. 이제 울리케는 자신의 방식에 근본적인 문제가 있을지도 모른다는 회의에 사로잡힐 지경이었다.

"우리는 결정했다."

아흐가르가 말했다. 양편은 다시금 거리를 좁힌다.

"그래, 어쩔 것인가?"

아우케트가 묻는다. 아흐가르는 다시 말했다.

"형제의 결투 제안은 무의미하다."

"어째서지?"

아우케트는 아무런 동요도 없이 다시 묻는다.

"왜냐하면…… 형제가 제안한, 결투의 승패에 따른 조건 때문이다. 우리가 결투에서 지면 세금을 내고, 우리가 결투에서 이기면 우리가 원하는 대로 한다. 그런데 우리가 원하는 것은 세금을 내는 것이다. 즉, 이기건 지건 결과는 똑같다. 그러므로 무의미한 결투인 것이다."

"그렇군. 그렇다면 신청을 물린다."

아우케트는 이 모든 걸 예상했다는 듯이 담담히 말했다. 이걸 지켜보는 울리케로서는 조금 당황스러운 전개였으나, 이것이야말로 고블린식의 어떤 예법 같은 것인지도 모르겠다는 깨달음이 들었다. 도래까마귀는 멍하니 있다가 퍼뜩 말한다.

"……좋아, 아니, 정말로 모든 내용을 이해했어? 세금을 낸다는 것의 의미를 말이야. 나중에 딴소리하면 정말 곤란해."

"우리가 이해할 수 없었던 단 한 가지는, 용금화가 잠재적이고 장기적으로 인간들에게 흉재가 된다는 말뿐이다. 하지만 가장 솔깃했던 부분도 바로 거기지. 좀 더 설명을 요구한다."

아흐가르의 말이었다. 순간 울리케는 반사적으로 아스미르 쪽, 좀 더 정확히는 이드냐를 보게 된다. 황제의 눈과 귀라. 그 앞에서 어쩌면 우리의 가장 위험한 무기에 대해 사실대로 이야기해야 하는 것일까?

하지만 상대는 바로 그 선험관이다. 그의 동석을 거부하는 것 자체가 불법이었다. 울리케는 마음을 정한다.

"좋아…… 하지만 좀 어려운 이야기가 될지도 몰라. 물론 나는 최선을 다해 쉽게 이야기해 보겠지만."

"뜸 들이지 말고 어서 말해라."

면갑을 들어 올린 고블린 오백장이 재촉한다. 도래까마귀는 유하라의 오백장들을 차례로 훑어보다 마침내 부리를 벌렸다.

"이런 이야기야. 현재 흐로케냐르의 왕의 방 너머에는, 그 출처와 유래를 아직 알 수 없으나 린트부름의 유산임에 분명한 용금화가 대규모로 보존되어 있다. 실로 복잡한 경위에 의해 그 봉인이 풀어졌지."

"그럼 그건 우리의 왕의 재산이었던 게 아닌가?"

아흐가르가 묻는다. 울리케는 답했다.

"그럴 가능성도 없지는 않겠지. 하지만 너희의 역사에서, 마지막 왕과 용금화에 얽힌 구전은 없다는 걸 나는 이미 아우케트를 통해 들었다. 아니, 너희는 애초에 흐로케냐르의 위치조차도 잊어버리고 있었잖아? 이제 와서 그것이 단지 왕의 방 옆에 있다는 이유만으로 너희의 것이라 주장하긴 좀 뻔뻔하지 않아? 게다가 그 지하 금고는 바로 '문짝'에 의해 봉인되어 있었단 말이야!"

"문짝!"

네 고블린 오백장이 탄식하듯 소리쳤다. 면갑을 들어 올린 오백장이 덧붙인다.

"그럼 그건 우리의 것일 수가 없군, 도무지! 문짝이라니!"

그들은 정말로 단지 그 사실만으로 납득해 버린 것 같았다. 또다시 시야프리테의 웃음보가 터져 버렸고, 심지어 이젠 라그나조차 실실 웃음을 흘리기 시작했다. 다행히 웃음을 참는 데 성공한 울리케의 말이 이어졌다.

"용금화는 분명한 금이지만, 거기엔 린트부름의 고대 마법이 걸려 있어서 용의 허가 없이는 어떤 종족도 녹여 쓰는 것이 불가능하다. 그러므로 그것은 금이되, 금이 아닌 독특한 위치를 갖게 되지."

"무슨 소리지?"

아흐가르가 묻는다. 그러자 이번엔 아우케트가 눈짓으로 울리케에게 양해를 구하고 자신이 대답하기 시작했다.

"금이란 모든 문명권에서, 거래의 개념을 이해하는 모든 종족에게 상호 신뢰할 수 있는 가치를 보증하는 역할을 해 왔다. 하지만 어느 날, 이토록 막대한 양의 금이 세상에 풀린다면 어떻겠는가? 그저 그런 것이 존재한다고 알려지기만 해도 금의 가치는 폭락할 수 있다. 재산을 금의 형태로 갖고 있던 자들은 서둘러 금을 다른 유형의 자산으로 바꾸려 들겠지. 물론 현재 용금화는 그 희귀함과 상징성으로 인해 일반적으로 유통되는 금붙이들보다 더 높은 가치를 갖고 있다고 들었다. 하지만, 그 희귀함이 없어지는 순간 그건 보통의 금보다 싼 금이 될 수 있다."

이제 울리케가 다시 그의 말을 받아 연장한다.

"아직까지 그런 일이 발생하지 않은 첫 번째 이유는 그만한 양의 용금화가 나온 적이 없기 때문이기도 하지만, 또 용금화를 녹여 보통의 금처럼 쓸 수 없기 때문이야. 완전히 다른 자산이기 때문에 두 금 사이의 교환비를 도출할 수 있는 거지. 반대로 말하면 용금화를 녹일 수 있게 되는 순간엔 용금화의 가치만 폭락하는 게 아니라 제국에 유통되는 모든 금값이 폭락하는 게 돼. 제국에서는 금으로는 그 어떤 물건도 살 수 없게 될 수도 있어. 모두 금화 대신 실질적인 가치가 있는 다른 물건을 바라게 될 테니까. 이 말이 의미하는 것은 제국의 경제가 붕괴될 수도 있다는 거야. 그러니 즉, 용금화 자체가 실로 무기가 될 수 있는 셈이지. 우리는 이것의 유통량과 일반 금으로의 주조 권한, 이 두 가지를 통제함으로써 제국의 경제에 거시적인 영향을 줄 수 있단 말이야."

"……좀 더 쉽게 말해 줄 수 없나?"

아흐가르가 불만을 터뜨린다. 그러자 엉뚱하게도 별안간 시야프리테가 말문을 연다.

"이런 거 아니겠어요? 어느 날, 하늘에서 염소 수억 마리가 메뚜기떼처럼 떨어졌단 말이에요! 이제 발에 채이는 게 온통 염소뿐이라고요! 이제 아무도 제값 주고 염소를 살 필요가 없어요! 애써 염소를 치던 목동들은 어떻게 될까요?"

"슬프겠군! 하지만 먹을 게 지천에 널린 상황인데 모두가 행복해진 셈 아닌가?"

면갑을 들어 올린 고블린이 외친 것이다. 도래까마귀가 고개를 흔들며 말했다.

"염소는 따지자면 소비재지! 금은 아니잖아? 금은 아무 쓸모도 없단 말이야!"

그러자 진정한 부란 무엇인가의 대답에서 금붙이를 외쳤던 유하라의 오백장 하나가 턱을 딱 벌리며 가엾은 표정을 지었다. 반면 살코기를 외쳤던 다른 오백장은 흐뭇한 낯이 된다. 둘 다 면갑을 내리고 있었음에도 그것이 느껴질 정도였다.

"그러니, 실은 이 막대한 용들의 유산이 모두에게는 골칫거리가 된다 이 말이야! 이걸 도대체 어떻게 처리해야 할지 고민하던 차였는데 이제 흐로케냐로 향하는 모든 고블린과 류그라들의 권리를 사는 데 쓰기로 했어. 아직 용금화에 관한 전모는 이 세상에 알려지지 않았으며, 너희 모두의 권리를 보증하는데 들이는 정도로는 제국의 금 시세에 별다른 영향을 주지 않을 거라 보거든. 이건 이제 단순한 금화가 아니야. 뭐라고 해야 할까…… 일종의 채권이 될까? 용이, 너희의 권리를 보증한다는 실질적인 상징이야."

"그런데 그 용의 보증물이 보통의 금보다 싸질 수도 있다고 말하는 게 아닌가? 그건 싫군."

아흐가르의 말이었다. 울리케는 고개를 끄덕인다.

"물론이야. 무분별하게 용금화를 남발했다간, 정말로 용금화 열 장이 아우스뉘르화 한 장에 교환되는 상황이 되어버릴 수도 있지. 그게 아니면 죄 녹여서 사이좋게 금값이 추락하던가. 분명 둘 중 어느 쪽도 아무도 바라지 않는 귀결일 테지."

"그런데 용금화를 그런 식으로 써도 되는 것인가? 용이, 용들이 화를 내지는 않을까?"

"이제 와서?"

울리케는 아흐가르의 물음에 이렇게 되물었지만 실은 그 또한 생각해 보지 않은 이야기는 아니었다. 만일 또 다른 용이 불쑥 나타나서 저 금화가 자기들 거라고 마구 우기면 어떡하지? 심지어 이 문제엔 아이비레인도 잠재적인 경계의 대상이었다. 울리케가 넌지시 로릭스데를 통해 확인한 바로, 아이비레인 명의의 재산 규모는 라펀다시르 공작가 명의의 재산에 필적했으며, 그 자산의 대부분을 금의 형태로 갖고 있다 들었다. 그건 다시 말해 이 제국에서 개인으로서 어쩌면 가장 많은 금을 보유한 자가 다름 아닌 아이비레인일 수도 있다는 말이었다. '부란 무엇인가'라는 본질적 질문을 던지며 물욕엔 초탈한 듯 보이기까지 했던 빌러디저드와 달리, 아이비레인은 구전 속의 용들처럼 재산과 금에 대한 집착이 선명했다. 그러니 용금화를 어떻게 취급하고 사용하는가에 따라, 아이비레인은 정말로 적이 될 수도 있었다. 때문에 용금화의 첫 공식적인 유통을 이들 소수 민족의 권리를 보증하는 것으로 한정시키는 것은 이 측면으로도 좋은 이야기였다. 적어도 명분상으로는 따지기 힘드니까 말이다.

"적어도 빌러디저드는 반대하지 않을 거야. 용금화의 사용 방식은, 내게 결정할 재량이 있다. 어느 정도는 말이야."

도래까마귀가 선언했다. 유하라의 고블린들은 조금 감동한 듯 빛나는 눈으로 울리케를 본다. 하지만 이쯤에서 뒤통수가 따가워진 울리케는 슬그머니 뒤를 돌아볼 수밖에 없었다. 아스미르의 감탄한 표정과 더불어, 예상대로 심각해진 표정의 이드냐가 보인다.

"여기까지. 어떠신가요, 선험관?"

울리케는 묻지 않을 수 없었다. 이드냐는 혼란스러운 듯 눈을 굴리다가 좌중을 둘러보고는 입을 열었다.

"저는 폐하의 입이 아니며, 그분의 의중을 헤아릴 수도 없습니다. 다만…… 대사의 발언과 결정들이 꽤 놀랍다는 건 분명하군요. 용금화는 확실히 위험한 존재이지만, 이미 열려 버린 문을 어쩌겠어요? 이제 와서 그것을 없는 셈 치는 것은 불가능할 테죠. 대사께서 여태껏 숙고하신 게 느껴집니다. 현재로서 이 이상의 해법이 있을까요? 다만, 이후엔 어떻게 되는 거죠? 용금화의 사용은 딱 거기까지인가요?"

"솔직히 모르겠습니다."

울리케는 정직하게 말했다. 도래까마귀의 말이 이어진다.

"앞서 말씀드렸다시피 금화를 남발할 생각은 없어요. 가장 좋은 방법은 제국, 아니 이 대륙 전체에 걸친 부의 총량이 꾸준하게 늘어나는 데 맞춰서 용금화의 유통량을 늘려 나가는 게 이상적이겠지요."

"부의 총량? 그런 것을 무슨 수로 재는가?"

아흐가르가 묻는다. 그러자 도래까마귀는 바로 대답했다.

"아까 바로 그대가 진정한 부를 아이들이라 말했지? 경제의 주체는 결국 사람이다. 우리는 생산의 주체이며 동시에 소비의 주체니까. 가볍게 이야기하자면 인구의 증가는 부의 총량 증가와 상관관계에 있다. 물론 그것 말고도 지표는 많아. 중요한 것은 물가 수준을 잘 봐가며 조절해야 한다는 거야. 현재, 적어도 우리가 아는 이 세상은 저 용금화를 모두 수용할 부를 갖고 있지 않아. 하지만 언젠가는 그렇게 되겠지. 용금화는 거기에 대한 확실한 지표이자 증거가 될 거고. 그러니 너희가 말한 세 가지 답인 금붙이와 살코기, 아이들은 각각 유가 증권과 소비재, 경제 주체를 말했다는 점에서 나쁘지 않은 대답이었던 셈이지."

잠시 주위에 적막이 흘렀다. 얼빠진 표정의 시르게이르가 아스미르에게 이렇게 속삭였다.

"네 동생…… 무서운데? 나는 저기에 비하면 그냥 망할 요리사네, 세상에……."

"어, 나도 좀 놀랐어."

거짓말이었다. 아스미르는 사실 경악한 상태였다. *저건 정말 내 동생이 맞는 건가?* 목소리만 울리케인 다른 마법 생물 같은 게 아닌 걸까? 여생을 예전처럼 울리케와 논쟁하며 지낼 수 있으려면 정신 바짝 차려야겠다고 긴장하는 아스미르다. 새삼 소름이 돋았다.

이를 엿들은 울리케가 살짝 민망해져 그들 쪽을 힐끔 본다. 그러자 선험관 이드냐가 또렷하게 말했다.

"폐하의 눈과 귀는 이 모든 대화를 기억했습니다. 언젠가 그분께 고할 날이 기쁘게 기대되는군요."

"어…… 좀 윤색해서 말씀해 주시려나요?"

울리케가 부담을 느끼며 물었고, 이드냐는 웃었다.

제 5장

뉘른스에크, 웅대한 발트부름 산의 기슭엔 서리심이 뿌린 눈
안개가 불길하게 서성이고 있었다. 아우스뉘르 대응군 진지가
완전히 와해되어 서쪽으로 훌쩍 물러난 지 이미 여러 날이 지
났기에 이제 이 땅에 버티고 선 것은 미스미르드, 그중에서도
육왕의 군대뿐이었다. 하지만 그들은 눈안개와 겨울의 장벽을
세운 채 머무를 뿐 아직까지 뚜렷한 작전을 개시하지 못하고
있었다. 용혈열의 저주는 그들에게도 공평하였으므로. 물론 충
실한 너설지빠귀 뤼드는 일찍이 그들에게도 사자로서 방문해,
육왕의 서리심에게 방역에 관한 사항을 알려주었다. 그들이 얼
마나 그것을 지킬지는 알 수 없었지만 말이다.

미스미르드가 움직이지 못하는 이유가 비단 역병 때문만은
아니었다. 팔천에 이르는 수효의 드라우그르 대군이 발트부름

의 안마당에 대형을 짓고 서 있다. 이미 영원한 휴식을 약속받았기에 결코 쉴 필요도 없고, 생을 놓아 버렸기에 보급도 필요 없는, 실로 백전불태(百戰不殆)의 군대가 말이다.

지금 그들의 유일한 지휘관은 성하촌에 꾸려진 종군상단들의 집하장 한가운데 앉아 멍하니 불을 쬐고 있었다. 바로 펠윈이었다.

"……드시겠습니까?"

그리고 그에게 어색한 말투로, 막 구워 낸 타래염소 꼬치구이를 권하는 디드리크가 곁에 있다. 펠윈은 물끄러미 그를 보다가 되묻는다.

"제게 왜 공대하시지요, 종사 나리?"

"……사령관이시니까요. 제게도 말씀을 낮춰 주십시오."

펠윈은 눈앞의 소년이 아직 앳된 것을 본다. 처음 이 요새에 당도해 병사들 틈에서 스쳐 가며 보았을 때는 한순간 키 작은 중년 병사라 생각했을 만큼, 그 기세나 모습이 뭔가에 지독히도 찌들어 있던 그였다. 그로부터 여러 날이 흘렀기 때문일까, 아니면 그의 충견 사우트가 무언가를 되살려 주었던 것일까, 디드리크는 이제 조금씩 이전 모습으로 회복되고 있었다. 그럼에도 물론, 결코 다시는 예전 같지 못하리라.

"새삼 웃기네요. 제가 사령관이라니."

그래도 고기 꼬치에 죄는 없기에, 펠윈은 소년의 손이 무안하지 않게끔 그것을 받아든다. 그러고는 생존자의 의무감을 양념

삼아 그걸 뜯기 시작했다. 곧 입가에 시커먼 그을음과 기름이 번져간다.

팔천의 드라우그르가 그날 갑자기 일어났다. 모두가 놀라 무기를 뽑아 들고 법석을 피우는 가운데, 펠윈만이 그들의 주목을 끌고 있다는 것이 곧 밝혀졌다. 시험은 많이도 필요 없었다. 정말로 이 기괴한 군대가, 모든 것을 잃고 여기까지 떠밀려 온, 여관 부엌데기 류그라 아가씨의 명령만을 따랐다. 그리고 모든 것이 너무도 빠르게 진행되었다. 펠윈시아가 엘라 아이기네스는 정말로 드라우그르 군대의 총사령관이었다. 심지어 용이 인정한 공식적인 직함이었다. 펠윈은 우습다고 생각했지만, 유감스럽게도 그를 제외하곤 아무도 웃지 않았다. 펠윈은 총사령관임을 인정받은 직후 산 아래로 진격해 육왕의 서리심이 피우는 난동을 저지하고, 와해된 아우스뉘르군이 무사히 결계 바깥으로 빠져나가는 것을 도와야 했다. 도중에 마흔 구의 드라우그르들을 부리던 시야프리테로부터 지휘권을 넘겨받기 위한 작은 소동이 있었지만 아주 간단히 끝났다. 펠윈이 마음을 먹자마자 그들의 소속이 바뀌어 버렸기 때문이다.

안 그래도 평범한 인간들보다 귀가 밝은 류그라 가운데서도 독보적일 정도의 청력을 소유한 펠윈이었다. 그 청력은 놀랍게도 이 팔천의 병력을 지휘하는 데 기묘할 정도의 도움을 주었다. 펠윈은 그들 모두의 걸음걸이를 듣고 분간할 수 있을 것만 같은 착각을 느끼기까지 한다. 그들이 내쉬는 스산한 냉기의 소리와, 죽은 근육들이 밀고 당기는 삐걱거림이 매 순간 들려왔다. 펠윈은 그들에게 지시를 내리기 위해 고함을 지를 필요도 없다는 걸 깨달았다. 아주 작게 읊조리기만 해도 그들은 알아채고 따랐으며, 어떤 때는 심지어 말조차 필요 없었다. 시야프리테는 순순히, 펠윈의 지휘 능력이 자신보다 뛰어나다는 걸 인정하지 않을 수 없었다.

"웃기지 않습니다."

디드리크의 변명 같은 말이다. 하지만 이 모든 게 펠윈에겐 정말 이상한 일이었다. 자신은 얼마 전까지 정말로 아무것도 아니었는데, 어느 날 갑자기 황녀의 지팡이와 마왕이라 불리는 에파의 힘을 불허할 권한을 지닌 것으로 밝혀졌다. 이 군대의 통솔권 역시 그 연장선에 있는 게 틀림없었다. 자신은 알지도 못했던 혈통의 권한이, 누구도 부정할 수 없는 실체적 권력으로 증명되어 버린 것이다. 분명 이 군대는 에파가 일으켰겠지. 그는 단지 군대를 일으켰을 뿐, 아직까지 통솔권을 되찾으러 오지 않고 있다. 온다 하더라도 펠윈은 내어주지 않을 힘이 있지만 말이다.

이제 뉘른스에크에 도착한 지 한 달여가 다 되어간다. 그사이 산 아래선 팽팽한 대치가 이어졌고, 펠윈 자신은 한스를 집어삼킨 류그네라스의 성장을 막고 있었다. 그 또한 딱히 신경을 쓸 필요도 없이, 펠윈이 그러라고 명령하기만 하면 되는 일이었다. 한스를 하그비르크로 대체한다는 울리케의 생각은 아직

실행되지 못했지만, 다행히 한스는 여전히 살아있다. 펠윈은 신목의 분노를 느낄 수 있었고, 무덤에서 일어난 자들을 통솔하는 데서 오는 어떤 비애감에 사로잡혀 있었다. 그에게 있어 이모든 일은, 지극히 요사스럽고 부도덕한 일들의 연속이었다. 여기엔 오로지 희생자들밖에 없었다.

"사람들은…… 도대체 무얼 위해 이러는 걸까요."

펠윈이 무심코 그렇게 말했다. 막대기로 불길을 쑤시던 디드리크가 펠윈을 향해 그의 목소리만큼이나 착잡한 눈길을 보탠다. 그때, 두더지감자 몇 알을 함지에 담아 들고 나타난 노아크피어클리벤 백작이 그들의 등 뒤에서 말했다.

"그래, 바로 그렇게, 늘 그것을 생각하고 의심해야만 하지."

그의 목소리에 류그라 총사령관과 소년 종사는 일어서 맞이한다.

"각하."

"펠윈, 디드리크."

노아크는 부드럽게 그 둘을 불렀다. 그리고 그런 그를, 둘은 조금 신기하게 쳐다본다.

피어클리벤 백작은 명실공히 이곳에서 최고 책임자였다. 뉘른스에크의 봉속 영주이자 그 전멸에서 유일하게 살아남은 군대의 지휘관이었으니까. 그럼에도 그는 여태껏 그 권위에 기댄일을 거의 하지 않았다. 하지만 오해하지 말아야 한다. 이것은의무의 방기와는 전혀 다른 것이었으므로. 어차피 용이 자리

잡고 서리심 같은 것들이 날뛰며, 마왕과 드라우그르들이 일어선 땅에서 한낱 인간이, 그것도 마법사조차 아닌 자가 할 수 있는 일이란 거의 없는 것이나 마찬가지였다. 만일 이런 상황에서도 직급과 권위에 연연하는 자가 맨 꼭대기에 있었다면, 뉘른스에크는 내부에 적을 하나 더 두는 것이나 마찬가지였으리라.

그런 점에서 어찌 보면 노아크 피어클리벤은 현 상태에서 가장 이상적인 책임자라 할 수 있었다. 그는 전면에 나서 이 모든 소란에 풍파를 더하는 대신, 어쩌다 한데 뭉치게 된 고블린과 미스미르드, 그리고 피어클리벤 소속의 병력들이 서로 충돌하지 않도록 세심하게 살피며, 또한 심신에 상처를 입은 생존자들을 돌보는 데 거의 모든 시간을 보내고 있었다. 아우스뉘르군이 물러난 이후 그의 활동은 모조리 구호라는 명제 아래 이루어지는 것 같았다. 그 과정에서 그는 소외되기 쉬운 이들을 살폈고, 자연히 펠윈이나 디드리크같은 이들에게도 신경 썼다. 황녀 닐스그림 역시 펠윈을 각별히 생각하고 있긴 했지만, 그건 냉정하게 말해서 펠윈이 가진 역할과 힘 때문이었다고 할 수 있겠다. 하지만 노아크는 오로지 펠윈의 처지와 안부에만 집중해 주었다. 그는 이렇게 말했다.

'만일 자네가 바란다면, 우리 영지의 길가네스 마을에 자리 잡도록 해 주지. 시야프리테가 좀 까불긴 하겠지만, 그럴 땐 그 아이를 바퀴에 매달 줄 아는 좋은 동네라네.'

거기에 펠윈은 경계하며 이렇게 물었다.

'그건 제가 아이기네스의 가지이기 때문인가요?'

'글쎄, 나는 류그라의 복잡한 계보에 대해서는 알지 못하는구나. 세상에는 그보다 중요하고 가치 있는 게 얼마든지 있지.'

'이를테면요?'

'따뜻한 저녁과 웃음소리? 나른한 봄날의 개와 아이들. 문득 마주친 길 위의 나그네와 나누는 인사 같은 것들. 우리 모두가 그리워하는 것들 말이지.'

생의 기억이 자유도시의 뒷골목에서 시작해 내내 다라드의 수상쩍은 여관에만 얽매여 있던 펠윈에게 있어, 노아크가 늘어놓는 목가적 풍경들은 허무맹랑할 정도로 이질적인 이야기들이었다. 그럼에도 순간, 묘하게 가슴이 뛰었던 것 같다. 난데없이 팔천의 드라우그라는, 끔찍하도록 부담스러운 짐을 떠맡은 펠윈은 그 대화 이후 틈만 나면 노아크 백작을 찾아 아무 말이라도 던지려 애썼고, 노아크는 기꺼이 그것을 받아 주었다. 그가 의무를 이행함에 따르는 노고를 가장 잘 이해하는 사람이었기 때문일까? 노아크는 또 디드리크의 정신 상태를 염려해 자주 어울려 시원찮은 농담을 주고받았기에, 펠윈은 어느새 이 전직 목동과도 제법 안면을 익히게 되었다. 흰이리개 사우트는 덤이었다.

"혹시라도 개에게 뜨거운 감자를 주지는 마십시오. 덥석 물었다가 이빨이 홀랑 빠집니다."

핏줄이 불거진 손으로 두더지감자를 불 속에 쑤셔 넣는 노아크를 보던 디드리크가 펠윈에게 이런 말을 했다. 펠윈은 피식 콧방귀를 뀌며 대꾸한다.

"아니, 내가 그런 것도 모를 줄 알아요? 여관엔 개들도 온다고요."

"……제발 말씀 좀 낮춰 주십시오."

"싫어요. 마주치는 사람들마다 높일지 낮출지 재어 보는 건 피곤해요. 난 아무것도 달라지지 않았는데, 한순간 그러는 것도 웃기다고요."

디드리크는 뭐라 대꾸할 말주변이 없다. 펠윈은 시야프리테보다 나이도 좀 더 많고, 어딘지 어두운 그늘을 갖고 있어 정말로 대하기 힘들었다. 하지만 두 사람은 지인의 죽음을 목격한 사람만이 갖는 그늘을 공통점으로 가지고 있기도 했다. 그렇게 알 듯 모를 듯한 유대가 조금씩 자리 잡고 있었다.

"아니, 그런데 영주님이 일을 하는 데 종사가 그냥 쳐다보고만 있어도 되는 거예요?"

펠윈이 갑자기 생각난 듯 농담처럼 나무란다. 디드리크 또한 다음과 같이 자신의 결백을 주장했다.

"한낱 종사가 백작 각하께서 손수 하시는 일을 감히 참견할 수는 없습니다."

이건 농담이 아니라 사실이었다. 이제 피어클리벤 소속의 모든 병사와 종사들은 노아크로부터 허드렛일을 빼앗는 것이 얼마나 불가능한 과업인지 깨달았다. 차라리 용의 비늘을 몰래

하나 벗겨 내는 게 더 가능성이 있는 일이었다. 노아크도 웃으며 긍정한다.

"그렇고말고. 디드리크, 예튠드 상단에 가서 소금이랑 유락(乳酪)이나 한 종지 털어오거라."

"알겠습니다."

벌떡 일어나 성큼성큼 떠나는 디드리크의 뒷모습엔 아주 약간의 흥이 서려 있다. 노아크는 그걸 한동안 바라보다 작게 한숨을 내쉬었다. 펠윈은 그에게 묻는다.

"영주님들이 다 백작 각하 같은가요?"

"나 같다는 게 무슨 말이지?"

"글쎄요. 무례하지 않게 표현할 자신이 없네요."

"충분히 예의 바르군 그래. 글쎄, 다 천차만별이지. 지주라는 점을 제외하면 한통속이라 묶어 말하긴 좀 힘들지도 모르겠군."

"저는 도시에서 많은 유력자들을 보았어요. 각하께서는 그들에게서 한결같이 느껴지던, 어떤 집착이 없어 보이십니다."

"그건 그들에게 자신감이 있기 때문이겠지. 나는 연이어 천재지변을 겪은 느낌이야. 인간의 힘으로는 어찌할 수 없는 흐름 말이지. 그 앞에서 지혜를 짜내는 것도 마땅히 할 일이겠지만, 연대와 조정을 맡는 것도 절실한 일이지. 나는, 다만 내가 가장 잘하는 것을 하기로 했을 뿐이라네. 나머지는 더 적절한 이들에게 맡기고 말이야."

이렇게 말하는 노아크의 음성에는, 결코 겸손 따위가 느껴지지 않았다. 그는 확고한 신념과 자기 이해에 따른 결론을 선언하고 있었다. 펠윈은 문득 다라드가 까닭 없이 그리워졌다. 귀 없는 류그라는 묻는다.

"피어클리벤은 좋은 곳인가요?"

"좋은 곳이라네. 용도 탐낼 만큼."

두 사람이 동시에 작게 웃었을 때였다. 더듬더듬 눈 밟는 소리와 함께 한 사내가 불쑥 나타났다. 발리위그 드레스바르프 후작이었다. 그가 불가의 통나무에 걸터앉더니 묻는다.

"감자 굽나?"

"드시겠습니까? 좀 더 기다려야 합니다만."

노아크의 말이었다. 후작은 가타부타 말이 없이 그저 불길만 노려본다. 그의 낯빛은 한번 죽었다 살아난 사람답게 파리하고 거칠어져 있었지만, 그래서인지 오히려 눈빛만은 이전보다 더욱 형형하게 빛나고 핏발이 서 있어 기괴했다. 때문에 이젠 마법을 쓸 수 없게 된 몸이었음에도, 그 앞에서 노아크처럼 느물거릴 수 있는 이는 많지 않았다.

파마의 화살에 맞아 여기까지 실려 왔던 그는 황녀 닐스그림의 지팡이 하그비르크에 의해 목숨을 구원받았다. 하지만 시야프리테의 지팡이가 시그리드를 살렸던 것과는 달리, 이미 한번 죽어 버린 가지로 만들어진 하그비르크는 뭔가 후작의 힘을 되돌리는 데 실패한 모양이었다. 노아크는 처음 황녀 닐스그림이 다 죽어 가는 후작을 보았을 때 언뜻 지었던 그 무서운 표정을 떠올렸다. 그럼에도, 그렇게 하지 않을 수도 있었음에도, 어쨌건 황녀는 발리위그를 살리는 것을 선택했다. 노아크는 이제 하그비르크의 정체와 그에 얽힌 이야기들을 어느 정도 안다. 후작이 황녀를 어떻게 모욕했고, 그럼에도 불구하고 지팡이를 들려 뉘른스에크로 떠넘겨 보냈던 것도 말이다. 노아크 역시 드레스바르프 후작의 속내를 짐작하기란 어렵다. 하지만 분명한 것은, 그 행위가 결과적으로 그를 살리긴 했다는 점이다. 비록 힘은 잃었지만.

그러니 어쩌면 눈앞의, 이 강대했던 마법사는 참으로 그 업보를 받은 것인지도 모르겠다.

"괜찮으십니까?"

"괜찮으냐고……?"

거의 열흘 이상 누워 있어야 했던 발리위그는 기가 차다는 듯이 노아크를 노려본다. 그가 다시 말한다.

"삼라만상을 관통해 흐르던 힘의 얼개를 볼 수 없어진 것이 괜찮냐는 말인가? 한낱 짐승처럼 순전히 오감만으로 사물을 인식하고, 육신에 종속된 사유만을 되풀이할 수밖에 없게 된 것이 괜찮냐는 말인가?"

"제가 알기로는 대체로, 다들 그 모양으로 삽니다. 별 탈 없이 말입니다."

"자네 손가락을 모두 자르고, 마찬가지로 손가락이 없는 놈들의 마을에 처넣어도 다들 이따위니 무탈하다고 말할 텐가?"

"무탈한 것 맞지요."

대답은 노아크가 아니라 펠윈으로부터 나왔다. 귀가 없는 류그라는 말한다.

"장애는 결핍이 아니라 사회의 보편적 기준에 의해 결정되니까요. 나리께서는 아가미가 없다고 투덜거리고 계시지만, 송구하게도 여기는 물 밖입니다."

그러자 발리위그는 한동안 펠윈을 똑바로 노려보았다. 펠윈은 그 시선으로부터 도망치지 않고 마주 본다. 예전 같으면 상상하기 힘든 일이었겠지만, 왠지 이제는 그럴 수 있었다. 신목의 분노와 망자들의 비탄 사이에 선 자신은, 이제 이런 것들에 겁먹는 존재가 아니었다, 더는. 순간 후작이 묻는다.

"이제 너는 나를 죽일 수 있다. 그러고 싶지 않나?"

"왜 제가 그래야 하지요?"

펠윈은 놀랍게도 모욕감을 느끼며 되묻는다. 발리위그가 이를 드러내며 말했다.

"나는 네가 살던 곳을 불 싸지른 자의 상관이었으니까. 그리고 아이기네스의 멸족엔, 드레스바르프의 의지가 있었지. 나는 네가 마땅히 가져야 했던 것들의 숙청자다."

후작의 기세는 수그러지지 않았으며, 펠윈은 후작이 하는 말에 거짓이 없다는 점을 알아차렸다. 그러나 펠윈에게 있어 후작의 이 선언은 하나의 가식처럼 느껴졌다. 그는 담담히 답한다.

"외람되지만 저는 그것들에 대한 결핍에 허덕이며 자라지 않앞어요. 다라드의 죽음은…… 마땅히 징벌해야 할 범죄이지만, 제가 듣기로 살인자는 이미 죽었다더군요. 나리께서는 쉴 새 없이 주변인들로부터 적의를 확인받으려 하시는 것 같습니다만, 그거야말로 모종의 결핍은 아닌지요? 왜 그리 사십니까? 따뜻한 저녁과 웃음소리, 나른한 복날의 개와 아이들 같은 건, 나리께 아무런 의미도 없는가요?"

펠윈이 노아크의 말을 인용해 이렇게 묻자, 백작은 그의 말에서 복날을 봄날로 고쳐 주고 싶어 죽겠다는 표정으로 펠윈을 본다. 후작에겐 어느 쪽이든 별 상관없었는지, 그저 어금니를 깨문 채 아무런 말도 하지 않았다. 그렇게 한동안 불편한 침묵이 감돌자, 감자의 안위에만 신경 쓰고 싶어진 노아크가 목을 가다듬더니 말을 꺼냈다.

"후작 각하께서는 아마도…… 긴 시간 동안 타인의 이해를 구하는 그 모든 절차에 극심한 피로를 느끼셨던 게지요. 끊임없이 주위의 무지를 확인하는 작업일 뿐이셨을 테니까요. 각하의 이상은 높고, 방식은 과감합니다. 보통 선연한 신념만으로 되는 게 아닐 겁니다. 저는 각하의 방식에 결코 찬성하진 않습니다만, 무턱대고 비난하지도 못하겠습니다."

"이젠 내가 정말 만만해졌군. 정말 만만해졌어."

"절대로 아닙니다. 각하께서는 침상에 누우신 채로도 여전히 그 누구보다 영지가 번뜩일 분입니다. 감히 제가 상대할 만한 분이 아니지요."

"자네 딸은 어떤가?"

노아크는 이 기습적인 언급에 잠시 침묵했다. 정말로 감자 익는 거나 신경 쓰고 살면 얼마나 좋을까? 따지고 보면 삶에 있어서 그보다 중요한 문제들이란 별로 없을 텐데 말이다. 그래서 그는 이렇게 대꾸했다.

"그 아이가 각하의 호적수로 성장하도록, 부디 아량을 베푸시길 바랄 뿐입니다."

"내가 그럴 필요가 있을지 모르겠네."

"각하께서는 전범(戰犯)이십니다."

돌연 노아크의 음성이 삼엄해졌다. 그가 발리위그를 똑바로 보며 말한다.

"무엇을 어떻게 논하더라도, 뉘른스에크의 대패는 드레스바르프가 일절 대응하지 않았기에 벌어진 대학살입니다. 지금 저 밖에…… 펠윈의 지휘를 받는 저들은 결코 저 자리에 있어서는 안 되었습니다. 황실에 용이 없다는 진실을 그런 식으로밖에 드러낼 수 없었습니까? 희생자들의 목숨값과 그 공표의 충격량을 저울질하신 게 아닙니까? 정말로 그럴 가치가 있는 일이었습니까?"

"피어클리벤의 용이 조금만 더 일찍 나타났더라면, 피할 수도 있는 일이었을 테지."

그러자 비로소 노아크의 얼굴에 선명한 분노가 떠올랐다. 하지만 그것은 발리위그 드레스바르프라는 개인을 향한 것이라기보다는, 좀 더 상위의 어떤 개념을 노려보는 듯한 분노였다. 백작은 말한다.

"각하를 심판대에 세우는 일은 실패할지도 모르겠습니다만, 피어클리벤과…… 한때는 뉘른스에크의 이름을 가졌던 제 아내는 결코 잊지 못할 겁니다."

"최선을 다하시게."

후작은 그렇게만 대꾸할 뿐이었다. 그에게는 지금 이 순간에서조차, 이런 옳고 그름을 따지는 일은 가장 하순위의 문제인 것만 같았다. 그의 말이 이어진다.

"나는 이제 용을 대면할 준비가 되었네. 별로 본의는 아니었지만 말이야."

"……혹시 이런 경우조차 상정하신 겁니까?"

노아크는 조금 질린다는 듯 물었다. 발리위그는 대답 없이 성하촌 너머 뉘른스에크의 산성을 올려다본다. 그가 넋두리처럼 말했다.

"이제 나는 마법사가 아니지. 파마의 결계 안으로 들어갈 수 있으며, 더는 과거의 방식으로 세상을 보지 않아. 그러니 용을 대면하면서도 거기에 매료되지 않을걸세. 이제 내게 남은 것은 오로지 질척한 인간의 오감뿐이니까. 피어클리벤의 도마뱀이, 과연 그런 내게 얼마만 한 감흥을 줄 수 있을까? 타의로 몰락한 마법사와 스스로 몰락한 용이라. 이 이야기가 공교로워질수록, 나는 이것이 누대에 걸친 우리의 노력을 비웃는 거대한 설계처

럼 느껴져 이루 말할 수 없이 불쾌하다네. 그저 한 영지를 가꿔

오기만 한 자네는 전혀 이해하지 못할 테지."

"그럴 겁니다."

피어클리벤 백작은 후작의 무시가 전혀 불쾌하지 않은 듯 그

냥 그렇게 대꾸했다. 오히려 후작이 그가 무례를 범하기라도

한 듯 한동안 그를 노려보았으나, 그 시선이 감자를 익히는 데

는 별 방해가 되지 않았다.

그때, 소금과 유락을 비드리의 예툰트 상단으로부터 뜯어낸

디드리크가 개와 나귀를 데리고 나타났다. 상단의 주인인 비드

리는 보급 업무와 용금화의 처분에 관한 일들을 도모하기 위해

상단의 일꾼 몇 명과 함께 며칠 전 이실바프로 떠난 상태였다.

노아크는 그를 순순히 놓아 주는 대신 아주 약간의 으름장과

몇몇 보험들을 덧붙였다.

디드리크는 후작을 발견하곤 움찔하더니 어색하게 뭔가 예

를 차리려다 그만둬 버렸다. 반면 인간의 예법을 알 리 없는 흰

이리개는 그 커다란 주둥이를 거침없이 후작에게 들이대며 냄

새를 맡는다. 순간 생각났다는 듯이 노아크가 말했다.

"그러고 보니 뉘른스에크에는 온천이 있습니다. 각하께서는

좀 더 요양이 필요하시니 이용해 보시지요."

"개가 사람의 냄새를 맡는 건 좀 씻으라는 뜻이 아니라네."

후작은 이렇게 대꾸했으나 별안간 나귀 유슬리스가 시그리

드의 목소리로 딴죽을 건다.

"이번에는 맞을걸요? 다들 좀 씻으시지요. 모두 나귀 냄새가 난다고요."

노아크가 그를 반긴다.

"왔는가, 유세트 경?"

"네, 왔습니다. 이제 지척이군요. 아무런 방해가 없다면 반나절 안에 도착할 수 있겠습니다만, 과연 육왕군이 우리가 지나가도록 내버려 둘까요? 만장기도 무시한 놈들이 말입니다."

"……천년제주도 무시할까?"

"현재 뉘르뉴는 뿌리를 들어 버린 관계로 저들의 가장 어린 서리심보다도 약해요. 과연 저들이, 현 상태에서도 이전과 같은 경배를 보여 줄지 모르겠군요."

"상황을 좀 파악할 필요가 있겠군."

노아크는 그렇게 말하며 눈을 남동쪽으로 돌렸다. 여전히 기괴한 눈구름이 장벽을 세운 채 회오리치고 있었다.

저 눈구름은 미스미르드 진중의 결계가 깨진 날이자, 상서령 앗슈레드가 탈출했던 그날부터 단 한시도 걷히지 않고 오늘까지 위용을 유지하는 중이었다. 다수의 마법사를 보유한 아우스뉘르군에 대응하기 위한, 어쩔 수 없는 방법이라 할 수 있겠다. 물론 효과적이기도 해서 아무도 미스미르드군의 내부를 관측할 수 없었다. 다행히 팔왕 아힌달과 상서령은 육왕군의 병력 규모와 편제에 대한 정보를 감추지 않고 밝혔으며, 이미 울리케의 일행이 한번 들어갔다 나왔던 곳인 까닭에 이후 저들의 상황에 무슨 극적인 변화가 있지 않았던 이상 별문제가 되는 일은 아니었다.

기실 상황이 여기까지 치달은 바, 합리적인 자라면 퇴각을 고려하거나 협상을 타진해야 할 것이다. 아우스뉘르군의 진영은 한번 무너지긴 했지만 그것은 단지 군사 배치의 문제일 뿐이다. 실제 병력엔 크게 손실이 없었으며 병참선은 지속적으로 두터워지고 보충되고 있었다. 그에 반해 원정군인 미스미르드군은 팔왕과 상서령의 병력들이 이탈한 데다 별다른 보급 체계를 갖추고 있지도 않았으니, 사기가 형편없이 떨어져 있어야 맞았다. 하지만 상서령 앗슈레드는 차분히 부정했다.

'미스미르드인들이 동토 위에서 얼마나 잘 버티는 이들인지 모르셔서 하시는 말씀들이오. 무엇보다 저들에게는 서리심이 있지. 그것은 종교요. 저들은 전멸을 거리끼지 않을 겁니다.'

파마의 결계가 무너진 이상 미스미르드는 원정군이란 한계에 놓일 수밖에 없다. 저들은 뉘른스에크를 무너뜨려 놓고도 그 함락에 실패했으며, 보급에도 실패한 상태였으니까. 아우스뉘르가 마법사를 소모시키는 전략을 극도로 꺼리지만 않았다면, 일찌감치 돌격해 이 지난한 대치를 끝장내 버릴 수도 있었다. 저들은 그냥 내버려 둬도 서서히 고사할 것이다. 겨울이란 언젠가 결국 끝날 수밖에 없다.

"뭐, 사자라도 보낼 참인가?"

발리위그가 묻는다. 이에 모두의 시선이 노아크에게 향했다.

피어클리벤 백작은 신중하게 감자를 뒤적이다 대답한다.

"그런 의미는 아닙니다. 지금까지 일어난 일들과, 울리케의 이야기만 들어보더라도 저 육왕이란 자는 대화할 가치가 있는 인물이 아닌 것 같더군요. 같은 동족의 군주를 향해 암습을 시도하는 자를, 동등한 대화 상대로 간주할 수는 없습니다."

"그건 내게도 해당되는 말인가?"

"……우린 이미 대화 중이긴 하잖습니까?"

노아크는 경이적인 인내심을 발휘해 차분히 이렇게 되물었다.

이제 피어클리벤 백작 역시, 드레스바르프가 저질렀거나 기도해 온 일들의 내막을 알고 있다. 그 가운데 가장 심각한 일은 뉘른스에크의 몰락을 철저히, 유도에 가까울 정도로 방치한 것과 더불어 혼란의 그날에 길바드 뉘른스에크 전 변경백을 암살했다는 의혹이었다. 물론 난전 중의 일이라 직접적인 증거는 영원히 찾을 수 없을 것이다.

노아크는 스스로가 그 일이 계획된 배경을 이해할 수 있다는 사실 자체에 자기혐오를 느낄 지경이었다. 피어클리벤령은 각축이 심한 제국의 다른 영지들에 비하면 너무나도 한미한 변방의 땅이었기에, 영주이긴 했어도 그의 본질은 촌부들의 지주이자 목동들의 재판관에 가까웠다. 그리고 그건 일생토록 그에게 만족스러운 일이었다. 군주를 향한 배신이나 권력이 얽힌 음모 같은 건 피어클리벤과 어울리지 않았다.

하지만 싫어도 이제는 아니었다. 피어클리벤은 이미 많은 은

원의 굴레에 봉착해 있었다. 충직한 기사였던 스벤을 누가 죽였는가? 아내의 오라비인 길바드를 누가 죽게 했는가? 자신을 포로로 억류했던 이들은 누구였는가? 자신의 장남을 죽일 뻔한 이들은 누구였는가? 실록의 폐장이라는 저 무리와 눈앞의 후작이 그것들 모두에 얽혀 있다. 환장할 사실은 그들이 서로 적이며, 여전히 힘을 갖고 있기에 노아크로서는 마구 적대할 수가 없다는 점이었다. 그 역시 상황이 여기까지 흘러오면서 자신이 누구인가를 끊임없이 자문했다. 군주로서, 신하로서, 한 사람의 기사로서, 아비로서, 남편으로서, 그는 이 모든 문제에 완전히 다른 태도를 가질 수 있었다. 그에게 고뇌와 두려움이 없다고 누가 말할 수 있겠는가.

"자네는 감자나 익힐 사람으로는 보이지 않는군."

문득 후작이 말했다. 노아크는 연기가 눈에 들어간 듯 눈살을 찌푸리며 그를 노려보다가 말했다.

"제 아내가 건강했다면 진즉에 각하를 뵈러 왔을지도 모릅니다. 하지만 그 앞에서는 결코 지금과 같이 말씀하실 수 없을 겁니다."

"그럴까? 그 많은 황금에도?"

순간 노아크는 뜨거운 감자로 그의 입을 막아 버리고 싶다고 생각했다. 하지만 나귀의 말이 더 빨랐다.

"드레스바르프는 알고 있었나요?"

시그리드의 음성엔 지금까지 이어진 대화를 따라잡은 데서

오는 차가운 노여움과 추궁의 기색이 역력했다. 후작은 말하는
나귀를 향해 대답한다.

"심증만 있었지. 아주 오래된 탐사였다네. 황실도 모르는 일
이지. 여기가 고블린들의 성지이며 용들의 유산과 저 야만인들
의 생명줄 모두가 있는 금고라는 걸, 드레스바르프의 시조께
서는 예상하고 있었어. 그러니 어쩌면 대제만은 알고 있었을지
도. 하지만 그 사실들은 비밀이 되어 지하에 가라앉았고 결국
이 땅은 그냥 요새가 되었네. 우리도 그 아득한 과거에, 그리고
제국의 개국 당시에 어떠한 일들이 있었는지 완전히 알지는 못
해. 그저 과거의 유산과 숙제들을 미래로 봉인해 미뤄 버린 걸
지도 모르지. 그것들을 다룰 수 있는 시대가 올 때까지 말이야.
지금이 그때일까? 나도 모르네."

"……때문에 뉘른스에크의 이름을 치워야 했습니까?"

마침내 노아크가 물었다. 후작은 그를 물끄러미 보더니 말한다.

"변경백이 살아 있었다면 결코 감자나 굽고 있진 않았겠지.
아니, 오히려 뉘른스에크는 완전히 적의 군대에게 함락당했을
걸. 자네도 이미 알고 있지 않은가? 어떤 멸망의 사유가 또렷하
다고 해서 마치 그것이 없었다면 불멸했을 것처럼 분노하며 탓
하는 이들을 나는 이해할 수가 없군. 말해 보게, 백작. 우리가 모
두 언젠가 죽는 필멸의 존재들이라면, 예기치 못한, 혹은 인위
적인 죽음이 어떻게 그토록 부당하고 비통한 일이 될 수 있나?"

노아크는 어마어마한 분노를 느끼는 동시에 그의 말을, 실로

소름 끼치도록 이해한다. 그 사실에 좌절하며 그는 말했다.

"각하께서는…… 저를 모욕하시는군요."

"변경백이 살아 있었다면 자네는 죽었어. 용에게 물어보게. 아니지, 물어보러 가야겠네."

후작은 그 자리에서 벌떡 일어났다. 하지만 아무도 호응하지 않았고, 여전히 감자는 아직 다 익지 않은 상태였다. 어느 쪽 이유 때문이었을까? 후작은 주위를 둘러보더니 다시 잠자코 통나무 위에 앉는다. 그럼에도 그게 전혀 멋쩍게 보이지 않는다는 점에서, 실로 그는 정말 특이한 인물이었다.

노아크는 침통한 듯 생각에 잠겨 있었다. 후작의 말대로 변경백이 살아 있었다면? 용의 존재와 상관없이 이 이야기는 전혀 다르게 흘러갔을 것이다. 자신은 포로가 되기 이전에 정말 죽었을 수도 있다. 흐로케냐르는 밝혀지지 못했을지도 모르며, 용의 금고도 열리지 못했을 수 있다. 알 수 없다. 우리가 그런 것을 도대체 어떻게 알겠는가?

"정말 용을 만나실 겁니까?"

"그렇네."

노아크의 물음에 발리위그가 대답한 것이다. 백작은 고개를 끄덕이며 말했다.

"그럼 감자가 익는 대로 먹고 찾아가 보지요."

이젠 그에게도 물어볼 것이 있으니까.

제 6장

"저 눈안개 너머에, 원래대로라면 발트부름 산이 또렷이 보여야 하지."

빙의를 마치고 돌아온 시그리드가 발프리드의 차를 받으며 말했다. 제자는 걱정스레 묻는다.

"괜찮으십니까?"

"지금까지보단 거리가 훨씬 짧아졌잖으냐? 그만큼 고통도 덜하지. 괜찮다."

시그리드의 제자가 된 이후 발프리드는 어느덧, 실로 놀라울 만큼 건강해져 있었다. 이전에는 아우셀바프에 가는 것조차 모두의 걱정을 사는 일이었건만, 이제는 험난한 뉘른스에크로의 긴 여행에도 견딜 몸이 되었다. 유레가 이걸 본다면 분명히 기뻐할 것이다.

"이젠 빙의를 마치고 마시는 에눅스가 너무 익숙해져 버렸어. 이게 이렇게 마시는 차가 아닌데 말이다. 하지만 나귀에 빙의하고 오면 입에서 꼴 맛이 난단 말이야."

시그리드가 투덜거린다. 다음 순간, 유개 마차 안에서 울리케가 소리쳤다.

"아니, 그런 이유였다니!"

발프리드가 재빠르게 류그라 마차의 포장을 걷자, 안에서 울리케가 기어 나온다. 그는 다시 소리쳤다.

"그럼 나도 줘요! 나는 번데기 맛이 난다고!"

"그걸 먹었어요?"

마법사가 놀리듯이 묻는다. 울리케는 미간 가득 짜증을 채우며 시그리드의 질그릇 찻잔을 강탈한다. 이런 둘을 보며, 발프리드는 나중에 자신이 빙의물을 고를 땐 반드시 그 식성을 철저히 고려해야겠다고 다짐한다.

"오셨군요. 어떻게 되었습니까?"

불가에 있던 류프리그데가 걱정스레 묻는다. 그 곁의 실네스레유 역시 궁금한 얼굴이었다.

피어클리벤으로부터 출발한 이 무리의 면면은 이랬다. 우선 길가네스의 마을로부터 합류한 류그라 둘, 앞서 말한 류프리그데와 실네스레유가 있었다. 얼마 전이 되어서야 울리케는 마침내 이들에게 여태껏 미뤄 왔던, 길가네스의 가지가 파괴되었다는 끔찍한 소식과 더불어 그것이 활착했다는 기쁜 소식을 전했다. 물론 장로 네그레즈가 뒤로 넘어갈 것을 염려해 기쁜 소식부터 먼저 전했음은 물론이다. 하지만 피어클리벤에 자리 잡은 뒤 놀라운 속도로 기력이 쇠해 버린 네그레즈는 이 여정에 따라붙지 못했고, 모든 길가네스들이 만류했기에 결국, 시야프리테를 감시하고 보호할 목적의 친가족 둘만이 합류하였다.

"별일 없어. 모든 게 잘 되고 있어."

울리케의 장담에, 내내 걱정스러움을 감추지 못하던 류프리그데의 안색이 조금 펴진다. 하지만 그는 다시 말했다.

"그 녀석이 의외로 자중하는 모양이군요."

"음…… 여행은 사람을 성장시키지."

"예……? 시야는 평생을 길 위에서 보냈습니다만."

류프리그데가 어이없어하자 생각 없이 항간의 격언을 인용해 버린 울리케는 할 말이 없어지고 만다. 그때, 고블린 우이라가 나타나 말했다.

"안개가 문제다. 이건 보통 안개가 아니야. 어쩌면 우리의 존재도 이미 들켰을 수 있어. 새들도 경고하더군."

일행의 두 번째 구성원들은 다름 아닌 시우부름의 고블린들이었다. 이들은 산중요새를 관리할 최소한의 인원만을 남겨둔 채, 부족 전체가(심지어 아이들까지) 몽땅 왔다. 그러니 자연히 가장 많은 수를 차지하고 있어, 이 행렬을 고블린 이주민들과 그 호위들로 보이게 만들었다. 그리고 실은 그게 그리 틀린 말도 아니었다. 울리케는 그에게 묻는다.

"애들은 어때? 조금만 참으라고 해. 긴 여행이 이제 곧 끝나."

"우린 인간의 아이들과 다르다. 걱정 안 해도 좋아."

우이라의 말처럼 고블린 아이들은 강했다. 체구는 자그마해도 타고난 질긴 근골과 놀라운 활력으로, 어느새 이 여정에 완전히 적응해 눈 위를 깔깔대며 뛰어다니곤 했다. 아이들이 뜀박질할 때 웃는 것은 인간이나 고블린이나 매한가지인 모양이다.

처음 그들이 이렇게까지 모조리 뉘른스에크로 향한다고 했을 때, 울리케는 걱정하며 반대했지만 고블린들은 완강했다. 왕의 자리가 발견되었으며, 이 땅의 모든 고블린들이 그곳으로 향하는 중임을 알게 된 이 상황에 시우부름의 고블린들이 빠질 수는 없다는 것이었다. 애초에 뉘른스에크로 지원을 나간 병력은 급한 대로 파견한 기병들 소수였다. 나머지 고블린들은 그를 근거 삼아 고블린 모두가 따라붙어 아우케트에게 힘을 보태줘야 한다고 주장했고 울리케는 끝내 그걸 막을 수 없었다.

"정말이야. 이걸 봐, 울리케. 애들에게 선물 받았어. 요샌 에바니르 경보다 내가 인기가 많아!"

이번엔 에인달케다. 아셰리드에게 '저 가요. 어쩌면 또 당분간 안 올지도 몰라요.'라고 말하곤 이 놀라운 행렬의 기록자로서 따라붙은 그. 처음 고블린 꼬마들은 이조엔 에바니르의 그 강력한 외모에 압도되어 기사를 졸졸 쫓아다니며 귀찮게 했지만, 얼마 지나지 않아 에인달케가 지닌 괴력을 목격하곤 두 파벌로 추종자들이 나뉘었다. 울리케는 에인달케가 웃으며 흔드는 꿰미에 잔뜩 엮인 둔덕다람쥐 일가족을 보았다. 고블린 꼬마들의 사냥 실력은 정말 놀라울 정도였으며, 이들은 어딜 가든 결코 빈손으로 돌아오지 않는다. 그걸 증명하듯, 이번에는 이조옌이 나타나 멧뿔토끼 세 마리를 들어 올려 보였다.

"아닙니다. 제가 여전히 더 많습니다."

"······둘이 그러고 노는 거야?"

울리케가 어이없어하며 묻고는 우이라에게 말한다.

"너희가 뉘른스에크에 모두 자리 잡으면 근처 짐승들 씨가 마르겠어."

"우리가 바보인 줄 아나? 알아서 잘 관리한다."

우이라가 말했다. 순간 에인달케가 이조옌에게 따지는 소리가 들렸다.

"아니죠, 에바니르 경! 둔덕다람쥐가 멧뿔토끼보다 훨씬 잡기 어렵다고요! 게다가 이 계절에? 난도에 압도적인 차이가 있어요."

"그렇습니까? 기사의 사냥감은 보통 이런 것들이 아니라서 잘 모릅니다. 저는 보통 창으로 찔러 잡을 수 있는 것들만 상대하거든요."

그러면서 이 거구의 기사는 정말 유치하게도 등 뒤의 장창을 툭툭 건드려 보인다. 순간 둘러싸고 있던 고블린 꼬마들이 경외의 함성을 질러 대었다.

"눈 뜨고 못 봐 주겠군."

"……동의합니다."

울리케의 중얼거림에, 어느새 뒤에서 나타난 로릭스데가 우울하게 말했다.

라란다시르의 가신인 이조엔이 합류한 것에서도 예상할 수 있지만 이 행렬의 다음 구성원은 라핀다시르의 인원 전부였다. 공식적으로는 바로 이들이 이 무리의 중심이었다. 자신의 가신이 고블린 꼬마들의 동경을 독차지하기 위해 어깨의 근육을 자랑하기 시작하자, 그는 몹시 수치스러워하며 말을 이었다.

"에바니르 경에게 저런 면이 있을 줄은 상상도 못 했습니다. 오래 살고 볼 일이군요."

"……오래 살았소?"

그리고 이 목소리는 케틸 아문세트다. 하즈바의 눈구덩이에 당해 골골하던 그도 이 여정에 합류하지 않을 수 없었다. 노인을 염려하는 울리케가 말한다.

"마차 안에 더 누워 계시지요. 바람이 찹니다."

"눈 벼락을 한번 맞아 보니 이 정도는 이제 따스하외다."

그렇게 대꾸하는 노마법사의 시선이 날카롭게 주위를 훑는다. 그러고는 나직이 중얼거린다.

"이 새끼가 또 어딜 가 있지?"

"……에써 경 말입니까?"

로릭스데가 침착하게 되묻는다.

원래 상호 예절에 대해서라면 마법사들은 나이와 경력에 무관하게 서로 깍듯하다. 하지만 케틸은 이제 하즈바를 그렇게 대해 주지 않을 작정인 모양이었다. 실제로 여정에 합류하기로 결정한 직후 케틸은 하즈바와 다시 대면한 자리에서 그를 두들겨 패 버렸는데, 울리케는 여기서 전혀 모르고 있던 의외의 관습법 하나를 알게 되었다. 그건 바로 마법사가 주먹으로 사람을 때리는 것은, 상해가 아무리 심해도 결코 중죄가 되지 않는다는 사실이었다. 마법사가 타인을 진심으로 상하게 할 작정이라면 마법을 쓰기 때문이라나?

그리고 바로 그 점이, 하즈바 에써가 에인달케를 인질 삼아 위협했던 사실의 심각성을 어느 정도 희석시켰다. 실제로 그의 마법에 걸려 물을 먹은 것은 이조엔과 케틸뿐이었으니까. 하즈바는 마법사로서는 참으로 귀엽게도 에인달케를 향해 물리적인 위협만을 시도했을 따름이며, 심지어 상대는 바로 저 괴력의 사서였다. 매우 괘씸한 일이었지만 어쨌건 에인달케는 무사했으며, 그 사건으로부터 아무런 충격도 받지 않았다. 그가 정말로 에인달케나 피어클리벤 측에 제대로 상해를 입힐 생각이었다면 훨씬 더 음험한 수단을 준비했으리라.

"음. 저기 있군요."

케틸과 함께 눈을 굴리며 사람들 사이를 살피던 울리케가 말했다. 그가 턱 끝으로 가리킨 방향에, 마법으로 자그마한 불꽃놀이를 선보이는 하즈바가 있었다. 고블린 아이들은 대부분 괴력이나 거구를 흠모하였지만, 그 가운데서도 좀 더 유별난 것에 호기심을 가진 꼬마들은 있었으며, 저 깡마른 마법사는 바로 그들을 상대로 재주를 파는 중이었다. 에인달케나 이조엔의 추종자들에 비해 형편없이 그 세가 적긴 했지만 말이다.

"저게 대체…… 도무지 자존심이라곤 없는 놈이로군."

케틸이 대번에 혀를 차며 궁시렁댄다. 울리케는 그가 뉘르뉴의 앞에서 보였던 추태를 전해 들었기에 고개를 끄덕였다. 그러다 마침 하즈바의 마술 공연을 구경하는 고블린 꼬마들 사이에 뉘르뉴도 은근슬쩍 섞여 있음을 발견한다. 비록 여기서는 뒷모습만 보이기에 어떤 표정인지는 알 길이 없었지만 오히려 그래서일까, 울리케는 한순간 어딘지 가슴이 아려왔다.

서리심의 권능으로부터 잠시나마 놓여 나온 현재, 뉘르뉴는 이 여정을 제 두 발로 걸어 따르며 사람의 아이처럼 매번 먹고 마셔야 했으며, 몸을 숨기지도 못할 뿐 아니라 잠도 자야 했다. 지금의 그는 고블린 꼬마들보다도 연약한 존재였다. 하지만 이 행렬의 모두는 뉘르뉴를 조심스레 대하고 있었다. 아니 오히려, 생물의 범주에서 완전히 벗어난 듯 늘 어딘지 살벌했던 그 기세가 사라진 현재, 뉘르뉴는 보다 각별한 모두의 관심과 애정을 받고 있다고 할 수 있었다. 여러 복잡한 것들을 따질 줄 모르는 고블린 꼬마들이 가장 먼저 그런 태도를 보였으며, 알아서 그들의 작은 사냥감들을 조공하며 호의를 보였다. 이러다 뉘르뉴가 뚱뚱해져 버리는 게 아닌가 걱정한 에인달케가 한번은 이런 말까지 했을 정도다.

'애들아, 고기만 주지 말고 야채도 곁들여!'

하지만 고블린 아이들은 훌륭한 전사이자 사냥꾼이 사슴 대신 순무 다발을 들고 귀환하는 풍경을 떠올리며, 그런 건 도대체가 아무런 멋도 없다며, 있을 수 없는 일이라고 와글와글 불평해댔다. 물론 고블린들 가운데서 근래 새로이 도입된 농업에 흥미를 보인 이들이 아주 없지는 않았지만, 아이들의 이러한 반응을 보자니 숱한 세월을 오로지 전사이자 사냥꾼으로만 살아온 이들의 문화에서 농사가 매력적인 것이 되기란 참 요원한 일인 것만 같다. 울리케가 이런 사실을 푸념하자, 듣고 있던 우이라는 이렇게 물었다.

'뭐? 너희의 문화에서 농사는 숭배받는 일이란 말이냐?'

'농사는 모든 사업의 근간이지.'

'아니, 나는 숭배받는 일이냐고 물었다. 영웅과 사냥에 대한 노래 말고, 농사에 대한 노래가 너희에게 몇 꼭지나 있지?'

울리케는 대답이 궁색해졌다. 농사에 대한 찬가가 없지는 않았지만 그건 정말 얼마 되지 않았고, 대개 위정자들이 정책적 이유로 인해 창작한 권농가들이었으니까. 고민하던 울리케는 말했다.

'그래, 솔직히 농사는 막 그렇게 낭만적인 일은 아닐지도 몰라. 우리도 분명 아주 먼 옛날에는 너희와 별다르지 않게 살았을 거야. 그렇지만 지금과 같은 번영에, 사냥과 수렵은 결코 지속 가능한 부양책이 아니란 말이야. 그러니 어쩔 수 없었던 것

이지.'

'역시 그렇군. 나도 그 농사란 것을 좀 다뤄 보자 생각했다. 이 자연에서 포식자가 피식자를 사냥하는 것은 지극히 당연한 일이다. 하지만 작은 땅에 작물을 밀집해 생육시키는 것은 하나도 자연스러운 일이 아니지. 한정된 영역에 오로지 단 한 가지 식물만을 오와 열에 맞춰 자라게 만드는 거야말로 정말 폭력적인 행위라는 생각까지 들었다.'

'뭐? 맙소사…… 그래서?'

'그러니 바로 그 폭력성을 좀 더 어떻게 잘 포장하면 우리의 인식을 바꿀 수 있을지도 모른다.'

울리케는 아무리 그래도 잡초를 뽑는 일이 그들의 욕구를 완전히 충족시킬 만큼 폭력적이진 못하다고 생각했다. 하지만 우이라의 말은 옳았으며, 그것도 꽤 탁월한 통찰력을 바탕으로 한 말이었기에 울리케는 인상적으로 그 대화를 기억해 두었다. 그가 자신으로부터 문자를 받아간 이래, 여태껏 홀로 무언가를 만들어 내기 위해 애쓰고 있다는 것도 알고 있었다. 그러니 울리케로서는 우이라가 더없이 기껍고 고마운 존재였다.

"아이비레인은요?"

울리케는 이런 생각들을 떠올리다 케틸의 뒤에서 묵묵히 서 있던 로릭스데를 보고 물었다. 그는 하늘을 쳐다보곤 답한다.

"근처 어딘가 있을 겁니다. 보이지 않고, 기세도 완전히 감추고 있긴 하지만 말입니다. 용이 계속 모습을 드러내고 있는 것은 모두에게 부담스러우니까요."

"라핀다시르 영지군은요?"

"여기까진 먼 길이죠. 도착하려면 좀 더 시간이 필요할 겁니다."

로릭스데는 담담히 말했다.

라핀다시르로부터 출발한 것은 아이비레인뿐만 아니다. 인간의 군대도 있었다. 날개가 있고 마법을 쓸 수 있기에 단숨에 도착한 아이비레인과 달리, 대규모의 군대가 여기에 도착하기까진 상당한 시일이 필요하다. 물론 울리케나 로릭스데 모두, 라핀다시르의 군대가 뉘른스에크에 도착해 실제로 무력을 행사할 일은 없길 바란다. 그들은 어디까지나 이 각축장에서 아이비레인에게 힘을 실어 줄 농성단이었다. 울리케의 걱정스런 표정을 살피며 로릭스데는 말을 더한다.

"염려 마십시오. 아이비레인은 자신의 사람들을 끔찍이 여깁니다. 정말로, 라핀다시르가 이 싸움에서 피를 흘리게 놔두지는 않을 겁니다."

"……그러길 바랍니다."

울리케는 차가운 바람을 느끼며 대답했다.

미스미르드의 결계가 무너진 이상, 아이비레인에게 저들의 서리심은 그다지 위협이 되지 않을 것이다. 하지만 문제는 새로이 결계가 쳐진 뉘른스에크다. 울리케가 피어클리벤에만 내내 묶여 있던 자신의 본래 육신을 마침내 움직여, 이미 까마귀로서 지나왔던 여정을 다시 한번 되짚어 올라가는 까닭도 그것이었다. 도래까마귀로서 파마의 결계를 지나갈 수 없기에 울리케는 그날 이후 빌러디저드와 직접적인 대면을 하지 못하고 있었으니까. 뤼드는 충실한 사자였지만 그걸로는 부족하다. 거기다 이제 울리케의 본체는 까마귀이므로, 더 이상 일신의 위험을 이유로 들어 울리케의 육체가 출격하는 걸 막아설 근거도 없어졌다. 때문에 아셰리드는 한숨을 푹푹 쉬며 이 동행을 허락해 주었고, 시그리드까지 딸려 보냈다. 그래서 현재 피어클리벤에 남아 있는 것은 그리젤의 까마귀 금고단뿐이었다. 에인달케는 물론, 아그니르까지 새끼 그리핀을 데리고 이 여정에 참가해 버렸다.

"왔어? 얼마나 더 기다려야 돼?"

마침 아그니르가 이트레케르와 함께 나타나 묻는다. 새끼 그리핀과 함께 사냥이라도 다녀왔는지, 절그럭대는 아그니르의 갑옷엔 겨울 숲의 흔적이 묻어 있었다. 입맛을 다시는 새끼 그리핀의 피 묻은 부리를 보며 울리케가 말한다.

"글쎄? 전쟁은 대체로 대기의 연속이지."

"……내가 네게 이런 말을 듣고도 따지지 못하는 날이 오다니!"

아그니르는 한탄했지만 이제 과거처럼 마냥 울리케를 무시하지 못하는 자매다. 처음 고블린 대사라는 직함은 비웃었고, 진흥행정관이라는 직함엔 의문을 가졌다. 하지만 영현봉송관에 이르러서는 농담이 아니다. 아그니르도 이제 여기에 이르기까지, 자신의 문약한 자매가 어떤 활약을 펼쳤으며, 또 어떻게 고군분투를 거쳐 왔는지 알고 있었다. 자격이 있는 자에게 마땅한 존경을 보이지 않는 자가 감히 기사일 수 없는 법이다. 아그니르는 그걸 잊지 않았다.

"이 녀석, 너무 빨리 크는 것 같지 않아?"

울리케는 기억 속의 모습을 떠올리며 새끼 그리핀에 관해 묻는다. 아그니르는 고개를 끄덕였다.

"그렇긴 해. 그런데 뉘르뉴가 말하길 그리핀은 원래 빠르게 자란대. 뉘르뉴는 어디 있지?"

아무리 빨리 자라도 이럴 수가 있나? 조금 큰 개만 했던 새끼 그리핀은 이제 나귀에 필적하는 체구가 되어 있었고, 때때로 펄럭이는 날개의 길이는 이미 성인의 키를 넘어섰다. 굵은 부리는 어찌나 튼튼해 보이는지 모루에 대고 후려쳐도 깨질 것 같지 않았다. 흘리는 기세는 더욱더 드세져서 그가 나타나자 일대의 말들이 오금을 못 펴는 게 느껴질 정도였다. 완전히 다 자란다면 그냥 기마대의 머리 위를 한 바퀴 선회해 주기만 해도 진형을 흩어 버릴 수 있을 것 같았다. 정말 그럴 것이다.

"아니! 저 비겁한 인간이 내 추종자들을 꼬시고 있잖아! 야, 그만둬! 이트레케르, 가자!"

그제야 하즈바를 발견한 아그니르가 눈을 부라리더니 소리친다. 그와 동시에 새끼 그리핀이 날카롭게 울더니 아그니르와 함께 하즈바의 마술 공연을 향해 돌격하였다. 이내 신속히 분위기를 장악해 버린 그들은 가엾은 마법사에게 쏟아지던 약간의 관심마저 자신들에게 향하는 흠모의 열기로 바꿔 버리곤 의 기양양하기 시작했다. 울리케는 어깨를 축 늘어뜨린 마법사가 주춤주춤 이쪽으로 오는 것을 본다.

"정말 꼴불견이군, 대체 뭐 하는 짓거린가?"

케틸이 그에게 꾸짖듯 묻는다. 하즈바는 말했다.

"속죄지요."

"그딴 게?"

"뭐, 왜요? 마법사가 아이들의 여흥이 되면 안 된단 말입니까?"

안 될 거야 없겠다. 여태껏 시그리드라는 기준을 보아온 울리케에게 하즈바는 가볍고 경박한, 전혀 다른 인상의 마법사였다. 안 그래도 시그리드는 그런 이야길 한 적이 있었다. 마법이 대중에게 마법인 이유는 신기하기 때문이지만, 마법사가 마법을 쓰는 것은 편리하기 때문이라고. 그리고 그 두 가지 지점은 상충하는 데가 있다고 말이다. 하즈바의 가문인 에써의 시조가 경외와 기원의 학파를 세웠다는데, 어째 그가 쓰는 마법들은 대부분 좀 조잡했으며, 하즈바는 그러한 마법들을 매우 사소한 데 물 흐르듯 쓰는 모습을 보였다. 그건 그것대로 신기하긴 했지만 말이다.

그는 울리케를 보더니 웃으며 인사했다.

"오셨군요, 아가씨. 까마귀는 잘 있습니까?"

"잘 있어요."

"그 몸에 올 때마다 체조하는 걸 잊지 마십시오. 아니, 좀 더 강도가 있는 운동을 하시는 게 좋을 겁니다. 자극을 주지 않으면 피가 잘 안 돌게 된답니다."

그러더니 그는 케틸을 향해 '영감님은 이런 것도 말 안 해 주고 뭐 하는 겁니까?' 같은 표정을 지어 보여 노인을 다시금 열받게 했다.

이 여행에 참가한 이유를 확실히 해야 했기 때문에, 이제 울리케의 본체가 도래까마귀라는 걸 대부분의 사람들이 알고 있었다. 통상의 빙의 마법으로는 불가능한, 두 영혼의 완전한 융합과 육체의 교환이라는 일이 일어났다. 당연히 케틸과 하즈바는 비상한 관심을 보였으며, 이것에 대해 시그리드와 함께 이미 여러 차례 긴 토론을 거친 모양이었다. 그리고 이제 그 토론엔 한 가지 주제가 더 포함될 참이다.

"발리위그는 끝내 마력을 완전히 망실한 것 같더군요."

차를 한잔 더 마시며 쉬던 시그리드가 마침내 일어나 말했다. 케틸과 하즈바가 동시에 그를 본다.

"그러냐? 끝내? 역시 하그비르크는 모조품이었던 게지."

케틸의 말이다. 파마의 화살에 꿰뚫렸던 기억을 떠올리며, 인상을 찌푸리고 있던 시그리드가 고개를 갸웃한다.

"정말 그것만이 유일한 이유일까요? 어떤 면에서 하그비르크는 순수한 류그네라스의 가지보다 더 강력해요."

"생각하시는 다른 이유가 있나 보군요?"

이번엔 하즈바의 물음이다. 잠자코 모닥불을 쳐다보던 시그리드가 말했다.

"하그비르크는 펠윈의 의지에 의해 힘을 금지당할 수 있었죠. 즉 그건, 사용자 권한이 아우스뉘르의 혈통으로 옮겨지긴 했어도 여전히 류그라의 질서에 따르는 물건이란 말이죠. 그렇다면 류그라의 의지가 남아 있다고 봐야 하니까. 신목이, 어쩌면 그의 치료를 부분적으로 거절한 게 아닐까요?"

"그러고 보니, 너는 어땠느냐?"

케틸이 묻는다. 시그리드는 눈썹을 실룩이며 되물었다.

"제가 뭘요?"

"네가 류그라의 가지로, 그와 똑같은 치료를 받고 같은 부상에서 살아난 걸 들었다. 그런데 이후에 네 마법은 이전과 좀 달라졌어. 난 그걸 알 수 있었다. 내가 너를 가르쳤으니까. 네게 무슨 일이 일어났지?"

"돌아가시기 전에 듣긴 좀 힘드실지도 몰라요."

"……뭐?"

"꽤 오래 연구하고 정리해야 제대로 답할 수 있다는 말씀이에요. 그렇게 간단한 문제가 아닙니다. 그리고 제 제자를 가르쳐 봐야 명확히 말씀드릴 수 있고요. 시간이 걸려요."

시그리드는 다기를 정리하던 발프리드를 곁눈질하며 말했다. 케틸은 수염을 쓰다듬으며 침묵했고, 이번엔 하즈바가 말한다.

"발리위그 드레스바르프 정도의 대마법사가 마력을 잃다니! 제정신을 유지하고 있는 것 자체가 거의 불가능한 일이 아닙니까? 저는 도무지 상상할 수도 없군요."

"의외로 그렇지 않을지도 몰라요."

시그리드가 말했다. 그의 말이 이어진다.

"파마의 결계에 들어가 보고 느낀 건데, 그때는 여전히 통찰의 외연이 살아있는 상태에서 감각을 차단당하기 때문에 미칠 것 같은 상태가 되지만, 아예 후작처럼 마력을 잃어버린 상태에서는 자신이 그런 통찰을 가졌다는 기억만 남을 뿐이란 거죠. 정확히 말해 자기가 뭘 이해했었는지조차 잊어버린 상태란 거예요. 조잡한 비유겠지만 예를 들면, 손가락을 하나 잃어버린 상태에서 자신이 열 손가락 모두를 다루었던 느낌을 생생히 기억하고 있는 것과, 아무리 애를 써도 그 손가락을 어떻게 움직였는지 기억나지 않는 것. 그 두 가지는 서로 다를 수 있다는 거죠. 현상 자체는 같지만요."

그러자 모두가 침묵한 채 저마다 생각하기 시작했다. 그러다 문득 이 침묵을 깬 것은 조금 의외의 인물이었다.

"그럼, 아이비레인은 어떤 상태인 겁니까?"

로릭스데였다. 모두가 자신을 쳐다보자, 헛기침을 한 그가 조심스레 다시 입을 열었다.

"제가 알기로 아이비레인은, 에다의 도리는 알고 있지만, 마법은 쓸 수 없습니다. 유세트 경께서는 이 이야길 처음 들으셨을 때 정말 괴상하다고 하셨지요. 방금 하신 말씀에 비추었을 때, 아이비레인은 어떤 경우에 속하느냐 말입니다. 현재 아이비레인은 인간의 마법을 받아들임으로써 제한적으로 사전에 장전된 주문들만을 사용합니다. 그런데 평범한 우리가 마법 부적 같은 걸 사용할 때, 에다의 도리에 대한 이해가 선결되진 않잖습니까?"

"돌려 물으시는 것 같군요."

시그리드가 그의 눈을 보고 말했다. 마법사는 다시 묻는다.

"영식께서는, 아이비레인이 살짝 미친 게 아니냐고 묻는 겁니까?"

"……그렇게 들립니까?"

로릭스데가 불편한 얼굴로 되물은 순간이었다. 별안간 바람이 일더니 모닥불의 불꽃이 춤을 추기 시작했다. 모두가 움찔한 다음 순간, 로릭스데의 등 뒤에서 아이비레인의 음산한 목소리가 울려 퍼졌다.

"정말 그런 뜻으로 한 질문이냐, 로릭스데?"

제 7장

로릭스데가 뭐라 대답하기도 전, 일대는 고블린 아이들이 내지르는 절반의 환성과 나머지 절반의 비명으로 가득 차 버렸다. 성인 고블린들 중에서도 빌러디저드를 한 번이라도 목격한 이들은 채 절반이 되지 않았던 터라 대부분의 고블린들이 일생 처음으로 지척에서 보게 된 용은 바로 이 아이비레인이었다. 피어클리벤에서 뉘른스에크에 이르는 여정 동안 아이비레인은 극도로 몸을 드러내지 않으며 출현을 삼가왔는데, 여기서 사실상 공식적인 첫 등장을 기록한 셈이다. 하지만 이런 고블린 꼬마들의 열화와 같은 반응을, 아이비레인은 물론 라핀다시르나 피어클리벤의 사람들, 심지어는 같은 고블린들조차 예상하지는 못했던 모양이다.

"아니, 이놈들아! 물러서!"

우이라가 당황하며 달려드는 아이들을 향해 팔을 내저었으나 소용없었다. 환성을 질렀던 아이들이 몽땅 용의 발아래 모여들어 목이 아프도록 등을 젖힌 채 열렬한 눈빛으로 백룡을 올려다보는 게다. 심지어 비명을 질렀던 꼬마들조차 달아나긴 커녕 슬금슬금 그들 무리의 후미로 몰려들고 있었다.

"……내게 경외를 보인다는 점은 칭찬해주마. 하지만 너무 경박하구나."

아이비레인은 언짢은 듯 자그만 생물들을 향해 말했다. 다음 순간 고블린 꼬마들이 까르륵 웃음을 터트리며 다시 한번 환호와 비명을 질러 대었다. 아이비레인은 의혹에 가득 찬 눈초리로 이 통제 불가능한 군중을 내려다보다 고개를 살짝 틀었는데, 그러자마자 또다시 의미를 파악할 수 없는 소음이 터져 나온다. 고블린 꼬마들의 찬탄은 이제 백룡의 몸짓 하나하나에 일일이 파도처럼 일고 있었다. 용의 꼬리가 흐르듯 움직이거나, 그 날개 끝이 흔들리거나, 심지어 그냥 조금 몸을 뒤척이며 비늘들이 철컥이기만 해도 아주 그냥 다들 자지러졌다. 백룡은 일순 자신이 구경거리가 된 게 아닌가 하는 의심을 가졌으나, 천진난만한 아이들의 반응엔 어떤 삿된 구석이나 깊은 뜻이 없었다. 일생을 거의 은둔하며 거리를 둔 경외와 경계, 공포의 반응만을 받는 데 익숙해진 린트부름의 후손은 그런 그들의 면면을 한동안 내려다보며 한참이나 아무런 말이 없었다. 어쩔 줄 모르고 고블린 꼬마들을 내려다보던 로릭스데가 우이라에게 도움을 청하는 눈길을 보내자, 우이라가 호통을 쳤다.

"다들 물러나지 못해!"

"아니, 그냥 두거라."

순간 아이비레인이 말했다. 그러고는 자신이 그런 말을 했다는 데 당황했는지 침묵했다. 이 광경을 지켜보던 아그니르가 이트레케르와 함께 다가오더니 울리케에게 나직이 말한다.

"역시 용에겐 당할 수가 없네. 괴력도 근육도 마술도 그리핀도 말이야."

"그야 그렇겠지."

울리케는 그렇게 대답하면서도 신선한 표정으로 이 소동을 구경한다. 빌러디저드가 이 자리에 있었어도 과연 같은 일이 일어났을까? 그는 린트부름의 올바른 적생자로서 쉽게 범접할 수 없는 기세가 언제나 방패처럼 둘러쳐져 있었으며, 아무리 실없는 소릴 해도 그 자체엔 변함이 없었다. 한편 아이비레인은 훨씬 극도로 언행을 통제하는 면모를 보이며 때론 그것이 지나쳐 연극적으로 보일 때도 있었다. 그렇기에 고블린 아이들의 눈엔 백룡의 방패가 더 약하고 낮아 보이는 걸까?

그때, 아마도 고블린 꼬마들 중 가장 용감한 것이 틀림없는 녀석 하나가 마침내 아이비레인의 지척에 도달해 그 발톱이 눈밭에 말뚝처럼 파고든 것을 구경하며 감탄하다 기어이 손을 대는 사건을 일으켰다. 다음 순간 여태 멍하니 꼬마들의 군중을 내려다보던 아이비레인이 깜짝 놀라 반사적으로 앞발을 들며 한걸음 뒤로 물러났고, 그 바람에 예의 고블린 꼬마 용사는 용의 발등에 치여 몸이 붕 떠오르고 말았다. 모두가 외마디 비명을 지른 다음 순간, 에인달케가 날 듯이 달려와 고블린 꼬마를 잡아챔과 동시에 날카롭게 드러나 이쪽으로 향하던 용의 발톱을 발로 걷어차 버렸다.

"으악, 세상에! 에인달케!"

울리케가 소리를 지른다. 제아무리 에인달케의 힘이 대단하다 한들 그렇다고 해서 용이 휘청이거나 하는 일이 일어나진 않았다. 오히려 굳건한 성벽 같은 용의 발톱을 걷어찬 반동으로 에인달케의 몸이 뒤로 밀려나며 눈밭에 푹 처박히고 말았다. 안겨 있던 고블린 꼬마가 울먹이자마자, 우이라가 꼬마의 멱살을 잡아 올리더니 으르렁댄다.

"이놈 새끼, 울기만 해봐라!"

에인달케는 어느새 다가온 이조옌의 손을 붙잡고 일어선다. 다행히 아무도 다치지 않은 모양이었다. 모두가 망연한 얼굴로 백룡의 눈치를 살핀다. 감정을 파악하기 어려운 푸른 눈으로 모두를 내려다보던 아이비레인이 나직이 말했다.

"발가락이 쑤시는군."

"죄송합니다. 아이의 실수니 용서하시지요."

우이라가 얼른 말했다. 백룡은 고개를 기울이며 묻는다.

"용서……? 내가 참말로 그걸 할 수 있느냐?"

"예……?"

우이라가 당황해 되묻는다. 아마도 이 자리에서 아이비레인의 말이 의미하는 바를 읽어 내는 것은 울리케뿐일 테다. 오해가 생길세라, 그는 재빨리 나섰다.

"용서하시겠다는 말이야."

"용서를 논할 것은 고블린 아이 따위가 아니다. 거기 너."

아이비레인이 엉덩이의 눈을 털어내고 있던 에인달케를 똑바로 쳐다보며 말한다.

"그러고 보니 일전 로릭스데의 다리를 부러뜨린 게 바로 너였지? 이번엔 내 발톱을 부러뜨리려 한 것이냐?"

그러자 에인달케는 평온히 대꾸했다.

"설마요. 하지만 용이 실수로 고블린 아이를 다치게 하는 것보다는 낫다고 생각했습니다."

"……너는 로릭스데에게 사과했느냐?"

"그건 제 실수가 아니었습니다만."

"뭘 해묵은 지난 이야기를 하고 있어?"

그때 불쑥 뉘르뉴가 고블린 아이들을 헤치며 나타나 말했다. 여신의 종복들인 양 몇몇의 고블린 아이들을 화동처럼 거느린 채 말이다. 용의 앞에 선 뉘르뉴는 당당히 말했다.

"너는 내게 이길 수도 없으면서 만용을 부렸고, 그 대가는 너의 사자가 치러야 했으며, 그를 막기 위해 역시 주제도 모르고 설친 라핀다시르의 장남을 떼어 놓기 위해 불사한 일이었다. 따지자면 모조리 너의 잘못이었지."

"이 고블린들이 나의 아이들을 죽이고, 불구로 만들었다!"

백룡은 삼엄하게 말했다. 뉘르뉴는 표정에 변화 없이 답한다.

"그래서? 나도 이들과 한번 맞붙은 적이 있었다. 일일이 모든 피를 셈하려 든다면 끝내 어떤 이야기도 하지 못한 채 우리는 무한히 투쟁하게 될 뿐이야. 사슴들은 늑대에게 복수하지 않아. 그저 묵묵히 번영하지."

그러더니 뉘르뉴는 곁에 선 고블린 아이 하나의 머리를 쓰다듬었다. 보기에는 아이가 아이에게 하는 행위였지만 왠지 묘하다는 느낌은 들지 않았다. 아이비레인은 말없이 자신을 둘러선 고블린 아이들을 본다. 아까와 달리 찬탄보다 공포가 훨씬 짙어진 그들의 눈을. 백룡은 자신이 그걸 바라지 않으며 견디기 힘들다는 사실에 스스로 놀라고 만다. 어쩔 줄 모르던 그는 침울한 채 눈을 내리깔고 있던 예의 그 고블린 꼬마 용사를 본다. 용의 턱이 열렸다.

"남의 몸에 손을 댈 때는 언제나 허락을 구해야 하는 것이다. 그러나…… 나는 너희에게 고목의 뿌리 같은 것일지도 모르지. 장성하지 않은 흐로킨의 혈맹자들에 한해, 내 몸에 손대는 일을 영구히 허락한다."

굉장히 뜻밖의 말이었기 때문일까, 둘러선 모두가 방금 용이 어떤 선언을 한 것인지 잠시 이해하지 못했다. 그러다 마침내 알아들은 로릭스데의 표정이 정말 이상해졌고, 울리케는 쓴웃음에 도달했다. 우이라는 멍청하게 서 있던 꼬맹이의 머리를 쥐어박으며 말한다.

"뭘 하고 있어? 허락하셨잖아!"

그러자 고블린 꼬마는 잠시 망설이더니 우이라와 아이비레인을 한 번씩 쳐다보곤 용기를 내 걸음을 뗀다. 아이의 작은 손이 다시 용의 발톱에 포개진 순간, 다시금 작은 환성이 일더니 고블린 아이들이 일제히 용을 둘러싸 손도장을 찍듯이 손바닥을 착착 가져다 대기 시작했다. 어느샌가 아이비레인은 몸을 눈밭에 낮추고 그들이 자신의 몸 구석구석에 붙을 수 있도록 배려하고 있었다. 로릭스데는 정말 바보 같은 표정으로 턱마저 열어 버린다. 경악한 그가 나직이 말했다.

"……오래 살고 볼 일이군요."

"오래 사셨소?"

케틸이 했던 물음을 반복한다. 하지만 그 역시 이 광경이 놀랍긴 마찬가지였는지, 연신 수염을 쓰다듬으며 눈앞의 소동을 본다. 그들의 대화를 듣고 있던 뉘르뉴가 조용히 말했다.

"저 아이도 변할 테지."

용을 일컬어 아이라 말할 수 있을 아마도 유일한 존재의 말이 이어졌다.

"너희 라핀다시르는 세대에 걸쳐 저 아이를 보호해 왔겠지만, 거기에 실수가 없었다고 할 수는 없을 것이다. 아니 좀 더 냉정히 말하자면 저 아이가 가진 모든 문제는 완전히 너희들 탓이며, 인간의 탓이다."

"……그렇습니다."

로릭스데가 침통히 인정한다. 뉘르뉴는 그를 보며 말했다.

"나는 잊지 않는다. 하지만 얽매이지도 않을 것이다. 저 아이가 자신의 성을 나서게 된 이유가 무엇이냐? 밀파네스의 마지막 아이가 바란 것은 이런 것이었을지도 모른다."

"정말로…… 그럴 수도 있겠군요……."

로릭스데는 골똘히 생각하기 시작했다. 아이비레인은 피아의 구분에 집착하는 만큼 자신의 사람이라 생각하는 이들이나 적들 모두에게 철저하다. 어쩌면 이 조금은 우스운 일로 인해 장차 아이비레인은 모든 고블린에게 우호적인 태도를 갖게 되지 않을까? 물론 아이들로 한정한 선언이긴 했지만 말이다. 제국인에게는 고블린들은 경계의 대상이며 골칫거리로 기능해 왔지만, 바로 그렇기 때문에 용들에게는 매력적인 세력일 수 있었다. 무주공산이 된 뉘른스에크에 이 땅의 모든 고블린들이 집결한다면, 제국은 전혀 무시할 수 없는 제3 세력을 목전에 두게 된다. 그들과 관계 맺고 영향력을 발휘할 수 있다는 것은 실로 거대한 이점일 것이다.

"저 녀석, 훗날 이름이 남을지도 몰라."

로릭스데와 똑같은 지점에 생각이 도달한 울리케가 피식 웃으며 고블린 꼬마 용사에 대해 말했다. 우이라가 고개를 끄덕이더니 말한다.

"그럴 듯? 저 망할 놈."

이제 시우부름의 모든 고블린 꼬마들이 바닥에 엎드린 아이비레인을 완전 둘러싸고 재잘거리며 몸을 기대거나 비늘과 발톱을 만져대고 있었다. 예의 꼬마 용사는 아예 친구들과 아이비레인의 앞발톱을 가죽띠로 문지르며 광을 내려는 시도를 하고 있었는데, 아이비레인은 그걸 찬찬한 눈길로 내려다보며 아무런 반응도 하지 않고 있었다. 로릭스데는 어딘지 감정이 북받친 듯 눅눅한 눈으로 그 광경을 보고 있다. 잠시간 분위기는 평온했다. 하지만 어느 순간, 용이 그를 향해 눈을 치켜들더니 이렇게 물음으로써 분위기를 박살 내고 말았다.

"하던 이야기를 계속해야지, 로릭스데? 내가 미쳤다고 생각했느냐?"

로릭스데는 낯빛을 바꿔 정색을 하고 답한다.

"……그런 생각이 아닙니다. 염려입니다."

"미쳤는지도 몰라."

백룡이 비웃듯이 말했다. 지금껏 나서지 않고 울리케 옆에서 관망만 하고 있던 시그리드를 쳐다보며, 아이비레인의 말이 이어진다.

"저 마법사의 말이 옳다. 나는 에다의 도리를 알지. 삼라만상의 힘의 얼개들과, 천변만화의 연역을 보지. 그럼에도 그것은 내게 결코 잡히는 물줄기들이 아니다. 나는 오로지, 너희가 건네준 완성된 도구들을 사용해 그것을 행사할 따름이다. 내가 숨 쉬고, 날고, 말하는, 아니 아예 내 몸의 피를 돌리는 그 모든 행위가 내게는 너희의 선물이다. 어릴 때는 그것이 지독한 공포이자 절망이었다. 나는…… 여기 이 아이들만큼도 스스로 생동하는 존재가 아니니까."

"……당신은 안전합니다. 언제까지나 말입니다."

로릭스데가 먹먹한 목소리로 말했다. 하지만 용은 부정한다.

"그럴 리가 있겠느냐? 언약이 깨어지든, 너희가 나를 향한 경애를 거두든, 혹은 나를 둘러싼 이 힘의 껍데기보다 더 강한 힘이 침투하든, 어느 쪽이든 나의 시간은 끝이 난다. 그리고 나는 이미 꽤 오래 살았어."

"그렇지 않습니다! 그리고, 라핀다시르는 당신을 단지 경애하는 것만이 아닙니다."

케틸이 차마 징그럽다는 듯 눈썹을 실룩이며 로릭스데를 본다. 용은 말한다.

"내가 그걸 모르겠느냐? 하지만 저 빙하의 딸이 말했듯이 너희가 내게 어쩌면 해로웠듯, 나 또한 너희에게 해로운 이였을 것이다."

"결코 그렇지 않습니다!"

로릭스데는 언성을 높이며 격렬히 부정했으나 뒤따르는 말은 없었다. 용도 잠시 침묵한 가운데 가늘고 긴 바람이 그들 사이로 불었다. 잠자코 한동안 눈을 감은 채 고블린 아이들의 손길과, 자신에게 몸을 기대 울리는 그 작은 심장 박동들을 느끼던 아이비레인은 다시 말했다.

"그런데 빌러디저드는 나의 흉내를 냈다. 스스로의 완전함을 자의로 결여시켰지. 나는 이걸 모욕으로 받아들일 수도 있어."

그러자 고블린 아이들을 제외한 좌중이 일제히 긴장했다. 용은 뉘르뉴를 향해 말했다.

"그리고 너, 어쩌면 우리들 가운데 가장 강한 자야. 너 또한 스스로 지금의 꼴이 되었지. 어떻게 그럴 수 있지?"

"너는 네가 불구라고 생각하느냐?"

뉘르뉴의 되물음에 아이비레인의 눈 안에 노기가 스쳐 지나간다.

"아니란 거야?"

"용들은 오롯하다지. 하지만 오롯한 것은 이 세상에 없다. 염소는 풀을 뜯고, 늑대는 염소를 뜯지. 초목은 또 오롯한 줄 아느냐? 세상의 모든 것은 의탁한 다른 존재들에 의해 생을 저당잡힌다. 우리는 모두 연결되고 있고, 어느 하나도 중하지 않은 것이 없다. 너와 나는 은둔자라는 점에서 공통된 부분이 있지만, 너는 성안에서, 그리고 나는 너른 숲에서 각자의 시간을 보냈다. 우리가 보아 온 것은 서로 다르지. 너는 그토록 완전하고 오롯한 존재를 꿈꾸었느냐? 세상의 어떤 제왕도, 따르는 이들이 없는 순간 아무것도 아니다. 너의 존재와 힘이 인간의 선물에 의해 지탱되고 있다는 게 도대체 무슨 문제란 말이야? 원래 모두가 그런 것을. 네 번뇌는 모조리 오만에 기반한 것이었다."

듣고 있던 모두의 예상과 달리, 백룡은 놀랍게도 화를 내지 않았다. 그는 어느새 다시 눈을 감은 채 펄떡거리는 작은 심장 소리들을 듣는다. 그러다 만족스러움을 참을 수 없었는지 한순간 목을 울리고 만 아이비레인은 화들짝 놀라 눈을 떴다. 그러고는 변명하듯 말했다.

"아니, 단지 그것만으로 납득할 수는 없다!"

"그렇겠지. 지켜보거라."

뉘르뉴는 말한다.

"이 교차와 충돌의 문턱에서, 너는 조율을 모색하는 자가 될 수도 있고 갈등을 부추기는 자가 될 수도 있을 것이다. 무얼 선택하게 될지 잘 생각해봐."

"너는 어떻지? 너는 어느 쪽이냐?"

날카롭게 묻는 용의 질문에, 뉘르뉴는 웃는 낯으로 답했다.

"본래 나의 역할은 영토의 균형을 잡는 것이었다. 이제 그 범위가 좀 넓어진 것뿐이지. 나는 옛 친구를 위해 지금의 친구들을 돕는다. 가엾은 아이들과 개들이 부둥켜 저녁을 짓는 집, 땅을 재우고 씨를 꿈꾸게 하는 흰 굴뚝의 연기를 위해서, 벗이 남긴 이 땅의 한숨을 아껴 주기 위해서 말이다."

백룡은 알아들을 수 없는 말이었으나 울리케와 시그리드는 이게 무슨 말인지 알았다.

대화는 거기서 일단락되었다. 아이비레인이 만사가 귀찮은 듯 모든 것에 관심을 차단한 채 그저 눈을 감고 눈이 쌓인 바닥 위에 엎드려 고블린 아이들의 추앙을 즐기기 시작했던 것이다.

울리케가 다시 며칠 만에 돌아온 자신의 육체를 건사하기 위해 몸을 이곳저곳 주무르는 동안 다른 이들은 미스미르드 진중을 어떻게 우회하거나 돌파할 것인지에 대해 가벼운 대화를 주고받았다. 그런 한편, 이미 울리케가 돌아온 직후부터 신속하게 끼니를 준비해 낸 실레스레유가 그 사이 음식을 차려 울리케를 대접한다.

"너는 정말 야무지구나. 언니랑은 다르게."

울리케가 죽사발을 받아들며 칭찬하자 류그라 소녀는 배시시 웃었다.

"그렇지만 뭐, 언니는 언니 나름의 과업을 해낸 셈이죠."

길가네스의 가지가 결딴나 버렸을 때만 하더라도 이걸 도대체 이들에게 어떻게 전하나 근심했던 울리케였다. 정말 그게 끝이었다면 피어클리벤으로서는 면목이 없었을 것이며, 그 어떤 것으로도 보상이 안 될 재난이었다. 하지만 다행히 결국 가지는 뿌리를 뻗고야 말았다. 아무도 예상하지 못한 순간에, 아무도 상상하지 못한 형태이긴 했지만 말이다.

여기까지 오는 동안 류프리그데와 실네스레유는 길가네스의 가지에 그간 어떤 일들이 일어났었는가를 꽤 소상히 전해 들었다. 파마의 화살이 지팡이를 두 쪽 내 버렸던 대목에서는 부녀가 나란히 얼굴이 노래지긴 했지만, 이 이야기의 귀결에 이르자 그들은 그것마저 응당한 일종의 시련이었다고 여기는 것 같았다. 물론, 울리케는 시야프리테가 일족의 재생산이 멈춘 대목에서 어떤 개인적 음험함을 드러냈었는가에 대해서는 함구했다. 아마도 앞으로 영원히 그 사실을 까발릴 일은 없으리라.

"식사 수발을 들어 드리겠어요."

울리케가 수저를 뜨자 실네스레유가 곁에 앉으며 말했다.

"뭐? 아냐, 괜찮아. 그냥 죽이잖아?"

"죄송해요."

겨우 죽 따위라는 말로 받아들인 듯, 실네스레유는 침울해한다. 그 바람에 울리케는 오히려 류그라 소녀를 달래야 했다. 울리케는 현재 꼬박꼬박 끼니를 챙기기는커녕 며칠씩 자신의 몸뚱이를 내팽개치는 데 익숙해져 버려 인간의 육신이 음식을 섭취하지 않은지도 제법 되었다. 따라서 귀환의 첫 끼는 유동식이 좋다는 마법사들의 충고에 따라 준비한 음식이었건만, 민족의 염원을 달성시켜 준 이 은인을 대접하는 식사로는 영 부실해 보이는 게 사실이었다. 가만히 생각하던 실네스레유가 말한다.

"볶은 땅강아지라도 고명으로 올려 드려야 하는 건데요."

"……엉?"

"이 애는 좋은 뜻으로 드린 말씀입니다."

지켜보고 있던 류프리그데가 오해를 방지하기 위해 다급하게 끼어들었다. 나무 숟가락을 입에 물고 얼어붙은 울리케를 향해 그가 열심히 말했다.

"제국인들이나, 심지어 저 고블린들에게도 없는 문화이지만, 류그라들은 긴 세월 유리걸식해 온 터라 곤충이나 벌레를 먹는

데 별 거리낌이 없지요. 특히 먹을 게 죽밖에 없을 때는 그게 꽤 괜찮거든요……. 아가씨께서 까마귀로 계시는 현재를 염두에 두고 드리는 말씀이 결단코 아닙니다."

"아, 그래……? 고마워."

울리케가 어물쩍 대답하자 천연덕스러운 얼굴로 듣고 있던 시그리드가 문득 자신의 제자를 향해 물었다.

"너는 벌레를 먹어 본 적 있느냐?"

"없습니다."

발프리드가 공포에 질려 대답하자 마법사는 소년의 눈을 쳐다보다 말했다.

"수행이 부족하군. 음식에 대해서 내가 늘 말하던 걸 잊지 말아라."

"……음, 음식이요."

발프리드가 희게 질려 중얼거리듯 답하자 모닥불 불빛이 얼굴에 그대로 비쳐 오히려 붉게 보일 지경이다. 실네스레유는 말했다.

"그것도 맛을 들이면 정말 괜찮아요, 도련님! 없어서 못 먹는다고요?"

"과장하지 마라, 실네. 암만 해도 벌레조차 없을 때가 어디 있다고."

류프리그데는 당황해 딸을 나무란다. 발프리드와 달리 벌레를 먹는다는 개념에 이미 익숙해진 울리케는 식욕에 아무런 방해를 받지 않고 죽사발을 다 비우며 말했다.

"그건 그래. 이런 겨울조차, 잘 훑어보면 마른 풀 섶과 땅속엔 잠든 것들이 많더라고. 발프리드, 누나는 굼벵이도 먹어 봤어."

마법사의 제자는 자신이건만, 까마귀에 빙의했던 그의 누나는 어느새 기묘한 존재가 되어 있다. 발프리드는 이제 울리케가 자신보다 훨씬 마법사에 가까운 존재임을 들어 알았다. 그리고 그 사실이 전혀 억울하지 않았다고 말한다면 거짓이리라. 발프리드는 시그리드를 스승으로 모신 이래 오늘까지 단 하루도 빼먹지 않고 엄격한 수련들을 감당하고 있었으니까. 그러니 마법에 아무런 뜻이나 재능이 없던 누이가 얻어걸리듯 이렇게 되어 버린 것은 조금 충격적인 일이었다. 하지만 발프리드는 울리케가 해 온 고생들을 안다. 그것들은 정말이지 시켜 주어도 감히 따라 할 수 없는 과업들의 연속이었다. 게다가 심지어 이제 아무렇지도 않게 굼벵이를 섭식하고 있는 삶이라니! 발프리드는 조바심이나 질투를 느끼지 않기로 한다. 자신은 이런 긴 여행에 따라붙을 수 있을 만큼, 이전과 비교할 수 없을 정도로 건강해진 것만으로도 이미 충분했으니까 말이다.

"저는 여러분이 벌레를 먹는 걸 혐오스러워하시는 게 좀 의아하네요. 그냥 낯설어서 그런 게 아닐까요. 새우 같은 것은 잘만 드시잖아요? 오히려 저는 징거미를 처음 봤을 때 인간들도 벌레를 먹는구나! 하고 반가워한 걸요."

"아니…… 징거미는 그냥 징그러운 게 맞는 것 같은데…….

이젠 모르겠네."

울리케는 고개를 갸우뚱거리며 실네스레유의 말에 대꾸했다. 확실히 도래까마귀와 하나가 된 이후, 순수한 사람이던 시절과 먹을 것에 대한 미감이 달라져 있었다. 하지만 이것은 말 그대로 미추의 문제지 논리의 영역이 아니었기에 말로서 어떻다고 설명하긴 어려운 이야기였다.

울리케가 밥을 먹다 말고 이런 생각에 골똘히 잠기자, 이걸 꿰뚫어 보고 있던 시그리드는 다시 발프리드를 쳐다보더니 영문을 읽어 내지 못하는 그 낯을 보고 얕게 한숨을 내쉰다. 그가 말한다.

"마법사에게 관점의 전환은 무엇보다도 중요한 것이다. 네가 조금만 더 튼튼해지면 집을 떠나 떠도는 생활을 하는 게 좋겠다."

"……기대됩니다."

발프리드는 그렇게밖에 말할 수 없었다. 하지만 결코 싫거나 꺼려지는 것은 아니었다. 오히려 어딘지 반갑고 두근거리는 이야기였다. 그래도 화제가 자꾸 자신에게 화살이 되어 돌아오는 것 같아 부담이 된 발프리드는 울리케에 이렇게 물었다.

"까마귀로 지내는 것과 인간인 것, 비교하자면 어떠세요, 누님?"

"방금 떠올린 인간으로서의 불만이 하나 있어."

"날 수 없다는 거요?"

"아니야. 상상도 할 수 없을걸. 맞춰 볼래?"

모처럼의 휴식 시간이다. 이런 한담도 나쁘지 않다. 발프리드는 생각할 수 있는 것들을 하나씩 말해 보았지만 울리케는 계속 고개를 저을 뿐이었다. 동생의 항복을 받은 울리케는 마침내 말했다.

"인간은, 아니, 대개의 네발짐승도 다 그렇지만 이놈의 몸뚱이는 왜 똥을 오래 담아 두고 있냐는 거야."

"……네?"

발프리드는 울리케가 두 번째 죽사발에 수저를 놀리는 걸 보며 당황해 되묻는다. 식사 시간에 귀족이 할 만한 이야기는 결단코 아니었으므로. 하지만 이미 그런 것에 개의치 않는 울리케는 재잘거렸다.

"새들은 그때그때 비운다고? 처음엔 이거 참 어디가 고장 난 게 아닌가 당혹스러웠지만 말이야, 익숙해지니까 그것처럼 홀가분한 게 없어. 그러니 인간으로 돌아올 때마다 아랫배가 묵직한 게 거슬려 미칠 것 같단 말이야. 대체 왜 이걸 담아 두고 다니느냐 말이야, 무겁고 더럽게……. 심지어 변비야!"

발프리드는 가치관의 혼란을 느끼며 무심코 자신의 앞머리를 잡아 뜯었다. 시그리드는 피식거리며 말하기 시작했다.

"새들은 날기 위해 최대한 몸을 비워야 하니까요. 유슬리스가 되새김질을 안 하는 게 천만다행이라고 생각하지 않느냐, 발프리드?"

불현듯 스승이 토한 걸 씹어 대는 장면을 떠올린 발프리드는 몸서리를 치며 말했다.

"정말로 그렇습니다."

다시 한번, 자신이 빙의물을 고를 날이 오면 그 생태와 행동 양식에 대한 철저한 조사를 하겠다고 마음먹는 발프리드였다.

"그나저나……."

마침내 두 번째 죽그릇까지 다 비우고 속이 든든해진 울리케가 입을 열었다.

"미스미르드 진영이 좀 염려되는데. 분명 저기도 용혈열이 번졌거든. 새들이 확인해 주었어. 하지만 저들은 보다시피 저렇게, 눈구름의 장벽을 세우고 버티고만 있을 뿐이지. 아무리 치사율이 낮다 하지만…… 최악의 경우, 저 내부는 다 죽어 가는 이들로 가득할지도 몰라. 상황을 좀 알아봐야겠는데 말이지."

"거기까지는 뉘른스에크 쪽에서도 동의하고 있어요."

시그리드는 나귀로서 보고 온 저쪽의 근황을 전한다. 발리위그 드레스바르프 후작의 언행을 들은 울리케는 눈살을 찌푸린다.

"그 사람은…… 제가 만나 본 가장 이상한 사람 중 하나일 거예요."

"글쎄요. 정점의 권력에 도달한 마법사라는 기준에서 보면, 오히려 전형적인 편일걸요."

"아무튼, 어쩌지요? 저들과 접촉해 봐야 할까요? 뉘르뉴, 어떻게 생각해?"

울리케는 때마침 가까이 다가온 뉘르뉴를 향해 묻는다. 그는 라핀다시르 쪽 사람들과 뭔가 이야기를 나누고 온 참이었다. 뉘르뉴가 말한다.

"알다시피 나는 저 자매와 흉금을 터놓을 처지가 못 된다. 하지만 뉘른스에크는 아힌달과 그의 서리심이 있지. 그들에게 맡겨야 할 일이라고 생각한다."

"확실히."

울리케는 생각에 잠겼다. 팔왕의 서리심은 육왕의 서리심과 이미 한번 대립각을 세운 적이 있으며, 진심을 두고 다툰다면 그리 밀리지 않는다는 것도 확인했다. 그러니 펠원의 드라우그르 군대를 위시한 채 대면한다면 많은 위험을 상쇄할 수 있을 것이다. 이미 앞선 격돌에서 서리심이 부리는 마수군이 드라우그르 군대에게 불리한 상성이라는 것을 확인하지 않았던가. 양편 모두 현재 인명의 소모는 극도로 꺼리는 형편이었다. 울리케는 중얼거렸다.

"그 배부른 멍청이는 내버려 두면 모두 병사하게 놔두거나, 최악의 경우 저 사지로 아군의 증원을 요청할 가능성이 커. 아니 어쩌면 이미 벌써 증원군을 불렀을지도 몰라."

아힌달의 말에 따르면 육왕은 뉘른스에크의 전멸이라는 대승에 취해 제대로 된 사고를 하고 있지 못했다. 그게 아니라면 그 전멸한 군대가 드라우그르로서 온전히 일어난 상황을 보자마자 무언가 태도에 변화가 있었어야 했다. 죽인 적들이 생전보다 더 끔찍한 형태의 병기로 바뀐 시점에서 이미 앞선 승리는 아무것도 아닌 게 되었으니까. 물론, 그들이 죽은 이들이라는 사실 자체엔 변화가 없지만 말이다. 역병과 드라우그르들을 떠올리자 울리케는 다시 마음이 심란해졌다. 도대체 훗날 이 일이 어떻게 기록되어 전해질까? 용의 군대가 정의를 수행했다고 믿어질 수 있을까? 이런 흉악한 그림들이?

"내가 가겠다."

그때 문득, 여태껏 눈을 감고 고블린 아이들에 둘러싸여 있던 아이비레인이 말했다. 그가 불쑥 몸을 일으키며 두세 걸음을 떼자 거리는 단번에 좁혀졌고, 그와 동시에 백룡에게 붙어 있던 고블린 아이들이 모두 소리를 지르며 개미 떼처럼 흩어졌다. 그의 움직임에 모닥불의 불티와 재가 비산하자 손을 내저으며 눈을 찡그리던 울리케가 말했다.

"아이비레인, 좀 더 몸가짐에 배려를 가질 수는 없나요? 빌러디저드 님은 그랬답니다."

"나를 누구와 비교하느냐!"

아이비레인은 언짢은 듯 쏘아붙였으나 도래까마귀의 통찰력이 여전한 울리케는 그가 앞으로 이 문제에 신경 쓸 거란 걸 확신했다. 뉘르뉴가 그를 올려다보며 묻는다.

"그대가 간다고? 저기 있는 것은 내 자매이다."

"그래, 서리심이지. 하지만 내가 그대에게 한번 졌다고 해서, 저 녀석에게도 질 거라 생각지는 마라. 나는 라핀다시르의 오랜 마법 정수를 한 몸에 갖춘 자이다. 그야말로 살아 움직이는 부적의 도서관 같은 존재이지. 너희 모두 인간의 마법사가 어떻게 서리심에 대항하는가를 보지 않았더냐? 마수들 따위는 내 앞에 감히 나서지도 못한다."

그건 확실히 그럴 것이다. 로릭스데가 걱정스러운 얼굴로 다가온 가운데, 생각하던 울리케가 말했다.

"하지만 그림이 다르지요. 팔왕과 그 서리심을 내보내는 것은 그래도 저들의 동족을 통한 화친의 몸짓이 됩니다. 하지만 그대는, 저들에게 잘 벼려진 한 자루의 검처럼 보일 거예요."

"바로 그것이다. 저 멍청이들에게는 그편이 더 효과적이리라. 듣자니 같은 민족의 군왕을 참살하려 든 무도하고 미련한 자가 아니냐? 어째서 화친의 교섭 따위를 생각해야 하지? 나는 도무지 이해할 수가 없군."

울리케는 멀거니 그를 올려다보다 묻는다.

"……혹시 매듭이 안 풀리면 그냥 끊으시는 편인가요?"

"애초에 거기 그 망할 놈의 매듭을 묶은 게 누구냐?"

아이비레인이 되묻자 울리케는 대답을 못 하고 멍하니 그를 올려다보았다. 백룡은 다시 말한다.

"내 너의 지난한 분투들에 대해 어느 정도 로릭스데로부터 듣고, 또 짐작하고 있다. 확실히 칭찬해 줄 만한 노력들이지. 하지만 교섭이 꼭 모든 문제의 가장 최선책일 거라 보느냐? 세상의 사람들은 대개 결코 이런 문제들을 심도 있게 이해하지 못하며, 전해 들은 결과만을 놓고 판단할 뿐이다. 최악의 경우 너의 모든 노력들은 폄하당할 것이다. 교섭은 야합으로, 중재는 타협으로 말이다."

"정치란 결국 절충입니다!"

울리케가 욱하며 항변하였다. 백룡은 비웃듯 말한다.

"그럴까? 그 또한 결국 모두를 최대한 납득시키기 위해 취하는 선택이 아니냐? 만일 다수가 통쾌함을 바란다면, 그에 따르는 것도 틀린 일은 아니지 않느냐?"

"다수가 언제나 옳겠습니까?"

울리케는 이렇게 되물었지만 스스로도 마음이 흔들렸다. 이 부분은 아직 울리케로서도 확실한 가치관을 갖지 못하고 있었다. 저마다의 욕망이 충돌하는 가운데 충격과 손실을 최소화하고 각자의 양보를 이끌어 낸다는 원칙이 항상 옳을까? 지금보다 더 어렸던 시절, 노아크는 피어클리벤의 아이들을 모두 모아 놓고 이런 말을 한 적이 있었다.

'영주는 심판자인 까닭에 너희는 백성의 악을 발견할 때마다 엄벌의 유혹에 시달릴 것이다. 하지만 마음이 통쾌할수록 오히려 정의와는 거리가 멀어진다. 통치자는 개개의 악을 자르는 것보다 그 악이 태동한 구조의 균열을 발견하고 봉합할 줄 알아야 한다.'

이건 꽤 오래전 이야기였다. 노아크도 지금보다 더 젊었던 시절이었다. 어느 순간 그는 더 그런 이야기를 하지 않게 되었지만, 울리케는 어린 시절 들었던 그 말을 잘 이해할 수 없었음에도 토씨 하나 틀리지 않게 기억하고 있었다. 때때로 울리케는 아버지가 젊은 시절 했던 말에 상반되는 행동을 한다고 여길 때도 있었으며, 그럴 때마다 영주의 피로와 한숨을 읽었다. 그래, 그건 정말로 쉬운 일이 아닐 테니까. 울리케는 이런 것들을 떠올리며 눈처럼 새하얀 용을 올려다본다. 용은 놀리듯 되물었다.

"오, 다수가 언제나 옳지 않다? 그렇다면 소수의 선도와 계몽이 그 모든 것을 결정한단 말이냐?"

제기랄. 울리케는 입술을 깨물며 생각했다. *이놈의 용이 날 시험하고 있군.*

"적어도 일시적으로는 그럴 수밖에 없지 않을까요? 이건 따지고 들자면 기득권에 대한 이야기가 된답니다. 다수의 전복적 행위에 의해 소수가 전유하던 것들이 병탄되어 재분배되려면, 그 '소수'들로부터 빼앗은 재화나 권리가 여전히 그 가치를 유지해야만 하죠. 그런데 대개 그러한 가치는 오랫동안 유지된 체제라는 기간(基幹)에 의해 유지되고 있는 경우가 많아요. 즉, 변화를 충분히 대비하지 않은 사회라면 무형의 권리조차 감가상각(減價償却)을 경험할 수 있지요."

하지만 울리케는 이제 용의 시험 정도야 가벼운 식후 운동쯤으로 여길 수 있게 된 존재다. 일대의 모든 지적 존재들이 저마다 경이와 경악, 짜증과 혼란에 휩싸여 그를 본다. 아이비레인은 한순간 자신이 울리케의 말을 완전히 이해한 척할까 고민했으나, 눈앞의 이 존재가 나눠 받은 용의 권능을 떠올리고는 드물게도 솔직히 굴기로 한다.

"……무슨, 말이냐?"

"다수의 옳은 의견을 실행하려면 충분한 준비가 필요하다는 말씀입니다요. 교육과 계몽…… 그래, 계몽이요. 예를 들어, 무지한 농민들이 악덕 영주의 목을 매달고 그 재산을 갈취할 수야 있겠지요. 하지만 그렇다고 해서 그들이 귀족의 권리와 지식까지 훔칠 수 있는 것은 아니지 않습니까? 또 영주가 만일 어느 날 갑자기 제 땅을 모든 영민들에게 공평히 분배한 뒤, 앞으로 세금을 낼 필요도 없으니 다들 맘껏 자유로이 살으라고 한들 과연 그 영지가 이전보다 더 잘 돌아가겠습니까? 이전과는 다른, 급변한 권리와 의무에 대해 충분히 이해시킬 시간들이 필요하지 않겠습니까?"

아우스뉘르 제국의 역사에서, 가혹한 수탈을 일삼다가 영민들에게 목이 매달린 영주들이 없었던 것은 아니다. 그리고 때로는 과격한 토지 해방 운동 같은 것들이 일어나기도 했다. 허나 전자의 경우, 새로운 영주를 맞이하며 마무리되기 일쑤고 후자는 제대로 된 성공을 거둔 바 없다. 울리케는 바로 그러한 역사를 배웠다. 그는 계속 말한다.

"다수의 대중에게 권리를 돌려주려는 움직임들조차도 결국은 소수의 이른바, 선각자들에 의해 주도되기 마련이며, 그럼에도 불구하고, 혹은 바로 그러한 이유로 그들이 내건 이상과, 그들을 따르는 대중의 이해관계는 표면적으로만 맞아떨어지더군요."

제국의 토지는 원칙적으로 황제의 것이며, 영주들은 그를 불하받고 세습되는 관리 권한을 쥐고 있는 자들이다. 농민 반란의 경우 그 지휘자들이 내건 기치는 황제의 재산을 제대로 관리하지 못하는 영주들에 대한 심판이었던 반면, 토지 해방 주의자들은 땅이 근본적으로 황제의 것이라는 데 문제를 제기했다. 때문에 언제나 후자가 더 큰 처벌을 받곤 했다. 울리케는 그것을 떠올리며 말을 잇는다.

"……그러니 다수의 선택이 언제나 더 옳으려면, 그럴 수 있는 준비를 해야 합니다. 그렇지 못한다면 다수의 의견이란 결국 그들 욕망의 기갈을 포착한 소수의 선동에 의해 얼마든지 꾸며지고 조작될 수 있어요."

아이비레인으로서는 도대체 이 이야기가 어쩌다 여기까지 왔는지 영문을 모를 노릇이었다. 그로서는 그저 단순하게 조금 울리케를 놀려 보려는 심산이었을 뿐이니까. 하지만 울리케가 늘어 놓은 이 이야기들은 백룡의 비상한 관심을 끌었다. 용은 서늘한 푸른 눈으로 울리케를 보다 묻는다.

"너, 나의 참모가 될 생각은 없느냐?"

"예?"

울리케는 진심으로 당황해 되묻는다. 다른 이들도 마찬가지 표정으로 용을 본다. 하지만 아이비레인은 농담하는 것이 아니었다.

"그 가난뱅이 녀석보다야 내가 훨씬 후하게 대접해 줄 수 있다."

"가난뱅이…… 이젠 아닌데요?"

아이비레인이 코웃음을 치며 말한다.

"그깟 용금화 이야기냐? 너 역시 그것이 얼마나 위태로운 물건인지 잘 이해하고 있을 것이다. 나의 재력은 단순히 금붙이만이 아니다. 소출의 기반, 항산(恒産)의 기반, 유통의 기반, 그리고 그 모든 것을 다룰 인적 기반 모두가 다 나의 재산이지."

"아니…… 저는 지금도 꽤 바쁩니다요."

울리케는 도움을 요청하듯 로릭스데를 보았으나 인사권은 아이비레인의 고유 영역인지, 그는 놀란 표정을 짓고 있긴 해도 나설 생각이 전혀 없어 보였다. 아이비레인은 또 말한다.

"라핀다시르의 장서 규모를 아느냐? 에인달케가 이미 말했겠지? 네게 무제한의 열람권을 허락할 수 있다. 가장 깊은 서고에 이르는 금서들마저 말이다."

이건 좀 솔깃하다. 울리케는 아무 말도 하지 않고 이마를 벅벅 긁었다. 아이비레인은 본격적으로 말하기 시작했다.

"언약을 하자는 것이 아니다. 그저 나의 곁에서 적절한 충고를 하라는 것이다. 너도 이제 이 땅에, 새로운 국면이 시작될 참이라는 것을 알 테지. 힘과 뜻을 가진 모두가 손을 보태야 하지."

"음…… 저는 빌러디저드 님의 사자입니다."

"그래서?"

백룡은 날카롭게 묻는다. 울리케는 말했다.

"아까 마침 저는 용금화의 일차적인, 적절한 사용처를 정하고 온 참입니다. 뉘른스에크, 다시 말해 흐로케냐르로 향하는 모든 고블린들의 통행세를 그것으로서 지불하기로 했지요. 무형의 권리를 사들이는 데 쓰는 것이므로 부작용을 최소화할 수 있으리라 여기거든요."

아직 이 이야기를 상세히 듣지 못했던 다른 이들이 모두 놀라 울리케를 본다. 시그리드는 특히 흥미롭다는 듯 눈을 반짝인다. 그럴수록, 어쩐지 그 곁의 발프리드는 점점 더 험난한 자신의 미래를 예상하게 된다.

"그건 정말이지 꽤 좋은 첫수로군."

백룡은 더욱 울리케가 탐이 난다는 듯 그렇게 추임새를 넣었다. 반면 울리케는 까닭 없이 입안이 마르는 걸 느끼며 말했다.

"용금화의 보유 수량은 잠재적으로 이 제국의, 아니, 이 땅의 모든 금이 가진 가치를 결딴낼 수 있을 정도입니다. 저는 그것이 적절하게 수용될 수 있을 만큼 제국의 부가 증가하는 추세에 따라 용금화를 단계적으로 출하…… 아니 발행할 생각이며, 보통의 금으로 바꾸는 것은 극도로 주의할 생각이어요. 하지만 그럼에도, 그 여파를 모두 예상할 수야 없겠지요. 다시 말해…… 아이비레인, 그대와 우리는 금의 가치를 놓고 격돌하는 사이가 될지도 모릅니다."

"과연 어느 쪽이 흡수될까?"

아이비레인은 자신만만해 보였다. 한 개인으로서 어쩌면 황제 자신보다도 더 가용 자산이 많은, 라핀다시르의 진정한 가주가 그였다. 설령 황실의 재산이 아이비레인보다 많다 하더라도 황제는 그것의 운용을 결정함에 있어 온전히 개인적인 의지를 따를 수 없을 것이다. 지난한 회의와 관료적 절차 탓에 황제로서는 유연하게 이 상황에 대응할 수 없을 테니까. 반면 아이비레인은 자산의 완전한 주인으로서 전격적인 대응이 가능하리라. 그러면 다소의 자산 규모 차이는 문제가 되지 않는다. 그 막대한 실물 자산의 운용 주체는 말을 이었다.

"나는 그 용금화를 단지 노랗고 반짝이는, 노름판의 점수 따위로 만들어 버릴 수도 있어. 내가 그것을 못 할 것 같으냐?"

"아니요. 아마도 가능하시겠지요."

울리케는 침착하게 대꾸했다. 진심이었다.

울리케는 아이비레인이 시중에 유통되는 용금화를 나오는 족족 흡수하는 걸 상상해 보았다. 심지어 아이비레인이 용이라는 점에서 어떤 모종의 선전이나 명분의 광고를 통해 그걸 더 수월하게 해낼 수 있을 것이며, 외에도 다른 경쟁자들을 적절한 방식으로 배제할 수도 있으리라. 반면 피어클리벤이나 빌러디저드는 그러한 수단이 전혀 없다. 말하자면 용금화라는 매물의 가치는 거의 일방적으로 아이비레인의 의해 결정될 수도 있었다. 만일 그것을 피하고자 한다면 '용금화'로서 특정되는 것을 피해야 하고, 그러려면 결국 용금화를 녹여 보통의 금으로 유통할 수밖에 없게 된다. 하지만 그러면 정말 그때부터는 대

재앙의 시작일 터다. 누구에게도 이로운 일이 아니었다.

"그러니 너라면 이제 알겠지? 용금화의 적절한 가치를 지키면서 금의 가치 또한 유지하려면, 다른 누구도 아닌 바로 나라는 존재의 협력이 필요하다는 것을 말이다."

"맞습니다."

"그러니 내 참모가 되어라. 너를 장차 재상으로 키워 주겠다."

재상. 군주의 체제에서 그것은 문무백관의 정점이 된다. 울리케는 자신이 느낀 공포에 흥분이 배어 있다는 사실을 깨닫고 조금 충격을 받았다.

"……음, 성급하신 분이로군요?"

"너희의 생은 짧으니까. 머뭇거릴 시간은 없다."

"하지만…… 당장은 아무런 답도 드릴 수 없습니다."

"그렇겠지."

아이비레인이 이해한다는 듯 기꺼운 눈으로 울리케를 본다. 울리케는 이 백룡에게 침 발린 기분이었다. 그때, 홀로 생각에 잠겨 있던 시그리드가 고개를 쳐들며 용에게 물었다.

"재상이라? 그것이 일인지하의 관직이라는 걸 생각해 보자면, 아이비레인, 그대는 군주의 자리를 계획하고 있는 겁니까?"

용은 날카롭게 마법사를 노려보며 말했다.

"라핀다시르는 이미 그 스스로가 얼마든지 군주라 말할 수 있다. 제국에 유일한 린트부름의 후손이 오로지 나뿐인 시대를, 우리는 긴 침묵으로 버텨 왔지. 아우스뉘르의 영광은 일찌감치 끝났다."

울리케는 로릭스데의 표정을 살폈다. 그는 고개를 숙인 채 어떤 희로애락도 내비치지 않고 있었다. 그래, 빌러디저드가 나타나지 않았다면 라핀다시르는 충분히 황제를 갈아 치울 수 있었을지도 모른다. 이 땅의 얼마나 많은 이들이 용의 부재가 알려지는 이 순간을 위해 많은 것을 준비하고 쌓아 왔을까. 울리케는 문득 그것을 떠올리며 약간 소름이 돋았다. 용의 후견을 받는 새로운 황실의 등장이냐, 혹은 용의 힘을 완전하게 대체할 수 있을 만큼 강한 신권(臣權) 연합의 등장이냐의 분수령에서, 피어클리벤은 난데없는 변수로 등장한 것이니까.

그때 별안간, 이 대화를 관전하고 있던 뉘르뉴가 끼어들었다.

"재상? 너희는 기억하지 못할지도 모르지만, 원래 그것은 왕이 제사장이던 시절, 신에게 바치는 음식을 마련하는 관직에서 유래되었다. 울리케, 참으로 너에게 어울리는 자리가 아니냐?"

이건 울리케도 모르는 이야기였기에, 불현듯 눈을 동그랗게 뜨며 울리케는 묻게 된다.

"아니, 그래?"

"그렇다. 물론 너의 왕이 꼭 용일 필요는 없지."

그렇게 말한 뉘르뉴는 아이비레인을 향해 뜻 모를 미소를 날렸다. 아이비레인은 불쾌한 듯 눈을 부라리며 소리친다.

"나 말고 왕재가 따로 있다는 말이냐? 설마하니 빌러디저드는 아닐 테지!"

"아아, 그 까만 녀석은 군주의 재목으로는 영 아니야. 아니, 애초에 너희 용들은 군주가 되기에 몹시 부적절하다."

"어째서지?"

아이비레인이 모욕당한 듯 쉭쉭거리며 따졌다. 뉘르뉴는 담백하게 답한다.

"너희는 이입할 수 있는 존재가 아니니까. 그저 대상화, 물화의 존재이지."

"무슨 헛소리냐! 왕이 이입할 수 있는 존재이길 바라는 민중이 어디 있다는 거야!"

"그럼, 바로 거기부터 계몽하면 되겠군."

인간이었던 적이 없는 존재와 한때는 인간이었던 존재가 서로를 노려보기 시작한다. 좌중의 분위기는 단지 그것만으로도 아슬아슬해졌다. 울리케는 이 둘을 최대한 빨리 떼어 내는 게 좋겠다고 생각하며 진저리를 쳤다. *아니면 좀 안 보이는 데 나가서 둘이 싸우든가!*

하지만 울리케의 이런 내심을 모르는 뉘르뉴는 기어이 다음과 같이 말한다.

"그리고 아우스뉘르의 영광이 끝났다고? 감히 그대가 그렇게 말할 수 있느냐? 그대가 셰이위르를 보았느냐? 그의 존엄은 한낱 용 따위에 기대 이뤄진 게 아니었다! 나는 한 인간이 도달할 수 있는 고뇌와 장엄의 끝을 그에게서 보았노라! 라핀다시르라는 세벌(世閥)의 터울의 안에서 빌빌대기만 한 네가, 그저 갖지 못한 것만을 억울해하며 분해한 네가, 감히 이해할 수 있는 영역이 아니다! 맨손으로 쌓아 올린 창업의 경이를, 감히 네가 아느냐! 네가 여기서 무엇을 꾀하건, 모두 셰이위르의 유산이 남긴 연장선상에 있을 뿐이거늘!"

"닥쳐! 시끄러워!"

두 초월자는 이제 본격적으로 상대를 향한 적대감을 유형의 권능으로 표출하며 이하의 모든 존재들에게 압박을 가하기 시작했다. 들끓는 분노의 기감을 선명하게 읽어 낸 울리케는 버럭 소리 질렀다.

"아, 그만두지 못해요!"

그러자마자 회오리치던 감정의 충돌은 봄날의 나비 떼처럼 부서져 흩날린다. 다른 이들은 이걸 읽을 수 없었으나, 마법사인 케틸과 하즈바, 그리고 시그리드는 일순, 모두 환각 같은 풍경을 보았다. 울리케는 분기에 차서 말한다.

"이쯤 되면 각자 지닌 권능의 무게를 좀 아시기 바랍니다! 그리고 그걸 이롭게 쓰는 법도 좀 생각하시고요!"

"내 미래의 재상이 하는 말이니 들어야지."

아이비레인이 냉큼 대답하며 기세를 거둔다. 그러자마자 뉘르뉴가 쏘아붙였다.

"울리케는 결코 너의 것이 되지 않아!"

백룡은 가소롭다는 듯 묻는다.

"그래? 그럼 너는 무얼 제안할 수 있지? 네가 이 아이에게 해

주었거나 해 줄 수 있는 게 무어냐?"

그러자 한순간 뉘르뉴는 말문이 막힌 것 같았다. 자신은 여태 껏 무엇을 했던가? 피어클리벤이 지어 준 옷을 입고 그들이 해 준 음식을 먹으며 지내왔다. 서리심으로서 그는 고블린들과 더 긴밀히 얽혀 있을 뿐, 피어클리벤과는 무엇 하나 뚜렷한 미래 를 공유한 바 없다. 하지만 순간 울리케가 외쳤다.

"뉘르뉴는 대제의 벗이었듯, 우리의 벗입니다! 그리고 우애 란, 이해득실을 초월하는 관계이지요. 여기에 신격이나 권능 같 은 것은 아무런 상관도 없답니다!"

"궁색한 답이다!"

백룡은 그렇게 말했으나 울리케는 어쩐지 그것이 질투처럼 느껴졌다. 아이비레인은 울리케와 뉘르뉴를 번갈아 노려보고 다시 말했다.

"실제로 행사할 수 있는 권능과 영향력을 지닌 존재들이 과 연 그렇게 우애만으로 맺어지고 유지될 수 있다고 보느냐? 참 으로 어리석고, 순진한 생각이다!"

"그래서 그 까만 녀석은 스스로 배를 땅에 붙였고, 나는 뿌리 를 들었지."

울리케의 말에 용기를 얻은 뉘르뉴가 조용히 그렇게 말했다. 일순 아이비레인의 시선이 그들 너머, 고블린들이 호송하고 있 던 마차 위의 항아리에 가 닿았다. 가냘파 보일 정도로 작은 안 그라네스가 거기 있었다. 뉘르뉴는 묻는다.

"너는 할 수 있느냐? 너 스스로의 무력을 사용하지 아니하고 온전히 너를 둘러싼 이들의 연대에 의해 너의 급소가 지켜지도록 내 놓을 수 있느냐?"

"왜 그따위 짓을 해야 한단 말이냐!"

아이비레인이 외치며 한 발을 들었다. 수그러져 있던 발톱들이 한 다발의 장검처럼 드러나며 겨울 햇살 아래서 빛을 뿜었다. 용은 다시 외친다.

"나는 지금 이 자리에서 너를 죽일 수도 있어!"

검은 머리의 서리심은 조금도 위축되지 않은 채, 마치 승자의 선언처럼 담담히 말했다.

"아니. 너는 못 해. 너는 그 후환을 감당할 수 없으니까. 신력도 마력도 없는, 우리의 눈에는 그저 미천하게만 보이는 이 숱한 이들이, 네 눈에는 매 순간 살해의 위협에 벌벌 떠는 이들로 보이느냐? 결코 그렇지 않지. 소속된 연대와 상호 신뢰를 통해 이들은 자신의 안전을 믿는다. 다친 맹수는 결국 굶어 죽지. 하지만 사람의 사회란 굶는 이들에게 양식을 나누고, 병든 이들을 거두어 보호한다. 그것이 문명이야. 한결같이 위세의 철갑을 두르고, 언제까지나 그 군림에 균열이 갈까 두려워하는 너는, 죽을 때까지 홀로된 맹수일 수밖에 없다."

즉각적으로 쏘아붙일 답을 찾지 못한 백룡의 서늘한 눈이 노여움으로 흔들거린 순간이었다. 신중하게 이 모든 대화를 듣고 있던 로릭스데가 부드럽게 입을 연다.

"아닙니다."

그의 시선은 대답과는 달리 뉘르뉴를 향하지 않았다. 로릭시데는 오로지 아이비레인만을 보며 다시 입을 열었다.

"당신은 결코 홀로 있지 않습니다. 당신이 라핀다시르의 삼대를 보아 왔듯, 라핀다시르도 그만큼 당신을 보아 왔습니다."

그는 좀 더 말을 하려는 듯 머뭇거렸으나 차마 뱉지 못하고 그저 간절한 눈으로 용을 쳐다볼 뿐이었다. 그 모습과 표정을 본 울리케는 문득 깨닫는다.

저거 아무리 봐도 짝사랑인데⋯⋯?

비로소 울리케는 아이비레인과 라핀다시르의 관계를 제대로 이해할 것 같았다. 처음 만났을 때부터 로릭스데는 용이 이용당하는 존재라고 말했었지. 그리고 공작가는 결사적으로 그것을 피하려 하는 이들이었다. 이들에게 아이비레인은 상처받고 두려워하는, 거대한 아이 같은 존재였다. 때문에 아이비레인은 그들에게 있어 어떤 주체여야지, 대상이어서는 안 되는 것이다. 공작가가 지닌 그 대단한 힘과 재산에 비해 최근 제국의 역사에서 상대적으로 조용했던 것은 이들의 행동 목적이 오로지 아이비레인을 다독이고 살피는 데 있었기 때문일지도 모른다.

그렇게 생각하자 한없이 자애롭게만 보이는 로릭스데의 표정마저 어딘지 모르게 스산해 보이기까지 하는 울리케였다. 만일 저 애정이 조금이라도 비틀린 형태로 표출된다면? 그리고 아이비레인 또한 저 애정을 다르게 받아들인다면? 울리케는 시그리드에게 나직이 묻는다.

"제가 빌러디저드 님을 향해 저런 표정을 짓는 걸 상상하실 수 있어요?"

"그 더러운 꼴을 보기 전에 사직하고 말 겁니다. 퇴직금은 나귀 한 마리로 하죠."

시그리드는 어림 반 푼어치도 없다는 듯 잘라 말했다. 하지만 옛 제자와 달리 퇴직금으로 받을 나귀가 없는 마법사 케틸은 그저 그들의 대화를 들으며 쓸쓸히 한숨지을 뿐이었다.

제 8장

이실바프의 시장 우르드니르는 치안대장 나딘 하이슈켈이 올린 보고서를 몇 번이나 읽고 또 읽었다. 아울러 거기 첨부된, 황제의 봉명사단이 덧붙인 청원서도 함께 말이다. 지금 이 대륙에서 아마도 가장 뜨거운 이름일 피어클리벤과, 대대로 용의 밥상을 맡아 온 가문 힐드룬, 그리고 황제의 선험관 이드냐 레이프니르. 이렇게 세 사람의 인장이 선명한 청원서는, 거기 쓰여 있는 게 아무리 말도 안 되는 억지 발광이라 하더라도 결코 무시할 수 없게 만드는 힘이 있었다. 하지만 시장은 단지 그것들에 굴복한 것이 결코 아니었다.

늙은 우르드니르는 이 군수 도시에서 이미 다섯 번이나 시장직을 연임한 정치가였다. 조카의 비리 때문에 물러나 쉬었던 경력의 공백기까지 합하자면, 그는 이실바프의 시장직을 총 여넓 번이나 수행한 괴물이었다. 수많은 조합장들과 이익집단의 총수들이 자유도시의 시장직을 얼마나 탐하는지 알고 있다면, 그 숱한 세월 도전자들을 물리치며 이 자리를 지켜 온 그의 정치적 감각은 단지 비상하다는 말로 눙칠 수 있는 게 아니리라. 그는 일찍부터 뉘른스에크에서 일어난 일들을 소상히 파악하기 위해 동원할 수 있는 모든 수단을 아끼지 않았다. 때문에 우르드니르는 앞으로 이실바프가 이 대륙의 저 많은 고블린들이 지나는 길목에 위치한 관문이 된다는 사실을 빠르게 이해했다. 자유도시란 본디 이익을 위해 설계된 공동체이다. 우르드니르는 전통적인 피아식별에 사로잡혀 눈앞의 기회를 날려 버릴 여자가 결코 아니었다.

"정말 이게 모두 즉흥적으로 오늘 일어난 일들이라고요? 마치 오래 준비해 온 안건의 합을 맞춘 보고서 같군요. 심지어 수문장이 매긴 세금 액수조차 아주 적절해. 가감할 것이 없어요."

"그렇게 여기시니 다행입니다."

나딘은 침을 삼키고 말했다.

자유도시의 시장은 선출직이다. 다시 말해 그는 공동체의 민의에 따라 권력을 가진 자였다. 그저 대대로 집안이 귀족이기에 귀족인 영주들과는 근본적으로 다른 존재이며, 그들은 언제고 평범한 일개 자유민 신분으로 돌아갈 수 있다. 바로 이 점때문에 종종 귀족들은 이들을 쉽게 하대하곤 한다. 아우스뉘르의 법전에 자유도시의 시장에 관한 의전 등급을 남작 이상, 백작 이하라 못 박아 둘 필요조차 생길 정도다. 하지만 선출직 공무원이 갖는 권력은 그저 다른 성격의 것이지 덜한 성격의 것이 아니다. 특히나 눈앞의 이 노인처럼, 그걸 여덟 번쯤 해 먹은 존재는 기어이 귀족 이상의 무언가에 도달하는 법이었다. 그래서 나딘은 늘 우르드니르를 어려워했다. 저쯤 되면 대개 사람들을 막 하대해도 되겠건만, 언제나 누구에게나 깍듯한 그의 말투와 예법을 볼 때면 더욱 그랬다.

"하지만, 이걸 치안대장이 독단적으로 결정하고 진행한 부분은 좀 지적하고 싶은데."

"……저로서는 그 상황을 빠르게 정리하고 싶었을 뿐입니다. 아시겠지만 통행의 가불가에 관한 권한은 온전히 제게 있습니다. 저는 사후보고가 더 낫다고 판단했고요. 의회의 일 처리 속도란…… 아시지 않습니까?"

"이게 잘못되면 옷을 벗을 수도 있어요. 그게 겁나지는 않던가요?"

나딘은 다시 침을 삼키고 대답한다.

"한번…… 걸어 볼 만한 일이라고 생각했습니다."

우르드니르 시장은 피식 웃는다.

그에게는 나딘을 질책할 생각 따위 없었다. 나딘과 그의 부관이 상세하게 재구성한 보고서에는 울리케 피어클리벤과 고블린 아우케트가 어떤 말들을 했는지 낱낱이 적혀 있었다. 또 봉명사가 올린 청원서엔 성 밖에 대치 중이던 고블린들과 나눈 대화 전반에 더해, 이 일에 대한 그들의 소견이 적혀 있었다. 솔직히 말해 우르드니르는 이 모든 것이 너무 재미있어 웃음을 터트릴 것만 같았다. 훗날 그는 이 역사적인 보고서에 대해 다음과 같이 추억했다.

'그건 정말 도색 소설보다도 날 흥분시키더라고.'

보고서는 완벽했으며, 일의 진행은 과감하면서도 매끄러웠다. 우르드니르는 그렇게 평가하며 나딘에게 묻는다.

"지금 그 고블린들은?"

"성 밖의 고블린들…… 어 그러니까 유하라의 고블린들은 남문 밖 숙영장에 자리 잡았습니다. 통행세를 받긴 했지만 모두가 입시할 필요는 전혀 없는 데다, 그들로서도 바라는 일은 아니었지요. 하지만 그들의 지휘관인 네 오백장은, 거기 보고서에 적힌 아우케트라는 오백장과 함께 입시했습니다."

"사유는?"

"관광…… 입니다."

나딘은 마른침을 다시 삼키며 대꾸했다. 그렇다. 그 시끄러운 네 오백장은 아우케트가 할 수 있다면 자신들도 할 수 있다며 호기롭게 성문 안으로 들어와 버렸다. 입가를 매만지며 표정을 관리하던 우르드니르 시장이 보고서의 말미에 적힌 액수에 집중한다.

"이대로라면…… 하이슈켈 경, 잠재적으로 이실바프를 경유할 고블린 수가 얼마나 되리라 보지요?"

"소관에게 그런 걸 물으십니까?"

나딘이 의외라는 듯 되묻는다. 그러고는 천천히 생각하듯 입을 놀린다.

"아마도…… 최소한 일만에서 최대 오만일 겁니다."

"오만?! 그렇게나?"

"저도 들은 이야기입니다만, 그게 바로 고블린들의 왕이 나타날 수 있는 수이기 때문입니다. 이 땅에 흩어진 고블린들이 정말 오만이나 될진 모르겠습니다만……."

"거기다 그건 전투원만을 센 수가 아니던가요?"

"네. 비전투원까지 합하면 십만을 훌쩍 넘어가겠죠."

"피어클리벤이 정말로 그 숫자에 달하는 통행세를 모조리 용금화로 지불할 수 있다고요?"

나딘은 대답할 수 없었으며, 그럴 필요도 없었다. 여기에 대답한 것은 다른 사람이었다. 그는 아까부터 이 자리에 없는 듯 조용히 찻잔만 기울이고 있다가 이 대목에서 입을 열었다.

"제 수하는 가능하다고 보고했습니다, 시장님."

바로 라스였다. 일찍이 아우셀바프에서 울리케를 만나고, 용을 목격한 이후 이실바프로 와 아룬드와 황녀를 도왔던 암시장 조합의 조합장 말이다. 그는 품 안에서 작은 두루마리를 하나 꺼내 내민다.

"읽어 보시지요."

그가 건넨 이 서신은 하슈펠 레미크가 직접 작성해 보낸 것이었다. 짤막한 안부를 서두로, 간명히 이어진 그 내용은 뉘른스에크 성 지하의 고블린 유적과, 그 금고에 존재한 용금화에 관한 증언이었다. 일행이 떠나기 전 하슈펠은 처음으로 피어클리벤에게 한 가지 간곡한 요청을 하였고, 결국 그는 흐로케냐르의 금고에 다녀올 수 있었다. 당연히 일일이 세 보지는 못했지만, 재물을 다루어 온 자답게 하슈펠은 눈짐작으로나마 그 어마어마한 양의 금화들이 얼마나 되는 양인지를 재빠르게 계산해 내었다. 우르드니르는 흔들리는 눈동자로 그가 추산한 액수를 본다. 그가 묻는다.

"……지하 자금의 두목께서 보시기에 이 계산이 어떠합니까?"

암시장 조합이란 어지간히 부패한 자유도시가 아니고서야 공식적으로 시에 의해 부정당하는 존재들이다. 그리고 우르드니르는 부패한 시장이 아니었다. 때문에 그는 라스를 비꼬며 이렇게 묻는 것이다. 그걸 이해하는 라스는 전혀 화내지 않으며 대답했다.

"그게 사실이라면, 이 제국에서 금권을 다루는 모든 이들이 긴장할 이야기가 되지요."

동시에 시장 집무실 안의 모두가 탁자 위에 올려져 있던 작은 궤짝을 본다. 그 안에서 반짝이는 용금화들을. 피어클리벤은 유하라의 고블린 중 전투 병력 이천과, 후방에 숨어 있던 비전투원 삼천을 더한 물경 오천의 고블린들에 대한 통행세를 그야말로 일절 유예 없이 지불했다.

라스는 울리케 피어클리벤에 대한 첫인상을 떠올려 보았다. 아우셸바프에서 처음 보았던 그 귀족 아가씨는 아슬아슬하게 성인 티를 걸치고 있긴 했지만 미숙했고, 분명 세상 물정에도 밝다고 하긴 어려운 인상이었으며, 자기 자신이 어떤 사람인지도 잘 모르는 것 같았다. 그러나 몇 달이 지난 지금, 라스는 그 이름의 주인공이 어떤 일들을 거치며 현재에 당도했는지를 잘 알고 있었다. 어떻게 그것이 가능하냐고? 암시장 조합이라는 이름을 결코 얕봐서는 안 된다. 충직한 하슈펠 레미크는 피어클리벤의 신뢰를 거스르지 않기 위해 명령대로 인질의 역할을 멋지게 해 내고 있었을 뿐이나, 라스가 심어 둔 첩자는 따로 있었으니까. 게다가 그건 한두 명이 아니었으며, 정말 무서운 것은 그 가운데 절반은 자신들이 조합의 첩자 노릇을 하고 있다는 사실을 모른다는 점이었다.

'하지만 이제 정말 얕볼 수 없게 된 건 그 아가씨지.'

라스는 속으로 웃으며 찻물을 삼켰다. 노도와 같은 여정을 거쳐 울리케 피어클리벤은 마침내 태풍의 눈이 되었다. 문득 라스는 울리케의 주변 인물들이 그 아가씨의 진가를 제대로 파악하고 있기는 한 것인지 궁금해졌다. 영영 불가능할 것 같았던 고블린들의 집권(集權)을 나서서 맞이하며, 그들의 권리를 용의 유산으로 대납할 재량을 가진 자. 마침내 활착하게 된 신목의 주인을 적절한 방식으로 다그치며 그 귀를 쫄 수 있는 자. 천년 제주라 불리는 고대 무녀의 벗. 용의 사자라는 직함은 이것들에 비하면 오히려 사소한 명예이리라.

라스는 세간에 알려진 피어클리벤의 이야기가 진실과 상당한 거리가 있음을 떠올린다. 검은 용이 주인을 잃은 땅을 무단 점거하고 피어클리벤 일가를 인질로 삼았다는 이야기 말이다. 그 이야기들에서 울리케 피어클리벤은 용의 저주를 받아 까마귀가 된 불쌍한 아가씨일 따름이었다.

어쩌면 아무리 애를 써도, 이 소문은 결코 교정되지 않을지도 모른다. 그리고 마침내 정사(正史)는 그렇게 기록되리라. 울리케 피어클리벤의 역할과 행보는 패사(稗史)의 소재로서 너무나 매력적인 탓에 오히려 그 진실성을 의심받을 것 같았다. 그가 현재 어떤 직함을 갖게 된다 해도, 역사의 전면에서 정당한 평가를 받긴 어려울지도 모른다. 오로지 선예(線銳)한 통찰력을 가진 소수만이, 그 어지러운 이야기들 사이의 공백을 추적하여 울리케 피어클리벤의 진실된 활약을 상상해 내겠지. 라스는 지금 자신이 이야기가 될 시대를 사는 것이 아닐까 생각하기 시작했다. 그러느라 시장의 물음을 놓치고 만다.

"라스타리 시구르냘프."

우르드니르 시장의 입에서 그의 진명이 튀어나오자 라스의 미간이 구겨진다. 그는 찻잔을 탁 소리 나게 놓으며 말했다.

"자비로우시군요. 그 이름을 단지 대답을 재촉하는 데 사용하시다니 말입니다. 훨씬 더 강한 협박에 동원하실 수 있으실 텐데."

"그런 짓을 하기 시작하면 시장직을 연임하긴 힘들어지죠. 그런데, 이게 그렇게 대단한 비밀이었나요?"

"시구르냘프 자작령은 피어클리벤의 이웃이지요. 물론 산맥 하나를 사이에 두고 있어 왕래는 거의 없긴 하지만…… 자작가의 서자 하나가 암시장 조합의 장이라는 사실이 가문에게 무슨 득이 되겠습니까?"

"시구르냘프도 피어클리벤처럼 뉘른스에크의 봉속령인 만큼, 지난 뉘른스에크 사태에 기사와 병력을 보냈다고 알고 있어요."

"그래서요?"

우르드니르는 찬찬한 눈빛으로 라스를 보며 말했다.

"조합장은 거기에 어떤 부채감이나 분노도 없습니까?"

"전쟁은 저희가 다루는 일이 아닙니다. 그리고 부탁이니…… 그 이름과 저를 연결하는 건 그만두어 주십시오."

"그렇다면 그러지요."

우르드니르 시장은 대수롭지 않다는 듯 가벼이 대답함으로써 오히려 라스를 불안하게 했다. 턱을 괸 채 손가락으로 자신의 광대를 두드리며 생각에 잠겼던 시장이 다시 말한다.

"그러면 이제 조합장을 불러온 본격적인 이유를 다뤄볼까요. 현재 우리의 수중에 용금화가 저만큼 있고, 앞으로도 족히 저백 배는 될 용금화들이 지속적으로 우리에게 쏟아져 들어올 판이죠. 적법한 절차를 거쳐 이뤄지는 징세이니만큼 이건 완벽하게 공무의 영역이라 보통은 암시장 조합 따위야 끼어들 여지가 없어요. 하지만 이건 용금화죠. 가치가 높긴 하지만 유동적이며, 현재로서는 거의 완전하게 출처가 추적되는 자금이란 말입니다. 그리고 그 미래 가치는 불확실한 데다, 당신의 수하가 보내온 이 보고서에 따르면……."

"예. 전망이 어둡다고 말할 수 있습니다."

라스는 자신이 무얼 해야 할지 이해한 듯 고개를 끄덕이며 말했다. 시장 역시 동의하듯 말한다.

"우리가 용금화를 처분하기 위해 매번 경매를 벌일 수는 없어요. 번거로운 것도 있고, 그 가치가 계속해서 추락할 거라고 대대적으로 광고하게 될 뿐이니까. 자유도시 이실바프의 입장에서 최대한 이익을 뽑아내는 방법이 뭐라고 생각합니까?"

라스는 이 자리에 불려온 시점부터 준비했던 답을 내놓는다.

"가장 먼저 생각해 볼 수 있는 건, 제국의 모든 암시장 조합과 연계해 전량 매각하는 것입니다. 표면적으로는 적당한 상단이나 금융계 용병단을 거쳐야 하겠지만, 그들은 단지 공문서에 기재될 이름일 뿐이며 경매나 흥정 자체는 저희가 하지요."

우르드니르 시장은 웃음을 띠며 물었다.

"그리고 그 과정에서 암시장 조합은 적당한 수수료를 떼고요?"

"그렇습니다."

"요율(料率)은?"

"일 할로 합니다. 용금화가 열 장 거래될 때, 저희가 한 장을 갖지요."

　통상적인 경매 수수료율이군. 그렇게 생각하며 고개를 끄덕이던 시장은 문득 흠칫한다. 그는 다시 묻는다.

　"암시장 조합은 용금화를 갖는다고? 매각의 수익이 아니라?"

　"……."

　드물게도 라스는 대답하지 않으며 자책하는 듯한 표정을 짓는다. 노회한 시장은 그걸 놓치지 않는다.

　"조합장, 당신은…… 용금화를 보유할 가치가 있는 물건이라고 생각하는군요?"

　"아닙니다. 그저 제가 용 애호가이기 때문입니다."

　"허튼소리."

　"정말입니다…… 설령 용금화의 가치가 그렇게 쉬 떨어지지 않는다고 해도, 자유도시로서는 그걸 움켜쥐고 있기 힘듭니다. 생각해 보십시오, 시장님. 이건 현재 누구나 탐을 내는 귀금속이지만, 우리는 이게 거름 값도 안 될 만큼 많이 있다는 사실도 동시에 알고 있습니다. 현시점에서 그 정보를 아는 이들은 드물고요. 피어클리벤이 용금화의 발행을 어떤 식으로, 어느 속도로 해낼지 아무도 모르는 상태에서 자유도시가 현 시세만을 보고 이걸 자산으로 운용하는 건 너무나 위험한 일입니다. 일개 건실한 상단이 하기에도 위험한 일이지요. 네, 위험한 일 말입니다. 그러니 저희가 맡을 뿐입니다."

　라스는 자신의 실수를 만회하듯 성실하게 말했다. 우르드니르는 치안대장 나딘을 힐끔 보고 다시 라스에게 물었다.

"조합장이 보기에, 용금화의 시세를 결정지을 요인이 달리 뭐가 있나요?"

라스는 채 대답하지 못했다. 별안간 시장 집무실 바깥에서 소란이 일었던 까닭이다. 문 앞을 지키는 경호원이 제지하는 소리를 뚫고, 고블린들의 왁자한 외침이 집무실로 쏟아져 들어왔다.

"이놈의 인간들은 도대체 문짝을 몇 개나 두고 사는 거냐!"

"어딜 가나 문짝! 문짝! 게다가 하나같이 오른손잡이를 위해 만들어졌어! 인간들은 왼손잡이 대학살이라도 벌인 적이 있는 것인가?"

"여기가 이 도시의 대장이 있다고 들었다! 손님이 왔다고 전해라!"

목소리의 주인들은 말할 것도 없이, 유하라의 고블린 오백장들이었다. 앞서 나딘이 말한 바대로, 이들은 아우케트가 해낸 '위업'을 자신들 역시 재현하길 바랐으며 때문에 이실바프에 다시 들어올 생각이 전혀 없었던 아우케트도 어쩔 수 없이 다시 그들과 함께 입시해야만 했다. 그러느라 시야프리테와 세 모험가, 그리고 이그라 아트뤼드 역시 모종의 사태에 대비하기 위해 이들의 관광 행렬에 따라붙어야 했고, 나딘 역시 치안대의 병력을 일부 차출해 붙여 놓고 시청에 왔던 것이다. 그런 기묘한 일행이 기어이 여기까지 당도했다. 집무실의 문밖에서 그들을 막아서는 문지기와의 실랑이가 고스란히 들려오기 시작했다.

"물러서시오! 아니, 어떻게 여기까지 들어왔지?"

"또 문지기군! 이제 알겠다! 인간들은 고용 창출을 하기 위해 문짝을 만든 거야!"

"왼손잡이들을 다 죽였는데도 일자리가 부족했단 말인가?"

"그건 아직 모르는 일이잖은가? 난 아까 대로에서 양문이란 걸 보았다네. 왼손잡이들은 아직 살아 있다고."

나딘은 입을 딱 벌리며 문밖을 쳐다보았다. 그 귓가에 즐거운 듯한 시장의 목소리가 날아든다.

"문을 열어요, 치안대장."

"……진심이십니까?"

나딘은 시장 우르드니르에게 되물었으나 그 얼굴을 보고 더 말할 필요가 없다는 걸 깨닫는다. 치안대장이 한 손을 검에 올리고 집무실의 문을 열자, 낭패한 표정의 문지기가 재빨리 막아서며 말한다.

"이러실 것 없습니다, 제가 처리합니다!"

"아니, 들여보내요."

다시 시장의 말이었다. 그리하여 마침내, 네 고블린 오백장이 코를 킁킁대고 집무실 안을 둘러보며 그 안에 들어서게 되었다. 우르드니르는 자리에서 일어나 그들을 맞이한다.

"어서 오십시오. 우르드니르 쾰른입니다."

선출직 시장으로서 우르드니르는 시의 말단 병사부터 평범한 시민에 이르기까지, 아니 심지어는 범죄자에게도 격식을 갖추는 것으로 유명했다. 하지만 고블린들에게조차 공대할 줄은 몰랐다. 나딘은 살짝 질린 표정을 짓고 만다.

"그대가 대장인가?"

그들 가운데 아흐가르가 의외라는 듯, 대표로 묻는다. 우르드니르는 가벼운 미소를 띠고 대답하였다.

"그렇다고 할 수 있겠지요? 정확히는 시장입니다만."

"그것은 어떻게 되는 것인가? 우리가 알기로 대개 인간의 우두머리는, 혈통으로서 날 때부터 그 지위에 점지된 경우가 대부분인데."

"시장은 선출직입니다. 이 도시에서, 나는 가장 많은 지지를 받은 자라고 할 수 있겠군요."

"그건 괜찮군!"

다른 고블린 오백장이 외쳤다. 그들은 서로를 쳐다보며 우르드니르가 자신들의 대화 상대로서 적합하다는 데 동의하는 것 같았다. 그때, 집무실에 들어서지 않고 문밖에 선 채 얼굴을 찌푸리고만 있던 아우케트가 말했다.

"지금 형제들의 실례가 과하다. 우리의 기준으로 볼 때, 이 도시의 시장은 오천의 병력을 상시 지휘하며 유사시 그 배의 용병력을 운용할 수 있는 자이다. 그에 맞는 예를 갖춰라."

우르드니르는 그제야 이 다섯 번째 고블린의 존재를 발견한다. 시장의 미소가 한결 짙어지며, 그가 묻는다.

"그대가 아우케트, 칸 아디우크 경입니까?"

"……그렇다."

"방금 말한 그 지식은 어디에서 얻었습니까?"

"뉘른스에크의 기사에게 물어 진즉 알고 있었다. 아무것도 모르면서 인간의 도시에 들어올 수는 없었으니까."

역시. 우르드니르는 그 고블린을 눈여겨본다. 나딘의 보고서에서 울리케와 더불어 가장 눈에 띈 존재. 일찍부터 피어클리벤과 동맹을 구축하고 그 약속에 따라 인간을 돕기 위해 여기까지 이르렀으며, 다시 동족들을 돕기 위해 인간의 도시를 방문한 그를 말이다. 시장은 나딘이나 문지기의 긴장한 표정을 보며, 이것이 얼마나 비이성적인 일인가를 생각했다. 사실상 적진의 심부에 이른 셈이니 겁먹고 두려워할 쪽은 고블린들이어야 할 텐데. 하지만 유하라의 네 고블린 오백장은 천연덕스러웠으며, 시의 치안대장은 그들을 경계하고 있다. *과연 우리 중누군가가 소수로 고블린의 도시에 들어서는 날이 올 때, 이들처럼 용감할 수 있을까?*

"굴핀, 이들에게 차를 대접해요."

"시장님, 외람됩니다만 한 말씀 올려도 될까요?"

라스가 알 수 없는 표정으로 찻주전자를 기울여 마지막 잔을 거덜 내는 것을 본 우르드니르가 그의 비서에게 말하자, 여태껏 그림자처럼 자신의 존재를 지우고 있던 사내가 굳은 얼굴로 고블린들을 쏘아보며 말했다. 시장이 고개를 끄덕이자 비서는 말한다.

"시장님께서는 누구에게나 예의를 다하시지요. 제가 모시기 시작한 지 얼마 안 되었을 무렵 그 이유를 여쭈었을 때, 시장님께선 당신의 지위와 권력이 바로 다름 아닌 그 시민들로부터 나오기에 이는 매우 당연한 것이라 답변하셨습니다."

"낯이 뜨겁군요. 그랬지요."

비서는 다시 한번 고블린들을 훑어보며 말했다.

"하지만 저들은 시민이 아닙니다. 이 도시가 부여받은 모든 권리와, 각출된 민의의 통합된 상징으로서 시장님은, 저들에게 마땅한 권위를 보이셔야 합니다."

하지만 고블린들이 들어선 이후부터 유지된 우르드니르의 미소엔 아무 변화가 없었다. 그는 말한다.

"바로 그렇기 때문에 나는 여전히 이럴 것입니다. 사소한 말투와 예법들이 나의 권위를 결정할까요? 그건 귀족들의 발상이지요. 대행자는 언제나 자신이 지닌 권위가 대여한 것임을 잊지 않기 위해서라도 존중을 체화해야 합니다. 저들은 손님입니다. 심지어 돈을 냈죠. 잊었나요? 자유도시의 역사가 어떻게 시작되었는가를 생각해 보세요. 우리는 영주를 거부하며, 스스로의 권리를 오직 단 하나의 군주인 폐하로부터 사들인, 그 시대의 불한당들을 조상으로 두고 있지 않던가요? 저 바깥의 수많은 제약과 허울로부터 벗어나, 모든 것을 매매하는 것이야말로 자유도시의 정신인 만큼, 나는 마땅한 권리의 값을 지불한 저들에게 예의를 갖출 것입니다."

자유와 양심을 제외한 모든 것을 거래한다. 이것이야말로 모든 자유도시들이 일찍이 내걸었던 기치이자 구호였으며 시민들 가운데 이를 모르는 이는 없다. 비서는 불만스러운 표정이면서도 이를 잘 알기에 더 할 말이 없는 듯했다. 반면, 아무래도 그 양심마저 거래해 온 암시장 조합의 주인은 다소 불편한 표정이 되어 괜스레 빈 찻주전자의 뚜껑을 열어 본다.

결국 시장의 집무실엔 다섯 고블린과 네 인간, 그리고 류그라 하나가 착석하게 되었다. 시그리드의 모험가 셋은 이 소동에 그저 무덤덤해 보였고, 심지어 시야프리테는 태평해 보이기까지 했으나 뉘른스에크의 기사인 이그라만큼은 당혹스러움을 만면에 드러내다 못해 좀 짜증까지 나 있는 것 같았다. 그를 물끄러미 보던 우르드니르가 말했다.

"미안합니다, 아트뤼드 경. 여기서 어떤 고초를 겪었는지 치안대장에게 들었습니다. 일어나서는 안 되는 일이었지요. 드레스바르프는…… 일개 자유도시가 상대하기엔 너무 큰 이름입니다. 그리고 저는, 이 자치구의 군주가 아니고요."

"알고 있습니다."

이그라는 침통하게 말했다. 치안대장 나딘은 그런 그를 안타까운 얼굴로 보았으나 아무 말도 하지 않았다. 다시 표정을 정리한 우르드니르는 이 자리의 모두를 찬찬히 둘러본다. 그러다 문득, 모험가 셋과 이그라가 언제부터인가 라스를 쏘아보고 있다는 걸 발견한다. *이건 또 뭐지?* 우르드니르는 아무래도 그들이 구면인 것 같다고 느꼈으나 입을 열어 묻지는 않았다. 그들 역시 이 자리에서 서로 나눌 이야기는 없는 듯했다.

"모두 반갑습니다. 그럼 이제 당면 주제로 다시 넘어가 볼까요. 이실바프가 앞으로 지속적으로 뉘른스에크로 향하는 모든 고블린들이 거치는 관문으로서의 역할을 해야 한다더군요. 그때마다 새로 방문하는 고블린들을 상대로 이번처럼 접촉하고, 이 계약들을 이해시키는 건 너무나 번거로운 일들이죠. 유하라의 오백장들이여, 이 땅의 모든 고블린들이 당신들의 대사에 대해 알고 있습니까?"

"그럴 것이다."

아흐가르가 대꾸하자, 비서 굴핀이 눈을 부릅뜨며 말한다.

"좀 더 예의를 갖추시오! 자유도시의 시장님이오!"

"죄송합니다만……"

라그나가 입을 연다. 그가 말했다.

"이들은 오직 직속 상관에게만 경어를 씁니다. 미래에 교류가 늘어나면 몰라도, 당장은 무릴 겁니다. 용에게조차 이런 식으로 말하지요. 무의미한 마찰은 거두는 게 좋겠습니다."

그 말에 다섯 고블린 오백장이 모두 고개를 끄덕이자, 비서는 기가 막히는 듯 콧바람을 내뿜을 뿐이었다. 우르드니르는 여전히 미소지으며 말한다.

"그렇군요. 이야기를 계속하지요. 모든 고블린들이 피어클리벤의 이름을 알고 있다면…… 이실바프에 아예 대사를 주재시킬 수는 없겠습니까? 또, 얼마간의 고블린들도 함께 말입니다. 그래야 앞으로 계속해서 여기에 당도할 이들에게 상황을 빠르게 이해시킬 수 있을 테니 말입니다."

일리 있는 말이었다. 고블린들이 올 때마다 경종을 치고, 그때마다 이실바프의 모든 길을 막는 지금 같은 일을 되풀이하다간 시민들은 극심한 피로를 느낄 것이다. 모험가들은 서로를 쳐다보았고, 시장은 다시 말했다.

"또 치안대장의 보고서에서, 나는 대사가 고블린들을 용병력으로 거론한 바를 읽었습니다. 자유도시의 시장으로서, 작금의 사태에 시의 자위력을 증강하는 일엔 매우 관심이 있지요. 이것이 실현 가능한 일인지 알아보고 싶습니다만."

"이유가 무엇이지?"

아우케트가 물었다. 그렇게 모두의 이목을 끈 그가 말한다.

"이 도시의 성벽은 높고 두터우며, 병력도 결코 부족하지 않다. 인간들이 서로 내전 중인 것도 아닌데, 이 이상 도시의 병력을 늘릴 이유가 있는가? 그것도 원래는 적이라 여겨 온 우리를 쓰면서까지? 당위를 찾지 못하겠다."

"그래요? 오백장은 인간의 도시를 구경한 소감이 어떻습니까? 아마도 양쪽의 역사에서 처음 있는 일이었을 텐데요."

"처음은 아니지."

유하라의 고블린 오백장 하나가 이를 드러내며 말했다.

"가끔 너희가 우리의 형제들을 잡아다 도시 안에서 목을 베기도 하지 않았나? 그들은 죽기 전에 여길 보았을 테지."

갑자기 방 안의 공기가 싸늘해졌다. 그러자마자 시야프리테가 찻물을 들이키느라 쪼르륵거리는 소리를 내었고, 그게 마치 무슨 신호라도 되는 양 라그나가 움찔하며 말한다.

"그건 너희도 마찬가지지. 우리는 최소한 너희를 먹지는 않아."

"이거 질겨서 미안하군!"

유하라의 네 오백장과 세 모험가는 서로를 맹렬하게 쏘아보기 시작했다.

그리고 이것이 현실이었다. 이 대륙에서 인간과 고블린의 관계는 원래 그러했다. 인간들은 땅을 차지하고 개간하며 고블린들을 숲과 산으로 내몰았다. 고블린들은 인간을 약탈하고 살해했다. 서로가 서로를 사냥감과 적으로 규정한 지 이미 너무나 오랜 시간이 흘렀다. 피어클리벤에서 이루어진 극히 일부의 화해는, 비단 용이라는 존재만으로 가능했던 일이 아니었을지도 모른다. 그 시골은 충분한 피의 악연을 쌓을 만한 각축장으로서의 가치도 없었던 것이리라.

"우리는 오로지 용의 위임을 받은 대사의 이름과, 용의 금화를 통한 보증만을 믿기에 여기에 이른 것이다. 우리는 너희와 화해를 하기 위한 것이 아니라 우리의 성지를, 왕좌를 찾기 위해 여기에 왔다. 시장의 말은 섣부르다. 우리는 여전히 적이다."

아흐가르가 선언하듯이 말했고, 아우케트를 제외한 세 오백장은 고개를 끄덕인다. 그러자 물끄러미 그들을 보던 아우케트가 입을 열었다.

"그런가?"

"……뭐가 말인가?"

"형제들은 저기서 일어나는 일을 모르지. 상상도 할 수 없을 것이다. 저기는 빈 땅이 아니다. 형제들이 말한 대로 용이 있지. 그런데 그 용은 스스로의 권능을 옭아매는 덫의 작동을 받아들였다. 대놓고 말해, 형제들이 내심 구원자라 여기는 그 용은 현재 그저 스스로 숨쉬기조차 힘겨운, 거대한 도마뱀 한 마리에 불과하다. 용금화는 바로 그러한 무리를 통해 얻어 낸 것이지. 그가 왜 그런 일을 했으리라고 보나? 또 저기는 이미 활착한 신목의 가지가 있어. 다시 말해 앞으로 저기는 류그라들의 성지가 될 수도 있단 말이다. 그뿐만이 아니다. 천년제주라 불리는 서리심이 자신의 뿌리를 들고 오고 있다. 그리고 드라우그르의 군대와, 드라우그르의 마왕이, 그리고 백룡의 자객들과 백룡 그 자신도 오고 있단 말이다. 그런데 나는 아직 미스미르드인들에 대해선 말하지도 않았다."

방 안은 조용했다. 다시금 시야프리테가 후루룩거리는 소리만 울렸다. 아우케트의 말이 이어졌다.

"우리끼리 그 땅에 아무 문제 없이 집결해 우리의 왕을 선출하는 일이, 그저 그렇게 쉽게 일어날 거라고 여긴다면 심각한 오산이다. 형제들 오만은커녕 십만이 모인다 한들 저 복마전에서 우리가 단지 우리만으로, 무얼 해낼 수 있을 것 같은가?"

"넌 대체 무슨 소릴 하는 거야?"

오백장 하나가 공격적으로 물었다. 그가 침을 튀기며 말을 잇는다.

"우리의 왕을 추대하는 일이다! 그 등극을 논하는 일이다! 우리끼리 해내는 일이다! 그 밖의 것들이 대체 무슨 상관이란 말이야?"

"우리는 이미 용에게 빚을 지며 시작하고 있다."

아우케트가 오백장들을 쏘아보며 말했다.

"나는 저 안에서 내내 많은 것들을 보아 왔다. 그리고 한 가지 공통적인 흐름을 발견했지. 모두가 저마다의 절실한 것들을 걸고 있다. 우리의 왕이라는 게, 정말로 우리에게 그토록 절실한 것인가? 그다음은? 그리고 우리는 그걸 위해 도대체 무얼 걸고 무얼 지불했나? 이미 저기엔 너무나 많은 것들이 서로 얽혀 흐르고 있다. 그런데 형제들은, 마치 그 모든 흐름들이 우리와 전혀 상관없는 격랑인 것처럼 여기고 있군. 그래서야 언제까지나 우리의 왕좌 같은 건, 전설 속의 잠꼬대일 뿐이다."

오백장들은 아무것도 이해하지 못한 것 같았다. 아우케트는 그들로부터 예전, 시우부름의 형제들을 설득하던 때의 막막함을 떠올렸다. 아우케트는 빌러디저드가 자신의 초월성을 놓아 버리는 걸 보았다. 울리케가 자신의 몸뚱이를 잃는 것을 보았다. 시야프리테가 자신의 가지를 잃는 것을 보았다. 논리적인 생각은 아니라 스스로 생각하면서도, 아우케트는 고블린들 역시 무언가를 내놓지 않으면 이 거대한 흐름 속에서 아무것도 얻어내지 못할 것이라는 위기감을 내내 느끼고 있었다. 하지만 그 이야기를 어떻게 하지? 어쩌면 고블린의 왕 같은 건 하나도 중요한 게 아닐지도 모른다는, 그런 말을 어떻게 이들에게 한단 말인가? 그 하나만을 위해 모든 것을 버리고 온, 그리고 앞으로 올 이들에게.

아우케트에게는 이제 왕의 출현에 대한 열망 자체가 별로 남아 있지 않았다. 용이나 서리심 같은 말도 안 되는 존재들 틈바구니에 있어서였을까? 여정이 여기에 이르며 그가 내내 생각했던 것은 어째서 인간의 번영만큼, 동족들이 번영해 오지 못했는가에 대한 성찰이었다. 그리고 마침내 아우케트는, 자신들의 권리를 스스로 주장해야만 한다는 것을 깨달았다. 고블린이 왕이라는 그림자를 좇고, 류그라들이 신목이라는 이상향을 좇는 동안, 인간들은 어쨌거나 꾸역꾸역 이 땅을 채워 갔다. 고블린들이 왕이라는 허상에 사로잡히지 않았다면 진즉에 이 자유도시와 같은 자치구를 얼마든지 이뤄낼 수 있었을 것이다. 그것이야말로 유의미한 집결이며, '집권(集權)'이라는 말의 의미였다.

그러니 우리는, 단지 그것을 위해 피를 흘려야만 해.

제 9장

그는 해변에 떠밀려 온 빈사의 고래 같았다.

날 때부터 그의 몸을 부력처럼 지탱해 주던 마법들이 썰물처럼 빠져나가고, 평생 대적할 일이 없었던 중력이 그의 몸 구석구석에 갯벌의 진흙처럼 들러붙는다. 끝내 저주처럼, 그 거대한 체구 자체가 스스로를 옥죄는 형틀이 되고 말았다. 그의 내부에 아직 버티고 남아 피를 돌게 하고 숨을 쉬게 하는 최소의 마법들만이 이 파마의 영역 안에서 벌어지는 최후의 항쟁이었다. 검은 용은 해소병에 걸린 짐승처럼 쿨럭이는 소리를 내다 파도처럼 몸을 뒤척였다.

"알고 있느냐? 이제 아사(餓死)는 내 사인이 될 수 있다."

용이 말했다. 크누드는 자신이 빌러디저드를 보기 힘들어한다는 걸 깨닫고 잠시 망연해졌다. 모든 생명체의 정점이자 태고의 지성체가 이런 식으로 해체되는 광경은, 비록 그가 넉넉히 저항 중이라 하더라도 결코 보기에 기분 좋은 일이 아니었다. 본래대로라면 그의 중량에 영향받을 일이 없어야 할 땅바닥조차 방치된 외양간의 바닥처럼 녹아내리고, 이전에는 결코 용을 더럽힐 수 없었던 진창의 진흙들이 그의 배와 발톱 사이에 켜켜이 마른 쇠똥처럼 들러붙었다. 크누드는 마법을 잃은 용이 얼마나 빠른 속도로 추레해질 수 있는가를 깨달았다. 그는 우울하게 대꾸한다.

"아까 드시지 않았습니까?"

"이 몸을 유지하기 위해 얼마나 먹어야 하는지 생각해 보거라. 하루 종일 먹기만 해도 사실은 부족하지."

정말 그럴 것이다. 용이 태생적으로 마법에 기댄 생물이 아니었다면 지고의 포식자란 단지 그들을 가리키는 수사의 한 조각만으로 남지 못했을 것이다. 파마의 결계가 뉘른스에크에 펼쳐진 이후, 하슈펠 레미크는 용의 식대를 전혀 고려하지 않고 수립되었던 이 군대의 병참 편성을 완전히 다시 계산해야 했다. 현재 빌러디저드는 뉘른스에크에 주둔한 모든 입과 거의 맞먹는 식사를 홀로 소모할 판이었다. 기아의 구렁텅이에 허덕이는 용이 다시 말했다.

"허기가 내 지성을 갉아먹는군."

"……속담엔 사흘을 굶고 담을 넘지 않는 자가 없다 했습니다."

그럴 리는 없으리라 믿지만, 크누드는 용이 최후의 순간 굶주림에 굴복해 인간을 취식해 버리는 건 아닐까 생각했다. 그리고 설령 그게 적들이라 하더라도, 식인을 범한 용이란 어떻게 포장해도 좋게 알려질 가능성이 없다. 그런 크누드의 우려를 읽은 듯, 빌러디저드는 말했다.

"그렇게 되지는 않을 것이다. 고통조차 우리에게는 관조 가능한 하나의 정보일 뿐이지. 다만 이토록 생이 절실한 느낌은, 신선하군."

"……고통이 무시될 수 있다면, 어떻게 생이 신선하실 수 있단 말입니까?"

크누드는 불평하듯 물었다. 그러면서 스스로도 이런 질문은 하지 않는 편이 좋을 것이라 여긴다. 용은 쿨럭이며 되물었다.

"그럴까? 여전히 나는 이 영역의 바깥으로 기어나가 내게 섭리처럼 주어졌던 힘들을 되돌릴 수 있다. 나의 몰락은 비가역적이지 않은 한 너희에게 언제까지나 강자의 기만일 따름일까?"

"솔직히 모르겠습니다. 하지만 그런 비난을 완전히 잠재울 수는 없겠지요."

"하!"

그 순간, 뭉친 넝마 조각같이 불가에 웅크린 채 잠들어 있던 이가 몸을 솟구치며 소리 질렀다. 깜짝 놀란 크누드의 질색하는 눈길을 받으며, 그는 소리친다.

"마법사들은 알고 있소! 기만? 그럼 상처가 깨끗이 나을 걸 보장한다면 누구나 몸에 칼을 박아 넣을 수 있단 말이오? 건방진 소리! 고통의 기억 자체가 상흔이 되오! 그것이 어떻게 가역적이오?"

그는 나글핀델 기주르였다. 그리고 제 발로 파마의 영역 안에 머물길 고집한 마법사였다. 아니, 마법사였던 자라고 해야 할까? 그는 용의 고통을 외면하고 있을 수 없다 울부짖으며 모두의 만류를 뿌리치고 성하촌에서 여기까지 제 발로 기어 올라왔다. 그러고는 파마의 결계를 사흘 이상 견디는 건 거의 불가능하다던 시그리드의 말이 무색하게도, 벌써 열흘 동안이나 용의 곁에서 구걸하는 거지마냥 몸을 구긴 채 버티고 앉아 있는 것이다. 모두는 그가 원래 미친 사람이었기에 파마의 결계에 아무런 영향도 받지 않는 것이라 수군대기 시작했다. 시그리드마저 그에 관한 이야기를 듣고는 잠시 말이 없더니 그냥 더 신경쓰지 않는 편이 좋겠다고 말했을 정도였다. 이 거지꼴의 불가해는 다시 말한다.

"배고프오!"

"……경께서도 고통을 좀 관조해 보시지요."

크누드가 피곤하다는 듯이 말했다.

"배고프다는 건 고통이 아니오! 결핍에 대한 신호의 인문학적 해석이지!"

"왜 그게 인문학이 됩니까?"

"말로 했으니까!"

역시 이 사람과는 대화를 하지 않는 편이 좋다. 크누드는 말없이 몸을 일으켰다. 그럼에도 저 말에 진실이 없지는 않다고 생각한다. 그 겨울에서 걷던 날, 화살이 꿰뚫었던 어깨의 아픔은 이제 없다. 그러니 적어도 육체의 부상에 관해서는, 가역적이었다고 말해도 좋으리라. 하지만 크누드는 이제 자신이 화살에 맞는 고통을 알았으며, 그것이 어떤 식으로든 공포로서 작용할 수 있다는 것을 알았다. 그리고 그 기억만큼은 그리 쉽게 극복할 수 없을 테지. 어쩌면 이제 전장에서 겁쟁이가 될지도 모른다.

"하지만 상흔의 기억은 공감의 밑천이 될 수 있지. 그 관점에서는, 이전에 내가 너희를 긍휼히 여긴 것이야말로 더욱 기만에 가깝다고 여기지 않느냐?"

감자 포대로 걸음을 떼려던 크누드가 용의 물음에 멈추어 선다. 잠시 생각하던 그가 말했다.

"실로, 그렇겠습니다. 군주의 덕목 중 하나이지요. 보통, 대개의 군주들은 갖지 못하는 교양이라는 것이 문제지만 말입니다."

갑자기 용의 몸 안에서 쿠르릉하는 굉음이 울렸기에 대화는 거기서 끊겼다. 마치 거대한 동굴 안에 바윗덩이가 굴러가는 듯한 느낌의 소리였는데, 이미 크누드를 비롯한 뉘른스에크 요새의 모두에겐 제법 익숙해진 신호이기도 했다. 크누드는 말할 것도 없다는 듯이 어딘가를 향해 팔을 휘저었고, 일단의 고블린 병사들이 기다렸다는 듯 달려오기 시작했다. 그걸 보며 용은 우울하게 말했다.

"굴욕적이군."

"이게요? 천만의 말씀입니다."

크누드가 정말로 가당치 않다는 듯 말한다.

"보통의 생물들은 훨씬 더 다루기 어려운 걸 배출합니다. 이 것마저 여타의 짐승들 같았다면, 뉘른스에크는 지금쯤 완전히 무인지경이 되어 있어야 할 겁니다."

이들은 지금 용의 배변 활동에 대한 이야기를 하고 있었다.

당연한 말이지만, 먹으면 싼다. 그리고 용은 파마의 결계에 들어선 이후 군량을 거덜 내듯 먹어 치워 왔다. 보통의 생물이 라면 마땅히 엄청난 양의 무언가를 내놓아야 했으리라. 하지만 용은 기상천외한 생물이며, 모두는 그 사실이 배설물에조차 적 용된다는 걸 알게 되었다. 용은 먹은 것을 배 속에서 압축하고 굽기라도 하는지, 실제로 용에게서 배출되는 것은 크고 검은 돌덩어리에 가까웠다. 이들 가운데서 용의 똥에 관해 유일하게 조예가 있었던(암시장 조합은 대체 어디까지 취급하는 걸까?) 하슈펠 레미크에 따르면, 이것은 해우석(解憂石)이라는 별칭을 갖고 있 는 흑요석 비슷한 물건이었다. 자연 상태의 용들은 이걸 보통 꼭꼭 숨기기 때문에 발견하기가 극히 어렵지만, 흑요석이 날 리 없는 엉뚱한 곳에서 비슷한 것이 발견되면 바로 알아챌 수 있다고 한다. 왕실의 기록에 따르면 생전의 스미드레드는 이걸 꽤 많이 생산했다. 아이비레인에 관해서는 알려지지 않았지만 말이다.

그러니 크누드의 말은 틀림이 없었다. 뉘른스에크가 거대한 분변통이 될 일은 없었다. 고블린 병사들은 빌러디저드의 뒤쪽으로 우르르 몰려가더니 이윽고 새빨갛게 작열하는 돌덩이 하나를 쇠 집게로 집어 모래가 가득 찬 나무 수레에 던져 넣고 다시 그걸 모래로 덮었다. 그러고는 유유히 그들 곁을 스쳐지나 사라진다. 용은 또다시 우울하게 말했다.

"저걸 모으고 있는 건 아니겠지."

"모으고 있습니다."

크누드는 콧방귀를 뀌듯이 말했고, 용은 좌절했다. 하지만 하슈펠 레미크는 해우석이 용금화만큼이나, 아니 그보다도 돈이 되는 물건임을 증언해 주었다. 공예의 재료이자 마법의 질료로써 다양하게 쓰일 수 있었던 것이다. 그 생산자가 수치심 때문에 그것에 대한 재산권을 주장할 여유가 없다는 걸 간파한 크누드는 하슈펠 레미크와 짜고 용의 분변에 대한 일체의 권리를 후다닥 사버린 참이었다. 구두 계약이긴 했지만 용은 이 사실을 문서로 남기는 데 죽어도 동의하지 않았으리라.

여담이지만 울리케는 훗날 이 사실을 알고 당연히 꽤나 분통을 터트렸다(아니, 똥이 돈이 된다는 걸 왜 여태 말하지 않은 거야!). 하지만 자신의 분변을 숨기고 처리하는 것은 음모라기보다는 미덕에 가까운 것이기에, 울리케는 빌러디저드에게 이 계약에 대해 결코 따질 수 없었다.

빌러디저드는 크누드가 콧노래를 부르며 감자를 굽는 걸 우울하게 지켜보다 한마디 했다.

"그걸 날 주려는 건 아닐 테지. 이에 낄 뿐이다."

"이건 기주르 경 줄 겁니다."

"나는?"

용은 입이 크다. 말이나 소가 한 입 거리인 존재에게 있어 인간의 음식이 가진 식감은 대개 무의미했다. 용은 잘 구운 감자를 한입 베어 무는 그 느낌이 어떤지 결코 알지 못하리라. 꼬치구이를 빼 무는 맛도, 바삭하게 튀겨진 대구의 맛도, 용은 도저히 알 길이 없었다. 문득 그 사실을 새삼 깨달은 크누드는 잠시 측은하게 용을 보았다.

"그러고 보니, 힐드룬 가의 사람이 오고 있다고 하던데요."

아이비레인과 함께한 고블린 무리가 지척에 이른 것과, 이실바프에서 벌어진 고블린들의 협상 소식은 이미 뉘른스에크에 전해진 참이었다. 크누드는 괜스레 어깨를 돌리며 말했다.

"조금만 참아 보시지요. 울리케 아가씨도 없는 현재, 저희가 드릴 수 있는 건 요리가 아니라 식재료일 뿐입니다. 날고기를 뜯는 데 만족감을 느끼십니까?"

"나는 그 쾌감을 일찍이 박탈당했다. 피어클리벤 가의 여덟째 딸에게 말이다."

"……그런데 린트부름은 인류에게 불과 언어를 전해 준 이들로서 기려집니다. 그럼에도 화식(火食)을 인간에게 배운다는 것은 좀 어폐가 있는 것 같습니다."

"불의 문제가 아니다. 요리의 문제이지. 그리고 우리는 극도로 고등한 존재임과 동시에 가장 야만의 극단에 닿은 존재이기도 하다. 너희가 이해하기는 좀 힘들 것이다."

그렇겠지. 크누드는 수긍한다. 용들은 정말로 이상한 존재이며, 좀 과격하게 말하자면 자연의 순리에서 완전히 비껴 난 존재들 같았다. 하늘 아래 모든 동식물들은 제아무리 신기해 보여도 가만히 관찰하면 나름 납득할 만한 규칙과 질서 안에서 화합하고 있다. 하지만 용은 아니다. 이들은 완전히 규격 외이며, 어디에도 들어맞질 않고, 말 그대로 난데없었다. 마치 이 모든 삼라만상의 질서로부터 일탈해 있는 듯한 생물이었다.

"감자!"

여태껏 대화에서 벗어나 명상하던 나글핀델 기주르가 갑자기 부르짖었다.

"나는 불의 달인이오! 불의 마법! 불 자체가 가장 오래된 마법이기도 하지! 너무나 오래되어서 누구나 쓸 수 있는 그런 마법! 나는 열세 가지의 불꽃을 자유자재로 다루었는데, 생각해 보면 그냥 음식을 익히는 마법 자체는 하나도 모른단 말이야! 그편이 훨씬 쓸모 있었을 텐데!"

"……무슨 말씀을 하고 싶은 겁니까?"

마법사는 대답하지 않았다. 그의 시선은 일렁이는 모닥불에 고정되었고, 그는 무언가를 떠올리듯 완전히 거기에 몰입해 있었다. 크누드는 한숨을 내쉬며 고개를 젓는다. 역시 이 사람과는 어울리지 않는 게 좋다.

"이제 어떻게 되겠습니까?"

조금 뜬금없는 물음이 크누드로부터 나왔다. 빌러디저드는 조용히, 자신이 아니라 모닥불에 집중하고 있는 그를 보았다. 용은 말한다.

"나는 이제 알 수 없다. 그리고 그 사실 자체가 내게는, 이 육신의 버거움과 존재의 지속이라는 책무에 비할 수 없이 신선한 두려움이지. 모든 것이 완전히 미지의 가능성에 주유하는 현재가, 나로서는 가장 너희에게 가까운 순간이다. 하지만 너희는 이 두려움을 공감하지 못할 것이다."

"참으로 그렇겠습니다. 저희는 원래 그렇게 살거든요. 하지만 저희도 예측이란 걸 합니다. 주어진 정보를 토대로, 계산하고 상상하지요. 그런 걸 해 보셨습니까?"

"정말 도전적인 과업이군."

"저는 고블린들을 걱정합니다."

크누드는 말했다.

"그들은 옛 성지를 찾고, 왕을 옹립한다는 한 가지 목적 아래 움직이고 있습니다. 그렇지만 이 땅은 그걸 그렇게 순순히 허락하진 않을 겁니다. 어쩌면 그들에게 필요한 것은 왕이 아닐지도 모릅니다. 아니 애초에, 다수의 추대로 위에 서는 자를 왜 왕이라고 부르는지도 모르겠군요. 저희의 왕은 그런 개념이 아닌데요."

용은 부지깽이로 잉걸을 쑤시는 크누드를 볼 뿐 말이 없다. 크누드는 계속 말했다.

"별다른 문제가 없다고 할 때, 뉘른스에크는 이제 전통적인 인간의 군주, 류그라의 성지, 고블린의 왕좌가 교차하는 자리가 되었습니다. 그리고 이미 당신께서는 이 땅의 점유를 선언함으로써 지배자의 자리를 선점하셨죠. 무려 네 개의 권위가 한 땅에 집약된다는 말씀입니다. 그럼 남은 것은 미증유의 화합이거나, 필사의 격돌뿐입니다. 명시적으로 최소한, 누군가는 이 땅의 주인이어야 하긴 할 겁니다."

"그 격돌을 피하기 위해 분투하는 사람을 나는 하나 알고 있지."

"저도 하나 알고 있습니다."

크누드는 희미하게 웃었다. 그때, 뉘른스에크 내성의 정문께에서 약간의 소란이 일어났다. 크누드와 용이 동시에 고개를 돌리자, 노아크 피어클리벤 백작과 함께 들어서는 이가 보였다. 바로 발리위그 드레스바르프였다.

"저 인간이 드디어 여길 왔군……."

크누드는 감정 없이 중얼거렸다. 잠시 서서 내성 안뜰을 한 바퀴 휘돌아본 후작의 찌푸린 표정이 보였다. 그의 시선이 용에게 못 박힌다. 이내 후작은 천천히 이쪽으로 다가선다. 그의 뒤로 노아크 백작이 따라오는 게 보였다.

"후작 각하시군!"

그때까지 자신만의 세계에 사로잡혀 있던 마법사 나글펀델

이 퍼뜩 소리쳤다.

"나는 여기서 이토록 견디고 있소! 각하께서는 이제 견딜 게 있으신지? 아 그래, 무지의 순백에 좌초당한 기분이 어떠시오?"

"기주르 경."

후작의 미간이 붙었다 떨어졌다. 마법을 잃은 마법사가 말했다.

"여기서 뭐 하고 있지?"

"견디고 있지!"

"그건 우리 모두가 하는 일이야."

후작은 새삼스러울 것도 없다는 듯 그렇게 내뱉었다. 그러더니 용을 올려다본 그가 말했다.

"그래, 짐승이 되신 소감이 어떠시오, 린트부름의 뒤틀린 적생자시여?"

"나는 원래가 짐승이었다. 그것을 필사적으로 거부한 것은 너희뿐이지. 그 불일치가 이 모든 불합리의 근원이라고 생각하지 않느냐?"

후작은 이 물음을 무시하며 찌푸린 얼굴로 주위를 둘러보더니 불가에 놓여 있던 잘린 나무둥치 하나를 발로 밀어내고 거기 앉았다. 이내, 그는 용을 쳐다보고 그 전체적인 몰골을 눈에 담는다. 연민이라기엔 격렬하고 혐오라기엔 느슨한 표정이 발리위그의 낯에 머문다. 이윽고 그가 말했다.

"난 당신과 대면할 생각이 없었지."

후작의 예법은 놀라울 정도로 문제가 심각했기에, 크누드는 용이 대답하기 전까지 이 말이 빌러디저드를 향한 것이라는 걸 알아채지도 못했다.

"이해하고 있다."

경악한 크누드와는 달리 용은 그의 방자함을 아무런 문제 삼지 않으며 이렇게 대꾸했다. 후작은 또 말한다.

"적어도 당신이 살아 있는 상태에서는 말이오."

이 양반이? 크누드는 이제 후작이 마법을 잃었기 때문이든, 파마의 결계 때문이든 확실히 미쳐 가는 게 아닐까 의심하기 시작한다. 하지만 용은 또 여상히 답할 뿐이었다.

"그럴 테지."

"하지만 이젠 그게 과연 적절한 귀결인지 의심하고 있소."

"어째서인가?"

후작은 대답 대신 감자를 뒤적이는 크누드를 노려보았다. 크누드가 자신의 시선을 심각하게 되받아치자, 발리위그는 입을 열어 그에게 묻는다.

"자네, 진중에 왔었지? 용노포를 보았나?"

"예, 각하."

"어떻게 느꼈나?"

크누드는 그의 장단을 맞춰 주는 게 영 내키진 않았지만 대화에 길게 엮이고 싶지 않았기에 냉큼 대답한다.

"글쎄요, 그게 진심이셨다면 결코 한 대만 그렇게 우두커니 설치하시진 않았겠지요."

이제 후작은 다시 용을 본다. 그가 말했다.

"공신 드레스바르프의 이름도, 심지어 아우스뉘르의 이름도 이토록 용에 가려지고 있소. 나를 쏜 놈들은 내가 기어이 당신과 맞붙을까 두려워했고, 심지어 내가 이길 가능성이 크다 여겼던 것이지! 나는 이제 당신을 죽이는 것이, 이 광신을 폭발시키고 마는 게 아닌가 생각하기 시작했소. 이제야 겨우 간신히, 인간의 힘만으로 이 나라가 설 수 있으리라 여겼는데 말이지!"

"어마, 정말 그래?"

그 순간 전혀 예상하지 못했던 목소리가 좌중을 갈랐다. 흠칫 놀라 눈을 들었다가 불가에 난데없이 출현한 인물을 보자마자, 크누드는 본능적으로 감자 굽기는 이제 틀려먹었다고 생각했다. 하지만 이런 태평하기까지 한 내심과는 전혀 상관없이, 그의 몸은 반사적으로 튕겨 올라 어느새 빼 든 파마의 검을 불청객의 목젖에 갖다 댄다. 그러자마자 그 인물은 손가락을 뻗어 검날을 지그시 밀어내며 말했다.

"이건 원래 우리 건데. 그리고 마법으로 막을 수도 없단 말이야?"

크누드는 누구냐고 물으려다 숨을 삼켰다. 파마의 검이 원래 자신들의 것이라고? 그렇다면 누구인지는 너무나 빤하다. 여자는 웃는 듯한 낯을 가면처럼 뒤집어쓰고 눈을 굴려 주위를 본다. 귀찮다는 듯한 물음은 후작으로부터 나왔다.

"누구냐?"

"헤르펠."

후작은 벌레를 발견했다는 듯이 말한다.

"이제야 기어 나왔군."

"여전히 안 나오려고 했지요, 각하. 하지만 듣자 하니 도저히 참을 수 없는 개소리가 들려서 말입니다. 간신히 인간의 힘만으로 뭐가 어째요? 황가의 한 가지를 쳐내, 용의 부재를 숨겼던 것도 그러한 대의를 위해서였단 말입니까?"

발리위그 드레스바르프는 비웃었다.

"그게 너희가 이해하는 전부라면 말이지."

그때 내성 정문께에서 약간의 소란이 일어났다. 비드리가 떠난 뒤 남겨져 있던 예툰드 상단의 일꾼 몇이 수레를 끌고 들어서다 먼발치에서 여자를 발견하고 오리가 쥐어짜는 것 같은 소리를 내더니 줄행랑을 쳤던 것이다. 곁눈질로 그걸 힐끔 본 여자는 침묵한 채 이 모든 걸 내려다보는 빌러디저드를 향해 인사했다.

"아이슐리드 헤르펠, 아우스뉘르가 인사드립니다. 선험의 군주시여."

그리고 그제야, 성안의 병력들 모두가 이 낯선 존재의 출현을 깨달았다. 경계에 실패한 고블린 초병들의 안색이 확 나빠졌고, 까마귀 금고단의 용병들이 일제히 이쪽으로 달려오기 시작했다. 순식간에 아이슐리드는 칼과 창, 활 등 수많은 병장기에 일제히 겨눠지는 신세가 된다. 하지만 그는 아무런 동요도 하지 않았다. 가장 지척에서 칼을 들이대고 있던 크누드는 그걸 똑똑히 느낄 수 있었다. 그는 크게 외쳤다.

"모두 조심해. 이자는 마법을 썼어."

"불가능해!"

이 모든 소란과 감자가 익어 가는 냄새에도 꿋꿋이 홀로 명상에 잠겨 있던 나글핀델이 꽥 하고 소리쳤다.

"여긴 파마의 결계 한중간이란 말이외다!"

"그래. 그건 우리가 쳤지. 그러니 얼마간의 우회로도 설정할 수 있지 않겠어? 그리고 여전히 이 안에서 린트부름의 생명력은 여전하고, 드라우그르의 사령도 유효해. 결코 완전한 파마의 술은 아니란 거지."

아이슐리드의 어조는 한결같이 비웃는 듯해 듣기에 기분 나빴다. 그에 결코 지지 않을 만큼, 한결같이 오만한 후작의 음성이 그에 맞선다.

"그럴 테지. 알면 알수록 이건 정말 편리한 기술이야. 종래엔 너무나 당연해서, 우리의 후손들은 과거의 마법사들이 어떤 제약도 없이 마법을 부렸다는 이야기를 야만스럽고 낭만적으로 여기게 될 테지."

"각하와 이따위 대화를 주고받고 싶진 않군요."

아이슐리드는 눌러 두었던 적의를 끌어올리며 말했다. 그의 말이 이어진다.

"아까 하던 말씀이나 계속해 보시지요. 용의 부재를 공표하려

했던 것이 헤르펠이 죽어야 했던 이유라면, 도대체 그것이 어떻게, 인간의 힘만으로 이 제국을 존속시킨다는 이야기와 연결된단 말입니까!"

"헤르펠이 단지 그 이유만으로 용의 부재를 공표하려 했다고 생각하나? 나는 젊었고, 그대는 젖먹이였던 오래전 일이야. 분명한 것은 드레스바르프가 공신으로서 후(侯)의 작위를 득한 이래 이 제국에서 거의 유일하게 인간만의 제국을 위해 집중하고 준비해 온 가문이라는 것이지."

후작은 잠시 용을 쳐다보고는 다시 말하기 시작했다.

"대제께서 수많은 토호들과 군벌들을 하나로 끌어모으기 위해 어쩔 수 없이 기댈 수밖에 없었던 린트부름의 위광(威光)은, 단순한 왕이 아닌 황제라는 창업을 상상할 수 없던 그 시대의 한계 때문이었지. 그때부터 용은 우리에게 족쇄가 되었고, 심지어 스미드레드는 그 사실을 이해하고 있었다. 하지만 기어이 이 꼴을 보라지! 그래서 네놈들은 뭐지? 여전히 이 제국에 두 번째 용이 필요하다고 생각하나?"

그러더니 그는 별안간 고개를 돌려 빌러디저드를 향해 소리쳤다.

"말해 보시오! 린트부름은 여전히, 인간이 인간을 지배한다는 당위를 정당화하기 위해 동원되는 신상 위의 박제로 재림하는 데 흥미가 있소?"

후작의 외침은 노호성에 가까웠으며, 마법을 잃어버린 노쇠

한 몸에서 뿜어져 나왔다는 것이 믿기지 않을 만큼 옹골차고 선명하게 숨죽인 내성 안뜰에 울려 퍼졌다.

검은 용은 선선히 대답하였다.

"우리를 그렇게 쓴 것은 전적으로 너희의 선택이었다, 우리가 아니라. 너의 좌절은 내가 이 땅을 떠나거나 심지어 패퇴하여 쓰러지더라도 결단코 린트부름의 이름이 지워지지 않으리라는 것을 깨달았기 때문이 아닌가? 이제 말해 보거라, 정말로 우리가 너희에게 왔느냐? 혹은 너희가 우리를 발명했느냐? 우리는 늘 그래 왔듯 지도의 여백을 채운 도안의 신세로도 충분하였다."

조금 놀랍게도, 후작은 입을 다문다. 그는 자신이 대꾸할 말을 생각해 내지 못하는 데 대해 충격을 받은 것 같았다. 빌러디저드의 시선이 그를 스쳐지나가 여전히 크누드의 칼에 겨누어진 채 서 있는 아이슐리드에 가 닿는다. 용의 턱이 열린다.

"단지 따지기 위해 위험을 감수하고 나타난 것은 아닐 테지. 왜 왔느냐?"

"앞서, 회담을 요청받았으나 응하지 못했습니다. 송구합니다."

"밀파네스의 유산의 처분에 관한 논의를 하고자 함이었다만."

여기서 말을 끊은 용은 또다시 쿨럭거리며 몸을 뒤척였다. 모두의 눈길이 안쓰럽게 그를 향했는데, 놀랍게도 여기엔 후작과 아이슐리드조차 포함되어 있었다. 아이슐리드가 말한다.

"……대체, 왜 이러한 고초를 감당하십니까? 이 결계는, 린트부름의 후손을 욕보이기 위해 준비되었던 것이 아닙니다."

"너희가 그 이름에 보이는 경애는 참으로 기꺼운 것이나, 그것이 너희에게 해로운 것이라면 어떻겠느냐?"

"……예?"

"너희가 너희의 온전한 존엄을 발명해 내는 데 더 많은 시간이 필요한 것이냐? 저자가 말했듯, 아우스뉘르의 등극은 완전치 않았지. 류그라는 계승을, 고블린은 집권을, 미스미르드는 옹립을 통해 번영해 왔다. 비록 이 가운데 둘은 아직까지 희망에 불과하지만 말이다. 만일, 린트부름의 위광이 너희의 등극을 가능한 유일한 수단이었노라면 우리의 과오일 테니 그것을 거두는 것도 우리의 책임일 것이다."

"린트부름은 이미 이 땅에서 우상의 이름이오. 어쩌면 인간이 가장 잘하는 게 바로 숭배일지도 모르지."

여기까지 침묵하던 발리위그가 마침내 허탈한 듯 말했다. 그는 고개를 들고 몰락한 용의 수그린 거체를 본다. 그가 말한다.

"에다의 도리로 그대를 관통하면, 필시 경이에 사로잡히고 말 테지. 그리 되는 것을 나는 두려워했소. 보통의 사람들은 전혀 다르면서도 같은 눈으로 당신을 볼 거요. 차라리……."

불현듯 후작의 눈에 광기가 들어찼으나 한순간이었다. 어느새 탈색된 듯한 피로를 만면에 드러내며, 그는 조용히 아무도 이해하지 못할 말을 했다.

"결국 이렇게 되는군."

그때였다. 성하촌으로 내려갔던 닐스그림이 펠윈과 아룬드를 데리고 내성 안으로 허둥지둥 들어섰다. 그들은 줄행랑친 비드리의 상단 일원들과 마주쳤기에 성안에 무슨 일이 일어났는지 알고 온 상태였다. 결연한 표정으로 지팡이를 앞세운 닐스그림이 주위를 둘러보며 천천히 아이슐리드에게 다가온다. 황녀는 말했다.

"에파는…… 오지 않은 건가?"

"그분은 아픕니다. 결별은 쉬운 상처가 아니지요."

아이슐리드가 차분히 대답했다. 하지만 황녀를 쳐다보는 아우스뉘르 방계 생존자의 표정은 무어라 말할 수 없이 처연하면서도 내밀한 격렬함을 억제하는 듯 딱딱했다. 심상치 않은 적의를 느낀 아룬드가 검을 뽑으며 아이슐리드를 향해 병기를 겨눈 이들의 무리에 합류한다. 닐스그림은 미약하게 떨리는 목소리로 하그비르크를 들어 보이며 말했다.

"나는 이것을 온당한 자리에 두려고 한다. 그에 관해, 정당한 계승자에게 의향을 물어볼 참이었지."

"제가 말할 수 있는 이야기가 아니군요."

아이슐리드는 그렇게 말했다. 닐스그림은 그가 누군지 묻지 않았고, 아이슐리드도 인사를 할 생각은 없어 보였다. 아이슐리드는 주위를 둘러보다 입술을 달싹였으나, 이내 다시 침묵을 선택하였다. 평생을 다듬어 온 분노는 용골처럼 단단했고, 그 위에 설계되었던 삶은 어떤 바람 같은 이야기라 하더라도 그이제 와서 항적(航跡)을 바꿀 수 없다. 그것이 향하는 곳이 설령 몰이해로 인한 파국이더라도.

한편, 펠윈은 아까부터 굉장히 이상하다는 얼굴로 아이슐리드를 비롯한 모두를 쳐다보며 두리번거리고 있었으나 누구의 주의도 끌지 못했다.

"우리는 대제의 벗으로부터 요청을 받았습니다. 스미드레드의 전언이었지요."

"나는 그것에 관해 묻지 않겠다. 너도 말하지 말라."

결심한 듯 꺼낸 아이슐리드의 이야기에 용이 곧바로 반응하며 한 말이었다. 아이슐리드는 눈을 크게 뜨고 용에게 묻는다.

"진심이십니까?"

용은 대꾸하지 않고 시선을 돌려 노아크 피어클리벤 백작을 보았다. 그는 아이슐리드가 나타난 이래 내내, 침통한 표정으로 종사들과 함께 모닥불로부터 거리를 두고 있었다. 지금 용의 시선이 자신에게 닿자 마치 그것이 발언의 허락인 양, 그가 그제야 팔짱을 풀며 턱을 열었다.

"당신들은…… 무얼 하려고 하오? 스미드레드의 부재는 이미 알려졌소. 뉘른스에크는 그 영주를 잃었고 파마의 술은 성공했지. 이제 개인의 초월은 행정력에 구속되겠지. 아무리 비관적인 추측을 일삼아 본다 하더라도 종래에 파마의 체계는 합의를 이룰 거요. 모든 것이 당신들의 뜻대로 되지 않았소? 여기서 무얼 더 이루고 싶소?"

노아크의 목소리는 침착했으나 그는 스벤의 죽음을 되새기며 화를 참고 있었다. 아이슐리드는 침묵한 채 냉랭히 그를 쳐다보다 그의 어깨 너머, 먼발치에서 자신을 보고 서 있는 팔왕 아힌달과 상서령 앗슈레드를 발견했다. 하지만 어떠한 반응도 하지 않은 채, 그는 노아크에게 말했다.

"글쎄? 그것들 모두가 우리에겐 사전 포석일 뿐이었지. 그리고 린트부름의 후예께서 침묵을 명하셨으니, 나는 달리 더 말할 것이 없군요. 어차피 이 자리에 무언가를 논하러 온 것은 아니었으니까."

"마치 언제든 여기서 나갈 수 있다는 듯 말하는군요?"

크누드가 검을 쥔 손에 힘을 주며 묻는 말이다.

"오, 그럼. 물론이지. 왜냐하면 난, 애초에 여기 온 적이 없거든."

그렇게 답하는 아이슐리드의 눈동자 안에서 모종의 음험함이 뱀처럼 일렁였다고 여긴 다음 순간, 크누드는 아찔한 느낌과 함께 휘청이다 두 발에 힘을 주며 눈을 부릅떴다. 하지만 이미 아이슐리드는 간데없었다. 그를 겨누던 모든 병장기가 황망하게 허우적댔고, 내성 안뜰에 있었던 그 수많은 이들이 아연하게 주변을 살폈으나 정말로 그는 사라진 후였다. 아니, 말대로 나타난 적도 없었다고 해야 하겠다. 크누드는 아이슐리드가 딛고 섰던 바닥을 내려다보았으나 발자국이 없었다.

"환상이군……. 이토록 많은 군중에 현혹이라니. 그 자체는 놀랍긴 하군. 파마의 술이 아니었다면 결코 모두를 속이지 못했을 테지만."

발리위그 후작이 불쾌한 듯 말했다. 크누드는 그에게 묻는다.

"환상이라고요? 분명 검을 밀어 냈는데요."

"그것조차 착각이야. 조잡하지만 효과적인 마법이지. 하지만 난 아주 싫어한다네."

모두가 이루 말할 수 없는 불쾌함과 허탈감에 사로잡혀 욕을 내뱉는다. 다만 용은 이렇게 말했다.

"정말 신선한 체험이군."

"이건 심각한 일입니다. 우린 완전히 무방비했고, 농락당했다고요. 이러면 경계고 병력이고 다 무슨 소용입니까? 빌러디저드 님, 정말 모르셨습니까?"

크누드의 물음이었다. 용은 답한다.

"아니. 알고 있었느니라. 환상은 감각을 속이는 것이고, 나의 오감은 멀쩡하니까. 방금의 마법은 시각에 주로 집중한 것이니만큼 청각과 후각을 동원하면 알아챌 수 있지. 그래서 저 아이는 아까부터 간파하고 있었다."

빌러디저드가 턱으로 가리킨 것은 펠윈이었다. 갑자기 모두의 주목을 받은 펠윈은 불안해 보였지만, 그럼에도 고개를 천천히 끄덕임으로써 용의 말이 맞다는 것을 긍정해 보였다. 펠윈은 조심스럽게 입을 연다.

"영령군 초계병들이 알려왔어요. 남쪽에서, 지금 막 미스미르드 쪽의 서리심과 백룡이 접촉했다고 합니다."

제 10장

손바닥만 한 스키르비르의 왕은 고민에 휩싸여 있었다.

물론 그는 인간이 아니라 보리울새였으며, 때문에 그의 발아래 오가는 인간들은 그가 얼마나 심각한 고뇌에 휩싸여 있든지 간에 전혀 상관하지 않았지만 말이다. 그럼에도 그는 분명 이 일대 울새들의 왕이었으며, 뉘른스에크의 용으로부터 나온 전언을 그의 영지 경계 밖으로 전달할 의무가 있었다. 이미 이 북녘의 모든 겨울 철새들과 텃새들이 용의 말을 나르며 온갖 오지와 수림 가운데 자리한 고블린들의 터전을 방문하는 와중이다. 바로 그 사실이 울새의 왕에게 고민을 안긴다. 바로 여기, 파헬름이라 불리는 산에 있는 고블린들 때문이었다.

이들은 십수 해 전, 인간들의 손에 의해 붙잡혀 왔다. 그때 이미 숲흑늑대는 한 마리도 보이지 않았던 바, 이들은 철저히 몰락한 노예가 됐다. 그들과 인간 사이에 어떤 일이 있었는가는 알지 못한다. 어찌 되었든 이 고블린들은 그들의 운명을 받아들였고, 별다른 저항 없이 광산의 노예가 되어 오늘까지 이르렀다. 스키르비르의 왕은 파헬름의 고블린들이 어떻게 자신들의 긍지와 전승을 잃어가는지 똑똑히 보아 왔다. 이제 그들에게 고블린의 왕과 흐로킨의 이름 같은 건 아무래도 상관없는 이야기였다. 필사에 가까운 하루하루의 고된 노동 속에서 전승을 읊조리는 것은 너무나 사치스러운 일이었으니까. 혼탁한 갱도의 어둠에 물들어 버린 그들에게 있어 이제 무훈시들은 조금도 벅차지 않았고, 어떤 만가도 위로가 되지 않았으며, 모든 송가들은 헌정될 이름들을 망각했다. 이제 그들은 더 이상 전사가 아니었다.

마침내 조어(鳥語)마저 망각해 버린 그들은 울새의 전언을 듣고 이해하지도 못했다. 그들의 왕좌가, 성지가 발견되었음을, 용이 부르고 있으며 대사가 기다리고 있음을, 그들에게 전할 방도가 일절 없었다. 스키르비르의 군주, 보리울새의 왕은 파헬름 철광산의 입구에 조성된 감시탑과 목책들을 답답히 쳐다본다. 이 의무는 여기서 끝난 게 아닐까? 저들이 더 듣지 못하게 된 것이 울새들의 탓은 아니지 않은가?

"그러합니다, 왕이시여. 하지만 보다 철저히 해야 할 것입니다. 광산의 고블린들 전부가 정말로 더 이상 창공을 듣지 못하는지를 확실히 하실 필요가 있습니다."

현명한 보리울새의 재상이 그렇게 말했고, 왕은 그 말이 옳다고 여겼다. 그래서 그때부터 보리울새의 왕은 광산 입구에 자리한 가시주목(朱木)의 가지에 숨어 때때로 오가는 모든 고블린들을 향해 창공의 말을 던졌다. 피곤한 일이었으나, 다른 무엇도 아닌 용에 관한 의무였기에 보리울새의 왕은 이 직무를 신하들에게 맡기지 않았다.

문제는 광산의 모든 고블린들이 입구를 통해 지상으로 나오지는 않는다는 점이었다. 고블린들은 태생적으로 산중에 굴을 파고 요새를 짓는다. 때문에 인간이라면 견디지 못할 그 암굴에서 평생을 버틸 수도 있었다. 지상으로 오가는 고블린들이 물자를 보급하고 오물을 처리하기 위해 지정된 소수임을 알게 된 울새의 왕은 난감히 말했다.

"이제 어쩌면 좋겠느냐? 박쥐도 아니고 우리가 저 굴에 들어갈 방법은 없도다!"

"이 사실 그대로를 용에게 전하면 어떻습니까?"

재상이 말했다. 하지만 스키르비르의 군주, 보리울새 왕은 그것이 내키지 않았다. 다른 창공의 공유자들은 대부분 제 의무를 다 마쳤다. 신화 시대에나 있었음직한 의무를 수행한 새들은 모두 기뻐했고, 긍지를 가졌다. 스키르비르의 보리울새들만 거기서 빠질 수는 없었다.

"저 안으로…… 들어갈 용사가 우리 중 없는가?"

"굴 안에는 바람이 불지 않사옵고, 공기는 죽어 무겁습니다.

잠시도 견디지 못할 것입니다."

보리울새의 왕은 절망한다. 그런데 바로 그때, 누군가가 나타났다.

그는 젊은 고블린 암컷이었다. 누더기 같은 옷을 뒤집어쓰고 똥장군을 짊어지고 있었다. 그는 광산주가 고용한 용병들이 가리키는 곳에 오물을 쏟아 놓고, 아주 잠시 쉴 시간을 허락받은 것 같았다. 시간은 초저녁이라 사위가 어둑해지고 있었다. 고블린 처녀는 비틀거리며 울새의 왕과 재상이 숨어 있는 가시주목 쪽으로 다가왔다. 그러더니 이맘때쯤 열리는 가시주목의 붉은 열매를 따 허겁지겁 입에 넣기 시작했다. 그걸 본 보리울새의 왕은 다급히 소리친다.

"저자가 씨까지 먹고 있구나! 필시 죽을 텐데!"

"인간은 죽사옵니다. 하지만 고블린은 약간의 곽란에 그치는 것으로 압니다."

재상은 침착하게 대꾸하였다. 순간, 열매를 따던 고블린의 손이 딱 멈추었다. 그러고는 그가 속삭이듯 물었다.

"어…… 곽란?"

"이을다여!"

보리울새의 왕이 신의 이름을 부르며 춤추듯 가지 위를 뛰었다.

"마침내 말이 통하는 자를 찾았노라!"

하지만 빽빽한 가시주목의 침엽 사이로 숨은 울새들이 보이지 않는 고블린은 눈살을 찌푸린다. 그가 다시 말했다.

"내…… 언변은 두루 섭렵되지 못했어요. 어떤 조류의 분파입니까? 의문은 나의 것이어요."

"……아아, 이을다여."

보리울새의 왕은 슬픔을 감추지 못한다. 필시 이 고블린은 제대로 된 전승을 이어받지 못한 것일 테지. 때문에 그의 입에서 나오는 조어는 어색하고 괴상하기 짝이 없었으나 현 상황에서는 그것조차 기적이었다. 왕은 말한다.

"과인은 스키르비르의 유일 군주, 보리울새의 임금이니라. 린트부름의 전언을 고지하고자 친림했노라."

고블린 처녀는 잠시 말이 없었다. 그러다 겨우 이렇게 묻는다.

"아는 것은 내 일이 아니어요? 이해가 무리입니다."

"어떻게 저따위로 창공의 언어를 익힐 수가 있지? 앞뒤가 맞질 않는군."

울새의 왕이 탄식하자 재상이 말한다.

"아닙니다, 왕이시여. 저들의 언어 체계에서는 저렇게 말하는 것이 당연합니다."

"그런가……? 아무튼, 흐로킨의 혈맹자여, 너희의 성지가 발견되었노라. 왕좌가 나타났노라. 용이 임명한 재상이 기다리고 있노라. 너희는 그곳으로 가야만 한다."

"우리는 노예입니다. 울새의 임금……? 우리는 선조의 빚을 대납 중이어요. 이동은 우리의 자유가 아닙니다."

새들은 이해할 수 없다. 저토록 땅에 얽매인 자들. 보리울새의 왕은 한동안 침묵하다 물었다.

"네 이름은 무엇이냐?"

"나우르."

"너희 가운데 수장이 있느냐? 대표 말이다."

"……."

고블린 나우르는 침묵한다.

이실바프의 시장 집무실을 방문했던 고블린 오백장들은 우르드니르가 내온 아베냐드에 패배해 일제히 퍼져 있었다. 유일하게 멀쩡한 아우케트만이 동포들의 꼬락서니를 힐끔 쳐다본 뒤 말했다.

"내가 이 술에 대해 몰랐다면 독을 탔다고 여겼을 것이다."

"오백장의 견문이 넓음에 감사하군요."

"여러 추태에 대신 사과한다."

"괜찮습니다."

우르드니르는 진심이었다. 여전히 '적'이라 말할 수 있는 인간의 소굴에 쳐들어와서 배짱 좋게 술을 얻어 마시고 기어이 만취해 쓰러질 수 있는 이들의 배포가 시장을 꽤 감동시켰던 까닭이다. 어리석다고도 말할 수도 있겠지만 이렇게 늘어진 고블린 오백장들에게 해코지하는 것이야말로 정말로 어리석은 일일 테다. 시장은 그렇게 생각했다.

"제가 한마디 해도 되겠습니까?"

그때까지 완전히 침묵하던 라스가 별안간 입을 열었다. 모험가들과 아우케트, 그리고 시야프리테의 시선이 일제히 그를 향한다. 암시장 조합의 장은 태연히 말했다.

"한 가지 마음에 걸리는 이야기가 있어서 말입니다……. 고블린과 인간은 오래도록 반목해 왔지요. 그것이 서로를 배척하고 구축하는 데만 그쳤다면 차라리 다행이겠습니다. 문제는 현 시점에서, 고블린들을 노예로 삼은 상단주가 하나 있습니다."

"노예?"

아우케트가 물었다. 그가 이어 말한다.

"말도 안 된다. 우리는 노예로 삼아지도록 태어나지 않았다. 최후의 최후까지 저항해 차라리 전멸할지언정 말이다. 그것이 우리의 기질이며 숙명이다."

"내가 아는 바와는 좀 다르군."

라스는 노주를 한잔 털어 넣고는 말했다.

"그것들도 결국 학습이지. 날 때부터 긍지를 가지는 생물은…… 글쎄. 용이라면 그럴 수 있을지도 모르겠군. 전승이 끊어진 민족이 얼마나 빠르게 쇠락하는지…… 그대가 정말로 안단 말인가?"

"……참말인가?"

모험가들은 아우케트가 한 번도 본 적 없는 표정을 짓는 것을 목격했다. 이루 말할 수 없이 스산한 분노였고, 절로 오싹해지는 기세였다. 그는 궁극의 모욕에 직면한 것 같았다. 그가 다시 물었다.

"정말로, 우리의 형제들이, 노예가 되어 있단 말인가?"

"그렇다. 파헬름의 철광이지. 17년 전부터. 애초에 어디에서 온 이들인지는 나도 모른다. 하지만 분명한 건 그들이 저항하지 않았다는 점이야. 아마도 어떤 종류의…… 내기에 가까운 거래에서 진 게 아닐까 추측만 하고 있지. 고블린은 인간보다 약속의 무게를 중시한다는 걸 알게 되었고."

"너희는."

아우케트가 으르렁거렸다.

"너희는…… 참으로 그렇지. 이걸 왜 지금 내게 말하지?"

"용이 너희를 모두 불러 모으는 현재, 누락된 인원이 있으면 안 될 테니까."

"교활한 소리 마라, 인간!"

아우케트는 소리쳤다. 고블린 오백장은 자리에서 일어나 말한다.

"너는 아마도 그 상단과 경쟁 관계일 테지? 최소한 눈엣가시였거나 말이다! 너는 너의 동족을 곤란하게 만들기 위해, 우리가 우리의 동족을 구하길 바라는 게 아닌가?"

격앙된 아우케트의 음성에 움찔한 고블린 아흐가르가 눈을 떴으나, 그는 상황을 이해하지 못하고 입맛을 다시며 다시 눈을 감는다. 라스는 대답하지 않았다. 다만 술이 독하다는 듯 입을 가린 손 위로 드러난 그의 눈은 웃고 있었다. 아우케트가 분노해 다시 뭐라고 외치기 직전, 그때까지 조용히 있던 우르드니르가 손을 들며 말했다.

"치안대장, 조합장께서 가십니다."

"……실례했습니다. 또 연락 기다리지요."

라스는 그렇게, 시장의 축객령에 별말 없이 수긍하며 일어서더니 좌중을 한 번씩 일별하고는 그대로 집무실 문을 나섰다. 한동안 집무실엔 냉랭한 침묵만이 감돌았다. 쓰러진 네 오백장을 제외한 모두가, 아우케트의 눈치를 보고 있었다.

하지만 아우케트는 한참이나 아무 말도 하지 않았다. 그러더니 불현듯, 그는 앞에 놓여 있던 아베냐드를 벌컥 마시고 뜨거운 신음과 함께 말했다.

"나는…… 나는 이미 변절자일지도 모르겠다. 여느 형제들이라면 쳐들어가 구원하는 것부터 생각하겠지. 아니, 그들을 동족이라고 인정조차 하지 않을지도 모른다. 그 가능성이 되려 높지. 하지만 나는 이미 그렇게 생각할 수가 없다……. 그리고 이렇게 생각하는 나를…… 내 형제들은 이해해 줄 것 같지 않다."

"전 이해해요. 류그라니까."

시야프리테가 말했다. 그는 아까 랄로프의 아베냐드 한 잔을 뺏어 마시고 뺨이 발그레해진 채 이동식 새장에서 꺼낸 그림니르를 쓰다듬고 있었다. 도래까마귀는 박제처럼 아무런 반응이 없는 상태였지만. 시야프리테는 또 말한다.

"류그라의 지팡이는 정말 쓸모 있다구요? 모르긴 해도 어딘가의 영지엔 억류된 동족들이 있을걸요? 길가네스가 여태껏 유랑할 수 있었던 건 순전히 운이 좋았기 때문이죠."

시야프리테는 놀리듯 말하고 있었지만 그 말의 무게는 결코 가볍지 않았다. 우르드니르 시장은 아무 말도 하지 않았고, 모험가 셋은 아주 불편한 표정이 되고 만다. 그때, 이 가운데서 유일하게 술을 거부하고 있던 이그라 아트뤼드가 묻는다.

"그래, 어쩔 셈이지, 고블린? 이 시국에 제국의 상단을 공격해 동족을 해방시키는 건, 그것이 아무리 정당하다고 해도 인간들에겐 통쾌한 소식이 아닐 거야. 법적으로 고블린은 제국인이 아닌 만큼, 노예를 금지하는 법에 위배되지도 않는다."

라그나는 턱 근육을 팽팽하게 하고 이그라를 노려보았고, 이는 다른 모험가들도 별반 다르지 않았다. 랄로프는 브륀힐데가 자신에게 보이는 것보다 더 혐오하는 표정을 내비치는 대상이 있을 수 있다는 데 놀랄 지경이었다. 그럼에도 이그라는 꿋꿋하다. 그는 묻는다.

"왜요? 아까 조합장이 말하지 않았습니까? 그들이 자신의 운명에 저항하지 않았다고요. 그럼 필시 이유가 있는 거 아니겠습니까? 그것이 정당하다면, 우리가 관여할 일이 아니죠."

"네가 떠들 일도 아니지."

라그나가 말했다. 이그라는 그런 형을 노려보곤 아무 말도 하지 않았다. 반면 아우케트는 그저 침통히 입을 다물고 있을 따름이었다. 방황하던 그의 시선이 시야프리테의 품에 안긴 그림니르에 닿는 순간, 그가 쫓기듯 말했다.

"울리케는…… 아직 바쁘겠지."

"아가씨는 늘 바쁘답니다."

시야프리테는 도래까마귀를 뒤집더니 아기처럼 품에 안고 둥개둥개 어르기 시작했다. 그러면서 손목에 채운 팔찌를 쓰다듬은 류그라 소녀는 고블린 오백장에게 묻는다.

"불러요?"

"아니. 됐다."

"우리는 모험가지."

순간 라그나가 입을 열었다.

"이런 종류의 정보엔 가장 밝다고 할 수 있는 부류야. 그럼에도 고블린 노예는…… 제법 있을 법한 이야기긴 하지만, 그런 소문은 들어보지 못했어."

"그들은 필시 교활한 술수에 걸렸을 것이다."

아우케트가 고통스러운 듯 말을 받았다. 그의 말이 이어진다.

"광산이라…… 우리는 너희가 견딜 수 없는 어둠 속의 노동과 기아를 감당할 수 있지. 참으로 적당한 일을 찾아내었군."

그리 빈정거리는 아우케트는 일찍이 모험가들이 염소를 두고 드리츠에서 마주쳤던 그 시절에조차 느껴보지 못했던 적대감을 뿜어내고 있었다. 라그나는 이를 깨물며 생각했다. 이건 위험해. 여태껏 쌓아 올린 모든 신뢰가 이것 하나로 완전히 무너질 수 있다. 만일 아우케트가 그 고블린 노예들이 겪는 고초를 직접 목격한다면 이 문제는 더욱 심각해질 것이다. 그리고 신중한 침묵에 잠겨 있던 이실바프의 시장 역시, 라그나의 이런 결론을 따라잡는다. 그와 동시에 우르드니르는 입을 열었다.

"아디우크 경, 이실바프에 대사관을 주재시킨다면 이 문제는 대사를 통해 처리해야 할 일이 됩니다. 고블린들이 직접 나서서 이 문제를 해결하려 시도하는 것은, 절차적으로 좋지 않아요. 부디 성급하지 않았으면 좋겠군요."

"……이해한다. 나는."

아우케트는 바로 이렇게 대답할 수 있는 독보적인 존재였다. 그러나 독보적이라는 단어에는 배타성이 내포되어 있다. 그는 침울하게 말을 이었다.

"그러나 내 형제들은, 동포들은 그렇게 여기지 않을 것이다. 어떻게 설득해야 할지 모르겠군."

"앞서 그대가 말했지요. 고블린들은 전멸할지언정 굴복하지 않는다고요. 여기에는 필시 사정이 있을 것입니다. 우선은 그 내막을 자세히 알아보아야 하지 않겠어요?"

"아니, 시장님. 이들은 고블린입니다, 도대체……!"

이 대화의 흐름이 마음에 들지 않았던 비서 굴핀이 이렇게 입을 열자마자, 우르드니르는 번개같이 손을 들어 제지한다. 지금 이 자리에서 말 한마디만 잘못해도 상황은 악화될 수 있는 것이다. 그는 평소 지나치다고 말을 들을 만큼 신중한 사람이었지만 이런 순간엔 퍽이나 기민했다. 우르드니르는 말한다.

"어차피 우리는 통행세를 받기로 했어요. 다른 세금이라고 받지 못할 이유가 없어진 셈이지요. 거기서 조금만 더 과감하게 생각해 보면, 이들이 자유도시의 적법한 시민이 되지 못할 이유도 없는 셈입니다. 그러면 제국의 엄정한 법에 따라, 이실바프는 비로소 시민의 보호를 위해 개입할 의무를 가져요. 여기까지 문제 있나요, 굴핀?"

"문제가 있냐고요……?"

비서는 창백해져 말했다.

"처음부터 끝까지 문제 그 자체지 않습니까!"

"어, 시장님……?"

나딘조차 당황한 목소리로 입을 연다.

"자유도시의 군대는 원칙적으로 영주가 아니라 폐하께 직속되지 않습니까? 이실바프가 뉘른스에크렁과 밀접한 관계이긴 해도 저희는 본질적으로 영주들을 견제하기 위해 존재하는 것이죠. 고블린들이 시민이 되면 납세말고도 징집의 의무를 져야 하는데, 이건 다시 말해 황실에 대한 충성 서약을 해야 한단 말입니다. 지금 이들이 움직이는 이유를 생각해 볼 때, 도저히 그걸 따를 것 같지는 않습니다만."

치안대장의 말엔 틀림이 없었다. 자유도시의 시민들이란 그런 존재였다. 지방의 영주가 아닌, 황제에게 직접 충성하는 자유민들. 그리고 이 사실을 이해한 아우케트는 미간을 찡그리더니 말한다.

"그건 확실하게 무리다. 애초에, 대사라는 직함을 두고 너희와 교류하는 현재 우리는 이민족이자 이방인이다. 적법성을 논하려 드는 것이라면 체류의 권한을 지니고 준법의 의무에 동의하는 외국인의 자격으로서 충분하지 않은가?"

"그건…… 그렇습니다만."

우르드니르는 다시금 이 고블린의 비범함에 조금 놀라며 말을 이었다.

"하지만 그대들의 국가는, 아직 없지 않습니까? 나는 단지 더 쉬워 보이는 쪽을 먼저 말했을 뿐입니다."

"우리는 결코 인간의 군주에게 충성할 수 없다. 심지어 용에게조차 그런 서약을 바치진 않을 것이다."

정말이지. 우르드니르는 술잔에 손을 가져가며 생각했다. 이들의 고집이랄까, 긍지는 철석같다. 비록 분위기를 고려해 말하지 않은 사실이지만, 그는 이실바프의 방문자들을 노략질하다 붙잡힌 고블린들을 본 적 있었다. 그리고 당연히 그들은 처형되었다. 우르드니르는 마지막 순간까지 비굴하지 않았던 그 고블린들을 기억했다. 역사가 다른 기회를 제공했다면, 고블린들은 필시 지금보다 훨씬 대단한 이웃이 되었을 것이다.

"개인적인 물음입니다만, 아디우크 경……."

우르드니르가 입을 연다.

"경께서는, 고블린들의 현재 처지가 인간과 그 제국에 의해 비롯되었다고 생각합니까?"

"나 역시 개인적으로 대답하자면······"

오백장은 바로 응수했다.

"그렇지 않다."

"어째서지요?"

"우리에겐 충분한 시간이 있었다. 너희가 이토록 문명을 구가하는 동안, 우리가 헛되이 날려 버린 시간에 관해 생각했다. 나는 우리가 어떠한 신위에도 기대지 않는 진정한 총의의 집권자로서 왕을 세우는 전통에 긍지를 갖고 있지만, 동시에 너무나그 형식에만 매몰되었다고도 생각한다. 우리가 좀 더 유연했다면, 지금처럼 언제까지고 산병(散兵)과 같은 신세에 머물러 있진않았을 것이다. 대표를 세우고, 너희와 교섭하려 했겠지. 인간과 제국이 우리에게 취한 정책 기조는······ 글쎄, 나로서는 그것이 그다지 성공적이었다고 생각되진 않는군."

이실바프의 시장은 희미한 웃음을 띤 채 그를 본다. 그것이불편한 듯, 아우케트는 우르드니르를 향해 물었다.

"왜 이런 걸 물어보는 건가?"

"이실바프는 앞으로 고블린들에 대해 전향적이고 유화적인도시가 될 테니까요. 그러면 여러분에 관련한 모든 문제는, 우리에게 있어 유의미하지요."

"그것이 너희의 군주와 뜻을 달리하는 결정이라도 말인가?"

그러자 여태껏 부드럽던 우르드니르의 웃음기에 처음으로

날카로운 기색이 섞였다. 그는 답한다.

"린트부름의 인장이 찍힌 금화를 받음으로써 비롯된 일입니다. 아우스뉘르의 대헌장이 어떻게 시작되는지를 고려하면, 황실이나 추밀원이라도 명분상 이를 저지하기란 쉽지 않지요. 더욱이 정말로 이를 막으려 든다면 제국으로서는 전선이 확대되는 부담을 감수해야만 해요. 이미 뉘른스에크라는 예측불허의 최전방을 목전에 두고 그런 악수를 둘 것 같지는 않군요. 당신들의 왕이 나타나든 나타나지 않든, 어쨌거나 이제 고블린들은 뉘른스에크에 집결하게 될 것입니다. 그러면 지금까지 지방 영주들에게 맡겨져 있던, 고블린들에 대한 대응이 비로소 제국의 공식적인 업무가 되지요. 바로 그때, 그 제일선의 관문인 이실바프가 다소의 유화책을 취하는 것이 문제가 될까요? 나는 그렇게 생각하지 않습니다."

"참으로 옳으신 말씀."

시야프리테의 품 안에 아기처럼 안겨 있던 도래까마귀가 느닷없이 그렇게 말했다. 모두의 놀란 시선이 그쪽으로 향했으나, 시야프리테만은 아무렇지 않은 듯 주섬주섬 까마귀를 탁자 위에 내려놓는다. 고개를 까닥이며 주위를 둘러보던 울리케는 우르드니르를 향해 인사했다.

"처음 뵙겠습니다, 시장님. 울리케 피어클리벤입니다. 먼저 이런 형태로 인사드리는 무례를 용서하시기를."

"괜찮아요. 그리고 반갑습니다, 피어클리벤 고블린 대사."

시장은 동요하지 않고 능란하게 응대한다.

울리케는 이미 여기가 어디이며 무슨 상황이고, 어떠한 대화가 오갔는지 알고 있는 상태였다. 그건 자신의 인간 쪽 육신에 대한 빙의를 물리고 와 있었기 때문이 결코 아니었다. 이유는 알 수 없었지만, 울리케는 그림니르로 되돌아오는 순간 잠든 도래까마귀가 내내 듣고 기억한 것들을 떠올렸다. 심지어는 분명 잠들어 있다고 생각했건만 마치 여기서 벌어진 일들을 시각적으로 떠올릴 수도 있을 것만 같았다. 말도 안 되는 일이었지만 그랬다. 그 증거로, 울리케는 우르드니르의 얼굴이 낯설지가 않았다.

울리케는 자신에게 일어난 이 현상을 침착하게 받아들인다. 그를 둘러싸고 벌어지는 이 모든 일들 가운데서, 까마귀가 된 것은 가장 하찮은 사건이므로. 울리케는 기꺼운 마음으로 시장의 인사에 대해 말했다.

"감사하군요. 그건 제가 퍽 좋아하는 직함이랍니다."

"이실바프 시에 고블린 대사관을 주재시키는 것에 관해 논의하고 있었답니다. 그리고…… 고블린 노예들에 관한 이야기도요."

뒤이어 우르드니르는 이 자리에서 오간 대화들을 거침없이 늘어놓기 시작했다. 이미 알고 있는 내용이었으나 울리케는 잠자코 그의 정리를 듣는다. 까마귀의 잠결에서, 울리케는 이미 이 시장에 대해 퍽 호감을 가진 상태였다.

대개의 귀족들은 선출직 공무원에 대해 양가적인 감정을 갖게 마련이었다. 민의에 의해 뽑혀 여타의 귀족들과 같은 권리를 가지는 만큼, 그들을 얕보는 한편 두려워하는 것이다. 이 땅의 모든 특권은 대부분 혈통에 따른 정당성을 그 근거로 가졌으나 그 정당성의 기원을 거슬러 올라가면 결국 모든 권리는 누군가 그것을 선점했던 순간에 도달하게 된다. 심지어 황실보다도 오래된 제국의 귀족 가문들도 시조로 거슬러 올라가면 결국 귀족이 아니던 시대가 나올 테다. 대제조차도 평범한 일개 기사로서 역사에 처음 등장하지 않았던가. 때문에 귀족들은, 자신들이 계속해서 귀족이어야만 하는 이유를 끊임없이 만들어 기득(旣得)의 근거를 다지고 또 다진다.

울리케는 분명히 귀족의 딸이었다. 하지만 이제 그는 과거와 같은 방식으로 생각하지 않는다. 하늘 같았던 황실에 용이 없었다는 사실을 알게 된 순간부터였을까? 아니면 뉘르뉴와 아우케트와 더불어 토지의 선점에 대한 이야기를 할 때부터였을까? 혹은 미스미르드의 옥좌나 고블린의 왕에 대한 이야기를 생각하면서부터였을까? 이제 울리케는 의심할 바 없는 권위란 것을 믿지 않는다. 그리고 눈앞에 그 증거가 있다. 자유도시의 시장이란 것이 가능하다면, 다른 것도 가능할 것이다. 그리고 그 직함이야 뭐가 되든 무슨 상관이겠는가?

"피어클리벤은 그 노예 고블린들에 대한 통행세도 미리 선납하겠습니다. 그리고 대사로서, 그들의 신변을 보호하고 싶군요.

공식적인 요청입니다."

우르드니르의 이야길 다 들은 울리케가 곧장 한 말이었다. 세 모험가와 시야프리테는 그럴 줄 알았다는 듯 고개를 끄덕인다. 이그라만이 이 분위기에 적응을 못 하고 난감한 표정의 치안대장과 눈빛을 교환할 따름이다. 아우케트가 말했다.

"그게 요청과 명령…… 그러니까 행정 절차만으로 가능한 일인가?"

"경우에 따라 다릅니다만."

시장의 말이었다. 그는 팔짱을 낀 채 잠시 생각하더니 말을 이었다.

"요점은 고블린들을 시민으로서, 즉 제국민의 터울 안에 두는가 그렇지 않은가가 되겠습니다. 전자라면 노예 자체가 불법이므로, 암암리에 편법으로 이루어지는 사노예도 아니고 이런 대규모 노역장의 경우 확실하게 단속 가능하지요. 다만 그 노역장이 어디에 위치했느냐에 따라 단속의 주체가 결정되는데, 조합장이…… 어디의 철광이라 했지요?"

"파헬름입니다."

비서 굴펜의 말이었다. 우르드니르는 콧잔등을 찡그리더니 다시 묻는다.

"거기가 어디지?"

"뉘른스에크와 시구르날프의 중간 지점입니다. 시구르넬름 산의 북쪽 끄트머리에 해당하지요. 행정 권역은 시구르날프에 속합니다만."

"시구르냘프는 뉘른스에크의 봉속령이지. 이거 미묘하군요."

시장은 비서의 말을 받으며 중얼거렸다. 그가 계속 말한다.

"아무튼 이 경우엔, 그렇게 처리할 수 있어요. 하지만 고블린을 제국민이 아니라고 본다면 불법을 운운하는 건 의미가 없지요. 그때는 동족의 해방을 위해 움직이게 되는 거죠."

"용이 고블린들을 소환했어요."

울리케가 말했다. 그의 말이 이어진다.

"이걸 고블린들은 명령으로 받아들이지는 않지만요. 단지 그들의 성지가 발견되었다는, '신뢰할 수 있는 고지'에 가까우니까요. 하지만 인간은, 이걸 용의 명령이라고 오해해도 될 것 같은데요."

"그건 별로 마음에 들지 않는군."

아우케트가 입을 실룩이며 말했다.

"우리가 용이 오라 가라 한다고 말을 듣는 이들은 아니란 말이다."

"뭐? 눈앞에서 말하면 잘 들었던 것 같은데?"

도래까마귀가 이렇게 눈을 반짝이며 말하자, 아우케트는 염소를 두고 협상하던 때의 이야기임을 알아듣고 짜증을 냈다.

"그건 반칙이었다."

"이제 와서!"

그러자 우르드니르가 다시 웃는 낯으로 말한다.

"그러니까 대사께서는, 용이 부르니까 고블린 노예들을 고이 놓아 주라고 협박을 할 셈인가요? 하지만 용이 직접 나타나기 라도 하지 않는 이상, 그게 효과가 있을까요?"

울리케와 아우케트 모두 침묵에 잠겼다.

확실히 용이 눈앞에 나타나는 것과 아닌 것에는 어마어마한 차이가 있다. 고블린 노예가 그토록 쓸모 있다면 더더욱, 상단 은 순순히 포기하지 않을 것이다. 시구르냘프에 영향력을 가진 뉘른스에크가 그 당주를 잃은 현재, 명령을 내릴 주체도 뚜렷 하지 않은 형편이다. 그렇다고 난데없이 사람의 말을 하는 까 마귀가 나타나서 고블린 대사랍시고 들이댄들 수긍할 것 같지 도 않다. 황제의 칙명이라면 몰라도……

순간 울리케는 무언가를 깨닫고 퍼뜩 소스라치며 고개를 돌 렸다. 아우케트와 눈이 마주친 순간, 고블린 오백장은 기다렸 다는 듯 송곳니를 보이며 입을 열었다.

"용 같은 것은 필요 없지. 지금의 우리는, 바로 여기에 모이고 있으니까 말이다."

"정말 그래. 네 말이 옳아."

울리케는 고무된 음성으로 말했다.

"바로 너희의 일이지."

"그래, 우리의 일이다. 집결을 방해받지만 않는다면, 우리 스 스로 해결할 수 있을 것이다."

"초를 쳐서 미안한데……"

조용히 대화를 관망하던 라그나가 문득, 다시 한 번 랄로프의 술잔을 탐하던 시야프리테를 손으로 밀어내며 말했다.

"고블린 대군이 몰려가면 확실히 무섭겠지. 하지만 그 노역장은 다른 무엇도 아닌 광산이라며? 그럼 퇴로가 없는 곳이란 뜻이고, 최악의 경우 그 소유주는 노예들을 인질로 삼을 거야. 거기다, 이것이 아무리 정당한 일이라고 해도, 여태껏 흩어져 있던 고블린들이 맨 처음 집결해서 한 최초의 일이 인간의 피를 뿌리는 것이라면 제국은 고블린을 확실한 공적으로 인식하게 될 거야. ……제 생각은 그렇습니다, 아가씨."

"제 생각도 같군요."

우르드니르가 모험가의 말에 동의하고 나서자 아우케트는 무언가 말을 하려다 삼킨 듯 입을 실룩였다. 울리케는 시야프리테가 끝끝내 술잔에 손을 뻗자 브륀힐데가 야바위로 농락하는 걸 구경하며 잠시 생각했다. 그걸 웃으며 구경하던 랄로프가 죄 없이 꼬집히는 순간, 도래까마귀의 부리가 열렸다.

"그럼 주안점은 세 가지군요. 노예들의 안전, 인간의 피, 고블린 전반에 대한 인식. 내 생각엔…… 아우케트? 너 말고 다른 형제들이 이 문제에서 무엇을 가장 중요시할 것 같아?"

"두말할 것도 없이, 응징이지. 형제들에 대한 구출보다 그것이 더 중요하게 여겨질 것이다."

고백하듯 말하는 아우케트의 목소리는 우울했다. 울리케는 또 묻는다.

"너는?"

"나는……"

입을 열던 아우케트는 갑자기 스스로가 기가 막힌 듯 잠시 말을 멈추었다. 이내 허탈한 듯 그가 말한다.

"형제들에 대한 구출이 무엇보다 중요하다고 말해야 할 텐데, 나는 방금 순간 이것들을 저울질했다. 믿을 수가 없군."

"믿어 보세요. 저도 꽤 자주 겪는 일이랍니다."

시장 우르드니르가 미묘한 표정으로 한 말이었다. 울리케는 고개를 까닥거리며 말한다.

"좋아, 그러면…… 물리적 위력을 최대한 동원하되 그것은 오로지 외력에 의지하지 않고 고블린들 스스로만으로 구성되어야 하고, 그러면서도 너희가 눈이 뒤집혀 형제들을 핍박해 온 사악한 상단주와 그 직원들을 도륙 내지 않도록 제어하는 한편, 그 정확한 수를 알지도 못하는 고블린 노예들이 광산 안에 갇혀 인질이 되지 않게 조치함과 동시에, 가능한 한 무혈 교섭으로 이 문제를 해결해야 하는 거야. 응, 그래…… 왜 내 삶은 계속 이따위지?!"

"보통은 그 조건들 가운데 하나만 이루려고 하니까요……."

브륀힐데가 안쓰럽다는 듯 말했고 그러자 다른 두 모험가도 깊이 고개를 끄덕인다. 그 틈을 포착한 시야프리테가 잽싸게 술잔을 훔쳐 내는 데 성공하는 걸 보며, 도래까마귀는 깊은 한숨을 내쉬었다. 아우케트가 말했다.

"저 조건들 가운데 형제들이 노예주 상단을 해하지 않게 하는 부분이 가장 어렵다고 본다. 다시 말하지만, 우리는 기질상 애초에 구출보다 응징에 무게를 둘 테니까. 나는 도저히…… 뭐라고 설득해야 할지도 모르겠군."

"내가 설득해야 하는 거야?"

울리케는 여전히 취해 널브러진 고블린 오백장들을 돌아보며 묻는다. 아우케트는 미간을 굳힌 채 뭐라 말이 없었고, 대답은 의외롭게도 이실바프의 시장으로부터 나온다.

"그래야 하지 않을까요, 피어클리벤 대사? 아디우크 경은 이미 그간의 행적만으로도 자신들의 동족으로부터 전향자라 비난받을 소지가 있어요. 그의 부담을 덜어 주시지요."

"이해해요, 다만…… 제가 아무리 대사라고 해도 당사자는 아니라고요. 이건 이 대륙에서 고블린들이 처음으로, 아니, 오랜만에 그 주권을 드러내 행사하는 사건이 될 거라고요. 저는 고블린들 스스로가 이 일을 해결하는 게 아주 중요하다고 생각해요."

"그렇군요."

우르드니르가 빙긋이 웃으며 말했다. 그의 말이 이어진다.

"이거, 종래에 이실바프는 국경 도시가 될지도 모르겠어요. 하지만 피어클리벤 대사, 그대는 지금 어쨌거나 인간의 형상이 아니지요. 대사께서 저들을 돕는 게 인간의 행위로 인식되거나 알려지지는 않을 것 같습니다. 할 수 있는 것을 하시지요."

도래까마귀는 묵묵히 눈을 들어 모두를 본다. 한동안 생각하던 울리케가 말했다.

"그럼 우선, 그 상단과 접촉할 조직을 꾸려야겠군요. 아마도…… 이 조직 역시 상단인 게 가장 이상하지 않겠지요? 그들은 최근에 한 '무도한 모험가'들이 사로잡은 고블린들을 암시장 조합을 통해 팔아 보려다 실패했어요. 교화되지 않은 고블린은 매물로서 가치가 없다는군요? 대신 이 광산에 대한 정보를 얻었어요. 그래서 오랜 세월 고블린 노예를 부리며 요령을 쌓아 온 이 상단에 접촉해 정보를 사려는 거죠. 정 안 되면 팔아 버리거나, 광산 상단의 제안에 따라 오히려 노예들을 매입할 의사와 재력도 있어요. 이런 각본이면 되겠지요?"

집무실 안에는 정적이 감돌았다. 침묵을 깬 것은 라그나였다.

"아가씨…… 무도한 모험가란 게 혹시 저희입니까?"

"그렇겠지?"

"사로잡힌 고블린이 설마 나는 아닐 테지."

아우케트가 으르렁거렸으나 도래까마귀는 뻔뻔하다.

"너 맞아. 아니면 누가 이 연극을 해 줄 수 있겠어?"

"재밌겠다!"

마침내 만취한 시야프리테가 깔깔거렸다.

제 11장

발트부름의 이남, 광활한 벌판은 그 경계가 불분명한 안개로 휩싸여 있었다. 바람은 거의 불지 않아 극도로 고요한 가운데 안개는 겨울의 창백한 태양마저도 희부옇게 집어삼켜 방위를 분간치 못하게 한다. 일견 이 을씨년스러운 안개는 한결같던 서리심의 분노와 관계가 없어 보였으나, 그 영역의 내부에들어온 모든 것들은 얼마 지나지 않아 무빙(霧氷)을 뒤집어쓰며서서히 식어 간다. 이 음습한 공기는 칼날같이 광포하던 겨울바람과는 전혀 다르게 가라앉아 우울하고 끈적거렸다. 그럼에도 치명적이다. 뉘르뉴는 여기에 대해 이렇게 말했다.

"불안과 초조, 그리고 그것을 들키고 싶지 않은 적대감. 이 안개의 기세는 그것이다."

"그런 걸 읽어 낼 수 있는 거야? 신기한 이야기네…… 그럼,

그게 육제주의 감정 상태란 말이야? 어째서일까?"

울리케의 물음이었다. 뉘르뉴는 그를 돌아보며 말한다.

"글쎄, 알 수 없구나."

하지만 순간 놀랍게도, 울리케는 뉘르뉴가 거짓말을 하고 있다는 걸 알아챘다. 그뿐만 아니라 뉘르뉴의 시퍼런 눈 안엔 슬픔과 두려움이 있었다. 문득, 서리심은 이 순간 전혀 예상치 못한 물음을 던진다.

"내가 그 시절 나의 권능을 완전히 깨달았다면, 셰이위르는 용이 아니라, 나를 자신이 세울 나라의 위력으로 선택했을까?"

"……갑자기 그게 무슨 말이야?"

울리케는 되물었다. 뉘르뉴는 듣지 못한 듯 다시 묻는다.

"혹 셰이위르는 그걸 알고 있었다 하더라도 나를 선택하지 않았던 걸까? 내가 짐작한 그와 붉은 용의 관계는, 계약에 의한 주종 같은 게 결코 아니었다. 어쩌면 셰이위르는 용 따위가 없어도 끝끝내 대제의 자리에 올랐을지 몰라. 대신 더 많은 피를 흘려야 했겠지. 덧없는 목숨을 아깝게 여겨 그가 감수한 위명의 수용이, 과연 그 자신만의 불찰이었을까."

울리케는 침묵했다. 뉘르뉴는 천천히 짙은 안개를 굽어보았다. 그들은 행렬로부터 한참 떨어진 곳에 단둘이 서 있었다. 울리케는 자신의 육체가 추위를 호소하는 걸 느끼며 조심스레 입을 떼었다.

"무얼 본 거야?"

"육왕이 병에 걸려 죽어가는 듯해. 내 어린 자매는 슬퍼하고 있다. 분명 우리를 인식하고 있을 텐데도, 아직까지 별다른 대응이 감지되지 않는구나."

그때였다. 먹먹한 안개의 장막 너머로 거뭇한 형체 하나가 그림자처럼 나타났다. 펠윈의 드라우그르 병사 가운데 하나였다. 아무것도 읽어 낼 수 없는, 오로지 음침한 사망의 시선만이 울리케와 뉘르뉴를 먼발치에서 훑는다. 그뿐이었다.

울리케는 만취한 시야프리테의 처분을 모험가들에게 맡기고 다시 뉘른스에크로 돌아온 참이었다. 하지만 딸의 방종한 음주 사실을 류프리그데에게 전혀 알리지 않았는데, 울리케가 특별히 관대해서라기보다는 현재 벌어지는 일들이 하나같이 중대한 사건들뿐이라 그사이에 엮어 거론하기엔, 그것이 지나치게 사소한 소동이었기 때문인지도 모른다. 울리케는 자신의 육신으로 되돌아오자마자 까마귀에게 일어났던 일이 똑같이 자신의 인간 쪽 몸에도 일어났음을 깨달았다. 울리케는 당연히 이 사실을 가장 먼저 시그리드에게 알렸고, 마법사는 말했다.

"아가씨의 본체와 분신이 서로 가까워지며 일어나는 일일 겁니다. 아가씨의 빙의는 스스로 해낸 마법이 아닌, 제삼자의 술수인데다 술자가 술자이니만큼…… 아, 됐어요. 저도 모르겠군요. 왜 마법사는 모든 걸 알 거라고 생각하는 거죠?"

차분하게 설명을 시도하던 시그리드가 별안간 표정을 무너뜨리며 짜증을 내자 당황한 울리케는 물었다.

"예……? 경, 마법에 대한 질문이잖아요?"

"아무리 같은 마법이어도 저도 나름 전공이란 게 있답니다! 발프리드!"

"예에?"

모닥불 가에서 실네스레유가 정성스레 구워 준 굼벵이의 시식을, 먹어 보지 않아도 아는 맛이라며 거부하고 있던 마법사의 제자가 별안간 들려온 불호령에 깜짝 놀라 대답했다. 시그리드는 그를 쳐다보지도 않고 외쳤다.

"모르는 건 모른다고 말할 줄 알아야 한다!"

결국 울리케는 자존심이 상한 마법사로부터 더 이상의 설명을 듣는 걸 포기할 수밖에 없었다. 그런 와중에도, 울리케는 어렴풋이 의식의 거울 저 너머에서 그림니르의 몸을 빌어 선잠을 자는 듯 주위의 상황을 비몽사몽 느끼고 있었다. 제대로 취한 시야프리테가 여전히 깔깔거리며 자신의 귀를 랄로프에게 들이대고 있었고, 용감무쌍한 전위는 안타깝게도 그때마다 비명을 지르며 달아난다. 때문에 그림니르를 안고 있는 것은 브륀힐데였다. 울리케는 그 모든 걸 알 수 있었다. 그러면서도 자신은 분명히 여기 있고, 지금 그의 눈 안에 들어오는 것은 시야프리테가 아니라 그 동생 실네스레유였다.

"도련님? 이게 퍽 고소하답니다?"

"보채지 말거라! ……으, ……먹는다! 내가 먹…… 는다!"

그러고 보면 그림니르로서 피어클리벤을 떠난 이래, 울리케는 도래까마귀로서 자신의 본래 육신과 아직 만난 적이 없다. 이렇게 되면 두 존재가 동시에 한 장소에 있을 때 무슨 일이 벌어지는 거지? '내'가 '나'를 보는 괴이한 일이 일어나는 게 아닌가? 그런 일이 가능하기는 한 것인가? 기술적인 문제를 떠나 논리적인 역설이 아닌가?

그럼에도 불구하고 울리케의 이런 고민들은 현 상황에서 정말로 '사소한' 문제였다. 울리케는 시그리드에게 고블린 노예들에 관한 이야기를 전했고, 자신의 계획 또한 설명하느라 화제를 전환해야 했다. 용에 대한 욕설이 반쯤 포함된, 알 수 없는 중얼거림에 사로잡혀 입이 튀어나와 있던 마법사는 울리케의 작전 계획을 듣자 기묘하게 눈을 빛냈다. 시그리드는 말했다.

"그 무도한 모험가 무리엔 원래 마법사가 한 사람 포함되지요."

"……예, 그런데요?"

"포함된다고요."

"예?"

"포함되니까요."

그러니까 아무래도, 자기 역시 그 재미난 작전에 끼겠다는 이야기일 테다. 울리케는 별안간 조금 측은하게 시그리드를 보았다. 능히 백작가 이상의 가신이 될 수 있을 만큼 유능한 이 젊은 천재가 그럼에도 불구하고 모험가라는 업을 유지해 온 것은 천성적으로 기질에 맞았기 때문이었다. 그런 그가 욕망을 억누르고 여태껏 피어클리벤을 둘러싼 역학의 톱니바퀴에 갈려 나가며 여기에 이르렀다. 그래, 이 정도는 응해 줘야지. 울리케는 말한다.

"그럼 포함되어야죠. 아무래도 이 행렬이 뉘른스에크로 직행하긴 좀 무리일 테니까요. 이참에 유하라의 고블린들까지 합류해 우회하는 게 낫겠습니다."

"저도 그렇게 생각해요. 하지만, 미스미르드 쪽과 접촉을 전혀 시도해 보지 않을 수는 없죠."

마법사의 말이었다. 결국 그렇게 해서, 울리케는 뉘르뉴와 함께 사전 탐색차 전위에 나선 것이다. 하지만 이래서야, 계속해서 기다리기만 할 처지였다.

"드라우그르라니."

뉘르뉴가 안개 너머로부터 나타난 그것을 보고 불쾌한 듯 말했다.

"나는 도무지 용납할 수 없는 형태의 모욕이군. 짐승의 시체는 썩은 고기를 즐기는 다른 짐승들과 벌레의 먹이가 되고, 최종적으로는 초목의 거름이 된다. 저것들은 그 순환의 순리로부터 유리되어 있구나."

"그렇겠지."

울리케도 가라앉은 목소리로 말했다. 저 산송장들을 볼 때마다 사람들이 느끼는 불쾌감과 공포는 단순히 시신이 움직인다는 사실에서 오는 게 아니었다. 거의 본능적으로, 사람들은 자신들의 죽음마저 유용될 수 있음을, 유일하게 예약된 안식마저 모욕당할 수 있음을 목격하고 절망에 빠지는 것이다. 경위야 어떻든 현재 뉘른스에크에 자리 잡은 '용의 군대'는 역병과 망자의 군대라는, 꺼림칙하기 이를 데 없는 두 가지를 무기로 삼고 있었다. 그리고 울리케는 여전히 이 사실에 고통받는다. 비윤리적이기 때문이다.

"그거야말로 산 자의 순진함이지."

그때, 그들 뒤에 백룡이 기습적으로 내려앉으며 말했다. 먼발치의 드라우그르 초계병과 울리케, 뉘르뉴를 한눈에 담으며 아이비레인은 다시 말했다.

"저들은 저항할 기회조차 박탈당한 생전의 원한을 딛고, 그 하나하나가 자신의 의사에 의해 일어나 마지막 복무의 기회를 얻은 것이다! 너희가 채 눈을 감지 못한 그 죽음들의 한을 아느냐? 너, 서리심! 천년을 꾸역꾸역 살아 온 네가 감히 생과 사를 논해?"

"이 땅 곳곳엔 나보다 늙은 나무들도 있어. 나는 그들과 같은 순환의 목격자이지. 그런 질투는 내가 아니라 빌러디저드에게나 해라."

뉘르뉴는 그렇게 대꾸했다. 백룡은 으르렁거렸으나 때마침 끼어든 울리케로 인해 말다툼을 이어 나가진 못한다.

"자, 둘 다! 그보단 저쪽과 어떻게 접촉할지 생각해 보자고요."

"생각할 필요가 있느냐? 나오지 않곤 배길 수 없게 만들면 될 뿐이다."

당연히 아이비레인의 말이었다. 뉘르뉴가 눈을 가늘게 뜨며 비웃듯 말한다.

"어찌나 총명한 생각인지!"

"뭐?"

아이비레인이 또다시 이를 드러내며 으르렁댄다. 마침내 짜증이 난 울리케가 발칵 소리쳤다.

"그만해, 이 바보들아!"

안개를 찢어내듯 튀어나온 울리케의 고함은 멀리 떨어진 고블린 본대에게까지 들렸던 모양이다. 불가의 시그리드가 놀라 이쪽으로 얼굴을 돌리는 게 보인다. 하지만 울리케는 자신이 너무했다고 생각하지 않는다. 기세를 누그러뜨리지 않으며, 그는 계속 말했다.

"이러고 있을 짬이 어디 있냐고! 정말로 권능과 위력을 갖춘 분들이라면 그걸 사용하고 드러내는데 신중하셔야 하는 게 아닐까요! 이런 기 싸움이 저를 포함한 아랫것들에게 얼마나 피곤한지 아시냐고요! 대체 왜……!"

울리케의 연설은 그 뒤로 계속 이어졌다. 한편, 먼발치에서 그쪽에 귀를 기울이던 시그리드는 이렇게 중얼거렸다.

"저 둘이 빈번히 싸우는 건 사실 순전히 울리케 아가씨 때문인데."

"그렇습니까?"

마침내 구운 굼벵이의 고소함을 경험한 발프리드가 이제 세상만사 어찌 되든 상관없다는 듯 초연한 목소리로 물었다. 마법사는 말한다.

"물론 기질적으로, 그리고 존재의 원리랄까, 용과 서리심은 도무지 합이 맞지 않긴 하지. 게다가 저 둘은 이미 한 번 간접적으로 싸운 적도 있으니까. 하지만 지금 여기서는 그 모든 것을 떠나 네 누나가 저들 사이의 싸움 거리야."

"저는 잘 모르겠습니다……."

발프리드에겐 지금 고소함과 느끼함의 차이가 더 중요하기 때문이다.

"보렴, 저 둘은 지금 대꾸도 못 하고 있잖니. 심지어 아이비레인이 말이야."

그렇게 말한 시그리드는 눈을 돌려 로릭스데를 찾는다. 그러고는 그가 초조한 얼굴로 울리케 쪽을 바라보는 걸 발견하고 피식 웃었다.

저쪽에서 이야기가 어떻게 진행되어 가는가, 자세히는 잘 알 수 없었다. 울리케는 한참이나 열을 내더니 뒤이어 뭐라 손짓을 했고, 구부정하게 목을 내리고 묵묵히 있던 아이비레인이 고개를 드는 게 보인다. 뉘르뉴가 맘에 들지 않는 듯 나서며 울리케와 다시 한동안 이야길 나눈다. 그러더니 조금 희한하게도, 뉘르뉴가 발을 두어 차례 동동 구르고는 멀찍이 떨어지는 게 보였다.

"……뭐하는 거야?"

시그리드가 그렇게 중얼거린 순간이었다. 아이비레인으로부터 훈풍의 기세가 사방으로 뻗어 나갔다. 마법사의 눈엔 일순간 대기가 불안정해지며 뜨거운 공기와 눈안개가 마주치는 것이 보였다. 그러더니 이슬비가 빨랫줄의 이불처럼 나부끼며 저들 앞에 내린다.

그것이 육왕의 서리심을 불러내는 데는 그리 오랜 시간이 걸리지 않았다.

"꺼져라."

비의 장막 너머, 여전한 무빙의 영역에서 웅크린 듯, 고통스러워하는 소녀가 말했다.

"나는 너희에게 볼 일이 없다."

"나는 있어."

울리케의 말이었다. 그의 말이 이어진다.

"이제 더 어쩔 생각이지? 역병을 맞은 너희 군대의 역량은 이제 우리에게 미치지 않아. 파마의 술도 너희를 더는 보호하지 못해. 드라우그르 군대를 보았지?"

"내 왕이 아프다."

육왕의 서리심은 말했다. 창백한 얼굴과 서늘한 시선이 비안개 너머로 흐릿했다.

"그대 왕에게 일어난 일은 용의 말을 어겼기 때문이야. 그대는 그의 안녕을 원해? 혹은 그의 승리를 원해? 아직 우리에게는 여지가 있어."

울리케는 다시 말했다. 하지만 육왕의 서리심은 그 말을 이해한 것 같지 않았다. 그는 눈을 돌리더니 먼발치에서 이 모든 걸 목격하고 있는 드라우그르 초계병을 본다. 멍하니 그 존재를 응시하던 서리심이 말했다.

"우린 저들 모두를 죽였다. 대체 무슨 여지가 더 있다는 말이야?"

"아니, 나는……"

울리케가 마음을 가다듬고 단어를 고르며 입을 연 순간이었다. 그때까지 잠잠하던 육왕의 서리심이 비안개 뒤에서 별안간 기세를 폭발시켰다. 아이비레인이 펼친 훈기의 방패를 밀어낼 만큼 강렬한 겨울의 폭풍이었다. 비안개가 모두 진눈깨비로 화해 그들 사이에 회오리친다. 육왕의 서리심이 소리 질렀다.

"닥쳐! 나는 여섯 번째 옥좌의 주인이다! 내가 저들 모두의 마지막 숨결을 받았다! 내가……!"

하지만 그 뒤의 외침은 바람 소리에 파묻혀 들리지 않았다. 울리케가 찌르듯 얼어붙는 공기를 느끼고 움츠린 다음 순간, 아이비레인은 한층 더 훈기의 방패를 달구어 대며 겨울의 뿌리를 몰아세운다. 백룡은 외쳤다.

"그만둬! 어리석은 놈!"

울리케는 고개를 든 직후에야 그 외침이 서리심으로부터 날아든 여섯 개의 얼음 창을 막아 내며 내뱉은 것임을 깨달았다. 고드름들이 산산이 부서지더니 곧 이슬로 녹아 내리며 바닥에 나뒹굴었다. 이미 육왕의 서리심은 눈보라의 아우성 너머 더 이상 보이지도 않는다. 그러더니 마치 울음처럼 흐느껴 이어지는 긴 바람 소리와 함께, 사방엔 다시 적막이 찾아왔다. 시퍼런 안개만이 그 공백을 메울 따름이었다.

"교섭 결렬이군."

아이비레인의 냉소적인 말이었다.

"아니, 교섭은 시작하지도 않았습니다! 지금 저 서리심은 육왕의 안위에만 정신이 팔린 상태라고요."

울리케가 말하자 용은 다시 대꾸했다.

"내버려 둬라. 왕이 죽으면 저들은 물러날 테지. 내가 아는한, 옥좌가 공석이 되면 미스미르드의 무녀는 사소한 판단도 스스로 내릴 수 없다. 다시 새 왕을 옹립할 때까지 완전히 무력하지. 그러니 내버려 두면 이 문제는 자연히 해결된다."

뉘르뉴는 무언가 석연찮은 듯 얼굴을 찡그리며 생각에 잠겼고, 울리케는 냉담한 분노를 끌어올린다.

"육왕이 죽게 내버려 두라고요? 이런 식으로는 아닙니다!"

아이비레인은 놀리듯 묻는다.

"너는 제법 영리한 줄 알았는데? 무엇이 이로운지 모르겠느냐?"

"어째서 이로움을 먼저 말하십니까? 저는 지금 올바름에 대해 이야기하고 있는 것입니다!"

백룡은 입을 다물었다. 그의 눈앞에 땅을 딛고 선 이 작은 존재는 분명 인간이되, 특별한 인간이었다. 까마귀의 영혼과 일체화되었거나, 스스로에게 빙의되었다는 별스러움은 차라리 대단한 것이 아니었다. 백룡은 울리케의 내면으로부터 샘솟는 마력과 거기에 새겨진 용의 서명을 본다. 울리케의 분노가 고결할수록, 그것은 마치 황금에 난 상처처럼 빛나 보였다.

"그래서 대안이 있느냐?"

한동안 물끄러미 그렇게 울리케를 내려다보던 아이비레인이 물었다. 울리케는 대답 대신 고개를 돌려 행렬의 본진 쪽을 보았다. 덤불에서 찾아낸 번데기들을 따 들고 웃으며 발프리드에게 다가가는 실네스레유가 보였다. 그들은 무해해 보인다.

"있는 것 같군요."

하지만 그렇게 말한 다음 순간 울리케는 갈등에 사로잡혔다.

제국에게 있어 고블린들이 덮어 두고 배척받는 이들이며 심지어 인종도 아니고 마수라 여겨지는 반면, 류그라는 확실히 소수 민족으로서의 지위를 갖고 있기는 하다. 어쩌면 그건 순전히 이 두 민족의 외모 차이에서 비롯된 것일지도 모른다. 물론 울리케는 배운 이들일수록 그 사실을 인정하지 않을 것이며, 이러한 차별은 어디까지나 고블린들이 왕의 귀환이라는 정치적 원념에 사로잡힌, 군사주의 무력 집단이기에 일어나는 일일 뿐이라는 항변이 준비되어 있음을 알고 있었다. 고블린과 달리 류그라들은 제국의 문화에 나름 섞여 들며 그 법과 질서를 거부하지 않으니까. 때문에 류그라들은 실제보다 무해하게 알려지고, 오늘날에는 더러 낭만조차 결부된 인상을 지니고 있다. 이 모든 이야기들이 시작되기 전엔, 울리케 역시 단지 그렇게만 알고 있었다.

그러나 이제 자신만의 정치적인 소양을 쌓으며 울리케에겐 좀 더 다른 생각들이 자리하기 시작했다. 정치의 정의란 실로 여러 가지가 있을 수 있겠지만, 사회의 질서를 빼 놓고 말할 수는 없을 것이다. 이 질서란 것이 어떻게 순식간에 폭력이 될 수 있는지를, 울리케는 이제 이해하기 시작했다.

모든 규정들이란 어떤 표준들을 전제한다. 군대가 제식을 갖추는 것처럼. 위정자의 입장에서 고블린과 류그라가 포함된 사회보다는 북구의 인간만으로 이루어진 사회를 상상하고 경영하는 편이 훨씬 쉽다. 그리고 굳이 고블린과 류그라 중 하나의 소수 민족만을 사회에 편입시켜야만 한다면 절대다수의 위정자들은 후자를 택할 것이다. 고블린보다 류그라가 더 인간의 체형과 흡사하기 때문이다. 구성원 간의 편차나 개성이 클수록, 사회는 그 차이만큼의 보완을 상정하고 준비해야 하는 법이다. 예를 들어, 병사의 신장 차이가 다섯 배에 이른다면, 준비해야 하는 무구의 규격도 다섯 배가 되어야 한다. 도로는 트롤이 아니라 인간의 두 다리와 마필, 수레를 상정하고 건설된다. 문짝들은 고블린들을 배려해 달리지 않으며, 천장의 높이는 오우거들을 고려해 정해지지 않았다.

하지만 이들은 원래 그렇게 존재했다.

어떻게 누군가가, 다른 누군가에게 그런 식으로 존재하지 말라고 말할 수 있을까? 울리케는 순간, 아이비레인에게 일갈하던 뉘르뉴의 말을 떠올렸다.

'사람의 사회란 굶는 이들에게 양식을 나누고, 병든 이들을 거두어 보호한다. 그것이 문명이야.'

그래. 울리케는 생각했다. 배척과 도태를 긍정하는 것은 섭리를 가장한 야만의 논법일 뿐이다. 최대 다수의 표본만을 골라 그에 맞춘 사회를 만든다는 건 가장 쉬운 하책이다. 그것이 필연이라면 용이 사람을 먹는 데에 정말 아무 문제도 없어야만 한다. 울리케는 빌러디저드와의 첫 만남을 떠올리며 새삼 아쉬움을 느꼈다.

'지금이라면, 왜 나를 먹어서는 안 되는지 좀 더 근사하게 말할 수 있을 텐데.'

하지만 다음 순간, 울리케는 그가 꼭 이렇게 말할 것 같다고 생각했다.

'나는 네가 그렇게 말하는 날을 보았노라.'

암요, 그러시겠지요. 울리케는 환청에 대꾸하며 속으로 중얼거렸다. 그러면서 앞서 전장에서 보았던, 용에 대해 여전한 민심들을 복기했다. 이대로라면 빌러디저드는 또 그저 용으로 남으리라. 시대의 화석이 될 것이다. 물론 그것도 영 나쁘지는 않겠지. 그는 자신이 어떻게 소모되고, 또 그렇게 유용됨으로써 얻어 낼 여파들을 보고 있을 것이다. 하지만 혹시, 그는 두려워하고 있지 않을까?

"무슨 생각을 그리해, 울리케?"

뉘르뉴가 긴 침묵에 휩싸인 울리케를 향해 물었다. 멍하니 눈안개 너머 보이지 않는 발트부름을 좇던 울리케의 시선이 서리심에게 가 닿는다.

"용을 시민으로 만드는 방법."

"…… 어떻게 이야기가 갑자기 거기에 가 있지?"

뉘르뉴가 좀처럼 볼 수 없는 당황을 드러내며 다시 묻는다. 울리케는 대답 대신 아이비레인을 보았다. 울리케는 백룡에게 묻는다.

"아이비레인 님께선, 스스로 이 사회의 구성원이라고 생각하시나요?"

"내가 도대체 그럴 필요가 있단 말이냐?"

백룡 역시 이 맥락 모를 질문에 좀 당황한 것 같았다. 울리케는 시선을 떨어뜨리고 생각하더니 문득, 뉘르뉴에게 지난 질문에 답을 했다.

"나는 류그라들을 이용하는 걸 생각했어. 미스미르드 군영 안에, 아마도 가장 위협받지 않으며 접근할 수 있는 이들로서 말이야. 그들의 상서령이 지팡이를 바친 류그라였던 만큼, 류그라들이 미스미르드인들에게 적으로 인식되지 않을 거라 생각하거든. 하지만 이게 옳은 일인지는 모르겠군."

"거기까진 알겠어. 그런데 왜 갑자기 용이 시민이 되는 이야기가 나온 건데?"

뉘르뉴가 묻는다. 울리케는 그를 보며 뜻 모를 미소를 지었다. 연이어 널뛴, 사고의 비약들을 당장 풀어 이야기하기가 쉽지 않다. 특히나 이 특별한 존재들에겐 더욱 말이다. 그리고 다음 순간, 울리케는 정치가 어째서 근본적으로 다수의 표본을 상정할 수밖에 없는지 깨달았다.

정치란 최소한의 공통분모로 엮인 일부가 자신들을 규합하고 규정하는 동질성을 정체성으로 삼고 그 집단의 권익과 의사를 표출하는 것이다. 즉, 공통점으로부터 의견의 규합이 출발하여, 여론을 형성한다. 그래, 마치 동종의 조합들처럼. 만일 모든 구성원이 하나부터 백까지 저마다 개성이 넘친다면, 그러한 동질성으로 촉발되는 연대감 자체가 생기기 힘들 테지.

먼 과거에, 분명 우리는 동족이라는 일관성 아래 연대하고 규합하며 내부의 질서를 만들어냈을 것이다. 하지만 이제 동족 너머의 존재들도 포용할 방법을 생각할 필요가 있다. 게다가 언제까지나 동족이라는 개념에만 얽매여 있다면, 그 '동족'의 표준에서 심하게 벗어난 소수들을 배척하고 도태시키겠지.

이 생각은 어쩌면 울리케의 본체가 까마귀로 뒤바뀐 영향일지도 모르겠다. 울리케는 스스로가 여전히 인간이라고 생각했지만, 육신의 변화는 사고의 확장에도 분명히 기여한다.

"나는 모든 방랑 류그라의 보호자를 천명하고 있다. 네 발안에 마냥 찬성할 수는 없어. 그들이 저 안에서 위협받지 않으리란 걸 어찌 장담하느냐?"

아이비레인이 날카롭게 물었다. 울리케는 여상한 낯으로 그를 올려다보며 말한다.

"보호자를 천명하시고 계신다면, 그 역할을 하시면 되지 않습니까? 파마의 결계가 없는 현재라면 아이비레인님은 단독으로 저 군대를 상대할 수 있으시겠지요. 아닙니까?"

"상대할 수 있다마다."

백룡은 호기롭게 말하면서도 울리케의 언설에 말려 들어가는 걸 경계하는 듯 초조해 보였다. 울리케는 계속 말했다.

"그러니, 만일의 사태에 대비해 뒤에 계시면 됩니다. 당신께서 전면에 나서는 건 역시 안 좋을 테니까요."

"왜지?"

"다시 묻겠습니다. 당신께선 이 제국의 시민이십니까? 법과 제도를 준수하고, 의무를 수용하십니까?"

"돌려 묻겠다. 내가 그러려고 한들, 아우스뉘르라는 외연이 나를 시민으로서 받아들일 수 있겠느냐? 그리고 도대체 아우스뉘르란 여기서 무엇이냐? 황실이냐, 그 구성원이냐?"

백룡은 준비되어 있었던 듯 계속 말한다.

"이 제국의 정체는, 나의 아비와 언약한 한 영웅에 의해 복속된 북부의 군벌 연합이다. 너는 이 한계를 짐작할 수 있겠느냐? 나는…… 에파를 통해 오랜 시간 이 사회 속에서 지내왔다. 내명의는 오로지 라핀다시르의 위력 안에서만 유의미하지. 그 밖의 모든 사회적 활동은, 온갖 대리자들을 통할 수밖에 없었다!

너희가 내게, 언제, 감히! 마땅한 소속감을 허락했느냐?"

아이비레인의 음성은 냉랭한 고통을 곁들이며 단계적으로 격정을 드러낸다. 울리케는 물끄러미 그를 보다 별안간 충동적으로 물었다.

"혹시 인간을 드셔 보셨습니까?"

"뭐라고?"

아이비레인은 확연히 알기 쉬운 혐오와 분노를 드러내며 몸을 떨었다. 울리케는 연이어 묻는다.

"왜요? 고려해 보신 적 없으십니까? 빌러디저드 님은 처음에 저를 먹어 보려 했습니다만."

확실히 아이비레인은 빌러디저드에 비해 알기 쉽다. 백룡은 명료한 적개심을 뿜어내며 안개 너머, 북쪽을 쳐다본다. 그러고는 말했다.

"나는 채식주의다."

울리케와 뉘르뉴는 웃지 않았다. 아이비레인의 목소리가 너무도 진지했기 때문이었다. 용은 무언가를 떠올리듯, 거대한 석고상처럼 한동안 굳어 있었다. 그리고 용은 다시 입을 열었다.

"나는…… 우리는, 섭식이 생존의 필수적인 활동이 전혀 아니지. 하려고만 하면 전혀 먹지 않고도 살 수 있다는 걸 깨달았다. 인간의 마법사들 또한 어떤 부류들은 실제로 그렇게 하며, 나 역시 그걸 고려한 적이 없지는 않다. 반대로 피가 뚝뚝 흐르는 가축의 생고기만을 고집하던 시절도 있었지. 그것이 지고의 포식자라는 이명에 어울리는 행위라 생각했기 때문이었다. 정말로…… 순전히 허영이었다고 말할 수 있다. 빌러디저드에게는 자연스러울 그 모든 행위들이, 내게는 의미를 생각하고 또 생각해야만 하는 선택들이었어. 알에서 깨고 나오기 이전부터 나는 인간의 목소리만을 들었고, 저 산성의 검은 녀석을 보기 전까지 동족을 만난 일이 없었다. 그런 내가, 인간을 먹는다고? 너희가 진짜 전쟁을 아느냐? 지난 싸움에서 내가 몇을 태워 죽였는지 아느냐?"

백룡의 거체는 실제로 떨리고 있었다. 아이비레인은 고통스럽게 말을 이었다.

"내게는 그것들이 선택이거나 농담일 수가 없다……. 울리케 피어클리벤, 저 서리심은 내게, 나의 무력이 아니라 나를 둘러싼 이들의 연대에 의해 내 급소가 지켜지도록 내놓을 수 있냐고 물었지. 아니, 나는 그럴 필요가 없다. 원래부터 그런 존재로 자랐기 때문이다. 내 몸에 흐르는 피와 들락거리는 모든 숨결들이 인간의 마법에 의한 것이다. 나를 둘러싼 이 모든 연대를 잃을 때, 나는 거대한 박제로서 고꾸라진다. 언제든 저 기만스러운 유희를 그만두고 린트부름으로 돌아갈 수 있는 빌러디저드와는 다르게 말이야! 여기는 나의 세상이고, 나는 결코 이것을 벗어날 수가 없어!"

"그 사실이, 한스러우십니까?"

울리케는 고요히 물었다. 백룡은 그의 눈을 똑바로 들여다보다 답했다.

"한때는 그랬느니라. 그리고 여전히, 완전히 안 그렇다고 말할 수는 없겠군. 하지만 저 기만 덩어리를 대면하고, 이 사세가 굴러가는 양상을 보고 있자니 한때는 내가 굴레라고만 여겼던 이것이 그저 섭리일 수도 있겠다는 생각이 들었다. 빌러디저드가 이 땅과 그 땅에 속한 모두에게, 도대체 어떤 부채와 욕망을 품을 수 있단 말이냐? 그는 여전히 외부자다. 하지만 나는 아니지. 그리고 동시에, 그 사실이 내게 힘을 준다. 빌러디저드를 패퇴시키는 데는 고강한 마법사들 몇과 파마의 화살을 재운 용노포 몇 대로 충분할 것이다. 하지만 나에게는, 라핀다시르의 모든 저력과 수많은 이해관계가 얽혀 있어. 나를 상대한다는 것은 그 모든 것을 상대해야 한다는 말이다. 나는…… 나는 이 세계의 시민이군."

백룡은 앞서 도대체 그럴 필요가 있냐고 반문했던 질문을 이렇게 정정하며 스스로 놀란 듯 입을 다물었다. 창백한 푸른 눈을 굴리며 생각하던 아이비레인이 덧붙였다.

"이럴 수가. 한 번도 그렇게 생각해 보지 않았는데."

별다른 말 없이 질문만을 던지던 울리케가 더 당황할 만한 전개였다. 백룡은 멀거니 울리케를 보더니 별안간 외쳤다.

"참으로, 너는 나의 재상이 되어야만 한다!"

울리케는 당황한 나머지 이렇게 대꾸했다.

"저는 채식 요리에 별 재주가 없습니다."

"……야채를 싫어해?"

백룡이 충격받은 듯 물었다. 뉘르뉴조차 답이 궁금하다는 듯 울리케를 본다. 아니, 대화가 왜 이렇게 흘러가지? 울리케는 허둥지둥 답했다.

"그, 버섯은 좋아해요."

"버섯은 야채가 아냐."

"버섯은 야채가 아니다."

용과 서리심이 동시에 대답했다. 울리케는 눈이 휘둥그레져 뉘르뉴에게 묻는다.

"그럼 버섯이 동물이란 말이야?"

"걔들은 균류야."

뉘르뉴가 대답했고, 용이 부연한다.

"일단은 채소라 봐도 무방하긴 하지. 뭐, 너희에게는 아직 이른 지식이다."

아이비레인의 이 알 수 없는 이야기에 뉘르뉴는 고개를 끄덕였다. 그 바람에 울리케는 기묘한 소외감에 사로잡히고 말았다. *아니, 균류가 뭐야? 난생처음 듣는 단어란 말이야!*

"어쨌건."

용이 화제를 전환하며 말했다.

"다시 정정해 답하겠다. 나는 이 제국의 시민이다. 법과 제도를 준수하고, 의무를 수용한다. 다만, 세상의 모든 유력자들이 그렇듯 나는 내 권력을 통해 어느 정도 편법을 부려 그것들을 우회하기도 할 뿐이지. 나는 너희에게 경애받는 장엄을 획득하고 있는 존재이되, 그럼에도 이 사회에 걸친 인맥과 기간에 의해 그 생존을 보장받는 존재이기도 하다. 하지만 그건, 모든 제왕에게 공통적인 사항이 아니냐? 대제 셰이위르조차 요리실력이 형편없었지. 그 혼자라면 틀림없이 굶어 죽었을 것이다."

"그를 모욕하지 마!"

뉘르뉴가 반사적으로 소리쳤으나 용은 무시했다. 한편, 울리케는 뭔가 깊이 생각에 잠겨 있었다. 그 내용을 짐작하는 아이비레인은 어쩐지 승리감에 사로잡혀 말한다.

"빌러디저드의 문제는 그가 이 세계에 속하지 않는 존재라는 것이다. 그는 언제고 이 놀음을 그만두고 떠날 수 있어. 파마의 결계? 그는 여전히 날아오를 수 있을 것이다. 그야말로 연극이지! 아우스뉘르 황실은, 나를 강대한 위협으로 간주하면서도 간섭하지 않고 내버려 두었다. 내가 오롯한 존재가 아님을 알기 때문이었지. 하지만 그는 다르다. 극단적으로 말해 이 땅이 모두 초토화되고, 살아남은 생물이 하나 없어도 그와 그의 린트부름은 아무렇지 않게 존재할 것이다. 아니, 그것이야말로 그들의 목적일지도 몰라."

"뭐라고요?"

울리케가 물었고, 용은 되묻는다.

"그가 왜 왔다고 생각하느냐?"

아이비레인은 눈을 빛내며 말을 이었다.

"설마하니 인간들을 계몽시키기 위해? 혹은 이제 와 새로운 대제를 보필하기 위해? 너는 이미 마력이 고갈되고 있다는 문제를 알고 있을 것이다. 파마의 기술이 고안된 진짜 이유가 그것이었으니까. 그럼 묻겠다. 존재 자체가 마력에 의해서나 가능한 저들에게, 마력의 고갈만큼 실질적인 위협이 있겠느냐? 파마의 술이 용을 상대로 충분한 기염을 토한다면, 아니, 최소한 그렇게 착각되기라도 한다면, 그리고 그것이 마법사들을 통제할 수 있다면, 그건 빠르게 새로운 시대의 상식과 질서가 되겠지. 마법의 낭만 시대는 끝날 것이다. 사람들은 예측 불가능하고 통제 불가능한 것을 원하지 않아. 위정자들일수록 그렇지. 어쩌면 저 빌러디저드는, 바로 그걸 앞당기기 위해 온 게 아니겠느냐?"

"파마의 술은 이미 빌러디저드 님의 등장 이전부터 준비되고 있었습니다만!"

울리케는 동요하지 않으려 애쓰며 항변했다. 하지만 아이비레인은 비웃듯 말했다.

"그래. 하지만 그 역시, 나라는 존재가 가장 큰 이유였다. 하지만 이미 충분히 말했듯, 나는 이미 통제받는 존재야. 구태여 파마의 술을 쓸 것도 없지. 중요한 것은 이 모든 일들이, 불가해를 다루는 인간의 방식이라는 것이다. 모든 신용은 담보를 요구한다. 그런데 참으로 이상하지 않느냐? 그따위 절차가 도대체 어떻게 신용이란 말이냐? 질권(質權)의 존재 없이는 다른 자를 믿지 못하는 사회가, 도대체 무엇을 믿고 있다고 감히 말하는 것일까?"

울리케는 이미 같은 질문을 빌러디저드에게 던졌던 바 있다. 바로 다음과 같이.

'본디 계약이란 애초에 서로를 믿지 못하니까 하는 것 아닙니까? 생각해 보면 겨울과 약속의 신께서도 참 이상합니다. 약속의 신이라면서 불신의 증거에 그토록 연연하다니!'

때문에 울리케는 아이비레인의 이 지적이 놀랍지 않다. 그는 심호흡을 한차례 하고 말했다.

"맞습니다. 인간은 상상력을 가졌으되 충분히 알지 못합니다. 상상력은 무지와 쉽사리 결합하여 공포에 도달하곤 하지요. 그래서일까, 빌러디저드 님은 신앙이라는 이론이 자신에게 필요 없다고 하시더군요. 당신은 어떠십니까?"

백룡은 바로 대답하지 않았다. 대신 그는 찬찬한 시선으로 울리케를 내려다본다. 한동안 그러던 아이비레인은 마침내 승복하듯 말했다.

"모른다. 내 이해가 너희를 능가한 적은 없다."

울리케는 조금 놀라운 기분을 느끼며 새삼스레 그와 나눈 지금까지의 대화들을 복기한다.

아이비레인은 빌러디저드와는 분명히 달랐다. 그는 때때로 거친 적대감을 드러냈지만 생각보다 솔직하며, 무엇보다 울리케가 이해하고 공감할 만한 영역의 고뇌들을 갖고 있었다. 아이비레인이 빌러디저드를 포함한, 린트부름의 사회 전반에 드러내는 동경과 질투가 느껴졌다. 그러면서도 이 용은 자신이 태어나고 자란 인간의 사회에 집착을 갖고 있었다. 분노와 죄책감을 갖고 있었다.

언약의 내용처럼, 빌러디저드가 울리케와 피어클리벤에게 있어 '후견자이자 감시자이며 조언자이자 맹방이며, 훈육자이자 지분의 소유자'일 수는 있어도 어떤 교섭의 대상이기는 무리인 반면, 아이비레인은 분명한 욕망을 지닌 존재로서 세상과 섭동(攝動)하고 있는 것이다. 이는 어쩌면 에파라는 매개자를 걷어낸 후에야 비로소 나올 수 있게 된 그의 일면들일지 모르겠다. 그렇게 생각하며, 울리케는 조심스럽게 입을 열었다.

"빌러디저드 님께서는, 린트부름의 후예들이 방관자일 수밖에 없음을 이야기하신 적이 있답니다. 세상의 변인이 되지 않기를 결의했기 때문이라나요. 그러면서 필연적으로 딸려 오는 무망감(無望感)을 토로하셨죠. 그때는 잘 이해할 수 없었으나, 아이비레인, 그대와 대화하며 어쩐지, 이제는 알 수 있을 것 같은 기분이 듭니다."

"그자가 그따위 이야기를 했느냐……? 내게도 비슷한 말을 한 적이 있긴 하다. 나는 그 굽어보는 시선이 참으로 재수 없어. 하지만 아무리 싫어도 도리가 없지. 나는 결코 그와 같을 수 없을 테니."

백룡은 체념한 듯 말했다. 하지만 의기소침해 보이지는 않는다. 오히려 울리케와 이런 이야기를 나눌 수 있다는 자체에 기뻐 보이기까지 했다. 바로 그것을 포착한 뉘르뉴가, 어딘지 언짢은 기색으로 내내 다물고 있던 입을 연다.

"그래서, 뭐야? 용을 시민으로 만드는 방법의 답이 나온 건가? 아니면, 류그라들을 동원하는 이야기로 넘어갈 차례인가?"

"나는 여전히, 저들에게 이토록 기회를 주는 것을 반대한다!"

울리케가 뭐라 말하기도 전 아이비레인이 잘라 말했다. 그의 말이 이어진다.

"저들은 뉘른스에크를 도륙한, 명백한 외침 세력이자 이 땅의 적이다. 비록 저들을 끌어들인 것이 나의 아이들이라 해도 말이야. 저들이 어긴 것은 심지어 나의 말이 아니라 바로 빌러디저드의 말이다. 감히, 린트부름의 올바른 적생자조차 무시한 셈이지! 대화를 시도하는 것 자체가 너무나 지나친 관용이 아닌가? 과연 울리케 피어클리벤, 네게 그만한 권리가 있느냐? 드라우그르로 일어난 전사자들과 뉘른스에크의 유족들을 생각해보아라. 죽은 네 땅의 사람들도!"

울리케는 입술을 깨물었다. 아이비레인은 빌러디저드에게 질투심을 갖고 있으면서도, 린트부름의 올바른 적생자인 그가 무시당했다는 사실에 대신 분노하고 있었다. 울리케 또한 상황이 여기에 이르기까지, 용의 말조차 신경 쓰지 않는 저들의 무도함에 질려 있지 않다고 하면 거짓말일 테다. 어차피 뉘른스에크엔 울리케에게 호의적인 상서령 앗슈레드와 팔왕 아힌달이 있다. 미스미르드에 관한 것이라면 그들과 논하는 것만으로도 사실상 충분하리라. 육왕은 교섭 당사자로서의 자격을 잃은 셈이다. 울리케는 적막한 안개를 돌아보며 말한다.

"그래서, 이대로 끝내자는 말씀입니까? 바로 그런 걸 하지 않으려고, 여태껏 이다지도 노력해 왔는데요. 그리고 저들의 문제는 육제주와 육왕일 뿐입니다. 그 책임을 어째서 병사들 모두가 져야 하는지는 잘 모르겠군요. 저는 이 싸움이 소수의 권능들만의 결착으로 끝나지 않기를 바랍니다. 그리고……"

울리케는 다시 아이비레인을 돌아보며 말했다.

"아이비레인, 당신도 정작 전쟁을 원하지는 않잖습니까?"

"……"

백룡은 침묵했다. 울리케는 다시 말한다.

"말마따나 당신의 아이들이 끌어들인 외적입니다. 그들이 당신의 뜻과 별도로 움직이는 이들이라 하더라도 당신과 라핀다시르의 책임이 완전히 없지는 않을 겁니다. 다 써먹었으니 치우자는 말씀으로밖에 안 들리는군요. 저는 미스미르드의 상서령으로부터 저들 민족이 처한 절박함에 대해 얼마간 들었답니다. 체제가 다르고 권위의 불하 방식이 다르기에 우리는 영영 서로 이해할 수 없을지도 모르지요……. 집을 떠난 이래 저도 몇 번이나, 이 이야기가 아이들 싸움처럼 단순하면 얼마나 좋을까를 여러 번 생각했답니다. 특히나 이 문제를 정말로 그렇게 가져가 버릴 수 있는, 모종의 힘이 제게 있다는 착각이 들수록 그런 유혹은 강렬했지요."

"착각은 아니야, 울리케. 네가 진정 바란다면."

뉘르뉴가 말했고 울리케는 멍하니 그를 본다. 그러자 아이비레인도 질세라 입을 연다.

"나 또한 힘을 보탤 것이다. 네가 말했듯이, 나는 이 문제에 책임이 있으니."

울리케가 떨떠름하게 그를 본다. 백룡은 계속 말했다.

"하지만 빌러디저드는 아니었을 테지! 그가 너를 위해 하늘을 쪼개 주었으냐, 땅을 갈라 주었느냐? 나는 할 수가 있다! 대체 그가 지금껏 한 일이 무엇이냐?"

아이비레인은 어쩐지 신이 나 보이기까지 했다. 울리케는 물끄러미 그를 올려다보다 산뜻하게 말했다.

"그분께서는, 인간들 사이에 자신을 던져 넣으시고 상황이 어디까지 개판이 되는가를 구경하셨습니다."

순간 울리케는 이에 관한 빌러디저드의 항변을 무어라 환청처럼 떠올렸으나 무시했다.

"……그거야말로 나는 못 하는 일이로군."

백룡이 침울하게 말했다. 울리케는 아이비레인이 내내 보여주는 이 신속한 감정 전환에 일순 피곤함마저 느낄 지경이었다. 빌러디저드에 대한 아이비레인의 자격지심은 너무나 지독해서, 울리케가 만일 그걸 적당히 자극하기만 한다면 거의 뭐든지 부추겨서 조종할 수 있지 않을까, 그런 생각이 들 정도였다. 이해 못 할 일은 아니다. 이 세상에 홀로 외딴 존재로서 표류하던 권능이 늘 그려 오던, 이상적이고 완전한 자기 자신의 표준이 바로 빌러디저드였을 테니. 아이비레인으로서는 질투하고 부정하고 냉소하면서도 결국엔 닮으려 할 수밖에 없는 존재인 것이다. 그리고 라핀다시르는 내내 그걸 보아 왔겠지. 울리케는 인간이 용에 대해 동정심을 느낄 수 있다는 걸 깨닫고 조금 어이가 없어졌다.

지고의 솜씨를 지닌 조각가가 일평생을 온전히 쏟아부어야 완성할 수 있을까 싶은, 절정의 조형미를 지닌 백룡의 새하얀 대리석 같은 거체를 보며 울리케는 생각했다. 아이비레인의 결손은 외려 그 때문에 자체로 치명적인 매력이었다. 어쩌면 완벽했을 수도 있었을 존재가 보이는 빈틈이, 불가해의 경외에 도달하지 못한 그 아픔이. 함께한 시간이 길지 않았음에도 불구하고 울리케는 벌써 라핀다시르의 사람들을 얼마간 이해할 지경이었다.

울리케는 몰랐으나 이미 그는 라핀다시르의 어떤 사람들보다 아이비레인의 내밀한 면면들을 통찰해 가고 있었다. 그건 아이비레인이 울리케를 대등한 대화 상대로서 존중하기 때문이었고, 울리케가 빌러디저드라는 존재를 알기에 그와 비교할 수 있으며, 마지막으로 까마귀로서의 통찰력이 발휘되기에 가능한 일이었다. 울리케는 멍하니 그를 보다 말했다.

"글쎄요. 아이비레인. 그대는 이미 빌러디저드 님이 결코 갖지 못할 것을 갖고 있답니다."

"그게 뭐지?"

백룡이 믿을 수 없다는 듯 묻는다. 하지만 울리케는 순순히
대답해 줄 생각이 없다.

"비밀입니다. 한번 생각해 보시지요."

"뭐냐니까!"

몸이 달은 백룡이 울부짖었다. 울리케가 아이비레인에 대한
주도권을 획득한 순간이었다.

제 12장

"보리울새의 왕이라고?"

"그래요, 호우라. 고블린 왕의 자리가 발견되었대요."

고블린 나우르는 들뜬 목소리로 말한다. 하지만 늙은 고블린은 이미 오래전에 멀어 버린 눈을 감은 채 말이 없었다.

갱도의 가장 깊은 곳, 일찍이 폐광 구역으로 묶인 이 장소는 원래 노동력으로서의 가치를 상실한 고블린들이 버려지는 장소였다. 그들의 주인인 인간들은 일하지 않는 고블린들에게 식량을 배급하지 않았기에, 원래대로라면 그들 모두 오래전에 죽었어야 맞았다. 그것이 인간들의 의도이기도 했으니.

하지만 고블린들이 지나치게 유용한 노동력이라는 게 문제였다. 그들은 빛 한 싸라기도 없는 암굴에서도 앞을 보며, 인간이라면 진즉에 죽거나 병이 들 환경에서도 묵묵히 땅을 팔 수 있었다. 게다가 초창기 고블린 새끼들에 대한 '사육'이 모조리 실패로 돌아가며, 인간들은 어린 고블린들의 양육을 고블린들에게 맡길 수밖에 없다는 걸 깨달았다. 몇 번의 시행착오 끝에 덧없는 목숨들이 소모된 끝에야, 광산이 나름의 균형을 갖추면서 폐광 구역은 고블린들의 산실이자 탁아소인 동시에 양로원처럼 역할하게 되었다. 늙은 고블린들이 새끼들을 기르는 일을 맡았다.

물론 인간 상단주는 어리석지 않았다. 그는 이 안에서 고블린들이 어떤 이야기를 하고, 무엇을 가르치는가를 철저히 통제하길 원했다. 그는 이 매우 유용하고, 사기에 가까울 정도로 저렴한 노동자들이 전사로서의 정체성을 각성할 때 얼마나 지독한 상대인지를 잘 알고 있었다. 때문에 고블린 전승에 관한 것들을 가르치는 것은 금지되었고, 그리하여 십 년이 훨씬 넘는 시간 동안 많은 것들이 잊혔다. 과거의 전사들은 자신들이 누군지를 잊은, 무지한 노예로 추락했다.

하지만 완전히 그런 것은 아니었다.

인간들이 몰랐던 사실의 핵심은, 전승의 교육과 유지가 철저히 고블린 여성 사회의 책무라는 점이었다. 나우르가 어색하나마 몇 마디라도 조어를 알아듣고 대화할 수 있었던 것은 그런 까닭이었다. 생존한 고블린 대모들은 남성들을 보호하기 위해 그들에게 전승을 가르치는 걸 오래전에 완전히 포기했으나, 딸들에게는 불완전한 지식들이나마 필사적으로 가르치고 있었다. 인간들은 고블린 사회가 '수컷' 주도의 군사 집단처럼 보인다는 점에 너무나 집중한 나머지, '암컷' 사회가 지닌 기능과 가능성에 전혀 주의를 기울이지 않았다.

그렇다 하더라도 종일 노동에 모든 기력을 쏟아부어야 하는 삶이기에 완전히 전승을 유지할 수는 없었다. 더욱, 그들 일족이 노예화되는 과정에서 너무나 많은 대모들이 죽었으며, 그 목숨과 함께 그들이 기억하던 노래는 영영 사라져 버렸기에.

"대륙의 모든 고블린들이 거기로 향하고 있대요. 우리는…… 가지 않나요?"

"우리는 갈 수 없어."

늙은 호우라는 건조하게 대꾸했다.

"왜요? 용이 불렀대요!"

"나우르."

대모의 목소리가 떨렸다. 늙은 고블린은 두려워하고 있었다. 그는 말한다.

"네게 노래와 새들의 말을 가르친 것은 그저…… 그것이 내가 알고 있는 것들이었기 때문일 뿐이야. 왕은 군대의 주인이고, 군대는 아들들의 일이지. 나우르, 이제 우리에게 그건 단지, 노래일 뿐이다."

그러면서 늙은 호우라는 이렇게 덧붙였다.

"이제는 모두…… 다 허튼소리야."

하지만 나우르는 이해할 수가 없었다. 그가 호우라와 대모들에게 알음알음 배운 것들은 하나같이, 고블린의 왕과 영광스러운 전쟁들에 관해 이야기하고 있었다. 호우라는 분명 그에게 긍지에 관해 말했었다. 태어나 여태껏 단 한 번도 숲흑늑대를 본 적 없지만, 나우르의 상상 속에서 숲을 가르는 늑대 기수들은 언제나 또렷한 질주를 했다. 그것들이 모두 이제 와 정말 아무 의미 없다면, 대모들은 왜 그걸 그에게 가르쳤단 말인가?

"저는 새들과 이야기했어요! 실제로요!"

나우르는 답답한 나머지 목소리를 높였다. 그러자마자 늙은 고블린은 조용히 하라는 몸짓을 한다. 그는 말했다.

"너는 잘 배우지 못했어……. 왜냐면 내가 제대로 가르치지 못했으니까. 네 조어 실력으로는 제대로 된 대화를 나눌 수 있었을 리 없다. 네 착각이란 말이다. 잊어버리거라. 그리고 다시는, 새들과 이야기하려 해선 안 돼."

"……무얼 두려워하는 거죠?"

어린 고블린은 마침내 늙은이의 공포를 포착한다. 하지만 호우라는 얕게 한숨을 내쉴 뿐, 물음에 대답하지 않았다.

"늦었구나. 가서 쉬거라."

나우르는 배신감을 느꼈다. 그는 새들의 말을 전하면 호우라가 기뻐하리라 생각했다. 어쩔 수 없이 물러난 나우르는 다른 대모들을 찾아가 같은 이야기를 전했지만 그들 모두의 반응 역시 호우라와 별다르지 않았다. 늙은이들은 두려워했고, 그러면서도 나우르에게 자신들이 무얼 두려워하는지 설명하려 하지 않았다. 나우르가 며칠 동안 모든 대모들에게 이 이야기를 전하고 돌아다니기 시작했다. 나우르는 대모들의 함구령을 지킬 생각이 없었고, 그리하여 자매들뿐만 아니라 형제들에게도 새들의 말을 전하기에 이르렀다.

같은 전승을 배우고 익히며 자란 자매들은 나우르의 말에 어느 정도 반응을 보이긴 했다. 하지만 형제들의 경우엔 달랐다. 그들은 애초에 새들과 이야기할 수 있다는 사실조차 믿지 않았다. 처음에는 묘한 이야기를 한다며 귀기울여 듣던 형제들 대개가, 터무니없는 소리 하지 말라며 화를 내고 자리를 떠 버렸다. 그러지 않고 호의적으로 들은 소수의 형제들은 어른들에게 전승에 관해 물었고, 이 질문들에 시달리던 몇몇 남성들이 급기야 대모들을 찾아가 애들에게 허튼소리를 가르치지 말라며 항의하기에 이르렀다.

결국 뒤숭숭해진 광산의 분위기는 그들을 감시하던 인간들에게까지 감지되고 말았다.

"그래, 너로군?"

상단주 발로프가 자신의 눈앞에 끌려온 나우르를 향해 말했다. 그는 광산 입구 근처에 세운 자신의 막사 안으로 이 어린 고블린을 끌고 오게 시킨 참이었다. 나우르는 자신을 노려보는 인간들의 무장을 보며 덜덜 떨었다. *이들이 어떻게 안 것일까? 모든 이야기는 인간들이 결코 내려오지 않는 광산 깊숙한 곳에서만 이루어졌는데!*

"겁먹을 것 없어, 얘야. 이름이 뭐지?"

들여다보던 책상 위의 장부로부터 눈을 뗀 발로프가 부드러운 목소리로 물었다.

"……나우르."

"그래, 나우르. 요즘 재미있는 이야기를 하고 다닌다지? 내게도 들려주지 않겠나?"

"……."

고블린은 대답하지 않는다. 입을 꾹 다문 나우르를 쳐다보던 발로프는 한숨을 내쉬더니 머리를 벅벅 긁었다.

"그렇게 떨 것 없다니까. 이미 나도 어느 정도 알고 있단다. 너희의 왕이나 그 밖의 여러 전승에 관해, 우리가 정말 아무것도 모르리라 생각해? 나는 다만 몇 가지 이야기들의 진위에 관심이 있을 뿐이야. 정말로 새들의 말을 알아들어?"

나우르는 작게 고개를 끄덕였다. 주의 깊게 보지 않으면 눈치채지 못할 정도로 미약한 움직임이었다. 상단주는 그걸 놓치지 않았다.

"정말이야? 놀라운데…… 아버지가 했던 이야기가 사실이었다니. 그래도 여전히, 바로 믿어지지는 않는군."

상단주는 턱을 만지며 나우르를 쳐다본다. 어린 고블린으로서는 그 눈빛이 어떤 의미를 내포하고 있는지 알 수가 없었다. 한동안 그렇게 쳐다보던 발로프가 문득 웃으며 말했다.

"내게 그걸 증명할 수 있어? 요즘 네 친구들이, 특히 저 바보 같은 수컷들이 네 말을 하나도 믿어 주지 않고 있지? 네가 새들과 이야기할 수 있음을 증명할 수만 있다면, 어때? 저 바보들을 깨닫게 해 줄 수 있을 텐데 말이야."

이자는 우리에 관해 모두 파악하고 있단 말인가. 소름이 끼친 나우르는 대답하지 않았다. 인간의 뜻대로 해 주고 싶지 않았다. 그래서 고개를 흔든다. 역시 미약한 움직임이었으나, 발로프는 놓치지 않는다.

"뭐, 역시 말로는 안 된다던 아버지 말씀이 옳지."

내내 태연하던 발로프의 눈매가 일순 싸늘해진다. 그는 곁에 시립해 있던 휘하에게 턱짓하며 말했다.

"저걸 광산 입구 가시주목 아래에 묶어 놔. 물도 주지 마. 어디 무슨 일이 벌어지는지 한번 보자고."

대모들은 바로 이런 것을 두려워했던 것이었을까.

손바닥만 한 스키르비르의 왕은 다시 고민에 휩싸여 있었다.

그와 이야기를 나누었던, 스스로를 나우르라 밝힌 그 고블린은 그들이 처음 만났던 가시주목나무 아래 나흘째 사슬로 묶여 있었다. 현명한 왕과 재상은 무슨 일이 일어난 것인지 어렵지 않게 추측할 수 있었다. 저 고블린은 바로 그들과 대화했기 때문에 저 꼴을 당한 것이다. 이대로라면 저 고블린은 틀림없이 얼마 안 가 굶어 죽고 말 것이다. 보리울새의 왕은 그의 동족들이 저 가엾은 고블린을 모른 체하며 오가는 것을 보았다. 주위의 인간 감시자들이 늘어난 것을 보았다. 그들은 일대의 모든 새들을 주의 깊게 쏘아보고 있었다.

"정녕 저자를 도울 방법이 없을까?"

"무리입니다."

왕의 조바심 어린 말에 재상이 대꾸했다. 그들은 나우르가 묶인 가시주목나무로부터 멀찌감치 떨어진, 다른 나무의 가지에 앉아 광산 전체를 굽어보고 있었다. 그의 다른 신하들 역시 주위의 나무들에 흩어져 포진한 채 상황을 보는 중이다. 활을 가진 감시자들의 눈이 고블린들보다 하늘을 주목하고 있음을 깨달은 이후, 보리울새들은 물론이고 다른 모든 새들 역시 광산 주위엔 거의 얼씬도 하지 않고 있었다.

"저자는 단지 나와 이야기했기 때문에 저런 일을 당한 것이다. 한참 부족하지만, 창공의 언어를 알고 있는 이가, 바로 그 이유로 죽어서는 안 된다."

"인간들은 바로 그렇게 우리가 나서기를 기다리고 있을 것입니다. 왕이시여, 저 무도한 종족들이 하늘의 이름을 버린 까닭을 잊지 마소서. 여전한 가금(家禽)들의 비극을 잊지 마소서."

"영락(榮落)이 어찌 우리만의 굴레겠느냐? 한때 우리는 이 세상의 하늘과 땅을 나란히 지배했었다. 이제 대지는 포유(哺乳)하는 것들의 영역이지만, 하늘만은 여전히 우리 것이지 않느냐."

왕은 서글프게 말했다. 재상은 할 말이 없는지 이렇게 부리를 연다.

"왕이시여, 만세를 누리소서."

그때, 가시주목나무 아래 웅크리고 있던 나우르가 머리를 드는 게 보였다. 그는 멍한 눈길로 주목나무의 붉은 열매들을 올려다본다. 필시 견디기 어려운 기아와 탈수 속에서 갈등하는 것이겠지. 하지만 이미 저 쇠약해진 몸으로 저걸 먹었다간 오히려 죽음만 앞당길 따름이다. 아니, 설마 그것을 바라는 것일까?

왕은 비참한 심정이 되었다. 그는 원래 고블린들을 그렇게까지 좋아하지는 않았지만, 그건 새들이 두발짐승에게 갖는 선천적인 두려움 외에 딱히 더할 이유는 없는 기호였다. 손가락을 가진 모든 종족들이 활과 화살을 공유했던 날, 대지는 하늘로부터 멀어졌으니까. 하지만 그럼에도 왕은, 본디 우거진 숲을 누비며 살았어야 할 저 종족이 이렇게까지 된 것을 기뻐할 이유가 없었다. 그것이 특히 자신과 말 한 자락이라도 섞은 존재일 경우 더욱 그렇다.

"더 두고 볼 수가 없다."

왕은 불현듯 그렇게 말하더니 가지를 박차고 날아올라 가시주목나무를 향하기 시작했다. 당황한 재상이 뒤늦게 그를 따른다. 손바닥만 한 두 그림자가 겨울의 새벽 공기를 가르며 날기 시작했다.

"그걸 먹지 말거라!"

가시주목나무의 침엽 사이로 몸을 쑤셔 넣기가 무섭게 왕은 외쳤다.

"지금 네 몸은 그걸 견딜 수 없다!"

나우르는 멍하니 가지 위를 올려다보다 신음처럼 중얼거렸다.

"······예측을 사망합니다."

"사망을 예측하는 것이겠지. 아니, 그냥 '죽을 것 같아요.'라고 말하면 되는 것이다."

"죽을 것 같아요."

왜 아니겠는가. 나우르는 벌써 나흘을 내리 굶었다. 물도 한 방울 먹지 못했다. 인간이었다면 벌써 죽었을 것이다.

"왕이시여, 위험합니다!"

그를 따라 도착한 재상이 다급히 외쳤다. 그는 이미 목책 근처, 망루 위의 두 인간 경비가 자신들을 포착한 것을 보았다. 그들의 손에 들린 쇠뇌를 보았다. 물론 저들이 특출난 사수가 아닌 바에야 실제로 맞추기는 어렵겠지만, 저들의 감시와 사정권 안에 몸을 노출시키는 것은 어리석은 일이었다. 하지만 왕은 듣지 않았다. 그는 결심한 듯 외쳤다.

"이대로 방관하는 것은 우리의 불명예가 될 것이다. 나, 스키르비르의 왕이 명하노니, 당장 이자에게 줄 음식을 공수하라!"

왕의 명령은 즉시 수행되었다. 일대의 모든 보리울새들이 움직이기 시작했다. 그들은 각자 저마다의 조그만 부리로 물어 나를 수 있는 최대한의 열매들과 땅속의 벌레들을 가져와 나우르의 앞에 쏟아 놓기 시작했다. 고블린은 그들이 무언가를 놔

두기가 무섭게 허겁지겁 먹어 치운다.

그리고 그 광경을, 인간들은 똑똑히 보고 있었다. 보고를 받은 발로프가 하품을 하며 자신의 막사로부터 나오다 가시주목의 주변에 펼쳐진 새 떼의 향연을 보고는 턱을 딱 벌리고 멈춰섰다.

"정말 놀라운 일이야."

발로프는 자신이 다가왔음에도 달아나지 않고 가시주목의 침엽 사이사이 빼곡히 숨어 앉은 보리울새들을 보며 말했다. 그의 어조와 표정만으로는 무엇을 생각하고 있는지 알 길이 없었다. 그는 나우르가 자신의 눈치를 보다 바닥의 마지막 열매 하나를 입에 털어 넣는 걸 보았다. 하지만 신경 쓰지 않는다.

"어떻게 한 거지? 새들에게 도와달라고 말했나?"

나우르는 대답하지 않았다. 발로프는 또 물었다.

"이게 흔히 일어나는 일인가? 모든 새들과 대화할 수 있나?"

나우르는 여전히 대답하지 않았다. 아니, 대답할 수가 없었다. 나우르로서도 방금 일어난 일을 설명할 수가 없었기 때문이다.

"응? 묻고 있잖아."

"……저도 몰라요. 저는 조어를 잘 못합니다."

나우르는 간신히 대답했다. 이번에도 말을 안 하면 안 될 것 같았다.

"그럼 누가 잘하지? 그걸 인간도 배울 수 있나?"

발로프가 말했다. 나우르는 멍하니 있다가 고개를 흔들었다.

"인간은…… 배우지 못해요."

"왜지?"

"새들이 대화를 거부합니다."

"왜지?"

나우르는 입을 뗐다가 다시 닫았다. 눈앞의 이 인간에게, 고블린의 전승을 어디까지 이야기해야 하나 망설여졌기 때문이었다. 인간은 오로지 지상에서의 번영을 위해 모든 신성으로부터 스스로 유리되었다. 신화는 그들이 닭과 오리를 가축화하기 시작한 날에 대해 이야기한다. 그건 계약이었다. 가축들의 일방적인 손해 같지만, 신화는 가축이 되길 받아들인 짐승들에게 내려진 약속에 대해 다음과 같이 전하고 있었다.

'너희는 결코 멸종하지 않으리라.'

그리고 약속은 이루어졌다. 오늘날 가축화된 모든 짐승은 그 어떤 산야의 짐승들보다 번영하며, 인간이 망하지 않는 한 끝없이 불어날 것이다. 혹자는 숲흑늑대와 고블린의 관계와, 말과 인간의 관계가 지니는 유사성을 지적할지도 모르겠으나 숲흑늑대는 결코 가축이 아니었다. 나우르는 이런 이야기들에 대해 배워서 알고 있었지만 지금 이 자리에서 설명하는 것이 알맞지 않은 일 같았다. 무엇보다 눈앞의 인간은 그런 걸 이해할 수 있는 종류의 존재가 아니었다.

"저도 모릅니다."

"그럼 누가 알지? 너에게 이런 걸 가르친 게 누구지?"

나우르는 겁에 질렸다. 호우라나 대모들에 대해서는 결코 말할 수 없다. 그들이 자신과 같은 고초를 겪게 할 수는 없다. 하지만 말하지 않는다고 해서 발로프가 정말 모를까? 그는 어쩌면 모든 걸 알고 있으면서도 단지 자신을 괴롭히기 위해 이런 걸 묻고 있는 게 아닐까? 여전히 굶주림과 추위에 시달려 온 나우르로서는 명료한 사고를 하기 힘들었다.

발로프는 대답을 거부한 고블린을 내려다보다 말했다.

"대답할 생각이 들면 나를 찾아라."

그러더니 미련 없이 떠났다. 그게 끝이었다. 나우르는 풀려나지 못했지만, 그렇다고 해서 다른 고블린들이 잡혀 와 묶이거나 하지도 않았다. 보리울새들은 계속해서 먹이를 날랐고, 나우르는 죽지 않기 위해 무엇이든 그걸 달게 삼켰다. 그렇게 다시 이틀이 지난, 어느 새벽이었다.

"이봐."

혼절 같은 수면 너머에서 누군가 그렇게 속삭였다. 나우르는 커다란 부리가 귀를 쪼는 감각에 움찔하며 깨어났다. 시커먼 어둠 속에서, 그 새벽보다도 더 검은 존재가 웅크린 채 자신을 보고 있었다. 가시주목나무의 그늘 아래 도사린 그것은 웬 도래까마귀였다.

"괜찮아?"

나우르는 처음에 자신의 귀에 들리는 이 조어가 매우 매끄럽게 해석된다는 게 의아해했다. 며칠 만에 조어가 늘었을 리 없는데, 이게 무슨 일일까? 망연히 도래까마귀를 쳐다보던 나우르는 마침내 까마귀가 조어가 아닌, 인간의 언어를 구사했다는 걸 깨달았다. 나우르의 눈이 커졌다.

"누구……."

"쉿."

울리케는 나직하게 다그치며 다시 한껏 몸을 웅크린다.

"눈에 띄지 않고 싶군. 너도 그대로 말해. 내 말 알아듣지?"

"……네. 누구세요?"

"그런 건 지금 별로 그렇게 중요한 게 아니야."

도래까마귀는 한숨처럼 말을 이었다.

"네게 일어난 일은 전해 들었어. 네 일족들과, 이 광산에 대해서도 말이지. 하지만 좀 더 자세한 이야기를 듣고 싶군. 지금, 너와 네 동족들을 구할 이들이 오고 있거든."

"……예?"

"나는 용의 사자다."

울리케는 그게 별로 맘에 들지 않는다는 듯 말했다.

"그리고 너희의 대사이기도 하지. 나는 원래 인간이야. 뭐, 너희가 겪은 고초를 생각하면 그게 별로 좋은 이야기는 아니겠지만 말이야. 하지만 나는 믿어도 좋아. 이미 스키르비르의 왕과는 충분히 대화를 했어. 다만 그도 잘 알고 있지는 못하더군. 그러니, 말해 봐. 너희는 어쩌다 노예가 된 거지?"

나우르는 멍하니 도래까마귀를 보다가 말했다.

"잡혔으니까요. 졌으니까요. 무슨 이유가 더 있겠어요?"

"이해가 가지 않는걸. 내가 아는 너희는…… 그렇게 쉽게 굴복시킬 수 있는 존재가 아니야."

정말 그것뿐이란 말인가? 울리케는 생각했다.

라스에게 했던 아우케트의 말도 그렇고, 울리케가 겪어 온 고블린들의 기질은 분명 노예와는 아주 거리가 멀었다. 그들은 전멸을 받아들일지언정 노예로서 굴복할 이들이 아니었다. 하지만 라스는 또 말했지. 그 기질 또한 단지 학습일 뿐이라고. 기질의 학습에서 자유로운 존재는 용뿐일 거라고.

울리케는 차라리 이들이 어떤 이유가 있어 이렇게 된 것이기를 바랐다. 그러니까 예를 들어 빚이라던가, 계약 불이행의 책임 같은 것들 말이다. 설령 사기에 가까운 술수에 당해 이들이 현재의 운명을 받아들인 것이라 해도, 그편이 더 납득하기 쉬웠다. 단지 패배와, 전승의 몰락이라는 이유만으로 이렇게 된 것이라면, 너무나 비참한 이야기였으니까.

무엇보다 단지 별 이유 없이, 그저 힘의 차이로 한 존재의 긍지가 이런 식으로 유린당할 수 있다는 걸 울리케는 믿고 싶지 않았다. 하지만 나우르는 정말 그게 다인 듯 말했다. 그를 깨우기 전, 스키르비르의 왕과 나눈 대화에서도 울리케는 이들의 유래에 대해 별다른 내용을 건질 수 없었다. 정말로 이들은 어느 날 붙잡혀 온 노예였다. 단지 패퇴했기 때문에. 그들의 장수를 잃었기 때문에. 농성에 실패했기 때문에.

그렇다면 이들 외에 알려진 고블린 노예들이 없는 건 무슨 까닭일까? 물론, 라스가 알려 주기 전까지 이들의 존재 역시 '알려진' 것은 아니었다. 다시 말해 이들 외에 숨겨진 고블린 노예들이 더 있을 수도 있다는 이야기였다. 그걸 깨달은 울리케는 북방의 모든 새들에게 새로운 명령을 전했다. 숨겨진 고블린 노예들을 찾아보라고. 하지만 이실바프를 떠나 여기에 이르기까지, 전해져 온 새로운 소식은 아직 없었다. 이실바프의 시장이 말했듯, 인간과 싸운 고블린들은 죽을 뿐이다. 그들을 노예로 만들려는 시도 자체가 울리케가 아는 한 이게 유일했다.

왜냐하면 인간들은 고블린을 노예로 삼을 필요조차 없다고 생각했기 때문이다.

그러니 여기서 조금 끔찍한 결론을 이끌어 내 보자면, 이 광산주는 그나마 고블린을 덜 혐오하는 축에 든다고 말할 수 있는 것이다. 그는 고블린이 대화와 교화 가능한 존재라고 여기는 축에 드는 것이다. 궤변 같은 결론이었지만 정말 그랬다.

울리케는 사흘 전 홀로 이 광산에 도착한 상태였다. 울리케가 그림니르로서 동행하고 있는 이실바프의 일행과, 본래 인간의 몸으로서 이끌고 있는 라핀다시르의 일행이 이제 곧 여기서 하루 거리에서 합류할 예정이었다. 이쯤 되니 울리케는 자신의 몸이 둘이 아니라 하나쯤 더 있었으면 하고 바랄 지경이었다. 뉘른스에크를 떠나온 지가 너무 오래된 것만 같았다.

아무튼, 울리케는 사전 정찰을 위해 일행을 떠나 도래까마귀로서 이 광산을 찾아왔다. 그리고 앞서 나우르에게 일어난 일과, 발로프의 반응도 엿보았다. 울리케는 그가 고블린들을 꽤나잘 이해하고 있다는 걸 알 수 있었다. 생각해 보면 그럴 수밖에없었다. 이해해야 통제할 테니까. 때문에 그가 선택한 통제의방식만 아니었다면, 울리케는 발로프를 무척 기꺼워했을지도모르겠다. 그러나 그가 선택한 방식은 노예였다.

"우리를 구할 이들이 오고 있다고요?"

나우르가 물었다. 생각에 잠겨 있던 도래까마귀가 정신을 차리며 답한다.

"그래. 너희의 동족들이지."

"숲흑늑대를 타고요?"

"……맞아."

나우르는 더 이상 말하지 않았다. 어둠 속에서, 울리케는 그가 우는 것을 볼 수 있었다. 그러면서 동시에 착잡해졌다. 지난대화가 아득히 떠올랐기 때문이었다.

"노예라고?"

이실바프의 시장 집무실에서 만취해 쓰러졌던 고블린들은이튿날에야 이 이야기를 들었다. 그러자마자 아흐가르가 한 말이었다.

"그들을 왜 우리가 신경 써야 하나? 그놈들은 우리 동족이
아니다."

울리케는 충격을 받고 부리를 헤벌린 채 그를 본다. 다시 이
실바프의 성벽 바깥, 막사들을 세운 채 아침 식사를 들고 있던
유하라의 고블린 오백장들은 한결같이 찌푸린 얼굴이었다. 숙
취 때문인지, 아니면 노예가 된 동족들의 이야기 때문이었는지
는 모른다. 울리케가 물었다.

"무슨 소리야?"

"노예 따위가 될 바에는 자진했어야지! 그 굴종을 받아들인
놈들을 어떻게 흐로킨의 형제들이라 말할 수 있겠나? 형제란
단지 피를 나눈 이들만을 말하는 게 아니다! 이상과 인식을 공
유하지 않는 이들은 형제가 아니다!"

"……너희의 긍지가 피에 새겨 있어? 고블린들이 그토록 선
험적인 존재인 줄은 몰랐는데? 같은 상황에서 너희가 달랐을
수 있으리라고 감히 말할 수 있나?"

"무의미한 가정이다."

다른 유하라의 오백장이 말했다. 그는 관자놀이를 꾹 누르며
무어라 고블린식 욕설을 내뱉더니 다시 말했다.

"우리는 한시바삐 왕좌에 가야 한다. 굴욕에 패배한, 도태된
변절자들을 위해 경로를 우회하고 위험을 감수할 이유가 없단
말이다. 그놈들이 받아들인, 추잡한 연명의 방식이다. 우리더러
왜 거기에 관여하라고 말하는 것인지 모르겠군."

"너희 동족이잖아!"

기가 막힌 울리케가 빽 소리 질렀다. 그러자 유하라의 네 오백장들은 숙취의 두통을 호소하듯 일제히 아우성을 쳤다. 한 오백장이 투덜거린다.

"도대체 까마귀는 왜 저리 목청이 좋은가? 새 중에서도 유별나단 말이야!"

그리고 아흐가르가 바로 말했다.

"다시 말하지만 동족이라는 게 어쨌다는 건가? 우리는 우리의 삶의 방식을 유지하고 공유하는 핏줄만을 형제로 받아들인다. 인간처럼 구는 고블린도 고블린이라면, 고블린처럼 구는 인간도 고블린이게?"

묵묵히 이들을 쏘아보던 아우케트가 입을 열었다.

"고블린처럼 구는 인간이 있기는 한가? 있다면 기꺼이 형제로 받아들이고 싶다만."

동시에 유하라의 오백장 넷이 일제히 아우케트를 노려보았다. 아우케트는 그 모든 시선들을 태연히 받아넘겼다. 그가 말한다.

"그들은 패배한 게 아니다. 도태된 것은 더더욱 아니거니와, 변절자라 말하는 것은 심각한 모욕이다. 그런 시선이야말로 그들에게 진정한, 하지만 불필요한 굴욕을 안겨 주는 것이지. 우리 모두 한때는 대모들의 품에서 전승을 배우며 보호받던, 횃불 없이는 한 치의 어둠도 꿰뚫어 보지 못하던 나약한 새끼들이었음을 잊지 말아라. 그들이 도태되었다고 감히 말할 수 있다면, 우리 역시 지난 세월 도태된 채 인간들에게 패배하고 쫓겨 다니던 이들에 불과할 것이다."

울리케는 놀라 아우케트를 본다. 불과 바로 어제 아이비레인과 이야기하며 그가 떠올렸던 것들을, 이 친애하는 고블린은 정확히 반복하고 있었다. 아흐가르가 불쾌한 듯 항변했다. 다만 그의 불쾌함은 현재 고블린들의 신세에 관한 신랄한 자평에 근거를 두지 않는다.

"우리는 도태된 게 맞다! 나는 바로 그렇게 생각했다만? 우리는 왕을 잃은 시절에 대한 벌을 받고 있었다."

"그럼 그 벌이 이제 끝나기라도 했나? 왕좌는 우리 스스로 발견한 게 아니며, 아직 되찾아 오지도 못했거니와 우리의 힘만으로 그걸 해 낼 가능성도 없다. 도태의 논리만을 율법처럼 긍정한다면, 우리가 앞둔 대업에서 우리 역시 마찬가지 논리로 밀려난들, 거기에 항변할 근거 따윈 조금도 없다! 무엇보다 나는, 저 흐로케냐르가 위치한 인간의 요새를 자신의 땅이라 천명한 용이 지금껏 단 한 번도 강자의 논리로 도태와 배제를 운운하지 않았다는 걸 이야기하고 싶군. 다른 누구도 아닌, 이 지상 최강의 존재가 말이다!"

유하라의 네 오백장은 잔뜩 찌푸린 채 아우케트를 노려보았으나 무어라 대꾸할 말이 없는 것 같았다. 아흐가르가 기어이 쥐어 짜낸 물음은 겨우 이런 것이었으니까.

"마치, 그 용을 잘 알고 있기라도 한 듯하군."

"그렇다고 말할 수 있지. 같이 술을 마신 사이니."

논리적이지는 않지만 효과적인 답변이었기에 네 오백장의 낯짝이 볼만해졌다. 그러다 문득 정신을 차린 한 오백장이 말했다.

"…… 아니, 그가 그 땅을 자신의 것으로 천명했다며? 그 자체가 침탈의 선포 아닌가? 그건 엄연히 폭력이지! 더군다나 여태 이야길 들어 보니, 용은 그 땅이 우리의 성지임을 이미 알고 있었던 것 같은데!"

"글쎄, 도대체 그럼으로써 그 용이 무얼 얻었는지 오히려 묻고 싶군. 나로서는 그가 충돌과 소모를 최소화하기 위해 그런 억지력을 발동시켰다고 여긴다. 하늘을 나는 용에게 땅이 무슨 소용이겠나? 모르겠나? 그 용은 지금 네 민족의 욕망이 교차하는 급소의 핵심에 앉아 우리 모두에게, 어떻게 처신할 것인지를 묻고 있다. 우리가 어떻게 행동할 것인가를 지켜보고 있다. 그런 존재에게, 우리가 감히, '도태된' 동족들을 버리고 달려간다면, 도대체 그가 우리를 어떻게 볼 것 같은가? 이 혼란과 분쟁에서 우리가 무슨 권리를 확보할 수 있을 것 같은가?"

울리케는 용에 대한 아우케트의 해석을 들으며 내심 고개를 끄덕였다. 저것은 이 상황에 맞게 다소 각색된 관점이라고 말할 수 있었으나, 설득력은 충분했다.

"그 권리는 우리의 행동에 의해 침해받지 않는다! 어떤 수행의 보상으로 주어진 게 아니란 말이다!"

아흐가르가 외쳤고 다른 세 오백장이 동의의 눈빛을 보낸다. 그러자 그들의 대화를 듣고 있던 도래까마귀가 이 시점에서 부리를 열었다.

"오백장은 마치 약자로서의 권리를 말하는 것 같군. 고블린 왕좌에 대한 권리가 그렇게 비굴한 것이었던가? 무리의 일부를 배척한 채 끌어 모은 총의를 진정한 총의라 말할 수 있겠어? 너희의 마지막 형제가 어디 있느냐는 질문에, 뭐라고 대답할 것인가?"

"모르겠군. 도대체, 우리가 그들을 지키는 자인가?"

아흐가르가 혼란스러운 듯 되물었다. 다른 세 오백장도 다르지 않아 보인다. 울리케는 다시 말했다.

"지키는 자이지. 그들에게 그들의 권리를 알려 주어야 하지 않겠나? 권리란, 우리 모두가 태어날 때부터 갖고 있는 것이라 말하지만 실은 철저하게 합의되고 발명된 것이다. 일종의 신앙이라 할 수 있을 정도지. 배우지 않은 자는 알 도리가 없고, 생과 사의 가운데에 놓인 생물로서 우리는 권리와 힘을 헷갈릴 수밖에 없어. 그대들은 인간의, 제국의 대헌장을 읽은 적이 없겠지. 거기엔 무려 삼만 자의 분량을 할애해 인간에게 주어진 권리가 무엇이며, 그것이 어떻게 성립하는가를, 그것이 왜 온당한가를 말하고 있지. 나는 고블린들이 연대를 저버린 야만의 마수로 남지 않길 바란다. 너희는 단지 형제를 구하러 가는 것이 아니다. 너희의 권리를 구하러 가는 것이다. 너희가 어째서, 인간에 의해 배척받지 않아야 할 존재인가를 증명하기 위해 가는 것이다. 너희가 문명을 가진 종족임을 보이기 위해 가는 것이다. 가서 그들에게, 그들이 원래 살며 누려야 했던 것들을 일깨워라. 그들의 생득권을 떠올리게 해라. 그들이 가야 할 곳을 알려주어라."

도래까마귀는 잠시 숨을 고르고 한 문장을 덧붙인다.

"그들이 왕을 뽑을 수 있다는 것을 알려주어라."

유하라의 오백장 넷은 침묵에 휩싸였다. 아우케트는 더 말하지 않았지만, 울리케는 만족한 듯한 기색을 읽을 수 있었다. 그리고 잠시 뒤, 울리케는 자신의 설득이 통했음을 깨달았다. 아흐가르가 다음과 같이 물었던 것이다.

"그래, 어떻게 하면 되겠나?"

하지만 다시 잠시 뒤, 울리케의 계획을 들은 유하라의 오백장들은 일제히 난색을 표했다. 아흐가르가 외쳤다.

"아니, 도대체 그렇게까지 해야 할 필요가 있나! 그냥 가서 다 때려 부수고 구출해 오면 되는 게 아닌가!"

"이런 말 해서 굉장히 미안한데."

도래까마귀가 말했다.

"내게 언제나 그것은 최후의 수단이다. 나는 대사로서, 그 본체는 어디까지나 제국의 시민인 만큼 법이라는 테두리의 안에 있지. 제국법에 의해, 노예는 불법이지만 너희는 그 법의 보호를 받는 존재들이 아니기에 위법성을 논할 수 없어. 아, 그런 눈으로 보지 마. 나도 이게 옳다고 생각하지는 않으니까. 어쨌든 그럼에도 그것이 사실이기 때문에, 나는 가능한 한 이 일을 합법적으로 접근할 생각이다."

"걱정 마라. 형제들에게 시키진 않는다. 사로잡힌 포로 노릇은 나 혼자로 족하다."

아우케트가 말했다. 그러자 네 오백장은 그를 쳐다보았다. 아우케트는 씩 웃으며 덧붙인다.

"비참한 처지의 형제들을 위해 그런 굴욕을 감내할, 그런 도량을 유하라의 형제들에겐 아직 기대할 수 없으니까."

"……뭐라고?"

"인간이 침을 뱉거나 바닥을 기게 시킬 수도 있다. 그걸 해낼 자신이 있나?"

울리케는 다급히 말했다.

"아니, 아무리 그래도 그렇게 내버려 두진 않을 거야!"

"나는 각오하고 있다."

아우케트는 으르렁대듯 말했다.

제13장

"다시 한번 정리하겠소."

라그나가 정말 마음에 들지 않는다는 듯 떨떠름한 얼굴로 입을 뗐다.

"우리는 열흘 전 저 고블린 무리들과 조우해 전투 끝에 일부를 사로잡았소. 그리고 팔아넘길 경로를 모색하다 귀하의, 예튠드 상단과 알게 되었지. 귀하는 이실바프의 암시장 조합으로부터 이 광산에 대한 정보를 얻은 직후였소. 예튠드 상단은 우리에게 이 광산과 거래할 자리를 마련코자 중개인으로서 자처했소. 저 고블린들을 전부 좋은 값에 매각하고 싶은 것이 우리 희망이지만, 예튠드 상단은 이 기회를 통해 광산의 상단주로부터 고블린 노예화 방법에 대한 요령을 배우는 것이 장기적으로는 더 이득이라 보고 있고, 그래서 여차하면 교화된 노예들을 매입할 의사도 있소. 우리는 가운데서 이래저래 털리는 형국이지. 자, 이해됐소?"

"여부가 있겠습니까."

비드리가 땀을 닦으며 말했다. 동시에 두 남자는 한숨을 내쉬었다. 그 꼴을 재밌게 구경하던 시그리드가 말했다.

"정말 깜찍한 작전이지 뭐야? 아가씨가 조금만 뒤틀리게 성장했다면, 상당히 음험한 인간이 되었을 게 분명해."

"무슨 소릴 하는 건가? 지금도 충분히 음험하다."

장식적일 정도로 온몸에 밧줄을 두른 아우케트가 침통하게 말했다. 그리고 그 곁에 똑같은 꼬락서니를 한 아흐가르도 연신 고개를 끄덕였다. 유하라의 고블린들은 이 가증할 작전에서 그들이 만일을 위한 후위로 물러나 있는 것을 받아들이지 않았다. 결국 제비뽑기가 이루어졌고, 당첨된 것은 아흐가르였다.

뉘른스에크로 향하던 라핀다시르와 시우부름의 고블린 무리는 이실바프로부터 출발한 울리케 일행과 이실바프의 남쪽에서 합류한 상태였다. 다시 말해 현재 이 장소에는 아이비레인과 로릭스데를 비롯한 라핀다시르 가신 전원과, 울리케의 모험가들, 그리고 어쩔 수 없이 동행한 아스미르 일행까지 뒤섞인 상태였다. 오랫동안 떨어져 있던 시그리드와 그 동료들이 마침내 여기서 재회했다. 울리케 또한 자신의 본체와 까마귀 그림니르가 마침내 한 장소에 머물게 된 참이었다.

"밧줄을 더 감아야 그럴싸하지 않을까요?"

시야프리테가 영 불안하다는 듯 입을 뗀다. 그러자마자 아우케트와 아흐가르를 비롯한 그 휘하 모든 장졸들이 이 류그라를 쏘아보았다. 도대체 이유는 알 수 없었지만 시야프리테는 밧줄과 매듭의 달인이었다. 그는 모든 고블린 포로들에 대해 '어마어마하게 철저해 보이지만 실은 아주 부실해서 조금만 손을 놀리면 한 번에 풀어지는 오랏줄 묶기'를 선보였는데, 아비인 류프리그데는 그걸 보자마자 자신이 여태껏 무언가에 속아 왔다는 듯 허망한 표정이 되었다. 아무튼 시야프리테가 묶은 이 밧줄들은 보기엔 그럴싸했지만, 만일의 경우 묶인 포로들이 맘만 먹으면 단번에 해방되는 구조였다. 그것이 어찌나 절묘했는지, 라그나와 랄로프가 달라붙어 그 매듭법을 배워 보려 시도했지만 끝끝내 원리를 이해하지 못할 정도였다. 시그리드조차 얼핏 보더니 말했다.

"마법이군."

마법사가 그렇게 확언하자 라그나와 랄로프는 자신들이 이 매듭을 이해하지 못해도 부끄러운 일이 아니라는 걸 깨닫고 안도했다. 한편, 이 희극을 구경하던 아이비레인은 말했다.

"이렇게까지 번거로운 짓을 하는 이유를 모르겠다."

"역시 힘으로 찍어 누르는 게 쉽다고 말씀하려는 건지요? 그게 왜 안 좋은지는, 이미 울리케 아가씨가 충분히 설명했던 것 같은데요."

시그리드가 말했다.

아이비레인은 유하라의 고블린들과 합류한 이후, 그들의 무리에 속해 있던 고블린 아이들까지 모조리 추종자로 받아들인 참이었다. 때문에 현재 그는 시우부름과 유하라의 고블린 아이들에게 빼곡히 둘러싸여 마치 병아리를 품은 암탉 같았다. 당연히 생전 처음 용을 본 유하라의 고블린들 또한 이 존재에 막대한 부담과 경외를 느꼈으나, 이 일로 인해 거리감은 상당히 좁혀진 상태였다. 아이비레인의 합류는 유하라의 고블린들에게도 한 가지 긍정적인 영향을 주었는데, 울리케의 이 작전에 계속해서 토를 달던 무리들이 모두 입을 닥쳤다는 점이었다. 그랬던 불평분자들이 일제히 백룡의 턱을 쳐다본다.

아이비레인은 말했다.

"질서를 존중하는 것도 지나치면 독이다."

"걱정 마시지요. 우리의 까마귀는, 규범의 형식에 얽매여 본질을 망각할 만큼 어리석진 않습니다. 그리고 뭐, 여차하면 나서실 수 있을 테니까요."

"이 교섭이 이루어지리라 보나? 아니, 애초에 이걸 교섭이라 볼 수 있나?"

그러자 마법사는 말했다.

"협박으로 끝날 수도 있겠죠. 하지만 저도 대개의 경우 마법을 바로 그렇게 사용합니다. 누군가를 다치거나 죽이지 않고 끝낼 수 있다면, 그게 좋은 일이니까요."

잠시 생각하던 아이비레인은 말했다.

"나는 류그라들의 보호자이지 고블린들의 보호자는 아니다. 내가 그들까지 맡아야 할까?"

아이비레인의 이 물음은 책임의 회피나 부담에 대한 것이 아니었다. 그 반대로, 자신이 그 권리까지 가져가도 괜찮겠냐는 물음이었다. 냉정한 마법사는 류그라보다 고블린들이 이 정세에 훨씬 더 강력한 정치적 여파를 잠재한 세력임을 알고 있었다. 누가 되었든 이 고블린들을 통제하거나 영향력을 발휘하는 쪽이야말로 이 대국에서 가장 큰 힘을 가져간다.

물론, 그건 어디까지나 그들의 왕이 나왔을 때의 이야기지만.

시그리드는 용에게 물었다.

"그런 부탁을 받으셨습니까?"

"아직은 아니다."

"그럼 너무 앞서 생각하지 마시지요."

별안간 시야프리테가 고블린들에게 소리 지르는 게 들렸다.

"자, 똑바로 서! 이 미개한 아둑발이 놈들아! 이제 오만한 너리서니들에게 팔려 가야 할 것들이 왜 이리 군기가 들어있어? 거기 너, 대체 왜 그리 의연하지? 척추에 모종의 기품이 서려 있는데? 너리서니가 본다면 몹시 채찍질하고 싶어질 것 같은데!"

"너 뭐하냐."

랄로프가 당황한 얼굴로 물었다. 시야프리테는 꿋꿋했다.

"보라고요! 이게 도대체 어디 패배해 사로잡힌 포로들 같으냐구요? 제 밧줄은 완벽한 만큼, 문제는 이들의 태도여요. 비굴함과 공손함이라고는 눈곱만치도 없다고."

"너희야 줄곧 그렇게 연명해 왔겠지."

아흐가르가 으르렁댔다. 그가 또 말한다.

"우리는 그렇게 살지 않는다! 그러느니 죽고 말 것이다!"

"어마마?"

시야프리테가 기가 차다는 듯 목소리를 높인다.

"이게 어디서 눈깔을 똑바로 뜨고! 목에 힘을 주고! 척추를 펴? 척추를! 너흰 틀렸어! 네 오십장이 너를 팔았단 말이야! 자, 상상해 봐! 넌 배신을 당해서 진 거라고!"

"내가 배신을?"

아흐가르가 믿을 수 없다는 듯 물었다. 시야프리테가 의기양양하게 외친다.

"그래, 홀랑 돼지 두 마리에!"

그러자 잠시 묵묵히 선 채 시야프리테의 말을 곱씹던 그의 등이 서서히 주저앉았다. 이제 그는, 믿었던 부하가 불과 돼지 두 마리에 팔아넘겨 인간의 포로가 된 고블린 오백장의 처지에 몰입하며 완전히 비참한 기세를 구현해 내기 시작했다. 이 모든 걸 조금 떨어져서 보고 있던 류프리그데가 조심스레 시그리드에게 묻는다.

"이 작전에…… 제 딸년도 포함되어 있었던 것입니까?"

"아닐걸요."

"……죄송합니다, 마법사님. 당장 말리겠습니다."

"놔두시지요. 잘하는데."

시그리드가 승리의 미소를 띠며 말했다. 시야프리테는 거기서 그치지 않고 아우케트를 제외한 모든 고블린 포로들 사이를 누비며 그들이 현재 얼마나 비참하고 굴욕적인 상태인지를, 놀라울 정도의 창의력을 동원하며 설명하기 시작했다. 그리고 실제로 이건 효과가 있었다. 심지어 어떤 십장은 잃어버린 가상의 숲흑늑대를 떠올리며 울기 시작했다. 하지만 시야프리테가 계속 외면하던 아우케트의 앞에 마침내 서자, 이 기세는 순식간에 멈추고 만다.

"뭐."

아우케트가 어디 해 볼 테면 해 보라는 듯 눈썹을 치켜올리며 말했다. 시야프리테는 담백한 표정으로 대꾸했다.

"잘해 보셔요."

"……그게 다야? 난 지금 별로 비참하지 않은 것 같은데."

"솔직히, 오백장 오빠는 별로 설득시킬 자신이 없어요. 그럴 필요도 없을 것 같고요."

"왜?"

잠시 말을 고르던 시야프리테는 말했다.

"동족들의 처지를 보는 것만으로도, 아마 충분할 테니까."

아우케트는 더 묻지 않았다.

시야프리테 역시 대화를 잇지 않으며 다른 고블린들의 밧줄 매무새를 다시 점검하기 위해 돌아다니기 시작했다. 앞서 짧은 논의 끝에 '사로잡힌' 고블린 포로들은 모두 열둘로 결정되었다. 노련한 사인조 모험가 일행이 현실적으로 제압하고 통제할 수 있는 숫자가 바로 그 정도였기 때문이었다. 여기서 중요한 대목은 제압보다 통제다. 실제로 시그리드는 마법사로서 훨씬 더 많은 수의 고블린 군대를 상대할 여력이 있었지만 그들을 포로로서 다루고 감시하며 살려내 호송하는 것은 완전히 다른 문제였으니까. 그것만큼은 마법사의 기예로도 어쩔 수 없는 관리의 영역이었다.

한편, 비드리는 당혹한 얼굴로 이 모든 것을 본다. 그는 뉘른스에크에서 군대들이 격돌하고, 울리케가 자신에게 호통을 친 이후 완전히 겁에 질려 이런저런 핑계를 대고 이실바프로 몸을 빼 내려 시도했다. 명분은 있었다. 예튠드 상단은 이실바프에 가장 큰 지점을 두고 있던 관계로, 뉘른스에크에 주둔하는 군대가 요구하는 만큼의 보급을 추진하기 위해서는 상단주인 그 자신이 되돌아갈 필요가 있었으니까. 하지만 노아크는 그의 이러한 핑계를 받아들이되, 결코 그를 홀로 보내지는 않았다.

"계속 그런 표정을 짓고 있을 겁니까? 그래 가지고 거래를 하겠다고요?"

바로 이 사람, 암시장 조합의 하슈펠 레미크가 비드리의 덜미를 잡고 여기까지 끌고 온 것이다. 이 둘은 울리케나 아스미르 일행이 입성하기 이전부터 이실바프에 도착해 암시장 조합의 업무와 예튠드 상단의 업무를 처리하던 중이었다. 암시장 조합의 이인자이자 피어클리벤의 포로에 가까웠던 하슈펠이 이런 일을 맡게 된 것은, 그가 지금까지 보여준 성실한 태도 때문이었으리라.

비드리는 그의 냉랭한 시선을 피하며 말했다.

"이런 일은…… 도무지 익숙하지 않단 말이오."

그러자 하슈펠은 코웃음을 쳤다.

"참으로 헤르펠과 붙어먹으려 했던 상단주 입에서 나올 만한 말이군요."

"……그래서 망했지 않소. 내가 감당할 수 있는 일이 아니더군."

"이건 더 쉬울 겁니다."

비드리는 한숨을 내쉰다. 정말 그 말이 맞을 것이다. 이건 적어도 반역 같은 무시무시한 이야기가 아니었으니까. 한때나마 자신감에 넘쳤던 그는 이제 자신의 배포와 역량을 완전히 의심하고 있었다. 이전의 투자는 실패했다. 그리고 지금 이 자리마저, 그가 원해서 온 것이 아니었다. 비드리는 침을 삼키며 멀찍이 떨어진 백룡과 라핀다시르의 사람들을 본다. 그리고 이내 피어클리벤과, 고블린들로 시선이 옮겨간다.

그가 실록의 폐장 쪽과 은밀한 연결고리를 만들던 당시만 하더라도, 피어클리벤은 정말 아무것도 아니었다. 하지만 지난 몇 달간, 그는 그 이름이 어떻게 폭발적으로 대두되고 회자되는지를 경험했다. 일이 이렇게 흘러갈 거란 걸 알았다면 비드리는 결코 그런 무리를 하지 않았을 것이다(하지만 도대체 누가 이런 걸 예상할 수 있었겠는가!). 그는 그저 약간의 도박을 걸어 보려 했던 것뿐, 헤르펠이니 반역이니 하는 끔찍한 이야기들과 얽히려던 것이 결코 아니었으니까. 내막을 알았을 때는 이미 너무 늦어 있었고, 사람은 그런 경우에 자기합리화를 일삼는 법이었다. 뭔가 잘못되었다는, 야단났다는 위기감이 커질수록 이것이 그만큼 큰 기회라며 스스로를 달래곤 했던 것이다. 그러니, 어찌 생각하면 차라리 잘된 일이었다. 그 스스로는 결코 빠져나올 수 없었을 그 구렁텅이를, 이렇게 멱살을 잡혀서라도 벗어날 수 있다면 말이다. 비드리는 마치 오랜 미몽에서 깨어난 것 같았다. 그는 다시 한숨을 내쉬면서 마음을 다잡았다. 아직은 만회할 기회가 있다.

그때, 그들의 곁에 쳐진 천막이 걷히며 울리케가 걸어 나왔다. 이미 앞서 뉘른스에크의 군영에서 도래까마귀로서 한차례 대면했던 적이 있지만, 인간의 모습으로서는 정말 오랜만에 보는 조카였다. 하지만 지금 울리케를 반길 면목이 없다. 그는 아직도 도래까마귀가 서슬 퍼렇게 자신을 꾸짖던 내용을 기억한다. 그럼에도 한편으로는, 왠지 모르게 울리케만이 자신을 이 모든 재앙으로부터 구해 줄 수 있을 것 같다는 이상한 예감이 들었다.

그저 한미한 지방 영주의 딸에 지나지 않았던 소녀는 못 본 사이 제법 어른티를 내고 있었다. 하지만 겉피는 세월의 새삼스런 보상일 테다. 그보다도 비드리의 눈길을 끈 것은 울리케의 기세가 기억 속과 완전히 달라져 있다는 점이었다. 저 아이는 그저 책을 좋아하는 문약한 아이였다. 하지만 고개를 치켜들고 이 괴상한 무리를 훑어보는 지금의 저 울리케에게는, 상인으로서 그가 수도 없이 굽실거려 왔던 많은 유력자에게 서려 있던 것과 같은 종류의 기개가 있었다. 아니, 그 정도는 가볍게 넘어선다. 비드리는 무의식중에 아이슐리드와 울리케를 견주는 자신을 깨닫고 일순 멍청해졌다.

"외숙."

그런 비드리를 쳐다본 울리케의 음성이 찌르듯 밀고 들어왔다. 비드리는 화들짝 놀라 고개를 쳐든다.

"왜…… 왜?"

울리케는 대답 대신 뚱한 표정으로 그를 훑어보더니 곁에 있던 하슈펠에게 말했다.

"아무래도 이 상단주는 바지사장인 편이 낫겠어요. 실무는 전적으로 부상단주가 도맡아 온 걸로. 레미크 씨?"

"이의 없습니다."

하슈펠은 그럴 줄 알았다는 듯 대꾸한다. 오히려 한술 더 뜬다.

"제가 언젠가 상단주를 살해하고 상회를 삼킬 야심이 있는 편이 더 좋지 않겠습니까?"

"저런. 전 상단주가 사람 보는 눈이 없었나 보군?"

"인정에 휘말리는 분이었지요. 그분의 후임이 잘못된 판단과 부실한 배포로 상회의 자산을 차근차근 날려 먹고 있으니, 전 상단주께 깊은 은혜를 입었던 저는 도저히 더 이상 참을 수 없는 지경입니다."

"내부의 위기를 얼핏 드러내는 건 교섭에서 상대에게 우위를 점했다고 착각하게 만들어 줄 수 있겠지. 그걸 이용할 생각인지?"

"기회를 봐서, 가능하다면 시도하겠습니다."

"그러면 그렇게 하지. 암시장 조합과의 연결고리가 있다는 것도 은근슬쩍 흘리고."

비드리는 기가 막힌 채 이 둘의 천연덕스러운 대화를 듣기만 할 뿐이다. 울리케와 하슈펠은 그렇게 순식간에 비드리의 표정과 태도를 교정하지 않고 내버려 둬도 좋은 설정을 짜 버리더니 그대로 서로에게 볼일이 없다는 듯 외면해 버렸다. 고블린 무리와 그 곁에 선 아스미르를 향해 걸어가는 울리케의 뒷모습을 멍하니 바라보던 비드리는, 무심코 고개를 돌렸다가 하슈펠 레미크가 희미하게 웃는 것을 발견하고 가슴이 철렁한다.

"일어났어? 도래까마귀는?"

"오고 있어."

울리케는 몇 해 만에 재회한 아스미르가 자신보다 그림니르의 안부를 먼저 묻는 게 조금 어처구니가 없었지만 선선히 대답했다. 따지고 보자면 울리케의 본체는 도래까마귀가 맞긴 하니까. 그러니 새삼스러웠지만 울리케는 눈을 돌려 그의 곁에 선 시르게이르와 선험관 이드냐에게도 인사를 했다. 그러면서 다음과 같이 덧붙인다.

"여러분의 행로를 퍽 우회하게 해 드렸습니다. 송구하군요."

"괜찮아요. 어차피 바로 뉘른스에크에 당도하진 못할 상황이니까요."

시르게이르는 쾌활하게 말했다. 그의 인상이 처음부터 맘에 들었던 울리케도 답한다.

"빌러디저드 님이야 힐드룬의 식탁을 오매불망 기다리시겠지만, 이 판국에 밥투정이 민망한 일이라는 것 정도는 이해하실 거랍니다."

울리케가 의도한 것은 아니었으나 용에 대해 이런 농담을 할 수 있다는 것 자체가 울리케를 다시 보게 만든다. 아스미르는 정색했고 시르게이르는 당혹한 낯을 순간적으로 내비추었다 감춘다. 선험관 이드냐는 신중한 얼굴로 말한다.

"하지만 파마의 결계가 완성되고도 날짜가 퍽 지난 걸로 압니다. 그 상황에서 용의 굶주림은, 농담만은 아니지 않을까요?"

"원래 화끈하게 생식하던 존재인걸요?"

울리케가 이렇게 일축해 버리자 세 사람은 더 이을 말을 찾지 못한다. 아스미르는 고개를 돌려 라핀다시르 쪽을 쳐다보곤 화제를 전환했다.

"그래, 여기서 뭘 하려는 건지는 이미 들었지만, 도대체 이렇게까지 여기 다 몰려올 필요가 있어? 심지어 아직 도착하지 않은 라핀다시르의 군대까지 있다면서."

"그 군대는 여기서 쓰지 않아. 내 소관도 아니지. 아이비레인이 끝끝내 이걸 구경하고 가야겠다고 고집을 부렸다고. 오라버니가 가서 설득하던가."

울리케는 지친 듯이 말했다. 그리고 그건 사실이었다.

여기에 이르러 울리케가 다시 한번 깨달은 사실은, 라핀다시르의 모두가 아이비레인이라는 존재에 완전히 목을 매고 있다는 것이었다. 전혀 그럴 필요가 없었음에도, 아이비레인이 이 고블린들의 문제가 어떻게 해결되는지를 보고 가겠다고 나서자 라핀다시르의 가신 전원이 아무런 토를 달지 않았다. 파마의 결계로 인해 에파라는 불가분의 사자를 잃어버려 분노해 날아온 용이 아니었던가? 하지만 아이비레인은 침착해 보였다. 아니, 그걸 넘어서 느긋해 보이기까지 했다. 울리케는 어쩐지 백룡의 관심이 에파 대신 자신에게 넘어온 게 아닌가 하는 섬찟한 생각마저 들었지만 아직까지 입을 열어 그런 이야길 남과 나눈 적은 없었다. 이야기하는 순간부터 농담이 아니게 될 것 같아서였다. 아이비레인은 여전히 말끝마다 '내 미래의 재상'을 운운했으나 라핀다시르의 어떤 가신들에게도 제지당하지 않고 있었다.

"용을 설득하는 건 네 특기인 줄 알았는데."

"천만에."

아스미르의 말에 울리케는 진심을 담아 잘라 말했다. 아스미르는 피식거리더니 묻는다.

"그러면, 이 작전에서 라핀다시르는 참여하지 않는 건가?"

"호위로 꾸며 몇몇은 붙을 것 같긴 하지만……."

울리케가 이렇게 말하며 라핀다시르 쪽을 보았을 때, 성큼성큼 다가오는 두 인물과 한 마리가 그들의 눈에 들어왔다. 에인달케와 아그니르, 그리고 그리핀 이트레케르였다.

"집 떠난 탕아들이 모두 모였군!"

울리케가 흐뭇하게 말했다. 그러자 에인달케가 청했다.

"저기, 울리케. 나를 상단 서기 같은 걸로 해서 넣어 줘."

"왜?"

"왜냐니? 난 이 여정을 기록하고 있어. 마땅히 이 꼭지도 들어가야지."

너무나 당연하다는 듯 말하는 에인달케다. 울리케는 순간 저게 자신의 과업이었으면 얼마나 좋을까 생각한다. 그래서였을까? 조금은 심통이 나고 만다.

"팔자 좋으네! 호위하는 사람은 생각 안 해?"

하지만 이건 울리케의 말실수다. 에인달케는 도대체 무슨 말이냐는 듯 멀뚱히 동생을 보더니 말한다.

"미안한데, 나 좀 많이 튼튼해."

"제기랄."

할 말이 없어진 울리케는 미간을 일렁이며 잠시 생각했지만 에인달케를 떼어 낼 명분을 찾지 못했다. 다음 순간 이드나마저 입을 연다.

"저도 부탁드릴 수 있을까요……?"

"……도대체…… 폐하께서 이런 자질구레한 소동을 듣고 싶어 하실 것 같지는 않은데요?"

"오, 천만에요. 가장 좋아하실 만한 이야기랍니다."

울리케는 잠시 어처구니가 없어서 이들을 돌아보았다. 자신은 머리가 깨지도록 이 모든 것들에 대해 고민하고 생각하고 있건만, 어쩐지 남들은 다들 재밌어하며 구경하기만 하는 것 같다. 그렇게 여기자마자 부아가 치밀었지만 울리케는 차분히 그것을 삭혀 넘기기로 했다. 대신 조금의 화살은 날린다.

"정말로 이 여정을 기록하고 있어? 어디 좀 보여줘 봐."

울리케가 그렇게 말하며 손을 내밀자 에인달케는 주춤했고, 모두의 시선이 자신을 향하자 얼굴까지 조금 붉어졌다. 그래도 기꺼이 품에 안고 있던 두루마리를 건넨다. 다음과 같이 짤막이 덧붙이며.

"초고라는 점."

"감안하지."

울리케는 냉큼 그렇게 대답하고 두루마리를 펼쳤다. 엄청난 속도로 휘갈겨 날아가는 글자들이 두서없이 눈에 들어왔다. 다음과 같았다.

울리케: 마침내 부끄러운 이여, 내통한 죄인이여, 혐의의 장본인이여, 혈족의 이름에 기생한 자여, 그럼에도 비루하게도 외숙이여, 그대는 이 장난 같은 운명의 여흥에서 광대의 노릇을 하셔

야 하겠습니다. 뒷골목의 음험한 죄악의 세리(稅吏)여, 그가 상단의 허수아비 주인인 것이 맞지 않겠습니까?

하슈펠: 내가 그를 오래도록 기망하고 궁지에 몰며 끝내는 그 숨을 거둘 운명의 대적자로 임하는 것이 이 여흥에 얕은 즐거움을 더할 것이니, 용의 사자시여, 지혜로운 까마귀여, 청컨대 이 얕은꾀를 허락해 주시기를.

"아, 장난해!"

차분히 식히려던 부아가 결국 폭발해 버린 울리케는 두루마리를 내던지며 소리 질렀다.

"우리가 언제 저렇게 말했어!"

"왜 그래? 원래 저렇게 쓰는 거란 말이야!"

에인달케가 상처받은 얼굴로 쏘아붙였다. 서둘러 두루마리를 주워들고 읽은 아스미르는 폭소했으나 시르게이르는 오히려 에인달케의 문재(文才)에 감탄한 얼굴이었다. 반면, 이드냐는 뭐가 문제냐는 듯 울리케에게 묻는다.

"실제로 사서(史書)는 저렇게 씌어요. 대사께서도 이해하시지 않나요?"

"예, 저도 그만한 교양은 있습니다만."

울리케는 마른세수를 하며 말했다.

"정말 저런 식으로밖에 쓸 수 없는 걸까……?"

"뭐가 문제야! 도대체 뭐가 문제냐고!"

에인달케가 화를 낸다. 울리케는 그 분노를 골똘히 직면하며 침묵하다 묻는다.

"있는 그대로 쓰면 안 되는 걸까?"

"맙소사!"

에인달케는 이제 침까지 튀기기 시작했다.

"너 어디 가서 책 좀 읽었다고 하지 마라! 형식이 없고 윤색이 없으면 그게 뭐야? 문필가들은 미쳤다고 수사를 공부하니?"

"맞습니다. 영애의 운율은 훌륭합니다. 형식도 나무랄 데 없고요."

시르게이르가 에인달케를 두둔하며 말했다. 울리케는 멍하니 좌중을 훑어보다 말했다.

"그래 뭐…… 나도 역사서의 인물들이 왜 하나같이 길게 말하고 시도 때도 없이 시를 읊을까 신기하게 여긴 적이 있긴 하지. 지금 생각해 보니 그건 다 거짓말이었던 것 같네. 대제께서 하신 말씀도 다 이런 식으로 왜곡된 거겠지?"

"왜곡이라니!"

에인달케가 으르렁댔다. 자매 가운데 문학에 있어서는 누구보다 잘 통한다고 생각했던 울리케에게 자신의 글을 비하당한 에인달케의 분노와 상처는 깊었다. 에인달케는 평생 전례가 없는 노여움을 뿜어 내며 소리 질렀다.

"이제 내게 왜 이따위 저주받을 괴력이 주어졌는지 깨달았다! 멍청한 평론가 놈들을 패 주기 위해서였어!"

"진정해, 바보들아!"

여태 조용히 있던 아그니르가 소리쳤다. 그와 동시에 새끼 그리핀이 날카롭게 울어 젖힘으로써 이 소동을 짓누른다. 아그니르가 다시 외친다.

"무슨 글줄 따위를 어떻게 쓰냐는 문제로 쳐 싸우고 난리야! 할 일들이 그렇게 없어? 이렇게 쓰든 저렇게 쓰든 일어난 일 자체는 변하지 않지. 그럼 좀 절충할 수 있는 거 아닌가?"

"절충이라고?"

에인달케가 기막힌 듯 되물었다. 아그니르가 딱하다는 얼굴로 그에게 말한다.

"언니는 책을 너무 많이 읽었어!"

에인달케의 눈이 실제로 뒤집혔다. 형제 가운데 가장 책을 안 읽은 자매에게 이런 이야기를 듣고 만 것이다. 모욕도 이런 모욕이 없었다. 심지어 울리케는 여기에 기름을 붓는다.

"아그니르 말이 맞아! 언니는 너무 경도되어 있다고! 언니가 기록하는 역사 속의 나는 이제 배고프다는 말을 열 문장에 걸쳐 토로하다가 급기야 세상의 기아를 한탄하고는 춤추고 노래할 것 같은데?"

"심지어 그리핀도 옆에서 춤추고 노래하겠지!"

아그니르가 깐죽거린다. 그게 결정타였다.

에인달케가 곧바로 아그니르의 멱살을 쥐어 잡아 흔들어 대기 시작했던 것이다. 자매의 진심이 담긴 완력을 난생처음 실제로 체험하게 된 아그니르는 당황해 빽빽 고함을 지르며 즉각 온몸으로 저항했으나, 그가 익혀 온 무술들은 아쉽게도 트롤과 힘 싸움이 가능한 인간을 상대하리라 전제하고 만들어진 것이 아니었다.

"이게 무슨 짓이야! 그만둬!"

얼굴이 새빨개진 아그니르가 외쳤지만 멈출 생각이 없어 보이는 에인달케다.

"이트레케르가 춤추고! 노래하게 해! 그럼 그만둘 테니!"

울리케는 팔짱을 낀 채 이 촌극을 구경하고만 있는 것이, 전혀 말리거나 개입할 의사가 없어 보였다. 기실 이 둘의 드잡이는 언제 한번 벌어졌어도 벌어질 일이었다. 에인달케가 피어클리벤으로 돌아온 이후, 아그니르가 언니를 대하는 태도엔 언제나 약간씩 가시가 있었다. 울리케도 이 여정을 시작한 이후에야 비로소 본격적으로 느낀 점이었지만 말이다. 성안에서는 아셰리드의 눈치를 보느라 잠자코 있던 에인달케였으나, 이제 다시 집을 떠나게 되니 더 참을 필요가 없어진 것이리라.

"울리케!"

마침내 아그니르의 입에서 자매를 향한 구원 요청이 터져 나왔다. 그의 두 발이 속절없이 허공에 뜬 직후였다.

"에인달케, 진정하시죠."

하지만 구원은 조금 의외의 방향으로부터 나왔다. 이 소란을 멀찌감치 구경하던 로릭스데가 서둘러 다가오더니 아스미르가 들고 있는 두루마리를 들여다보곤 대번에 이 모든 정황을 파악한 것이다. 그가 이어 말했다.

"일전에 당신은 분명 사관으로서의 포부를 밝히며, 대제와 스미드레드의 기록에 너무 난삽한 윤문이 심하고 왜곡과 가감이 많다 생각한다, 그렇게 말하지 않았습니까? 그래서 사실 그대로를 전하지 못한다고요. 그래서 저는 그때, 당신이 앞으로 쓰게 될 기록이 형식상 꽤 파격적이겠구나 기대했습니다. 그런데 지금 이 글은…… 기존의 잣대로 보아 대단히 모범적이라는 점에서 별로 그런 것 같지 않습니다만."

에인달케의 몸에서 썰물처럼 힘이 빠졌다. 로릭스데의 말은 사실이었다. 에인달케는 뒤늦게야 자신이 처음 세웠던 뜻에 자신의 글이 미치지 않음을, 어느샌가 자신이 구태를 충실히 재현하고 있을 뿐이었음을 깨달았다. 힘을 쓰느라 상기되었던 얼굴은 이제 당혹과 혼란, 서서히 차오르는 부끄러움으로 한결 붉어지기 시작했다.

"아니, 도망치지 마, 언니."

에인달케의 급변하는 기세를 주시하던 울리케가 어느 순간 말했다. 그러자마자 에인달케는 흠칫한다. 그는 정말로 자리를 박차고 뛰쳐나갈 셈이었다.

"계속 그렇게 달아나기만 해서야 되겠어? 글이야 그저 고치면 되는 것이지. 하지만 어떤 사람들은 한번 결정하면 고칠 수 없는…… 돌이키거나 편집될 수도 없는 일들을 해. 내 신세도 그저 양피지 위의 여백과 같았으면 좋겠다고."

울리케가 차분히 말하자 에인달케를 비롯한 모두가 조용해졌다. 피어클리벤의 자매들은 물론 아스미르마저 울리케가 현재 어떤 상황이며, 무슨 일들을 해 왔는지 떠올린 까닭이다.

때마침, 남쪽 숲 위로 날아오는 검은 그림자 하나가 보였다. 아이비레인이 몸을 일으켜 그걸 뚫어져라 보는 까닭에 모두가 그것을 알게 되었다. 백룡보다도 먼저, 아니 애초에 그것이 무엇인지 알고 있던 울리케가 반가이 말한다.

"오, 마침내 저기 내가 오네."

"······세상에 그런 이상한 문장을 말할 수 있는 존재는 너뿐일 거다."

아스미르가 기막혀하는 표정으로 말했으나 울리케는 다만 어깨를 으쓱해 보임으로써 스스로의 기묘한 정체성에 대해 그리 고민하지 않는다는 듯한 태도를 취했다.

시그리드의 예상대로 여정이 여기에 이르러 울리케의 본체인 도래까마귀와, 그 빙의물인 원래의 육신이 가까워지자 이두 존재는 반대쪽이 각성 상태이기 위해 다른 한쪽이 잠들 것을 요구하지 않게 되었다. 다시 말해 울리케는 인간인 동시에 도래까마귀로서 행동하며 그 둘 사이의 감각을 공유하게 되었다. 어느 쪽에 좀 더 집중하는가의 차이는 여전히 있긴 했지만, 울리케는 이 말도 안 되는 일이 실제로 일어날 수 있는 현상임을 자연스레 받아들였다. 물론 이 사실을 알게 된 마법사 하즈바와 케틸은 경악했지만, 시그리드는 어차피 고민해 봐야 결코 알 수 없는 일인 바, 그냥 더 따지는 걸 포기함으로써 이 둘보다 훨씬 의연한 태도를 취했다.

"싸우고 있었다며?"

울리케의 팔 뒤에 내려앉은 울리케가 부리를 열어 이렇게 물었다. 다음 순간 모두가 제각각 저마다 다양한 방식의 당혹감을 표현하며 주춤하느라 기묘한 침묵이 깔렸다. 그러자 인간 쪽 울리케가 탄식하며 입을 연다.

"이럴 수가, 재밌는 농담이라고 생각했는데!"

"……확실히…… 재밌는 농담이긴 하군요."

선험관 이드냐가 혼란을 극복하며 간신히 말했다. 아스미르가 투덜거린다.

"농담치고는 한순간에 너무 많은 생각을 하게 만들잖아!"

"겨우 이 정도로? 그러다간 시대에 뒤처질걸!"

울리케는 그렇게 말하더니 도래까마귀와 동시에 깔깔(깍깍)거리고 웃기 시작했다. 자못 이상함을 넘어 숫제 기괴해 보이기까지 하는 광경이었다. 무엇보다 이 좌중에서 울리케들(?)과 함께 웃기 시작한 유일한 인물이 시야프리테뿐이라는 사실이야말로 이를 증명한다.

"존경하옵는 우리 대사 – 행정관 – 봉송관 아가씨께서는 팔이 하나 더 돋아나도 그저 가위바위보에 무적이 되었다고 좋아할 분이세요!"

"그러려나? 십오진법이 좀 더 쉬워지긴 하겠네!"

도래까마귀는 그렇게 받아쳤고, 셋(?)은 다시 낄낄거리기 시작했다. 이 광경에 적응하려 애쓰며, 시르게이르가 차분히 아스미르에게 묻는다.

"음, 이게 피어클리벤식 익살? 가풍이야?"

"농담해? 쟤가 이상한 거라고."

아스미르가 억울한 듯 항변했다. 하지만 괴력을 지닌 자매나 새끼 그리핀을 대동한 자매 역시 비범하기는 마찬가지다. 그에 비하면 아스미르는 정말로 평범한 게 맞을 것이다. 시르게이르는 자신이 그간 알아 온 아스미르를 떠올리며 그에게 말했다.

"혹시 감춰 둔 비밀이 있으면, 지금 밝힐 때야."

"없다고!"

아스미르는 심지어 짜증까지 내 버렸다. 피어클리벤이 용과 관계되었다는 사실을 알게 되고, 이실바프에 도착하기 전까지만 하더라도 아스미르는 딱히 더 놀랄 일이 없을 거라 여겼다. 하지만 까마귀가 된 형제를 곁들인 고블린들과 마주쳤던 그때 이미, 그는 자신의 상상력이 빈약했음을 인정한 바였다.

이러느라 에인달케와 아그니르의 드잡이질은 어물쩍 넘어가게 되었다. 이거야말로 전적으로 울리케가 노린 바였다. 그리고 그 사실을 눈치챈 고블린 우이라가 에인달케의 원고에 관심을 보임으로써, 둘은 자연스럽게 한쪽 구석으로 떨어져 나간다. 아그니르는 철로 덧댄 자신의 경갑(頸甲)이 에인달케의 손 모양대로 우그러든 걸 발견하곤 표정이 확 상했으나, 때마침 고블린 꼬마들이 몰려들어 이 비범한 용력의 증거물에 대해 찬사를 지르기 시작하자 도저히 더 이상 화를 낼 수 없게 되고 말았다. 아예 잠시 뒤, 아그니르는 고블린 아이들에게 자신의 찌그러진 경갑을 들어 보이며 즉석에서 경매 같은 걸 열기 시작한다.

아스미르는 이 모든 과정을 지켜보고 있었다. 의외라는 표정이 알기 쉽게 그의 낯에 떠올랐다. 그가 기억하는 에인달케와 아그니르는 결코 이런 식으로 간단히 이 소동을 끝낼 성격들이 아니었으니까.

"아아, 이 손가락……. 그리웠어."

여기에 대해 뭔가 말을 하려 몸을 돌린 아스미르는, 울리케의 품에 안긴 도래까마귀가 울리케의 목소리로 이렇게 말하며 자신을 쓰다듬는 걸 보곤 할 말을 놓쳐 버렸다. 만족스러워하는 까마귀와 달리, 인간인 울리케는 미간을 살짝 찡그린 채로 도래까마귀의 깃털 사이를 헤집으며 빈대 같은 걸 찾고 있었다. 그러던 인간 울리케는 말한다.

"아무래도 날 목욕시켜야겠어."

"…… 정말 적응 안 되는 화법이로군."

아스미르가 탄식하자 좌중은 은연중 고개를 끄덕이고 만다. 그때, 지금까지의 소동에도 별 관심 없이 혼자 생각에 잠겨 있던 아우케트가 다가오더니 시야프리테에게 다음과 같이 말했다. 그의 몸에 감겨 있던 밧줄이 흘러내리고 있었다.

"보다시피, 네 마법이 풀렸다."

"사실 마법 아닌데. 위상기하학이라는 거예요."

"거짓말 마! 네가 그런 걸 알 리 없어!"

매듭의 비결에 미련이 남아 있었던 랄로프가 강박적으로 소리쳤지만 시야프리테는 대꾸도 하지 않은 채 흘러 내린 밧줄을 갈무리하기 시작했다. 아우케트는 손가락이 있는 울리케와 날개가 달린 울리케를 한 번씩 쳐다보더니 말한다.

"정탐은 어찌 되었나?"

당연히 가 보고 온 도래까마귀에게 던진 물음이겠건만, 인간 울리케가 대답한다.

"예상한 대로 광산 안엔 들어가 보지 못했으니 자세한 건 알 수 없었어. 감시하는 사병들의 수는 별로 많지 않지만, 뭐⋯⋯ 그건 아무 상관 없는 이야기지."

여전히 대부분의 고블린들과, 심지어는 인간들 중 일부도 울리케가 제안한 번거로운 접근법에 불만을 갖고 있었다. 하지만 아이비레인이 이를 흥미로워했기 때문에, 이제 와서 무력을 사용하자고 말하는 이들은 아무도 없었다. 게다가 황제의 이목을 대신하는 선험관, 이드냐의 존재 역시 아이비레인과 같은 영향을 끼치고 있었다. 이드냐가 묻는다.

"그런데⋯⋯ 이 작전의 목표가 뭐죠? 저는 가능한 한 이런 물음을 드리지 않고자 했지만, 아무리 생각해도 잘 알 수가 없어서요. 혹시 저만 모르고 있나요?"

그러자 모두가 제각각 시선을 어지러이 교환한다. 울리케는 이 짧은 한순간, 각자가 가장 지적으로 신뢰하는 존재를 쳐다본다는 걸 발견하고(그러니 당연하지만 시야프리테와 랄로프에겐 누구의 시선도 향하지 않았다) 재밌어하며 말했다.

"아뇨, 선험관께서 가진 의문은 당연합니다. 아무도 모르고 있긴 하지요. 저도 그렇고요."

"……뭐라고?"

아스미르가 한 박자 늦게 되물었고, 아우케트와 시그리드를 제외한 모두의 표정이 아스미르처럼 당혹으로 물든다. 좀 더 엄정히 말하자면 시야프리테와 랄로프도 제외였는데, 랄로프는 문제 자체를 아직 이해하지 못한 상태였고 시야프리테는 여기서 태연한 척하는 게 더 똑똑해 보일 거라고 생각했기 때문이었다. 울리케는 말한다.

"우리는 저 안의 상황과 내막을 몰라. 우르르 쳐들어가 박살 내고 모두를 구출하려는 게 아닌 이상, 뭐가 어떻게 돌아가는지 알아내고 그것에 맞춰 대응해야지. 이 연극의 일차 목적은 어디까지나 정보 수집이란 말이야. 이건 매듭이 어떻게 묶여 있는지를 아는 일이지, 잘라 내려는 게 아니니까."

"오, 위상기하학적 해법!"

"너 자꾸 어디서 주워들은 소리 할래?"

시야프리테의 뒤따른 추임새에, 그런 류그라 소녀의 지성을 용납할 수 없는 랄로프가 이렇게 외치자 기어이 시그리드의 사나운 눈초리가 둘 모두에게 쏘아졌다. 그러자마자 음전한 궁수, 브륀힐데의 악력이 둘의 덜미를 휘어잡고 퇴장시킨다.

"최악의 경우, 이건 어떤 종류의 거래나 계약의 결과일 수도 있으니까."

울리케가 덧붙인 말이었다. 그러자 아우케트가 묻는다.

"만일 사실이 그렇다면, 너는 그걸 존중해야 한다고 생각하나?"

인간 울리케는 찬찬한 시선으로 그의 친애하는 고블린을 본다. 그리고 이번엔 도래까마귀의 부리가 열렸다.

"그런 생각은 안 해. 나는, 너희도 인간과 똑같이 온전한 권리를 가진 종족이라는 전제를 유념하고 있어. 다만 베르벳의 경우에서 그랬듯, 인간은…… 우리끼리도 서로의 권리를 잘 지켜주지 못해. 다만 이게 단지 우리가 인간이고, 너희가 고블린이라서 일어난 일만은 아닐 수도 있다는 거지."

"……그런 대사를 할 때는 인간의 입으로 하는 게 낫지 않아? 왜 구태여 까마귀 부리로 말하는 건데."

아스미르의 불평이었다. 지금 그의 신경은 오로지 이 문제, 울리케의 상황에만 집중되어 있는 것처럼 보였다. 아니 오히려, 그는 오랜만에 만난 동생에게 이런 심각하고 복잡하며 설명 불가능한 문제가 일어났음에도 자신을 제외하곤 딱히 아무도, 심지어 당사자마저 심각해하지 않는 것 같아 보이는 상황에 어처구니가 없을 지경이었다.

"배척이 언제나 더 쉬운 일이지."

그때, 어딜 가나 먹을 것을 찾아내고 마는 고블린 아이들과 함께 숲을 쏘다니던 뉘르뉴가 마침내 나타나며 불쑥 던진 말이었다. 피어클리벤의 여자들이 지어 주었던 예복은 짧지 않은 여정에 시달려 어느새 밑단이 조금 낡아 있었고, 조금 전까지 무언가를 구워 먹은 듯 그 뺨과 손엔 검댕이 묻어 있었다. 하지만 아랑곳하지 않고 소녀는 말을 이었다.

"셰이위르는 그래서 더 어려운 길을 갔다. '우리'의 범주를 확장하는 것 말이다."

아스미르와 시르게이르, 그리고 선험관 이드냐에게 있어서 이 여정 중 마주친 존재 가운데 단연코 가장 기이한 것이라면 바로 이 소녀였다. 분명 사람의 아이 같으나 설명하기 어려운 이질감과 기품이 서린 채, 지금처럼 아무렇지도 않게 대제의 이름을 입에 올리곤 하는 존재라니. 소문으로만 들어온 라핀다시르의 백룡조차, 이 소녀에 비하면 그리 놀랍지 않은 지경이었다.

"일방적인 정복을 그런 식으로 선해하다니, 신선하군."

하지만 또 기이함으로 말하자면 결코 그에 뒤지지 않을 고블린 오백장, 아우케트가 시야프리테의 정성스런 위상기하학의 술수 한가운데서 말했다. 그러자 뉘르뉴는 묻는다.

"왜? 너희는 그 범주에 들지 않아서?"

"용이 있었다 한들, 과연 우리가 정복당했을 것 같은가?"

"셰이위르는 정복 같은 걸 한 적이 없어."

"······무슨 말인가?"

그러자 오히려 뉘르뉴는 이상하다는 얼굴로 아우케트를 포함한 모두를 휘둘러본다. 잠시 생각하던 그는 말했다.

"그렇군······ 셰이위르는 내게 일통의 당위에 대해 자신이 생각하는 바를 토로했었다. 흩어진 채 각축하는 토호들 사이에서, 빈번한 충돌과 갈등이 일으키는 소모를 보며 그는 고뇌했지. 스미드레드의 존재는 인간의 칭제를 상상할 수 없던 시대의 산물이었다. 너희에게는 정복 군주로 알려진 만큼, 실제로 싸움이 없던 것은 아니었지만 셰이위르와 그의 붉은 용이 한 일은······ 단호하고 끈덕진, 불굴의 설득에 가까웠다."

검은 머리의 서리심은 어느새 울리케를 보며 말하고 있었다. 그러자 아우케트가 묻는다.

"설득에 불굴이라는 형용이 붙는 것은 모순 아닌가?"

뉘르뉴는 고개를 끄덕인다.

"그럴지도. 하지만, 그렇게밖에 말할 수 없겠다. 각자 자신들의 땅에 갇혀 있던 이들에게 충격을 주고, 그들이 한정한 세계의 외연을 다시 보게 만드는 일이었지. 당신이 생각하는 '우리'의 범주가 틀렸다고 말하는 일이었다. 그런 신념을 가진 행위였다."

"뭐라 해도 정복이라는 점은 변하지 않지."

아우케트는 감정 없이 말했다. 반면 인간들은 하나같이 감탄한 듯한 얼굴로 뉘르뉴를 보고 있었다. 특히, 선험관 이드냐는 조금 흥분하기까지 해, 입을 달싹이며 무어라 말을 하고 싶어 하는 것 같았으나 스스로의 본분을 되새기며 필사적으로 참고 있는 것이 보일 지경이었다.

그리고 이 지점에서 고블린들과 관점을 공유하는 류그라, 시야프리테가 불쑥 말했다.

"하지만 그 대단하신 첫 황제께서 생각하신 그 '우리'의 범주도, 결국 같은 종족뿐이었던 거잖아?"

"그렇지 않다. 셰이위르는 미스미르드를 비롯해 너희와 고블린들까지 염두에 두었지. 단지 생각해 두었던 바를 모두 수행하기엔 인간의 생이…… 너무나 짧았을 따름이다."

뉘르뉴의 담담한 말이었다.

그러자 모두는 말이 없었다. 아스미르 측 일행 세 사람은 서리심의 내력에 대해 얼마간 들어 알고 있긴 했으나 이렇게 소녀의 몸이 직접 대제의 이름을 거론하며 술회하는 것을 직접 목격하니 기분이 정말 이상해졌다. 선험관 이드냐가 조금 떨리는 목소리로 묻는다.

"그대가 직접 본 대제께서는…… 어떤 분이셨나요?"

그러자 여태껏 그에게 별 관심을 주고 있지 않던 뉘르뉴가 눈을 치켜뜨고 선험관을 노려보았다. 침범을 일절 허락하지 않는 침묵이 그들 사이를 휘감았다. 그 끝에 뉘르뉴는 입을 연다.

"내가 나의 벗에 대해 무어라 말한들, 이미 가 버린 이는 그를 불평하거나 정정할 수 없겠지. 그를 추억하는 것은 온전히 나의 권한이다. 네게 어떤 자격이 있느냐?"

선험관이란 그 직급의 위계를 논하기는 다소 애매한 부분들이 있었으나, 황제의 측근이자 수족으로서 그 명예만큼은 의전에서 일반적으로 능히 후(侯)에 준하는 대접을 받았다. 그랬기에 뉘르뉴의 태도는 따지자면 심각한 결례였으나 이 자리에서 그것을 지적하는 이는 아무도 없었다. 심지어 선험관 당사자마저도, 그저 서글프게 웃으며 이렇게 물었을 따름이었다.

"자격이 필요합니까?"

"질문이 틀렸구나. 내가 그것을 알아볼 수 있겠느냐고 했어야지."

그러자 이드냐는 흠칫하며 눈을 동그랗게 뜨더니 입을 다물어 버렸다. 그런 그를, 뉘르뉴는 비웃듯이 아래위로 훑어보더니 외면해 버린다.

보통이라면 이 대화는 여기서 끝나는 것이 일반적이었을 것이다. 하지만 도래까마귀를 팔 위에 얹고 그 기름진 깃털 사이사이의 비듬을 손가락으로 퉁기고 있던 울리케가 이 대목에서 이상하다는 듯 이드냐와 뉘르뉴를 번갈아 쳐다보더니 어느 순간 입을 벌리고 말했다.

"어…… 오……?"

"거기까지. 아직은 아니다, 울리케."

뉘르뉴가 이렇게 말하자 확답이라도 받은 듯, 울리케는 눈이 휘둥그레졌다. 그러고는 차마 선험관 쪽에는 닿지 못하고 허공에 헤엄치는 시선을 어쩔 줄 모르며, 울리케는 그간 함께해 온 이들 모두가 보기에도 신선할 만큼 당황함을 표하기 시작했다. 이에 뉘르뉴는 작게 한숨을 내쉬었다. 영문을 몰라 시선을 돌리던 아스미르는 선험관 이드냐가 아랫입술을 깨물고 울리케를 노려보는 걸 발견하곤 깜짝 놀랐다. 적어도 그가 동행한 이래 이드냐는 언제나 여유롭고 차분하며, 단 한순간도 예의를 잃지 않는 사람이었다. 아울러 자신의 직위에서 비롯되는 특권을 행사하는 데 언제나 조심스러운 이였다. 그런 그가, 마치 입을 잘못 놀리면 죽여 버리겠다는 듯 단호한 시선으로 울리케를 쳐다보고 있는 것이다! 울리케는 심지어 진땀까지 흘리다 얼어붙은 도래까마귀로 이마를 훔치며 더듬더듬 말했다.

"어…… 아니, 으, 진짜……?"

"왜 그러느냐? 용에게도 방자히 개기던 네가."

뉘르뉴가 한심하다는 듯 말하자 울리케는 우물쭈물 대꾸했다.

"그야, 나는 인간이니까……."

하지만 이 말을 내뱉은 것은 또다시 인간이 아닌, 도래까마귀 울리케였다. 연이어 되풀이되는 동생의 난행을 지켜보던 아스미르가 중얼거린다.

"아주 맛이 들렸구만."

"영애, 잠시 단둘이 이야기 좀 할까요?"

결국 선험관이 나직하지만 힘주어 말한다. 그리고 그 어조엔 일고의 거부나 망설임도 용납지 않는 데 너무도 익숙한, 완전히 체화된 권위가 일순 서려 있었다. 다음 순간 언어와 그 숨겨진 힘을 다룸에 있어 틀림없이 달인인 시그리드가 마침내 이 모든 맥락을 파악한 듯 눈을 흡떴고, 그 스스로 자각하고 있진 않되 마찬가지로 언령의 힘에 예민한 시야프리테도 의아한 표정이 된다.

"안 된다. 나도 곁에서 들어야겠다."

권위에 관해서라면 그 어떤 존재에게도 한 수 접어 줄 이유가 없는 존재인 뉘르뉴가 말했다. 선험관 이드냐는 어쩔 수 없다는 듯 찬찬히 고개를 끄덕이며 답한다.

"그러시지요."

"저도 낍니다."

시그리드가 서둘러 말하자 이드냐가 냉랭하게 그를 쏘아보며 묻는다.

"왜지요?"

"무슨 말씀을 나누실지 예상하고 있거든요."

선험관은 숨을 들이키지만 결국 한숨을 내쉬며 고개를 끄덕인다.

그렇게 넷은 나머지 영문을 몰라 하는 사람들로부터 떨어지기 위해 한동안 걸었다. 평범한 이들의 청력은 결코 도달할 수 없을 만큼의 거리가 확보된 직후, 시그리드는 말했다.

"묵음의 너울을 칩니다."

다른 셋은 여기에 대해 아무런 말도 하지 않았다. 한동안 침묵이 흐르던 끝에, 입을 연 것은 이드냐였다.

"좀 더…… 눈감아 주실 수는 없었습니까?"

"내가 뭐라 했느냐? 보다시피 평범한 이들은 여전히 아무것도 눈치채지 못했다. 나머지의 비범함이야 내가 어쩔 수 있는 문제가 아니지. 이들이 끝끝내 몰랐으리라 여기느냐?"

뉘르뉴의 말이었다. 이드냐는 그럼에도 억울한 듯한 시선을 감추지 못한다. 여기에 이르기까지 황망한 표정으로 갈팡질팡하고 있던 울리케가 눈을 굴리다 마침내 입을 열었다.

"어…… 그러니까, 음, 폐하?"

"그렇게 표고 바구니에서 독버섯을 찾아낸 듯이 말하지 말거라."

이드냐가 한숨과 함께 말했다. 뉘르뉴의 말마따나, 용들 앞에서도 기죽지 않던 울리케가 이토록 당황하는 것을 본 시그리드는 재밌다는 듯 말했다.

"아가씨의 인간성이 이런 식으로 증명되는군요. 어쨌거나, 뵙게 되어 영광입니다, 폐하."

"그러는 경은 그다지 놀라는 것 같지 않군."

"놀라는 것은 마법사의 일이 아닙니다. 보통, 놀래는 쪽이라서요."

"확실히, 경까지 눈치챈 건 놀랍긴 하군."

"선험관이 황제의 잠행을 감추기 위해 고안된 직책이란 건 그렇게 비밀이 아닌걸요."

"거기까지. 이 자리에서 경과 논할 바는 달리 없다."

가면을 벗어던진 황제의 목소리는 그 자체로 직효를 가진 마법이었다. 시그리드는 순순히 입을 다물었으나, 그 인세의 법에서 벗어나 있는 뉘르뉴는 말한다.

"이런 장난질이 재밌느냐?"

"솔직히 재밌답니다."

황제가 이렇게 말하며 웃자 뉘르뉴는 어처구니가 없는지 입을 헤벌리고 말을 잊었다. 그런 그에게, 황제는 살짝 목례하며 말한다.

"늦게나마 정식으로 인사 올리지요, 대제의 벗. 나는 이그드리드, 시그렐 아우스뉘르, 이 땅의 유일한 명의자이자 그 상속을 주관하는 자라, 그럼으로써 모든 무덤의 슬픔과 모든 소출의 기쁨을 영락없이 누리는 자입니다."

잠시간의 침묵이 그들을 휩쓸었다. 뉘르뉴가 눅눅히 말한다.

"……실로 그의 말이었다."

"틀림없이 그분의 말씀이겠지요."

황제는 기쁜 듯 미소 지으며 말했다.

반면 울리케는 아주 넋이 나가 있었다. 인간은 물론이고, 도래까마귀마저 부리를 헤벌리고 멍하니 서 있는 꼴을 보자니, 이 여정의 처음부터 울리케를 지켜봤다 할 수 있는 시그리드로서는 놀라울 지경이었다. 마법사는 묻는다.

"아가씨? 이게 그렇게까지 충격받을 일인가요?"

"……무릎이 굴절될 것 같아요."

"어느 쪽으로요? 까마귀 무릎은 반대로 꺾일 텐데."

순간 멍하니 비어 있던 울리케의 눈에 희번득 빛이 들어온다. 뉘르뉴 또한 고개를 휙 돌리더니 시그리드를 본다. 울리케의 품에 안겨 있던 울리케가 한쪽 발을 들어 까닥여 보이며 부리를 연다.

"경, 이건 무릎이 아녀요. 발목이라고요."

"맞다. 그건 발목이다."

적절치 못한 순간에 이상한 데서 지식의 오류를 지적받은 마법사는 당황하여 이 땅의 최고 군주를 본다. 하지만 황제 또한 모르긴 마찬가지였다. 그는 뉘르뉴에게 묻는다.

"그게 발목…… 입니까?"

"발등이 긴 것이지. 다음에 닭을 뜯을 때는 좀 더 세심하게 관찰해 보거라."

뉘르뉴가 한심하다는 듯 콧방귀를 뀌며 말했다. 화제가 여기에 이르자, 황제는 짐짓 장엄하게 준비했던 이야기를 잠시 잊고 멍하니 서 있는다. 다음 순간, 그는 풋 하고 웃음을 터뜨렸다.

"정말이지…… 이런 것을 상상이나 해 봤겠는가?"

"예…… 미욱한 저도 매번 늘 그렇게 느낀답니다. 암요, 폐하."

울리케가 말했다. 그 조금 한심하기까지 한 태도에, 황제는 실망한 듯 근엄하게 말한다.

"그렇게 자신을 낮추지 말거라, 울리케 피어클리벤. 최초의 고블린 대사이자 피어클리벤의 진흥행정관, 아울러 뉘른스에크의 영현봉송관이며 용의 사자가 아닌가. 그에 비하면 나는 그냥 폐하다."

"그냥 폐하요."

말도 안 되는 두 단어의 접목을 입안에서 실현해 보는 울리케의, 영혼이 빠져나간 듯 기계적인 어조였다. 황제는 웃으며 또 묻는다.

"정말이지 의외로구나, 울리케 피어클리벤. 여기 이 천년제주와, 두 용들 사이에서 네가 무엇을 말하고 어떻게 행동해 왔는지, 나는 나름대로 이미 아는 바가 있다. 그런데 한낱 인간의 군주인 내게 그토록 긴장하는가?"

"⋯⋯앞서 말씀드렸다시피 저는 인간이기 때문입니다. 날 때부터, 이 땅에 세워진 법도와 그 준엄함을 수호하시고, 물려받은 모든 것과 몰수될 모든 것의 주관자이시니까요. 초월자들의 권능과는 완전히 또 다른, 폐하께서는 이미 약속된 우리 합의의 총체이십니다."

황제의 얼굴에 기특함과 동시에 슬픔이 어렸다.

그의 말마따나 울리케는 여태껏 용과 서리심이라는 초월자들 앞에서 당당히 지내 왔다. 또한 아우스뉘르라는 이름은 이제 울리케에게 있어 더는 막연히 섬기기만 할 이름이 아니라, 내심 그렇게 생각하고 있지 않았던가. 그럼에도 목전에 황제를 마주하자 울리케는 자신이 어떤 이름을 가진 땅에서 무엇을 배워 왔는가를 충실하게 깨달았던 것이다. 울리케가 빌러디저드나 뉘르뉴 앞에서 기죽지 않을 수 있었던 것은 피어클리벤의 이름이 그들로부터 비롯된 게 아니었기 때문이다. 그들이 이 사회에 속하지 않았기 때문이다. 울리케는 합의된 질서를 존중하며, 그것으로부터 비롯되는 권위의 힘을 믿었다. 때문에 오롯함은 선명할수록 공포의 대상이 아니었다. 하지만 눈앞에 선이는 다르다. 도래까마귀는 뒤늦게야 머리를 조아리며 말했다.

"폐하를 뵙습니다."

반면 그림니르를 팔에 얹은 울리케는 그저 그 뒤에서 살짝 목례를 했을 따름이었다. 그 모습을 재밌다는 듯 보는 황제가 물었다.

"……어째서 까마귀로서 인사를 하지?"

"현재 이 까마귀가 제 진정한 본체이옵고, 까마귀라면 인간의 예법을 완전히 따르지 않아도 결례를 논하기 어려우실 테니까요. 더욱, 외람되오나 소인이 판단컨대, 지금 이 자리에서 제가 주군을 대하는 예를 표하는 것이 오히려 폐하를 난처하게 해드리리라 생각했습니다. 여기는 다른 이들의 귀가 닿지 않는 곳이지 눈이 닿지 않는 곳은 아니니까요."

"올바른 판단이다."

황제는 웃으며 말했다. 하지만 다음 순간 그는 웃음을 싹 지우며, 멀리 떨어진 다른 이들을 곁눈질하곤 말한다.

"말할 것도 없겠지만, 힐드룬의 장녀나 네 오라비 아스미르 또한 나에 관해서는 전혀 모른다. 앞으로도 그래야 할 것이며,

지금 이 자리의 이들만이 나에 대해 알고 있기를 바란다."

"아이비레인조차 모릅니까?"

"모른다. 설령 나를 알현한 적 있던 귀족들이라 해도, 지금 이
자리에서 나를 다시 만난들 절대로 눈치채지 못할 것이다."

"……마법입니까?"

어떻게 그럴 수가 있는지, 궁금함을 참지 못한 울리케가 또
묻는다. 그러자 황제의 명대로 닥치고 있던 시그리드가 입을
열어 버리고 만다.

"뭐, 에다의 도리를 이용한 것은 아니라 해도 일종의 유사성
은 있다고 할 수 있겠죠? 인간의 오감을 최대한 압박하도록 설
계된 장엄의 회당에서, 온갖 절차와 예식에 따라 이루어지는
알현은 그 자체로 마법이 될 테니까요. 그 고약한 상황에서 어
느 누가 폐하를, 얼마나 인간으로서 직시할 수 있을까요?"

"훌륭한 추리로군, 유세트 경. 아마도 그것이 그대가 결단코
황성에 오지 않으려는 이유 중 하나일 테지?"

황제는 어딘지 샐쭉한 낯으로 말했다. 마법사는 아무렇지 않
은 얼굴로 대꾸한다.

"설마요, 폐하. 저는 그냥 사람 많은 것이 싫습니다."

울리케는 조금 조마조마한 심정으로 황제를 본다. 하지만 황
제는 그저 고개를 살짝 끄덕일 뿐, 더는 물고 늘어지지 않았다.
이에 울리케는 다시 부리를 연다.

"레이프니르의 이드냐라는 이름은, 그저 가명이신지요?"

"그럴지도? 하지만 실제로 존재하는 신분이기도 하지. 황성에서 그 이름에 대해 어떤 조사를 하든 이 진실에 다가올 가능성은 전혀 없다. 나는 실제 이 이름으로 이미 이십 년 이상을 살아왔으니 말이다."

황제는 의외로 울리케가 묻는 바에 성실히 대답하고 있었다. 울리케는 그것이 정말 이상하다고 생각하면서도, 좀처럼 자질구레한 화제들밖에 떠오르지 않는다. 답답했는지, 뉘르뉴가 발칵 입을 열어 물었다.

"너, 왜 여기에 왔느냐?"

"제가 그럼 어디에 가야 합니까?"

황제가 오히려 이상하다는 듯 되묻자 뉘르뉴는 말문이 막힌다. 뒤이어 그는 찬찬히 셋을 둘러보며 느긋하게 입을 열었다.

"나는 어디까지나 선험관, 레이프니르의 이드냐로서 왔을 따름입니다, 대제의 벗. 그대가 아니었다면 내 신분은 결단코 밝혀질 리 없었어요."

"말인즉슨, 너는 여기에 그저 보고, 들으러 왔단 말이렷다? 이 난장판의 그 어떤 무엇도 해결하러 온 것이 아니란 말이지?"

뉘르뉴의 서릿발 같은 추궁이었다. 이를 지켜보던 울리케는 조마조마해져 저도 모르게 손톱을 깨물 지경이었다. 황제는 심후한 시선으로 뉘르뉴를 굽어보았으나 별안간 울리케에게 물었다.

"너는 내가 뭔가 해 주길 바라느냐?"

"아닙니다, 폐하."

거의 즉답에 가까운 까마귀의 말이었다. 그러고는 자신이 그
런 답을 했다는 데 스스로 놀란 듯, 인간 울리케는 손으로 까마
귀의 부리를 부여잡았다. 인간 울리케가 이어 말한다.

"하지만 저의 소망이나 기대와는 별개로, 폐하께서는 마땅히
하실 일이 있지 않으십니까?"

황제는 눈을 빛내며 되묻는다.

"너는 용에게 무엇을 부탁했지? 왜 그의 권능을 빌어 이 사
달을 일거에 정리하려 하지 않았느냐? 그가 거절하던가?"

"그분은 아직 이 세상에 속하지 않으십니다. 하지만 폐하께
서는……."

"속해 있지. 나의 어려움은 그것이다."

황제는 그렇게 말하며 뉘르뉴를 보았다.

"대답이 되었나요, 대제의 벗?"

"뭐라는지 모르겠다."

뉘르뉴는 불쾌한 듯 대꾸했다. 조용히 검은 머리의 서리심을
바라보던 대제가 다시 입을 연다.

"내가 여기서 할 일은 힘을 행사하는 것이 아니라, 그저 보고
듣는 것뿐입니다. 나는 아우스뉘르라는 이름에 충실히 복무하
며, 태평한 관망과 실제적 체험 사이의 어딘가에 머물러야 합
니다. 동시에 설령 내게 빌붙거나 나를 기망하려는 이들이라
하더라도, 혹은 내게 충성하고 나를 신봉하는 이들이라 할지라

도, 그저 단일한 외연 안에서 다루어야 하지요. 대제의 벗, 그대는 그대의 숲을 어지럽히는 이들을 그저 밖으로 내쫓으면 되었을지도 모릅니다. 오래전의 영주들이 취하던 방식과도 같지요. 하지만 저 같은 그냥 폐하는 그럴 수가 없어요. 나의 숲 바깥의 세상이 마치 존재하지 않는 것처럼 여기는 것. 그것이 아우스뉘르의 통치가 시작되는 지점입니다. 이 이름이 오직 모든 영주 위에 군림하는 까닭입니다."

울리케는 불현듯 젊은 날의 노아크가 했던 말을 떠올렸다. 이는 앞서 아이비레인과 이야기하며 떠올렸던, 바로 그 말에 이어지는 기억이었다.

'만일 심판과 그에 따른 형벌이 공공의 차원에서 행해지는 복수에 지나지 않는다면, 그리고 혹형이 정말로 단지, 민중들에게 경고하기 위해 일종의 전시로서 작동한다면 어떻겠느냐? 나는 이미 고문과 처형이 공개된 여흥으로서 소비되는 다른 영지들의 이야기를 알고 있다. 이것이 과연 정의가 구현되는 방식이라고 말할 수 있을까?'

'하지만 공동체의 규칙을 따르지 않기로 한 이들은 그 스스로가 이미, 그럼으로써 공동체로부터 일탈한 것이 아닌가요? 그렇게 처리하는 게 뭐가 문제인가요?'

불현듯 이렇게 되물었던 기억 속의 목소리는 아스미르다. 뒤이어 어린 울리케가 한마디 했었다.

'일-탈? 오라버니 그 단어 최근에 알게 되었지?'

'조용히 안 해?'

시작되려는 둘의 다툼을 저지한 것은 조숙했던 아룬드였다고 기억한다. 노아크는 예리하게 웃으며 말했다.

'하지만 그들이 죄를 지은 것도 공동체에 속해 있기 때문이다. 생각해 보거라. 아주 깊은 숲속이나, 외딴 섬에서 완전히 홀로 살아가는 사람이 있다고 할 때, 그가 도대체 악하거나 선할 방법이 있겠느냐? 모든 죄인들은 그들이 속한 사회의 균열을 보여준다. 그들이 악을 행할 여지는 공동체가 준 것이기 때문이다. 그러니 악인을 오롯이 배제해 보았자 결코 그 균열이 봉합될 수 있겠느냐? 외려, 공동체의 숙제를 개개인의 윤리 문제로 떠넘기고 미루는 셈이다.'

완전히 같은 이야기라고는 할 수 없지만, 그래도 울리케는 방금 황제가 한 이야기를 이것과 같은 내용이라 이해했다. 시골 남작령과 제국이라는 어마어마한 규모의 차이가 있긴 하지만 말이다. 간단히 말하자면, '도대체 누구 편을 들란 말이냐?'라는 푸념일 테다.

"그냥…… 폐하."

"말하거라."

울리케를 보는 황제의 시선은 이상하리만치 푸근해서 당황스러울 정도였다. 바로 그래서일까, 처음부터 그를 맘에 들어 하지 않는 게 분명한 뉘르뉴임에도 좀처럼 시비를 걸지 못한 채 호시탐탐 눈치만 보고 있다.

"황실에 용이 없음이, 알려졌습니다."

"그렇다. 실로 힐드룬 가에게는 재앙이지. 황성의 모든 귀족들은 나에 대한 직접적 비난이 어렵게 되자 그들을 대신 공격하고 있으니까."

"……어, 아우스뉘르는요?"

"용의 부재는 우리에게 이미 익숙한 일이다. 황가의 아이들은 특정한 나이가 될 때까지 황실에 용이 있다고 배우며 자란다. 그러다 어느 날, 진실을 알게 되는 날이 오지. 그 충격을 극복하는 것은 각자의 몫이다. 내겐 이미 수십 년 전 일이구나. 물론 닐스그림과 라프시르그는…… 글쎄, 그 아이들 나름의 시간을 보내고 있을 테지."

"뉘른스에크에서 무슨 일이 벌어지고 있는지, 정녕 모두 아십니까?"

"그대가 상상하는 것보다 잘 알고 있을 것이다. 하지만 신중을 기해야겠기에, 이렇게 나온 것이다."

황제의 어조는 평온했다. 울리케는 어이가 없어서 무엄하게도 물끄러미 그를 쳐다보다가 묻는다.

"황녀 전하가 죽을 뻔한 것도요?"

일부러 예의를 거둔 표현을 직설적으로 골랐건만, 황제는 심드렁하게 되묻는다.

"황실의 직계 혈통에게 가장 흔히 닥치는 일이 과연 뭐라고 생각하느냐?"

숙청된 황실의 혈통이 이끄는 집단이 체제 전복을 꾀하고 있다. 그 와중에 황녀는 실제로 살해의 위협을 받았고, 그걸 도모한 이들은 드레스바르프의 소속이었다. 울리케는 뉘른스에크에서 겪었던 일들을 떠올리다 그만 아찔해져 눈을 감고 한숨을 내쉬었다. 그러자 황제가 말한다.

"피아를 구분하는 일조차도 어렵지?"

"정녕 그러합니다."

"하지만 실은 피아의 구분 같은 것은 애초에 없어. 진실은 그것이란다."

"피아의 구분이 없다고요?"

"그냥 폐하이긴 해도, 내가 그래도 폐하다."

이그드리드 시그렐 아우스뉘르가 말했다. 그의 말이 이어진다.

"바로 황제란 말이지. 모두가 나의 울타리 안, 염소들이야. 검든 희든."

"어…… 용도요?"

그러자 황제는 손사래를 치며 눈을 흘긴다.

"그건 빼거라, 울리케 피어클리벤. 그건 너무하잖니."

정말이지 제국의 황제와 이런 이야기를 이런 시기에 이런 식으로 나누게 될 거라고는 상상도 하지 못한 울리케다. 울리케는 한순간 자신이 처한 이 상황을 그가 단번에 해결해 주길 바라는, 그런 욕구가 치밀어 오르는 것을 느꼈다. 그저 손을 들어 호령해서 대충 저놈을 옥에 가두고, 또 이놈은 좀 때려 주고, 그 밖의 놈들은 저리 치워 버릴 수 있는 존재가 바로 다름 아닌 황제 아닌가? 그럼에도 불현듯 발휘되는 까마귀의 통찰력은, 황제의 어깨 너머 훨씬 더 막중하고 복잡한 짐들을 짐작게 한다. 어쩌면 그는, 울리케가 용을 만난 이후 맞이한 것과 같은 삶을 태어나면서부터 살아 왔던 게 아닐까.

"혹 제게 당부하실 말들이 따로 있으십니까?"

그래서 되려 이렇게 묻게 된다. 황제는 눈을 동그랗게 뜨더니 이윽고 웃음을 터뜨렸다.

"정말 놀랍구나, 울리케 피어클리벤. 내게 무언가를 청할 줄 알았건만!"

"몇 달 전이라면 그랬겠지요. 하지만 이제 저도, 그냥 폐하께서 무얼 하시는지 조금은 더 잘 알게 되었으니까요."

울리케는 투덜거리듯 말했다. 그러자 황제는 묻는다.

"오, 그래? 내가 과연 무얼 하느냐?"

"빌러디저드 님이 저를 처음 보고 하신 말씀이 뭔지 아십니까?"

대답 대신 뜬금없는 물음을 던지는 울리케다. 하지만 개의치 않는 황제는 오히려 눈을 빛내며 되물었다.

"듣고 싶구나. 뭐였지?"

"너를 먹겠다, 였다구요?"

다음 순간 황제는 아주 허리를 젖혀 가며 폭소를 터뜨렸다. 묵음의 너울 때문에 소리가 전혀 들리지 않았음에도, 먼발치의 아스미르와 시르게이르가 놀라 이쪽을 돌아볼 만큼 역동적으로 말이다. 황제는 눈물까지 흘리며 웃다가 겨우 말한다.

"어쩜! 그게 바로 세상이 내게 늘 하는 말이었다!"

"제 신세가 더 나은 것 같습니다, 폐하. 전 저를 먹지 말라고 말할 기회라도 있었으니까요."

그 순간 황제는 더없이 흐뭇한 표정을 지어 보임으로써 뉘르뉴의 신경을 긁었다. 잠깐의 침묵 끝에 황제는 말했다.

"아이비레인이 그대를 자꾸 미래의 재상이라고 말하더니."

"⋯⋯재상이 폐하를 웃기는 직책은 아니라 알고 있습니다만."

울리케는 다급하게 말한다. 그러자 황제는 고개를 끄덕이며 말했다.

"아니, 그런 뜻으로 한 말이 아니다. 그건 내가 그대를 중히 쓰는 최선의 방법은 아닐 거야. 나는 이를테면⋯⋯ 그대가 나의 동업자이기보다는 경쟁자인 편이 훨씬 나을 거라고 생각해."

⋯⋯예?

하도 예상 밖의 이야기라 울리케는 잠깐 동안 얼어붙었다. 묵묵히 둘의 대화를 듣고 있던 시그리드의 양 눈썹도 한가운데로 모인다. 반면 뉘르뉴는 내내 날카롭게 노려보던 시선을 이 대목에서 누그러뜨리더니 입을 연다.

"오호라?"

"아우스뉘르에게는 용이 없지. 그리고 그 사실이 공표되었다. 거의 모든 호족들이 시나브로 들고 일어날 것이다. 드레스바르프는 나름의 질서를 준비해 왔지만, 글쎄, 성공의 가부도 불투명할 뿐더러 그 모든 것들을 도입한다 해도 그것만으로는 제국이 유지될 수 있을지. 이제 내 대에서 제국이 결딴나 버린다 하더라도 전혀 이상하지 않은 사태야. 그렇지만 피어클리벤에게는 용이 있지."

"라핀다시르의 아이비레인도 있습니다만."

울리케가 불안해하며 재빨리 말한다.

"아니, 아이비레인은 오히려 그 분열을 부추기기에 더 적합한 존재야. 오해는 말거라. 나는 여기에 대해 딱히 가치 판단을 하고 있지는 않으니. 허나 전 세대부터 아우스뉘르와 담을 쌓기 시작한 라핀다시르가 이제 와서 황실의 대안이 되어 줄 수는 없어. 하지만 피어클리벤은 다르지. 아니, 다르게 보일 거란 말이지."

"……듣고 있습니다."

"이제 와서 아우스뉘르가 새로운 용을 선택하겠느냐? 또 다른 가문이 용에 의해 부흥하고 과거의 영광을 되풀이하겠느냐? 울리케 피어클리벤, 네 생각은 어떻지?"

"지금은…… 그때와는 상황이 많이 다릅니다."

"옳도다."

황제는 말했다. 그의 말이 이어진다.

"이미 황제라는 권력이 실효를 가진 지 오랜 세월이다. 심지어 용이 없어진 이후에도, 실제로 제국을 유지하는 데 아무런 문제를 만들지 않을 정도가 되었어. 그렇다면 황제라는 건 용이 없어도 얼마든지 가능한 자리가 아니겠느냐?"

울리케는 침묵했다. 사실은 황제조차도 필요 없는 게 아닌가 하는 것이 솔직한 심정이었다. 하지만 울리케가 아무리 무엄함의 달인이라 해도 차마 그런 말을 황제의 면전에서 내뱉을 수는 없는 일이었다. 무엇보다, 그는 눈앞의 이 황제가 싫지 않았다. 그런 울리케에게 황제는 눈으로 웃으며 말했다.

"나는 네가 무엇을 말하고 싶은지 알고 있다, 울리케 피어클리벤."

"……저는 아무 말씀도 안 드렸는데요."

"그러므로 뉘른스에크를 조차(租借)한다."

황제의 기습적인 말이었다. 울리케는 멍하니 그를 본다. 뉘르뉴가 물었다.

"조차? 조차가 무어야?"

"영토를 빌려주는 것을 말한답니다. 땅 주인은 여전히 명목상 아우스뉘르지만 그 안의 통치권은 자치적이란 말이죠."

시그리드의 대답이었다. 뉘르뉴는 진절머리를 치며 말한다.

"또 그놈의 땅 이야긴가!"

"무슨 말씀인지 모르겠습니다, 그냥 폐하. 뉘른스에크를 누구에게 조차하신다는 말씀인지요?"

울리케가 물었다. 황제는 되묻는다.

"그걸 내게 묻느냐?"

"예?"

"일단 빌러디저드라는 그 용이 뉘른스에크의 점유를 선언하지 않았느냐? 물론 얼마든지 거기에 콧방귀를 뀔 수도 있겠다만, 용에 의해 시작되고 유지되었으며, 보증자가 사라진 이후에도 긴 세월 용이 있다고 사기 쳐 온 제국이니 아무래도 모양이 안 나겠더구나. 게다가 뉘른스에크는…… 이미 그대도 어떤 땅인지 잘 알고 있겠지."

끔찍할 정도로 복잡한 땅이지. 울리케는 고개를 끄덕였다. 황제는 계속 말한다.

"그 골칫덩이를 지금의 제국이 경영하는 것도 문제야. 조차라곤 하지만 그냥 폐하인 내 입장에서는 오히려 누가 좀 가져가 주었으면 좋겠을 정도이다. 그런데 마침 잘 되었지! 미스미르드에 관한 국방의 문제 역시 좀 떠넘기고."

이보세요, 폐하? 황제의 말은 거침없이 이어진다.

"용금화를 외환화하려는 계획도, 그렇게 되는 편이 더 낫지 않겠느냐? 단지 뉘른스에크를 제국의 구성에서 떼어 놓기만 해도 많은 것들이 일차적으로 해결된다. 그러니 나로서는, 그대가 나의 신하인 것보다는 이웃의 경영자인 편이 낫다는 것이다."

"그럼, 제가 좀 더 방자해져도 되겠군요."

여기까지 황제의 이야기를 듣고 있던 울리케가 어느새 불쾌해진 얼굴로 이렇게 말했다. 황제는 기다렸다는 듯 반색하며 대꾸한다.

"그래, 어디 내 아량을 시험해 보거라."

다음 순간 울리케의 고개가 삐딱해졌고, 어느새 그 어깨 위에 올라간 그림니르는 교수대 위의 까마귀마냥 불길하게 짖는다.

"공교롭게도 저는 통치자가 가장 고르지 않아야 할 패가 다름 아닌 배제라고 배웠답니다. 그냥 폐하께서는, 제국의 문제들을 싸잡아 뉘른스에크에 몰아넣고 방기하시려는 것이 아닌지요? 저는 제국의 고름 주머니에서 무슨 벼슬자리 할 생각 추호도 없습니다. 그냥 집에 갈 거라고요?"

"오, 그대는 그럴 수 없을 거야. 이번엔 세상이 너를 먹어 치울 거거든. 그건 용과는 달리, 말을 해도 대꾸해 주질 않지. 내 나이가 여기에 이르러서야 나도 비로소 세상과 대화하는 요령을 간신히 익혔을 따름이다."

황제는 악동처럼 씩 웃으며 말했다. 울리케는 그 순간 눈앞에 캄캄해지는 것을 느꼈다. 빌러디저드의 식전 선언에 비할 바가 아닌 절망이었다.

"그…… 아니, 폐하."

"그냥 폐하다."

"그냥 폐하! 제가 피어클리벤의 당주도 뭣도 아닙니다마는……."

"이미 아스미르 편에 피어클리벤의 오랜 비밀에 대한 승인서를 보냈느니라. 그대가 그 이름을 가져가는 게 이젠 전혀 불가능한 일이 아니지. 아이비레인은 라핀다시르와 너무나 다방면에서 융착된 관계라 이 역학에서 할 수 있는 일이 제한되어 있다. 하지만 피어클리벤과 빌러디저드는 그런 관계가 아니지?

과연 뉘른스에크는 누구의 땅이 될까? 혹은 누구의 땅도 되지 않을까? 울리케 피어클리벤, 그대가 지금까지 그 땅을 바로 나에게 되돌려주기 위해 이토록 애썼다고 생각하지는 않는다. 과연 지금 내가 너에게 이 짐을 지우느냐? 집에 갈 거라고? 그대의 집은 이제 이 세상 전부다!"

"아니, 대관절 저한테 왜 이러세요?"

마침내 울리케는 짜증을 발칵 내 버린다. 그러고는 누군가 미처 어떤 반응을 하기도 전에 쏘아붙이기 시작했다.

"그냥 폐하께서 하실 일이 아니십니까! 제가 지금까지 무얼 고민하고, 어떤 것들을 저어하고, 나머지를 감당해 왔는지 아십니까? 제가 여기에 이르러 가장 빈번하게 느꼈던 것은 다름 아닌 황실의 부재랍니다! 폐하께서는 여기에 눈과 귀만이 아니라, 입으로 오셨어야 하는 게 아닌지요! 이 개판을 좀 정리하시라고요!"

"정녕 그렇게 생각하느냐?"

황제는 가늘게 웃으며 울리케를 똑바로 본다. 그가 말한다.

"왜 내가 너의 분투를 짐작하지 못하겠느냐? 내가 한팔을 들어 내게 주어진 권한을 행사하는 것이 네가 보기에 그토록 마땅하냐? 왜 나는 고민과 저어함과 감당하는 것이 없을 거라 여기느냐? 그렇다면 너는 왜 이다지도 어려운 길을 고르고 있느냐?"

울리케는 여기서 빌러디저드와 대화하던 때의 감각을 떠올리게 된다. 황제의 어법과, 자신의 권능을 의심하지 않되 그것

의 행사를 극도로 주의하는 자만이 풍기는 기세가 바로 용과
흡사했던 것이다. 울리케는 날카롭게 세우던 기세를 누그러뜨
리고 새삼스레 황제를 살펴보았다. 그러고는 짐짓 의심하듯 말
한다.

"그나저나, 어쩌자고 홀로 다니십니까? 뉘르뉴가 아니었다면
폐하라고 믿을 수 없을 정도로 무모한 행보십니다."

"그만한 장치와 대비는 다 되어 있느니라."

역시, 그런 것조차도 용과 닮았다. 울리케는 정말 내키지 않
는다는 듯 한숨처럼 묻는다.

"그러니까…… 조차지라고요?"

"그렇다. 뉘른스에크는 현재 아우스뉘르에게 있어 완전히 독
이 든 잔이지. 대제께서 그토록 밟아 누르려던 용 신앙이 기어
코 살아남아 마침내 형태를 갖추기 시작한 겨레다. 그 린트부
름의 족속이 점유를 선언했으며, 네 민족의 갈등이 교차하는
땅에 명의자를 자처하려는 이가 과연 있겠느냐?"

짜증을 내고 있긴 했으나, 울리케는 이미 처음부터 황제의 말
을 완전히 이해하고 있었다. 뉘른스에크의 귀결은 그렇게밖에
될 수 없을 거라고 내심 생각해 오던 바이기도 했다. 울리케가
보이는 태도는 그가 면전에서 다른 누구도 아닌 황제로부터 이
토록 직설적인 이야길 들은 데 대한 거부감의 표현에 가까웠
다. 노아크가 이황자 라프시르그를 대할 때만 하더라도 얼마나
예의를 차렸던가. 울리케에게 있어 아우스뉘르의 황제는 여전

히, 구름 위의 아득한 존재여야 했다. 실제로는 그보다 더 높은 존재일지도 모를 린트부름의 올바른 적생자, 빌러디저드와 그토록 얽혀 왔음에도 올리케는 자신이 제국의 시민이자 귀족이라는 정체성을 잊지 않고 있었다. 그러니까 그에게 있어 황제란, 어마어마하게 복잡하고 형식적인 절차의 끝에 간신히 먼발치에서 손끝이나 보고, 한마디 정도의 옥음이나 들으면 영광인 것 같은 그런 존재였다. 그런 황제가 지금 바로 다른 누구도 아닌 자신에게 일종의 동질감을 보이고 있었다. 경악할 일이 아닐 수 없었다.

"생각해 보니…… 이런 건 제 아비와 나누실 말씀들 아니십니까?"

올리케는 소심하게 최후의 저항을 해본다. 하지만 황제는 바로 말한다.

"노아크 피어클리벤이 여태껏 후계 문제에 대해 과연 네게 따로 한 말이 없느냐? 이런 상황에서도 그가 입을 다물고 있었을 것 같지 않다만."

젠장할.

제 14장

그렇게 황제와의 대화를 정리하고 다시 일행들에게 되돌아왔을 때, 울리케는 자신이 까마귀가 되어 버린 것이 이 순간 진정 유용하다는 것을 확인했다. 울리케는 천성적으로 꿍꿍이를 묻어둔 채 의뭉을 떠는 성격이 아니었기에, 이드냐의 정체를 알고서도 태연할 자신이 도무지 없었던 것이다. 때문에 울리케는 새삼 아무렇지도 않은 듯한 시그리드를 어이없게 쳐다보며 속삭였더랬다.

"아니 경, 어쩜 그리 아무렇지도 않으세요?"

"뭐가요?"

시그리드는 심드렁하게 묻는다. 황제는 한발 먼저 일행들에게 돌아가 시치미를 뚝 떼고 있는 상태였고, 울리케와 시그리드, 그리고 뉘르뉴만이 잠시 뒤에 남아 한숨 고르는 참이었다.

"뭐냐뇨, 폐하라고요. 황제요."

"예, 저는 마법사죠. 제가 이겨요."

한순간 울리케의 표정이 얼마나 괴상해졌는지, 마법사는 부연할 필요를 느끼고 말았다. 미간을 긁적이던 마법사가 말했다.

"대제의 유훈 가운데 아직까지 강력하게 지켜지는 것 중 하나가 바로, 아우스뉘르의 직계 가운데서 마법사로서 깨달은 이는 절대로 황좌를 물려받을 수 없다는 것이죠."

울리케는 갑자기 이 이야기가 왜 나오는지 몰라 의아하지만 차분히 이어질 설명을 기대한다. 그런데 뉘르뉴가 여기서 끼어들었다.

"셰이위르답구나. 그는 통치자 스스로가 초월자에 이르는 것을 지극히 경계했지. 너희는 깨달음이라 그것을 포장하고 있지만, 모두가 그 경지를 지향할 수는 없지. 결국 너희는 공감을 잊어버린 괴물이 되거든."

그러자 마법사는 정색을 하고 뉘르뉴를 쏘아보았지만 뭐라고 대꾸하진 않았다. 오히려 그는 곧 떫은 표정을 띠우더니 고개를 끄덕이며 말했다.

"뭐, 맞아요. 하그비르크가 삼황녀 전하께 간 것도 그런 이유죠. 폐하나 태황녀 전하는 간접적으로도 마법을 행사해서는 안 되거든요. 그러니 폐하는 그냥 보통 사람이고, 마법사인 저로서는 드레스바르프 후작보다 두려울 것이 없습니다. 그래서 저는 아까부터 아가씨의 반응을 이해하지 못했어요. 하지만 이제 생각해 보니…… 아가씨는 스스로 깨우친 게 아닌 만큼 확실히 저 같은 '괴물'은 아닌 거죠."

"보통 사람이라고요……?"

울리케는 황제와의 대화를 떠올리며 생각했다. 지금껏 만난 그 누구보다 용과 비슷한 느낌이었는데. 시그리드에게는 그것이 느껴지지 않았던 것일까? 어떤 신위나 마력에 기댄 것도 아닌, 단지 인간이 그만한 기세를 품을 수가 있단 말인가.

그리고 그런 황제가 자신에게 동질감을 느낀다.

순간 울리케는 등골이 오싹하면서도 뭐라 설명하기 어려운 고양감을 느꼈다. 여기까지 동분서주하며 애써 왔던 그 모든 고민들을, 어쩌면 처음으로 완전하게 이해해 줄 수 있는 누군가를 만난 게 아닐까? 이야기하던 내내 황제는 꼭 다음과 같은 말을 하는 듯한 표정으로 자신을 보았다.

'너도 그런 고민을 하고 있느냐? 어쩌다 보니 마침 나도 그렇다.'

아니. 하지만 다음 순간 울리케는 화들짝 놀라 스스로를 다그친다. 황제 폐하에게 동지애 비슷한 걸 느끼고 있다니, 내가 제정신이 아니군!

그들은 그렇게 다시 모두와 합류했다. 기다리고 있던 사람들은 어떤 이야기를 나누었는지 궁금한 눈치긴 했지만 마법사가 방음 결계까지 치고 한 대화에 대해 대놓고 물으려 하진 않았다. 선험관 이드냐로 되돌아간 황제는 정말로 태연하기 짝이 없었고, 그러면서 넌지시 아스미르에게 어떤 눈치를 주고 있었다. 공교롭게도 아스미르는 그것이 피어클리벤의 승계에 관한 비밀스러운 내용이리라 짐작하고는 알겠다는 듯 고개를 끄덕임으로써, 나머지 사람들로 하여금 더더욱 무언가를 물어서는 안 되는 내용이 있겠거니 하고 여기게 만들었다. 따지고 보자면, 이 오해는 크게 잘못된 것도 아니긴 했다.

"다 끝났나."

여전히 밧줄에 휘감긴 채 기다리고 있던 아우케트만이 그렇게 물었을 따름이다. 울리케는 은연중 배어 나오는 그 초조함을 감지하고 붕 떠 있던 심신이 착 가라앉았다. 그래, 황제가 여기 있건 말건 눈앞의 당면과제부터 해결해야지. 게다가 황제는 여기에 단지 목격자로 왔을 뿐 아닌가.

"그런데, 여기에 관한 정보를 준 게 누구요?"

파헬름 광산 입구의 막사 안, 나른하게 불을 때운 화롯가에서 차를 권하며 발로프는 지나가는 말처럼 물었다. 비드리는 순간 별로 나오지도 않는 땀을 닦으며 하슈펠의 눈치를 보았고, 이에 하슈펠은 내심 한숨을 주워섬긴다. 도대체 저런 신경줄로 어떻게 한 상단의 주인 노릇을 해 왔으며 제국의 전복을 꾀한다는 음험한 무리의 하청을 받았는지 모를 인간이다. 그리고 음험함에 관해서라면 결코 소양이 부족하다 말할 수 없을, 이 암시장 조합의 수하는 대신 대꾸했다.

"저희는 그 정보를 팔러 온 게 아닙니다만."

"한번 매대에 올려 보시오. 고블린 스무 마리보다 비쌀지도 모르니까."

"그게…… 저희도 신용이란 게 있는지라."

비드리가 말했다. 팔짱을 끼고 그런 그와 하슈펠을 쳐다보던 발로프가 말한다.

"그렇게 고집부릴 일이 아닐 텐데? 이 험지까지 구태여 저 고블린들을 끌고 온 걸 보면, 이미 이 제국 전역에서 고블린들을 유용한 매물로 취급해 줄 고객이 오로지 나뿐이란 걸 알고 온 거겠지. 그렇다면 나는 유일한 잠정 고객이고, 이건 다시 말해 이 입찰에 있어 내게 아무런 경쟁자가 없다는 뜻이오. 내가 구매를 거절하면 당신들은 저 고블린들을 그냥 죽이거나 풀어 줄 수밖에 없지. 여기서 내게 불리한 점을 말해보시오."

그러자 하슈펠의 팔 위에 앉아 평범한 전령조의 흉내를 내고 있던 도래까마귀가 살짝 눈을 빛낸다. 확실히 이 파헬름의 광산주란 사내는 결코 바보가 아니었다. 그는 찻잔을 들어 입을 가시더니 다시 말했다.

"나는 구태여 현시점에서 부족하지도 않은 노동력을 추가 구매함으로써, 충분한 시간 동안 정돈해 온 이 우리 안에 외부에서 온 고블린들을 섞어 넣고 싶지 않소. 밖의 저놈들은 너무나 싱싱해서 길들이는 데 들어갈 노력 대비 얻을 수 있는 가치가 크질 않지. 오히려 노예들을 자극하고 부추길 위험이 너무 커.

무슨 말인지 알겠소?"

"그럼 협상은 결렬입니까?"

하슈펠이 물었다. 이미 비드리는 명색일 뿐이고 실권자가 하슈펠임을 알아본 발로프는 그에게 웃으며 답했다.

"그러니 그 정보를 달라는 거요. 그러면 저 고블린들을 좋은 값으로 흥정해 볼 수 있을 거요."

"……잠시 논의할 시간을 주시지요."

하슈펠은 그렇게 말했고, 발로프는 고개를 끄덕였다. 비드리와 하슈펠은 그 즉시 막사 안을 나섰다.

시구르넬름 산맥의 북쪽 자락, 울창한 겨울 숲으로 포위된 함지땅 안에 이 광산이 자리한다. 남쪽은 깎아지른 절벽이었고 북쪽은 상대적으로 낮았지만 망루와 목책이 그 부족한 높이를 더하고 있었다. 그들은 막사로부터 떨어져 비드리의 예툰드 상단 일행과 모험가들, 그리고 '사로잡힌' 고블린 포로들이 있는 곳까지 걸었다. 이 여정은 표면적으로 시그리드의 모험가들에 의해 포획된 고블린들의 매매를 시도하기 위해, 예툰드 상단이 파헬름 상단을 찾아온 것이었다. 즉 상단 대 상단의 교섭이었다. 비드리의 예툰드 상단이 작은 규모는 아니었기에 평소 조용하던 이 광산 한쪽이 꽤 북적이게 되었다. 발로프의 말마따나 이곳은 좀처럼 통행이 드문 험지였고, 시구르넬름 산맥은 애초부터 마수들의 둥지로 유명한 곳이었다. 따라서 이만한 규모의 행렬이 안전하게 오기 위해서는 많은 호위를 거느릴 필요가 있었던 것이다. 때문에, 예튠드 상단이 다소의 과무장 상태를 취하고 온 것이 이상한 일은 아니었다.

"어떻게 생각하십니까?"

하슈펠이 조용히 물었다. 팔 위의 도래까마귀는 즉각 대답한다.

"확실히, 고블린 노예를 부리는 광산이라……. 이게 무슨 모험가들이 주점에서 주워들을 만한 소문이었을 리 없지. 이들 보안은 꽤 철저해 보이고. 그럼에도 이 정보가 새어 나갔고, 하지만 널리 알려지진 않았어. 누군가 이 정보를 전략적으로 이용하기 위해 감추어 왔다는 생각이 들 만큼 말이지. 그러니 저발로프란 자는 그게 누군지 알아야겠다는 입장일 것이다. 저자의 말마따나 '길들여지지 않은' 고블린 스물 정도야 그에게는 하나도 매력적인 상품이 못 될 테니. 오히려 그의 신경은 지금 이 순간, 그 정보에 훨씬 더 집중되어 있는 듯하군."

속내를 내색하지 않는 데 익숙한 하슈펠이지만 지금은 솔직하게 경악하며 울리케를 보게 된다. 채 반년도 지나지 않았건만, 아우셸바프의 암시장 지하에서 그와 서툰 논쟁을 벌이던 소녀는 이제 없었다. 그의 팔 위에 있는 것은 어떤 통찰력의 괴물이었다.

"하지만, 그가 그렇게 초조해 보이지는 않던걸."

그럼에도 울리케의 비상함을 아직 느끼지 못하는 비드리가 소심하게 말했다. 울리케는 바로 맞받아친다.

"감추고 있는 것이죠. 우리가 여기에 적은 인원으로 왔다면 저자는 훨씬 강압적으로 나왔을걸요?"

이제 그들은 예툰드 상단 일행 쪽에 완전히 도착했다. 이 작전의 내막을 전혀 모른 채 따를 뿐인 상단의 직원들과 뒤섞인 모험가들이 크게 지핀 불을 쬐며 식사를 하고 있었다. 물론 아우케트를 비롯한 고블린 포로들은 그저 묶인 채 눈 바닥 위에 주저앉아 이 증오스러운 인간들을 향해 눈을 부라리고 있을 따름이었다. 두건으로 귀를 가린 채, 상단의 일꾼 인간인 양 여기에 합류한 시야프리테가 그들 앞에 구운 지네 같은 걸 꼬챙이에 꽂아 흔들어 보이고 있기에 더더욱 그럴 수밖에 없었다.

"깨물어 먹지 않을 테야? 고소하단다!"

"너 진짜 그러다 죽는다."

고블린 중 하나가 진심으로 으르렁댔다. 하지만 그럴수록 이 연출을 성공적으로 지휘해 내고 있다는 충실감만이 이 류그라 소녀를 자극해 꼬챙이를 흔드는 손이 빨라질 뿐이었다.

"앙, 깨물어!"

"하하, 상단주님! 어때요? 좋은 값을 받겠습니까요?"

진심과 연극이 교차하는 이 아슬아슬한 줄타기를 주시하며 적당히 개입할 때를 노리는 라그나와 달리 난장판에 또 한 손을 보태고 있는 랄로프가 낮술을 퍼마시다 이렇게 소리쳤다.

"아직…… 기다려 보시오. 술은 적당히 하고."

비드리가 한숨처럼 말했다. 그때, 상단의 직원으로 위장하고 있는 에인달케와 아스미르, 시르게이르와 이드냐가 다가온다.

이에 하슈펠은 그들에게 발로프와 나눈 이야기들을 전했다.

"확실히, 모든 광산이 그렇지만 철광은 특히나 전략적 자원이야. 원래 개인 소유일 수 없고, 일차적으로는 그것이 속한 토지의 영주에게 할양받은 것이지. 물론 그 위엔 폐하가 계시고……"

아스미르가 생각에 잠겨 이렇게 말하자 울리케는 뜨끔하며 선험관을 본다. 상단의 간부처럼 차려입은 이드냐의 눈이 까마귀와 마주치자마자 장난스럽게 데구루루 구른다. 실로 오싹한 광경이 아닐 수 없었다. 이를 알 길 없는 아스미르의 말이 이어진다.

"그러니 이 광산은 시구르냘프 자작 쪽에게까지 비밀일 수는 없어. 뉘른스에크나 폐하 쪽이야 서면상의 보고와 세금만 받으면 되니까 내막은 알 수 없어도, 시구르냘프 쪽은 어떤 식으로든 실무적인 감사를 수행해야 한다고. 그런데도 고블린 노동력에 관한 것이 십 년 이상 비밀이었다는 것 자체가 애초에 말이 안 돼."

"말이 안 되는 건 없습니다. 보통 그 경우에, 적절한 뇌물은 효과적이니까요. 또, 시구르냘프 측에서는 이 철광이 지닌 생산성의 비밀을 타 영지와 공유하고 싶지 않았겠지요."

하슈펠의 말이었다. 그러자 모두가 일제히 조금 심각해진다. 반면 상단의 요리사처럼 차려입은 시르게이르가 갑자기 들뜨며 말한다.

"오 뭐야, 그럼 이게…… 갑자기 자작령의 음모 같은 게 되는 거야?"

"시골에 온 걸 환영해, 시르게이르."

아스미르가 떨떠름한 낯으로 농담을 던진다. 다음 순간, 선험관은 아리송한 표정으로 묻는다.

"이게 시구르냘프에 무슨 이득이 된단 말이지요?"

"첫째로는,"

하슈펠이 마치 기다렸다는 듯 입을 열었다.

"이 광산은 원래 지급했어야 할 노동력의 대가를 완전히 아낄 수가 있습니다. 고블린들은 품삯도 안 들고, 죽어도 문제 되지 않는 존재들이니까요. 더구나 이들은 인간보다 지하 생활에 태생적으로 강하죠. 제가 알고 있는 정보들이 맞다면 이들은 심지어 저 안에서 별도의 등불이 없어도 작업할 수 있을 정도입니다. 좀 웃기는 이야기지만 그럼으로써 유류비가 들지 않는다는 말입니다."

"별거 아닌 것 같아도 그게 십몇 년이면 크지."

아스미르의 말이었다. 선험관은 고개를 끄덕이며 묻는다.

"둘째는요?"

"둘째로는, 그렇기 때문에 이 철광은 다른 영지의 철광들보다 분명히 생산성이 다소, 어쩌면 비약적으로 높을 것이라는 점입니다. 그렇지만 그것이 고블린 노예들 덕분이라는 사실을 감출 수 있다면, 생산량을 평범하게 줄여 보고해도 되겠지요."

아스미르가 즉각 정리해 말한다.

"즉, 탈세라는 말입니다. 아니, 철광이 군사 전략적 자원이란 걸 고려할 때 이는 영주의 횡령, 배임(背任)에까지 그 혐의가 확대됩니다."

"아스미르, 나 지금 너무 신나. 이게 네가 늘 말하던 시골 영지의 삶이구나!"

시르게이르가 허리춤에 매인 철국자를 덜그럭거리며 익살을 떨었다. 하지만 울리케는 도무지 웃을 수가 없었다. 다시 한번 도래까마귀의 눈이 이드냐와 마주친다. 그리고 선험관이 그저 황실의 손해를 염려하는, 순진한 충신의 얼굴을 하고 있다가 자신에게 다시 눈을 굴리는 걸 보고야 말았다. 아, 차라리 굶주린 용의 아가리 앞에 다시 서는 게 나을 지경이다. 낯이 창백해지거나 진땀을 흘릴 줄 모르는 까마귀란 게 이다지도 유용한 신세라니.

"혹시 셋째도 있을까요?"

이런 울리케의 공포를 아는지 모르는지, 선험관은 태연히 이렇게 묻는다. 잠시 생각하던 하슈펠의 입이 열렸다.

"이건 자신 없습니다만, 고블린들의 노예로서의 가능성 자체를 자산으로 여기고 있을 가능성도 없지 않습니다. 이들을 그렇게 굴복시키는 방법 자체가, 전략적 비밀일 수 있지요. 피어클리벤이 처음에 고블린들과의 동맹을 감추려 했던 것과 같은 맥락에서 말입니다."

"일리 있군. 하지만 동맹은 알아도 따라 할 수 없지만……"

울리케의 부리가 열리고, 아스미르가 뒤를 가로챈다.

"노예는 따라 할 수 있겠지."

"이거, 아무래도 매매의 입장이 역전될 것 같은데. 파헬름이 고블린 노예의 비밀 자체를 미래에 언젠가 팔 만한 재산으로 여긴다면, 지금 우리가 데리고 온 스물의 '야생' 고블린 따위를 구매할 이유가 없어져. 오히려 이 비밀이 새어 나간 경로를 추적하고, 우리를 입막음하려 들 거야."

황제에 대한 공포를 극복하기 위해 애쓰며 내뱉은 울리케의 말이었다. 그러자 그때까지 묵묵히 선 채 이 모든 대화들을 속기하고 있던 에인달케가 이 대목에서 개입한다.

"잠깐, 울리케. 야생 고블린이니, 고블린 따위니 하는 표현 그대로 써? 이대로 좋아? 역사에 남는다? 너 역사에 남아 버린다고? 확 역사에 남겨 버린다?"

"정말 신선한 위협이군."

아스미르가 재밌어하며 말했다. 선험관 역시 웃으며 말한다.

"하지만 아주 실질적인 위협이기도 하지요."

바로 일거수일투족이 모조리 역사에 남을 수밖에 없는 직업인, 황제의 말이었다. 오로지 울리케만이 웃을 수가 없었다.

그들의 뒤편에서 모험가들과 함께 상단의 직원인 양 앉아 어울리고 있던 인간 울리케의 표정이 심각해진 건 바로 그 때문이었지만, 내막을 알 길 없는 다른 이들은 울리케가 이 거래의 어려움에 대해 근심하는 것이라 오해할 수밖에 없었다. 도래까마귀의 표정은 읽을 방법이 없었기에, 사람들은 이렇게 종종 울리케의 인간 쪽 얼굴을 살피곤 했다. 하슈펠이 말한다.

"표면적으로 우리는 여기에 고블린들을 팔러 왔습니다. 하지만 이제 파헬름은 정보를 요구하고 있지요. 제가 이 모든 설정을 제대로 이해하고 있는 것이라면, 우리가 이 정보의 출처에 입을 다물 이유는 그다지 없습니다. 어쩌다 고블린들을 사로잡은 뜨내기 모험가들에, 고블린 노예 매매라는 생소한 사업을 처음 시도하는 상회의 입장에서 그 정보 출처의 가치를 제대로 가늠하고 있는 게 더 이상한 일일 테니까요. 앞서 우리가 한 논의들은, 현재 이 설정에 가당한 수준의 접근이 아니었습니다."

"맞는…… 맞는 말이오."

비드리가 고개를 끄덕이며 나직하게 긍정했다. 잠시 생각하던 도래까마귀는 날카롭게 묻는다.

"일리 있는데. 다만, 그래서 애초에 암시장 조합은 이 정보를 어떻게 알고 있던 것이지?"

"우리가 모르는 것은 별로 없습니다. 제국에 용이 없었다는 수준의 이야기라면 몰라도요."

자신감이 넘치는 하슈펠의 말에 불가에 앉아 있던 인간 울리케는 경탄하기는커녕 콧방귀를 뀔 뿐이었다. 도래까마귀는 말한다.

"허세 떨지 말고."

"……조합장님은 시구르냘프 가의 서자입니다. 하지만 오해는 마시지요. 암시장 조합은 시구르냘프와 아무런 관계가 없습니다."

"관계가 없다? 아우케트의 말마따나, 이게 암시장 조합이 우리로 하여금 파헬름과 시구르냘프에 엿을 먹이도록 부추기는 상황은 아닌가? 조합장이 순전히 개인적인 감정으로 던진 정보는 아니냐는 말이다."

"설령 그렇다 하더라도 변할 것은 없지 않습니까."

울리케의 날카로운 말에 하슈펠은 늘 그렇듯 나긋나긋한 음성으로 대꾸할 뿐이다. 그의 말이 이어진다.

"이 고블린들이 고통받고 있는 것은 눈앞의 사실이니까요."

그래, 사실이다. 울리케는 석연치 않았지만 이 문제를 더 따지고 드는 게 별 의미 없다는 생각이 들었다. 처음 그와 마주쳤던 아우셀바프의 그 지하수로에서부터 여기에 이르기까지, 암시장 조합의 꿍꿍이는 여전히 알 길이 없다. 그럼에도 울리케는 어느새 이들에 대해서 별다른 주의를 하지 않고 있었다. 훨씬 더 골치 아프고, 정말로 까다로운 것들과 줄곧 마주해 왔기 때문이겠다.

"뭣들 하고 있어? 저쪽에서 여길 계속 주시하고 있는 걸 아는지 모르겠네."

그때, 아그니르가 다가왔다. 아그니르 역시 상단의 호위로 행세하고 있었으나 일개 호위가 새끼 그리펀을 대동한다는 것은 있을 수 없는 일이었기에, 현재 이트레케르는 가엾게도 커다란 나무 우리 안에 갇혀 있었다. 이 역시 시그리드의 모험가들이 생포해 상단에 팔아넘긴 것으로 설정되어 있었고, 아그니르의 기분이 나쁜 것은 바로 그 때문이었다. 그러니 말이 곱게 나오질 않는다.

"언제까지 이 짓거리 할 거야?"

"이제 시작이거든? 그러게 뭐 하러 여기 붙었어? 라핀다시르 쪽에 가 있으라니까."

울리케가 말한다. 하지만 도래까마귀로 힐끗 보니, 과연 아그니르의 지적대로 파헬름 상단의 사람들이 이쪽을 지켜보는 게 신경 쓰인다. 울리케는 재빨리 말했다.

"우리가 이 거래에 대해 논의하는 것처럼 보이려면, 모험가들과 대화하는 게 맞겠지."

그러자 이쪽에 주의를 기울이고 있던 시그리드가 기다렸다는 듯 불가에서 일어나 다가온다. 다른 셋은 여기를 쳐다볼 뿐, 구태여 따라붙지는 않았다. 울리케는 그를 맞이하며 묻는다.

"경, 여기까지 이야기는 모두 들으셨나요?"

"잘 듣고 있었습니다."

"어떻게 생각하시죠?"

"각본에 따르면, 우리가 사로잡은 고블린은 예튠드 상단의 중개로 암시장 조합에 매각하려고 했는데 그만 거래가 불발한 거죠. 고블린 노예 광산에 대한 정보는 암시장 조합에서 구매했고요. 예툰드 상단 입장에서는 뭘 팔려다 오히려 사 버린 상황이니 조바심이 나고 짜증 나지 않겠어요?"

그러자 비드리가 용기를 내 입을 열었다.

"맞, 맞습니다…… 이만한 행상을 꾸렸는데 고블린도 그리핀도 처치 곤란이 될 판이니까요. 그러니 노예 값을 후려치더라도 이 정보를 되팔아 보려고 안달하겠죠……. 저는 이제 손해를 최대한 안 보려는 쪽으로 움직이는 게 맞을 겁니다……."

"그걸 저는 한심해하며, 어떻게든 최대의 이익을 보려고 할 거고요."

하슈펠이 말했다. 그리고 다음은 시그리드가 말한다.

"그럼 이제 우리가 짜증 나는 상황이겠죠. 힘들여 잡아 온 고블린들을 헐값에 팔게 생겼으니까요. 그리핀도요."

"훌륭한 분란의 조짐이군."

아스미르가 중얼거린다. 그 곁의 시르게이르는 이 모든 것이 정말로 재미있는 듯, 눈을 반짝이며 경청한다. 선험관 이드냐 역시, 태연한 낯으로 가장하곤 있었으나 도래까마귀에게 종종 눈길을 주는 것이 시르게이르와 별반 다르지 않은 기색이다. 울리케는 그걸 알 수 있었다. 정말이지 부담스럽기 짝이 없었다.

"그런데, 이 연극을 계속할 필요가 있어? 애초에 정보를 얻으러 온 것뿐이잖아. 이 이상 뭘 더 알아낼 게 있냐고."

하지만 그리핀에게만 신경 쓰는 아그니르로서는 아무래도

이게 별로 재미가 없는 모양이다. 이 말을 들은 불가의 인간 울리케는 조용히 일어나 물동이를 들고 포박된 고블린들에게 다가갔다. 시야프리테는 그때까지도 구운 지네를 든 채 농락을 멈추지 않고 있었다.

"먹어! 쉭! 쉭!"

"아우케트, 어떻게 생각해?"

"매우 짜증 나지만 한 명쯤 저러고 있는 편이 그럴싸하리라고 생각한다."

"아니…… 시야 말고…… 지금까지 한 이야기 말이야."

"여기서 그만두자는 말인가? 그러고는? 무력이나 권위를 동원할 생각인가?"

"너희가 이렇게까지 고초를 겪을 필요는 없다고 봐."

"이건 진짜 모욕이 아니다."

아우케트는 광산 입구의 나무 아래 묶여 있는 나우르를 보고 있었다. 그들이 여기에 도착한 이후, 아직까지 볼 수 있었던 노예 고블린이라고는 오직 그뿐이었다. 아무래도 광산에 외부인이 방문할 경우 노예들이 눈에 띄지 않게 통행을 제한하는, 일종의 사전 지침 같은 게 있지 않나 싶었다. 때문에 원래라면 적당히 부산스러워야 할 이 철광은 현재 일터라기보다는 적막한 숲속의 요새 같았다. 곳곳에 솟은 망루 위의 감시대들이 더욱 그러한 인상을 강하게 한다. 울리케는 쓸쓸하게 말했다.

"난 저 아이에게 너희가 숲흑늑대들을 타고 구원하러 올 것이라 말했어."

"왜 그렇게 말한 거지?"

약간의 비난을 품은 아우케트의 말이었다. 인간 울리케는 한숨을 섞어 대답한다.

"그럼 뭐라고 말하겠어? 저 아이는…… 너희의 전승을 약간은 알고 있는 모양이야. 그렇기 때문에 오히려 비참하지. 이곳의 다른 너희 형제들은…… 애초에 스스로가 어떤 종족인지를 모르고 있으며 태어날 때부터 노예였기 때문에, 오히려 자신들의 신세를 한탄하고 있는 것 같지 않았어. 그저 아주 약간의 휴식과 약간의 보상만으로도 충분해 보이더군."

아우케트는 아무 말도 하지 않았다. 묶여 있는 다른 고블린들도 마찬가지였다. 입을 연 것은 시야프리테였다.

"그야 당연한 일이지 않겠어요? 긍지란 건, 실은 대개 박탈감의 근원이라고요. 제가 우리 영감쟁이의 장광설을 무시해 온 건 바로 그래서였답니다."

"마침 무슨 깊은 뜻이 있었던 것처럼 사기 치지 마라."

아우케트가 눈을 부라리며 말했다. 하지만 시야프리테는 다 식어 버린 지네 꼬치를 휘두르며 답한다.

"아니, 왜 믿지 않지? '우리가 왕년에는……' 같은 말이나 주워섬기는 건 한심한 일이란 말이라고요? 자신에게 응당 주어졌어야 하는 어떤 것이 있다고 믿기 시작하면, 사람은 그걸 되찾기 위해 무리한 일을 하기 마련이고, 그건 별로 행복한 노릇이 아닐걸요? 그러다 기어이는 남의 집에 쳐들어가서 이건 원래 내 거였다고 생떼를 부리기 시작한다고요! 생각해 보세요, 아가씨. 어느 날 피어클리벤이 쫄딱 망해서 아가씨가 돼지치기 신세로 몰락했다고요."

"아…… 돼지치기야?"

울리케는 의외로 이 류그라 소녀의 엉뚱한 이야기를 막지 않으며 순순히 되묻는다. 시야프리테는 거침없이 말을 이었다.

"하지만 원래 돼지치기였던 이웃집 밀라('걔는 또 누구야?')는 그저 암돼지 13호('걔는 왜 이름이 없어?')의 순산에 기뻐할 뿐이죠. 하지만 아가씨는 돼지가 스무 마리 새끼를 낳아도 전혀 기쁘지 않을 테고요."

"야, 돼지가 무슨 스무 마리를 낳아?"

그들 뒤편 불가에서 벌겋게 취해 있던 랄로프가 이렇게 소리쳤지만 곧바로 라그나에게 뒤통수를 얻어맞고 잠잠해진다. 울리케는 고개를 끄덕인다.

"무슨 말인지 알겠어……."

그러자 시야프리테는 자랑스러운 듯 턱을 쳐들며 말한다.

"우리가 어떤 이들이었는가를 기억하는 건, 그럴 만한 형편일 때나 의미가 있다고요? 부자가 될 가능성이 없는 이들에게, 사실 노력하면 모두 부자가 될 수 있다는 교육 같은 건 사기나 다름없어요. 저 아둑발이 친구는, 자신이 누군지를 알고 있기 때문에 불행한 거예요. 아니, 안다고 생각하기 때문에 불행한 거예요."

울리케는 새삼스런 눈길로 시야프리테를 본다. 생각해 보면 이 아이는 단지 쓸모 있는 기물의 주인이었기에 이 여정에 끌려온 신세였다. 그러다 그 보물도 잃고, 자신과 아무 상관도 없는 싸움을 겪기까지 했다. 그럼에도 시야프리테는 내내 쾌활했고 거침이 없었다. 과연 자신도 그럴 수 있었을까?

"그건 틀린 말이다."

아우케트의 단호한 말이었다.

"우리가 누구인지를 알고 그것을 기억하는 건, 당장의 배부름보다 중요한 것이다. 우리가 우리이게 하는 유일한 힘이다."

"그래서, 그게 저 친구를 어떻게 행복하게 했냐고요?"

시야프리테의 물음이다. 아우케트는 말문이 막힌 듯 잠시 주저하다가 다시 말했다.

"저들이 겪는 고난은 부당한 외부의 억압 탓이지. 전승의 교육이 어째서 그 원인이 되나? 부자가 될 가능성이 없는 세상이 문제인 것이지, 가능성을 가르치는 것 자체가 문제일 수 있단 말인가? 네가 말하는 것은 다름 아닌 노예근성이다."

"그럴지도 모르죠."

시야프리테는 의외로 반박하지 않으며 수긍한다. 그의 말이 이어진다.

"하지만 뒤늦게 태어나 보니 이 세상엔 먼저 태어나 버린 사람들이 너무나 많고, 그들은 이미 세상의 한 부분씩을 다 차지하고 있는 데다, 모든 땅에 이름을 붙여 놨어요. 제가 길 위에서 배운 것은, 이런 세상에서 남의 것을 빼앗지 않고 무언가를 갖는 건 불가능하다는 거예요. 어찌 보면, 사람들은 그냥 '돈 내놔!'라고 윽박지르는 것에 부작용이 많다는 걸 배운 뒤에, 그걸 피하기 위해 이 강도질을 훨씬 세련되어 보이고 아울러 손해를 가늠하기 어렵도록 복잡하게 만들어, 그 강탈을 거래라는 이름으로 바꿔 부른 건지도 몰라요. 제가 도련님께 아무 쓸모도 없는 쓰레기를 민예품이라고 강매시키는 것처럼요."

울리케는 약간 감탄했다. 이 이야기가 옳고 그른지는 일단 제쳐두고라도, 생각할 만한 가치가 있는 포착이었다. 한편 충실히 마법사의 제자라는 원래 역할을 따르며 모험가들의 종자인 양 가장하고 있던 발프리드가 나직이 중얼거린다.

"그게 쓰레기였어⋯⋯?"

류그라의 날카로운 청력은 그걸 놓치지 않았다. 시야프리테는 대놓고 그에게 말한다.

"봐요, 도련님. 믿기지 않죠? 아니, 믿기 싫죠? 저 보라니깐요? 이제 피해자는 자기 손해를 부정하기 시작해요. 자신의 지출이 가치 있는 것이었어야 하니까요."

"아니⋯⋯ 하지만 이건 실제로 예쁘잖아?"

발프리드가 여전히 자신의 목에 걸린 공예품을 들어 보이며 항변한다. 시야프리테가 승리의 웃음과 함께 말했다.

"바로 저렇게요."

"이건 날 기절시키기까지 했다고!"

"심지어 이젠 명백한 손해를 가치로 오도하죠. 미쳐 가는 거죠."

"아니……! 이익……!"

무리다. 발프리드가 시야프리테를 상대로 이길 가능성은 없다. 마법사의 제자는 일그러진 얼굴로 가슴팍의 장식을 쥐어 잡더니 불현듯 몸을 돌려 내빼기 시작했다. 먼발치의 수레 위에서 그걸 지켜보고 있던 실네스레유가 언니의 만행을 깨닫고는 대신 뒤따라 달려간다. 아무래도 위로를 해 주려는 것 같았다.

"놀랍네. 네가 그런 생각을 한다는 것이."

흥미로운 생각에 몰두하느라 동생의 좌절에 공감할 시기를 놓쳐 버린 울리케가 차분히 말했다. 그러고는 고개를 돌려, 비드리와 하슈펠을 쳐다보곤 묻는다.

"어떠신가요, 두 분? 거래의 본질이 세련되고 고도화된 강탈이라는 이 아이의 관점을 어떻게 생각하시는지?"

"그게……"

다른 이들은 이와 같은 대화의 흐름이 제법 익숙한 기색이었으나 비드리로서는 도대체 이 상황에 이야기가 이렇게 튀고, 그러면서도 다들 이걸 진지하게 듣고 있는 것 같아 보이는 꼴을 도저히 이해할 수가 없었다. 아니, 지금 이런 이야기를 할 때인가? 나머지는 그렇다 치더라도 아스미르와 선험관마저 눈을 빛내고 있는 걸 보니 황당하기까지 했다. 하지만 지은 죄가 많은 그로서는 어쩔 도리가 없었다. 그는 최대한 머리를 쥐어짜

내 본다.

"그런 상품이 있는 줄도 몰랐던 사람에게…… 그것이 필수품이라는 사실을 인식시키는 것이야말로 최고의 상행이라는 말이 있긴 하지…….”

"호, 그런가요, 외숙? 저는 거래란 것이 여태껏 서로에게 필요한 것을 나누는 일이라고 생각해 왔는데요.”

"그런 순진한…… 아니, 아니……. 물론 그것도 하나의 이상이지. 그러나…….”

"그런 거래만으로는 결코 큰 이득을 볼 수 없으니까요.”

이건 하슈펠의 말이었다. 울리케가 그를 쏘아보자, 그는 말한다.

"진정한 의미에서의 생필품이란 것들은 언제나 이문이 낮을 수밖에 없습니다. 윤리적인 문제는 차치하고라도, 약탈적인 거래란 것은 지속적이고 잠재적인 고객들을 말려 죽여 결국엔 시장을 없애 버리니까요. 생필품을 가지고 큰 이윤을 남기면 잠시야 좋겠지만 시장이 없어지든지, 아니면 이윤을 본 사람이 없어지든지 하겠지요.”

"다름 아닌 암시장 조합의 인간이 그런 말을 하다니, 이거 놀랍군.”

울리케가 빈정거림을 숨기지 않으며 말했다. 그러자 하슈펠은 담담히 대꾸한다.

"아뇨, 바로, 오히려 그렇기 때문입니다. 암시장은 그 특성상,

공공연히 거래할 수 없는, 금지된 품목들을 취급하지요. 아가씨께서 예전에 보셨다시피 말입니다. 그런데 여기서 이 금지의 주체들은 각각 다른 조합들이거나 자유도시, 영지들입니다. 저마다의 특권을 무기처럼 휘두르는 이들이랄까요. 마침 여기 모험가분들이 계시니 묻지요. 여러분은 구급의 영약이 정말로 얼마짜리인지 아십니까? 그게 그토록 비쌀 이유가, 실은 전혀 없다는 걸 아시냐 말입니다."

여기서 울리케는 시그리드를 보았으나 마법사는 단지 어깨를 으쓱할 따름이었다. 하슈펠은 계속 말했다.

"구급의 영약은, 그래요, 목숨이 경각에 달린 사람들은 동의하지 않을지도 모르지만 어쨌건 생필품이 아니지요. 모험가 조합은 이 약의 제조법을 독점하고, 대량 생산과 유통이 가능함에도 의도적으로 그것을 제한해 가격을 조정해 오고 있습니다. 표면적으로는 제조가 지극히 까다롭고, 생명의 무게에 가치를 따질 수 있겠느냐는 궤변을 섞어서 말입니다. 하지만 저희가 파악하고 있는 바로는, 그저 이것을 비싸게 유지하기 위해 들이는 속임수들일 뿐입니다."

"그게 꼭 궤변인가?"

시그리드가 다소 방어적으로 묻는다. 그의 말이 이어진다.

"구급의 영약이 감기약처럼 흔해지는 게 반드시 좋은 일이겠냐 말이야. 사람들은 치명상을 두려워하지 않게 될 테고, 무모함과 객기의 결과를, 일종의 지불 가능한 비용으로 산정하기 시작할 테지. 그것이 더 나아가면, 영주는 매해 가을의 마수 토벌대를 구성할 때 예상되는 인적 자원의 소모를 구급의 영약 값으로 계산하기 시작하게 돼. 원래라면 목숨과 관련된 모든 선택은 돌이킬 수 없는 것이고, 바로 그런 특성 탓에 무모한 결정을 방지할 수 있게 돼. 하지만 인적 자원의 값이 구급의 영약 값으로 환원될 수 있다면, 사람의 목숨과 관련된 선택마저 모두 번복 가능한 것, 수복 가능한 것이 되어 버린다. 그 순간부터 결정자는 목숨의 가치를 저울질하게 된다. 지금의 구급의 영약 값은 바로 그걸 방지하기 위해 일부러 책정된 가격이다."

"아주 그럴싸한 말씀이군요. 하지만 저와는 가치관이 다르십니다."

하슈펠은 정중하게 말했다. 그리고 이어 말한다.

"그건 구급의 영약이 싸기 때문에 일어나는 일이 아닐 겁니다. 인명을 가격으로 치환해서 생각하는 사고방식 자체의 문제죠. 그래서 지금의 결정자들은 인명을 비용으로 생각하는 일에 조심스럽기라도 하단 말씀입니까? 사람의 목숨이 돌이킬 수 없는 것임이 여전한 현재에도 그런 계산법은 흔하며, 심지어 위정자들만의 독특하고 불가피한 셈법인 양 이야기되지 않습니까. 그렇다면 어차피 갈려 나갈 목숨들이 그나마 더 싼 값에 살아날 수 있는 게 낫다고 봅니다만."

"무슨 말인지는 알겠다."

시그리드는 그렇게 말하며 항복했다. 여전히 할 말이 더 많은 눈치였지만, 이쯤에서 끝내는 게 좋을 것 같다고 생각한 게 분명했다. 반면, 도래까마귀는 여기서 멈출 생각이 없어 보인다.

"구급의 영약을 예로 들어 너희가 무슨 좋은 일을 하고 있다는 듯 말하지 마라! 정말 그런 뜻으로 하는 일이라면 훨씬 싼 가격에 팔고 있어야지, 하지만 분명 내 기억에 너희는 그걸 더 올려받고 있었는데?"

"그야 모험가 조합원이 아닌 이상 아예 살 수 없는 물건이니까요. 아시지 않습니까? 그걸 살 수 있게 해 주는 수수료입니다."

"그래서, 그건 과연 강탈적인 거래가 아닌가?"

그러자 하슈펠은 빙그레 웃어 보이며 답한다.

"무슨 말씀이십니까? 저희 조합에서 취급하는 모든 물목이, 더없이 강탈적인 거래 품목들입니다. 암시장이 어떻게 성립하고, 또한 성행하겠습니까? 저희는 유통 방식과 가격에 문제가 없는 한 그것이 무엇이든 취급합니다. 이 사업과 시장이 존재할 수 있는 이유를 생각해보시지요. 저희를 성립하게 하는 그 모든 수요는, 전적으로 이 사회의 부조리에서 발생하는 것입니다."

그가 이렇게 당당하게 나와 버리자 울리케도 할 말이 없어진다. 도래까마귀와 인간은 나란히 그를 쏘아보다 시선을 거둔다. 그 순간 시야프리테가 뿌듯하게 좌중을 향해 말했다.

"아무래도 제 말이 옳지요?"

"……아니, 왜 이야기가 여기로 와 있지?"

다음 순간 울리케가 퍼뜩 정신을 차린 듯 이렇게 말함과 동시에 모두가 딴청을 피움으로써, 자연히 시야프리테의 승리 선언은 매우 어물쩍 넘어가게 되었다. 아주 치사한 인간들과 고블린들이었다. 게다가 류그라 소녀가 정당한 난동을 피울 여지조차 주지 않기 위해, 심지어 아우케트는 다급히 다음과 같이 말하기까지 했다.

"이제 어쩔 셈이지?"

"네가 어디까지 감내할 수 있는가에 달려 있어. 이렇게 말하긴 미안하지만."

울리케의 대답이었다. 그의 말이 이어진다.

"파헬름의 고블린 노예에 관한 정보를 암시장 조합이 흘렸다는 건, 어차피 저쪽도 그리 어렵지 않게 유추할 수 있을 거야. 그러니 그 정보를 파는 것으로 하고 너희도 함께 넘기는 일에는 무리가 없어. 하지만 그렇게 되면, 너희가 어떤 고초를 겪을지 모르겠단 말이야."

"솔직히 말씀드리자면……."

하슈펠이 입을 떼자 울리케가 곧바로 이렇게 맞받아친다.

"이상하군? 너는 그 재판 이후 언제나 솔직히 말해 왔어야 할 것인데. 새삼스럽게 그렇게 말함으로써 지금껏 네가 뱉은 말들의 진위를 의심하게 하지 마라."

그러자 하슈펠은 조금 창백해졌고, 다른 이들 모두 약간은 질렸다는 얼굴로 울리케를 본다. 하지만 하슈펠은 재빠르게 낯색을 가다듬고 말을 이어나갔다.

"······저들의 고블린 노예화는 세대에 걸친 것입니다. 17년이면, 고블린들의 빠른 성장 속도를 생각했을 때 사실상 거의 두 세대에 걸치지요. 파헬름의 입장에서는 전승을 고스란히 기억하는 이들, 현역 고블린 무장들을 기존 노예들에게 편입시킬 방법이 없을 겁니다. 이러한 표현을 용서하신다면, 이들은 살처분될 가능성이 매우 높습니다. 적어도 완전히 격리되리라 생각합니다."

"저도 그렇게 생각해요."

이건 시그리드의 말이었다. 침통한 얼굴로 고개를 끄덕이던 울리케가 아우케트에게 말한다.

"의견이 이래. 내 생각도 다르지 않아. 연극은 이쯤 해도 될 것 같아."

"그러면? 저들을 어떻게 구할 건가?"

오백장의 기세를 본 울리케는 염려에 가득찬 눈으로 나직이 되묻는다.

"뭘 생각하고 있어?"

"우리의 문제다. 그렇게 말한 것은 너다. 계획했던 것을 해라."

"논의는 끝나셨습니까? 퍽 오래 걸렸습니다만."

발로프는 웃으며 말했다. 하지만 그 눈빛에 칼이 들어 있음을 느끼며, 하슈펠은 대꾸했다.

"덕분에."

"그래요. 어찌 결정하셨는지?"

"그 정보를 드린다고 할 때, 고블린의 두당 가격은 어떻게 됩니까?"

"이 정도면 될 겁니다."

발로프는 탁자 위에 보란 듯이 금화 한 움큼을 밀어놓는다. 비드리의 눈이 놀란 듯 동그래졌고, 하슈펠의 팔 위에 앉아 있던 도래까마귀는 착실하게 눈을 빛낸다. 하슈펠은 말했다.

"좋습니다. 파헬름의 정보를 알려 준 것은 이실바프의 암시장 조합이었습니다. 조합장이 친히 알려 주더군요."

예상대로 발로프는 그리 놀란 것 같지 않았다. 그는 감정 없는 얼굴로 천천히 고개를 끄덕이며 말했다.

"그렇군요…… 좋습니다. 그러면 거래를 마무리할까요. 예상하시겠지만, 이 거래의 특성상 서류는 남기지 않도록 하지요."

"여부가 있겠습니까."

일은 일사천리로 이루어졌다. 비드리와 하슈펠은 발로프가 넘기는 돈 자루를 받아 상단의 호위들에게 넘겼고, 뒤이어 아우케트와 나머지 고블린들은 광산의 경비들에게 넘겨졌다. 그렇게 실질적인 교환이 일어난 직후였다.

"그런데 말입니다."

하슈펠이 재빨리 작별인사를 해치우려는 듯 틈을 보고 있던 발로프에게 문득 말한다.

"정보라는 것은 독특한 상품이지요. 반품이 불가능하며, 팔았다고 해서 없어지는 상품도 아니니 말입니다. 제 생각엔, 아마도 이 정보를 더 사고 싶어 하는 분들이 있으리라…… 뭐 그런 생각이 드는데 말입니다."

"그것참."

발로프는 건조한 얼굴로 이렇게 대꾸했다. 그의 말이 다음처럼 이어진다.

"부럽군요."

그러더니 발로프와 하슈펠은 서로의 급소를 살피듯 침묵 속에서 천천히 시선을 교환한다. 그 바람에 곁에서 구경하던 비드리는 진지하게, 자신이 그만 이 직업을 때려쳐야 하는 게 아닌가 고민하기 시작했다. 그가 알고 있던 장사란 건 이렇게까지 끔찍한 건 결코 아니었다.

"하지만 정보라는 것이 또 워낙 독특한 상품이라서 말입니다."

이번엔 발로프가 같은 말을 했다. 그가 말한다.

"팔면 팔수록 가격이 떨어지지요. 그리고 잘못 팔았다가는, 매우 큰 손해를 보기도 합니다. 귀 상단이 이걸 다루실 역량이 있는지 모르겠군요. 그리고 그건 이미 암시장 조합이 취급하는 정보지요. 그들이 이 정보를 내줄 때, 과연 아무런 제약도 안 걸었단 말입니까?"

"오, 물론 걸었습니다."

하슈펠은 눈을 빛내며 말했다. 그의 말이 이어진다.

"저희는 방금 그걸 무시했고요. 하지만…… 파헬름이 그걸 일러바칠 순 없을 것 같은데."

순간 발로프의 얼굴이 짜증으로 뒤덮였다. 울리케는 그걸 보며 이자가 하슈펠보다는 한 수 아래라는 생각이 든다. 마침내 발로프는 정색을 하고 말했다.

"뭘 원합니까?"

"파헬름은 방금 야생 고블린 스물을 이상할 정도로 비싸게 매입했습니다. 두당 거의…… 잘 훈련된 군마 한 필의 가격이죠. 정보를 넘기는 대가라 쳐도 말입니다. 그게 이토록이나 비싸다는 게 이해가 가지 않는군요. 게다가 방금, 상단주께서는 이 정보가 어디서 나온 것인지도 이미 짐작하고 있는 듯 보였습니다. 저희야 돈을 벌어 좋긴 하지만, 옛말에도 있지 않습니까. '무릇 좋은 상인이란 손해로부터 배운다. 하지만 더 좋은 상인은 이득으로부터 배운다.'라고요."

그러자 발로프는 하나도 안 웃긴 얼굴로 이렇게 말했다.

"그 정보는 그럴 가치가 있었습니다. 그저 제가 놀란 표정을 지을 줄 모르는 병에 걸려서 말입니다."

"……거 독특한 농담이군요."

"진짜 있는 병입니다."

울리케는 자신이 지닌 까마귀의 통찰력으로도 이게 농담인지 진담인지 구분이 안 간다는 데 순간 경탄했다. 하지만 그보다 중요한 것은 따로 있었다. 하슈펠이 지금 이렇게 물고 늘어지는 것은 계획에 없던 부분이었다. 원래대로라면 거래를 깔끔히 마무리 짓고, 비드리의 상단은 바로 파헬름을 떠나야 했다. 때문에 도래까마귀는 그를 곁눈질하고 있었고, 비드리는 초조한 낯을 감추지 못했다. 하슈펠은 그걸 무시하며 말한다.

"하시는 말씀에 따라서는 받은 값을 돌려 드릴 수도 있는데."

"됐고, 넣어 두시지요. 드릴 말씀이 없습니다."

완강한 발로프의 말에 하슈펠은 결국 포기하는 기색을 띄운다. 이야기는 여기서 끝났고, 그들은 막사를 나섰다. 그로부터 얼마쯤 떨어졌을 때 도래까마귀는 따지기 시작했다.

"아니, 무슨 생각이지?"

하슈펠은 담담히 말한다.

"그냥 제 개인적인 호기심이었습니다."

"……지금 그럴 때인가?"

"그 정도는 해도 된다고 여겼을 뿐입니다."

"이 정보의 출처가 너희이기 때문에?"

하슈펠은 걸음을 멈추고 팔 위의 도래까마귀를 정성스레 쳐다본다. 그의 입이 열렸다.

"당신은 참 놀라운 분입니다. 저희를 윽박지르거나 강제해, 궁금함을 더실 수도 있었을 텐데요. 보통…… 아가씨처럼 갑작스레 강한 영향력을 지니게 된 사람은 그런 욕망을 다스리는 데 서툰 법인데 말입니다."

도래까마귀는 진저리를 치듯 대꾸한다.

"그리고 이게 아첨의 밑밥이라는 걸 눈치채는 데도 서투르겠지. 말을 빙빙 돌리는 친구들은 이미 아주 여럿 알고 있다. 필시 너는 그들 사이에 낄 그릇이 안 될 것이다."

"여부가 있겠습니까. 용서하십시오."

하슈펠은 한숨처럼 말했다. 그러고는 지금까지와는 다른 기색을 띄우며, 나직하지만 또박또박 말하기 시작했다. 멈췄던 걸음이 이어진다.

"암시장 조합은…… 이 격동의 시기에 적당한 매물을 모색하고 있을 따름입니다. 파마의 화살이나 류그네릭, 그리고 용의 금화…… 게다가 어쩌면 고블린 노예들도요. 예툰드 상단처럼 이 일에 휘말린 중소 상단들은 자신들이 취급한 것들이 어떤 거대한 공성 기계의 부품인 줄 몰랐을 것입니다. 하지만 저희는, 그림자 속에서 그 모든 유통을 감시하며 무슨 일이 벌어지고 있는가를 알게 될 수밖에 없지요. 조합장께서는 이 모든 격랑이 잔잔해졌을 때, 우리가 탄 배가 전범이 되어 있단 걸 뒤늦게 깨닫고 싶어 하지 않으십니다."

"그래서 마치 네가 했듯이, 지은 죄를 자복하고 벌의 거래를 청한 것이란 말인가? 지금 이 노릇이?"

"말하자면…… 그러합니다."

그는 지난 재판을 떠올리듯 조금 몸서리를 치더니 말을 이었다.

"피어클리벤의 용이 나타나고, 그로부터 시작된 이 모든 일이 이렇게 흐르지 않았다면 저희는 계획이나 입장을 전환할 이유가 없었습니다. 파헬룸은 시구르냘프의 비밀스런 자산이며 종래에 계획된 고블린 노예화의 실험장이죠. 그리고 아가씨께서는 그 사실을 알고 있는 조합장님 앞에서, 고블린들을 이실바프의 정당한 체류자들로 이끌어 내셨습니다. 영특하신 분이니 아실 테지만, 그건 새로운 세원을 찾아 낸 정도에 그치는 사건이 아닙니다. 고블린 노예라는 개념 자체가, 제국의 헌장 질서와 자유도시의 칙허권에 대한 도전이 되어 버리는 일입니다. 십 년이 넘게 이 일을 진행해 온 시구르냘프와 파헬룸은 날벼락이지요."

"남의 일인 양 말하는군."

"아직까지는 남의 일인 양 만들어 버릴 수 있으니까요."

"조합장이 다급하긴 했던 모양인데?"

"네. 정말입니다."

하슈펠은 순순히 시인하며 그렇게 말했다.

"아까 제가 잘난 척, 저희가 다루는 모든 매물이 이 사회의 부조리로부터 나온다고 말씀드렸습니다. 그건 다시 말해 부조리가 없어지거나 바뀔 때, 다루는 상품의 가치도 급변한다는 말이 됩니다. 저희가 청구하는 대금이 그리 비싼 데에는 언제나 일이 어그러졌을 때를 대비한 일종의 보험료가 포함되기 때문도 있습니다. 하지만 어떤 시대의 변화들은 도저히 돈으로 해결할 수 없지요. 사소한 불법 따위가 아니라, 이념과 패권의 문제로 넘어갈 때 말입니다."

울리케는 그를 본다. 침착하게 묻는다.

"그래서?"

"이미 동원하실 수 있는 무력과 그걸 넘어서는 권능이 있으심에도 이 문제를 이렇게 접근하셨습니다. 그런 아가씨의 성정과 신념에 기대 부탁드리는 것입니다. 저는 이 계획의 다음 단계를 알지 못합니다. 저희는 아가씨의…… 선처를 바랍니다."

"그건 내가 결정할 문제가 아닐 것이다."

울리케는 두꺼운 나무 우리에 갇힌 아우케트와 그 동료들 방향을 바라보며 냉랭히 말했다. 파헬름 상단의 호위들은 예툰드 상단으로부터 건네받은 고블린들의 무구를 살펴보며 비웃음인지 감탄인지 모를 말들을 주고받고 있었다. 일부가 우리 안의 고블린들을 창의 꽁무니로 쿡쿡 쑤시는 것도 보였다. 고개를 떨군 채 이를 악물고 있는 아우케트의 모습은 붙잡힌 포로의 좌절을 연기하는 게 아니었다. 연극은 더 이상 필요 없어졌다. 도래까마귀는 침중하게 말한다.

"용의 보증 따위로는 여전히 이 땅 어딘가에서 인간과 고블린들이 서로 배척하는 걸 막지 못해. 저들이 어떻게 참된 존중을 받을 수 있을까? 이 순간 인용하긴 정말 싫지만, 나는 언젠가 존중이 공포로부터 나온다는 말을 들은 적이 있다."

"그 말에 동의하십니까?"

하슈펠은 불안한 얼굴로 물었다. 울리케는 한동안 대답하지 않은 채 침묵했다. 기다리며 생각하던 하슈펠이 또 말했다.

"고블린들은 여전히 마수로 분류되며, 인간은 저들을 두려워합니다. 이실바프에서 보시지 않았습니까? 그 도시에 공포가 부족했습니까? 그러니 존중이 공포로부터 비롯된다는 말은, 틀린 것 같습니다."

"아니야."

순간 무언가를 깨달은 도래까마귀가 부리를 뗀다. 울리케의 말이 이어졌다.

"여기서의 공포란, 꼭 그 대상으로부터 나오는 게 아닐 수도 있어. 특히 그 대상이 도무지 어떻게 해도 우리와 완전히 같은 존재라고 보기에는 이질적일 때 말이지. 인간이 고블린에게 해를 끼친 만큼 그들에게 되돌려 받는 건 당연해. 하지만 이건 그저 배척의 골을 깊어지게 할 뿐이야. 그런데 만일 고블린에게 해를 끼친 인간이, 고블린이 아닌, 같은 인간들로부터 비난과 벌을 받게 된다면? 고블린 사회에는 '내'가 속해 있지 않지만 인간 사회는 '내'가 속한 무리이지. 과연 우리는 어느 쪽을 훨씬 더 두려워할까? 복수를 위해 새벽에 기습해 오는 고블린 군대보다, 마을 회의에서 이웃들 모두에게 둘러싸여 가엾은 고블린을 해쳤다고 지탄받는 것이 훨씬 더 공포스러운 일일 것이다. 내가 아는 바, 차별에 열중하는 이들일수록 그런 소속감을 중히 여기거든."

하슈펠은 한동안 말을 잇지 못하고 자신의 팔 위에 앉은 도래까마귀를 보다가 급기야 눈을 돌려 먼발치에 선 인간 울리케에게 시선을 주었다. 그가 감탄을 숨기지 않으며 말했다.

"좋은 포착이십니다…… 아가씨의 말씀을 듣고 있자니 문득, 공포의 근원은 상상력이라는 말이 떠오르는군요."

"그럼 그 상상력을 자극해 보자고."

도래까마귀의 말이었다.

자유도시 이실바프의 의회는 고블린들에 대한 과세를 시행했다. 이로써 인간의 공동체에 적의를 가지지 않은, 대륙의 모든 고블린들은 합법적으로 이실바프에 주재하거나, 혹은 경유할 수 있게 되었다. 이 소식은 그 즉시 제국의 전역으로 퍼져나갔고, 모든 영지의 영주들과 도시의 시장들로부터 다양한 반응을 이끌어 냈다.

하지만 의외로 이 결정을 무모한 결정이라고 비난하는 목소리는 적었다. 이미 용이 그들을 불러들였다는 소문이 퍼지고 있었으며, 이 골칫거리들이 모두 뉘른스에크로 향하고 있음은 이제 모두가 다 아는 사실이었으니까. 그러니까 이들이 뉘른스에크에 당도하기 전 발 빠르게 통행세를 뜯어 내지 못한다면, 어쩌면 다시는 그만한 양의 용금화를 거저 얻을 수 없을 것이라는 위기감이 사람들의 머리를 흐리게 만들었던 것일까. 고블린들로부터 세를 걷는다는 발상이 장차 가져올 여파를 진지하게 고민하는 목소리는 그리 크게 불거지지 못했다. 거기다 그들이 지불하는 세금이 다른 무엇도 아닌, 용금화라는 사실 탓에 이실바프의 결정은 더욱 매력적으로 느껴졌다. 이 와중에 용금화가 가져올 경제적 파탄에 대해 심려하는 이들은 극히 드물었다.

게다가 아우스뉘르 황실은 이 결정에 아무런 공식적 반응도 내놓지 않았다. 몸이 단 대영주들과 일부 자유도시 의회가 자신들의 모든 연줄을 동원해 이끌어 낸 황실의 입장이란, 담백하게도 이 결정이 자유도시 칙허권의 범위와 재량 안에서 내려지기에 타당한 것이라는, 추밀원으로부터의 유권 해석 정도였다. 성급한 이들은 이 해석이 고블린들의 지위를 마수에서 이민족으로 격상시키는 것이라 읽었으나, 신중한 이들은 단지 이것이 용의 재산을 빼내기 위한 하나의 단기적 전략이라 이해했다. 그리고 마침내 소문만 무성하던 용금화가 비로소 세상에 유통되기 시작하자, 아우스뉘르 동부의 자유도시 연맹은 그 즉시 이실바프와 동일한 결정을 내렸고, 여기에는 손익 계산을 마친 몇몇 영지들까지 포함되었다.

즉, 그때까지 인간들의 눈을 피해 힘겹게 뉘른스에크로 향하던 모든 고블린에게, 당당히 인간이 만든 도로를 이용할 권리를 허용함과 동시에 그들로부터 용금화를 받겠다는 공시였다. 물론 인간과 고블린은 그때까지도 서로 교류하는 입장이 아니었기에 이러한 공시가 제대로 전해질까 회의하는 이들이 없진 않았다. 하지만 고블린들은 새들로부터 이 모든 정황을 전해 듣고 있었다. 그리고 그들 가운데 용감한 이들은, 즉시 새들이 전해 온 말을 실천하기 시작했다.

"정지!"

아우스뉘르의 중부, 아우스리크 강을 가로지르는 일곱 개의 다리 중 하나를 지키던 순찰자 하나가 창백해져 소리쳤다. 백이 훨씬 넘는 고블린 늑대기수들이 대낮에 중부가도를 따라 어슬렁어슬렁 다가오는 광경이란, 태어나 활을 든 이래 여태껏 모든 길과 길이 아닌 곳에서 잔뼈가 굵어 온 그의 생을 통틀어 결코 보리라 기대했던 장면이 아니었다. 얼마 전 내려온 영주의 명령이 아니었다면 즉시 경종을 울리고 대피했을 것이다. 이 다리를 지키는 순찰대 병력만으로는 저들을 이길 가능성이 없었으니까.

"무슨 용무인가?"

중년의 순찰자 베리크는 스스로 이 질문이 참 이상하다고 생각하면서도 결국 입을 뗀다. 잔뜩 긴장한 동료들이 저마다 활을 들고 다리 초입의 망루 주위에 도열해 있었다. 고블린 기수들 가운데 하나가 늑대를 채근해 한 발짝 나서며 말한다.

"무슨 용무냐니, 다리에 볼 일이 하나밖에 더 있나. 건너갈 셈이지!"

"이해해 줘라, 카가르. 설마 상상이나 했겠어?"

그의 뒤편 한 고블린 기수가 경박하게 이리 말하자 동시에 고블린들이 왁자하게 웃음을 터트렸다. 줄지에 고블린들로부터 비웃음을 산 순찰자 베리크는 낯빛이 딱딱하게 굳었으나 충실하게 다음과 같이 외친다.

"통행세가 있다는 걸 알고 있나?"

"아아, 그게 놀랍게도 우리의 피가 아니라는 이야기도 들었지. 그보다는 더 노랗고, 더 딱딱하며 차갑다지."

처음 말했던, 카가르라 불린 고블린 기수가 능글맞게 농담을 이어갔고 다시 웃음이 번졌다. 하지만 노련한 순찰자는 고블린들의 눈이 하나도 웃고 있지 않다는 걸 알 수 있었다. 여차하면 칼을 빼 들 심산인 것은, 양편 모두 마찬가지였던 것이다. 베리크는 삼엄하게 말했다.

"그럼 통행세를 내라."

"지금? 없는데?"

고블린은 멀뚱하게 이리 외친다. 순찰자들의 얼굴이 사나워지기 시작한 순간, 카가르는 급히 다시 말했다.

"아니, 정말이야. 우리는 소문만 들었지, 실제로 뭘 받은 적은 없단 말이다. 애초에 우리가 낼 세금은 용이 대납해 준다더군. 그래서 과연 그런지, 한번 시험해 보려고 왔다. 만일 그게 거짓이라면 우린 말썽 부리지 않고 여기서 즉시 떠나지. 뭐 어차피 강은 건너야겠지만, 야밤에, 눈에 안 띄게, 언제나 그렇듯 알아서 몰래 잘 건너가겠다 이 말이야."

순찰자들은 당황했지만 내색하지 않으며 서로 시선을 교환했다. 잠시 뒤, 빠른 말을 탄 순찰자 하나가 달리기 시작했다. 시간이 걸릴 것이라 판단한 고블린들은 가도에서 물러나 인근 숲으로 사라졌고, 연락병으로 십장급의 기수 하나만을 그들 곁에 남겨 두었다. 그렇게 멀뚱히, 어색한 대치를 이어가면서 베리크는 정말 이상한 시절이 되고 말았다고 생각한다.

마침내 돌아온 순찰자는 영주관으로부터 받아 온 새 명령서를 들고 있었다. 고블린 연락병은 숲으로 숨었던 고블린들을 다시 불러왔다. 베리크는 그들이 모두 도열할 때까지 기다렸다가 입을 떼었다.

"너희가 어디서 온 무리이며, 그 수가 정확히 얼마인지, 그리고 최고 통솔자와 그 휘하 십장급까지 이름을 말해라."

"그게 뭐지?"

카가르가 순찰자의 손에 들린 문서를 보며 묻는다. 베리크는 답했다.

"영주의 편지 같은 거야. 너희의 통행세를 대납하는 주체로부터 요청받은 사항들이지. 아직 여기까지 용금화가 오지 않았고, 다른 데도 대충 비슷한 상황이란 말이다. 금화가 올 때까지 여기서 너희를 묶어 둘 수도 있겠지만, 양쪽 모두 그건 별로 바라는 상황이 아닐 테지."

"맞다."

카가르는 시원하게 대꾸했다. 베리크는 이 상황이 정말 이상하다고 다시 한번 느끼며 계속 말한다.

"그러니, 너희에 대한 사항을 최대한 자세하게 기록하고, 우리는 이 기록을 이실바프 쪽에 보내 통행세의 지불을 요청할 거다. 너희는 어차피 뉘른스에크로 갈 거고, 이실바프를 경유할 거지? 그러니 거기서 우리가 보낸 기록을 들고 너희를 맞이해 사실 여부를 확인한 후, 우리에게 금화를 보낸다 이 말이지."

그러자 고블린 카가르는 얼굴을 찌푸린 채 뭔가 생각하기 시작했다. 베르크는 그걸 조금 신기하게 바라보며 부연한다.

"우리가 돈을 더 받아 낼 목적으로 이 기록에 장난질을 해봤자, 어차피 들키게 되어 있다 이 말이야."

"그건 이해하고 있어. 하지만 우리가 거짓을 말할 수도 있잖아? 그럼 너희가 받을 돈이 줄어들 텐데?"

"그럼 아마 기나긴 소송이 시작되겠지."

베르크는 그렇게 말했다. 그 시원찮은 대답에 카가르의 이맛살이 한층 더 깊어진다. 그렇게 뭔가를 골똘히 생각하던 고블린을 향해, 베르크는 잠시 생각하다 말했다.

"하지만 그럴 이유가 있단 말인가? 이 돈은, 그렇게 한다고 해서 너희에게 가지 않아. 일방적으로 우리만 손해를 보는 거지. 완전히 해코지란 말이다. 뭐, 너희에게 그럴 만한 원한이 있다 해도 별로 놀랍진 않다만."

그러자 카가르는 고개를 끄덕이며 답했다.

"그것도 이해하고 있어. 그리고 돈 따위로 갈음할 원한은 없다. 지금 내가 생각하는 건…… 이를테면 양쪽 모두 같이 거짓

말을 하는 거지. 그래, 원래는 우리에게 오지 않을 돈을 오게 하기 위해서 말이야."

이놈 봐라? 순간 베르크의 눈썹이 움찔거린다. 고블린은 계속 말한다.

"우리가 여기서 수를 불려 말하고, 이실바프에 도착했을 때 그 숫자만큼의 동료들을 잃어버렸다고 고한다면? 알겠지만 여기서부터 이실바프는 아직 먼 길이야. 얼마든지 일어날 수 있는 비극이고 손실이지. 하지만 그 비극과 손실이 허구라면? 정말로 다행한 일 아니겠나, 인간?"

노련한 순찰자조차도 이런 순간에 도대체 어떻게 대응해야 할지 알 수 없었다. 그의 눈앞에서, 검은 늑대 위에 올라앉은 이 고블린 기수는 지금 맹렬하게 머릴 굴리며 용을 상대로 사기 칠 생각을 이어 나가고 있는 것이다. 그는 계속 말한다.

"그리고 너희는 이 거짓 신고를 묵인하는 대신, 그 수의 차이만큼 용금화의 이득을 보게 될 거란 말이야. 그러니 그 기대 수익의 절반 정도에 해당하는 유무형의 편의를, 우리에게 미리 쾌척해도 좋지 않겠나? 우리도, 너희도 손해를 보는 일이 전혀 아니지."

"정말 입맛 다시게 하는데, 고블린 친구. 다만 아무도 손해를 보지 않는 일은 아니야."

베르크가 심각하게 이야기하려 노력하며 말한다. 그의 말이 이어진다.

"바로, 용이 손해를 보지. 지금 이 돈이 누구에게서 나오는 것인지 알고 있나? 너희는 지금 용을 상대로 사기를 쳐 보자고 하고 있는 거야."

카가르는 뻔뻔하게 말했다.

"그게 뭐 어때서? 그럼 안되나? 그리고 그 용금화는 우리의 성지에서 나온 것이기도 하다. 용이 점유를 멋대로 선언했다곤 하지만, 원래는 우리의 땅이었고 어제까진 너희의 땅이었지. 난데없이 용이 나타났다고 뭐 어쨌다는 거야?"

그건 그렇다. 게다가 거짓말에 관해서라면, 황실 역시 용이 없다는 걸 그토록 오래 사기 쳐 오지 않았던가. 그걸 떠올린 순간 베르크는 순간적으로 혼란을 느꼈다. 그는 말한다.

"잠시…… 기다려. 내가 결정할 수 없다."

결국 그렇게 해서, 투덜거림을 한 사발 내뱉으며 파발이 다시 달리게 되었다. 고블린들은 아까처럼 숲으로 숨어들었고, 이번에는 전보다 훨씬 오래 걸렸다. 돌아온 순찰자의 파발마엔 영주의 마차와 병력이 딸려 있었다.

"기가 막히는군."

정오가 조금 지난 시간 시작되었던 이 다리 어귀의 실랑이는 이제 해 질 녘에 도달해 있었다. 마차에서 내린 초로의 영주는 숲에서 빠져나와 자신의 앞에 늘어선 고블린 기수들을 보며 이처럼 중얼거렸다. 그의 호위인 세 기사와 휘하의 병사들 수백이 긴장한 낯으로 이들과 대치한다.

"그래, 이 발칙한 의견을 낸 놈이 누구냐?"

"나다."

영주의 호통 같은 물음에 카가르가 턱을 치켜들며 나선다. 영주는 어처구니없다는 듯 그를 노려보다가 말했다.

"용을 상대로 사기를 치자고? 제정신인가?"

"그 돈엔 분명 우리의 지분도 있어. 그걸 이해하지 못하겠나? 그리고 우리는 금화 쪼가리에는 관심이 없어. 그건 너희에게나 쓸모가 있겠지. 우리는 그 차익의 절반에 해당하는 편의를 원할 뿐이다."

"다리를 건너는 것 말고 무슨 편의?"

영주의 물음이었다. 카가르는 동료들을 돌아보곤 답한다.

"긴 행군이다. 당연히 필요한 걸 말하자면 끝도 없지! 비록 자력으로 얼마든지 해 나갈 수 있는 길이지만 좀 더 편하고 안전해서 안 될 건 뭔가? 일차적으로는 식량이 제일 크다. 수렵만으로는 이 수를 다 먹이면서 전진하는 게 얼마나 힘든지 상상이 가나? 우리가 너희의 목양지를 건드리지 않기 위해 얼마나 애쓰고 있는지 이해하겠나 말이야."

"건드렸다간 당장 토벌당할 텐데 뭘 선심 쓰는 척 말하고 있어, 이놈들아!"

영주가 호통을 쳤다. 그럼에도 그는 정말로 화가 난 것 같지는 않아 보였다. 적어도 베르크가 보기엔 그랬다. 그리고 마찬가지로 이걸 적개심의 표출로 받아들이지 않은 카가르가 태평히 말을 이었다.

"두 번째로는 약품이야. 우리는 비록 너희보다 튼튼하지만, 소문에 듣자니 너흰 빈사의 환자도 벌떡벌떡 일으켜 세우는 기똥찬 영약이 있다더군? 그걸 좀 내주시지."

"야, 그게 얼마나 비싼 줄 알아? 그걸 사려면……"

영주가 벌컥 소리치더니 별안간 말을 멈추고 생각에 잠긴다. 지켜보는 베르크의 눈썹이 거창하게 휘기 시작했다. *아니, 정말로 이 작당을 하실 생각입니까?*

"너희에게 매겨진, 통보된 통행세를 생각해 볼 때 그거 한 병에 거의 일흔이야!"

"제길, 그건 너무 비싼데!"

카가르가 아쉽다는 듯 소리친다. 다음 순간 영주가 무성한 수염 뒤로 히죽 웃으며 말했다.

"정가가 그렇다는 말이지. 다만 너희가 어떻게 나오냐에 따라 이 가격은 3할로 쳐줄 수도 있다."

"……생각한 게 있으시군?"

카가르가 눈을 빛내며 묻는다. 영주는 희미하게 고개를 끄덕이며 답했다.

"이 다리를 지나, 가도를 따라 북상하는 길목에 우리의 골칫거리가 하나 있어. 너희가 그걸 처리해 준다면 깎아 주지. 그뿐만 아니라 용을 상대로 한 이 편취가, 우리의 상호 합의에 의해 계획되었다는 별도의 증명도 해 주겠어. 이 수작이 탈이 날 경우 우리가 절반의 책임을 지겠다 이 말이야. 하지만 따르지 않겠다면…… 영약은 제값 그대로고, 우리는 이 사기에 대해 일절 아는 바가 없다고 잡아뗄 것이다."

"치사한데."

고블린 카가르는 그렇게 중얼거렸지만 기분 나쁜 기색이 아니었다. 그는 묵묵히 생각하더니 잠시 뒤, 이렇게 물었다.

"그래서, 그 골칫거리가 뭐지?"

자, 이 이야기는 여기까지다. 그리고 이런 광경은 제국의 전역에서 심심치 않게 벌어지고 있었다. 고블린들은 적당한 지점에서 인간들과 접촉하며 용이 자신들의 통행을 보장했음을 확인했던 것이다. 그뿐만 아니라 방금 본 바와 같이, 그 보장을 적당히 이용해 먹을 궁리까지 하기 시작했다. 물론 앞서 고블린 카가르와 그에게 어울려 준 영주처럼, 용을 상대로 사기를 치려는 간 큰 족속들은 그리 많지 않았다. 하지만 인간들이 이 난데없는 교류로부터 조금이라도 더 용금화를 얻어내 보고자 머리를 쓰고 있는 건 사실이었다. 카가르의 말처럼 적어도 이 와중에 손해 보는 것은 오로지 용뿐이었고, 혹여 뭔가 잘못된다 하더라도 물어주면 그만이라 생각하는 이들도 있었으니까.

그렇게 해서 이실바프로부터 시작된 이 작은 변화는 누구도 예상치 못한 속도로 세상을 바꾸기 시작했다. 용의 보증과, 그를 증명하는 용금화의 실체가 등장하자 사람들은 놀랄 만큼 빠르게 고블린을 단순한 마수가 아닌, 그들과 동등할지도 모르는 존재로 받아들이기 시작했던 것이다. 구축하고 배척할 존재 대신 거래의 상대로서 말이다.

물론, 어디에나 예외가 있듯이 몇몇 영지들은 이 수금의 열풍에 참여하지 않았다. 고블린들에게 누적된 증오가 가훈처럼 깊은 가문들이 그랬다. 그리고 바로 그 지점을 들여다 본 몇몇 용병단들이 그들을 부추기기 시작했다. 바로 다음과 같이.

고블린들을 공격하자. 사로잡자. 용이 저들의 세금을 대납해 준다면, 몸값도 대납해 줄 수 있다는 말이다. 주지 않아도 상관 없다. 다만 그 경우엔 용병단이 알아서 그들을 처분하겠다. 용은 걱정할 필요 없다. 그 용은 현재 전선에 묶여 사실상 무력화된 상황이다. 우리가 상대해야 할 것은 그 권속들이다.

고블린들을 순순히 보내주긴 싫지만 용금화는 탐이 난다. 마침내 욕망과 증오에 사로잡힌 영주들과 용병단들이 결탁하기에 이르렀다. 대륙의 각지에서 인간과 고블린들의 교류가 물꼬를 트려던 가운데, 마치 찬물을 끼얹듯 고블린 사냥이 준비되기 시작했다. 그리고 이 모든 흐름들을, 울리케는 엄중히 주시하고 있었다.

제 15장

울리케는 뉘른스에크를 떠나 이실바프를 경유하고, 다시 파헬름에 이르는 이 여정을 도래까마귀 그림니르의 몸으로 소화하는 와중 알게 모르게 많은 새들과 접촉했다. 새들은 종류를 막론하고 울리케를 보자마자 그가 특별한 존재라는 것을 알아보는 것 같았다. 새들은 용의 말을 물어 나르듯 항간의 이야기들을 시시콜콜 전하곤 했다. 그들은 하나같이 처음엔 빌러디저드에 대한 경외의 인사말을 외치고, 그다음엔 자신이 속한 일족이 얼마나 잘났는가를 나름대로 소개한다. 때문에 울리케는 자유도시의 터줏대감인 굴뚝까마귀와, 바다를 건너는 것으로 유명한 나그네비둘기가 전혀 상이한 긍지를 가졌다는 걸 알게 되었다. 물론 지금은 한겨울이라 울리케가 만났던 몇몇 철새들은 모두 길을 잃어버린 새들이었고, 그래서 하나같이 어딘가 좀 이상했지만 말이다. 울리케는 그 딱한 새들을 떠올리며, 눈 앞의 새에게 건성으로 묻는다.

"보리울새라……. 그러고 보니 너흰 왜 그런 이름이지?"

"스키르비르는 인간이 보리를 심기 시작한 시절부터 나그네 새이기를 그만두었다오. 우리의 월동지는 먼 남쪽에 있었다고 알려졌으나, 이제는 그저 전설이지."

손바닥만 한 보리울새의 왕이 가슴을 부풀리며 말했다. 제 딴에는 장엄하게 말한다고 애쓰는 것 같았으나, 울리케에게 방금 그가 한 말은 그저 그들이 겨울 보리밭의 해로운 새라는 고백에 지나지 않았다. 하지만 지금 이 자리는 그걸 성토할 만한 자리가 아니다.

고블린들을 성공적으로 팔아넘긴 비드리의 상단은 곧장 그대로 파헬름을 떠났다. 실제로는 인근에 매복하며 대기하는 중이었지만. 아무리 산속이라 해도 그만한 규모의 행렬이 완전히 자취를 감추기는 어려웠기에 여기에는 아이비레인의 마법적 재간이 약간 동원되었다. 설령 백룡이 아니었다 한들 하즈바와 케틸, 시그리드까지 마법사가 무려 셋이나 있었으니 평범한 사람들은 그 행렬이 머무는 코앞에 얼씬거려도 아무것도 알지 못하리라. 그러고선 벌써 며칠이 지난 상태였다.

파헬름의 단주 발로프는 예상대로 아우케트의 고블린 포로들을 완전히 격리시키고 기존 광산의 노예들과 일절 접촉하지 못하도록 하고 있었다. 하지만 그 점을 제외하면, 의외로 발로프는 포로들에게 불필요한 가혹 행위를 하지 않았으며 식사도 제때에 양호한 수준으로 제공하는 중이었다. 울리케가 지난 며칠간 관찰한 끝에 받은 인상은, 발로프가 그들을 어떻게 처리할지 결론을 내리고 있지 못하다는 것이었다. 그는 이따금 찌푸린 얼굴로 아우케트와 포로들이 갇힌 우리 앞에 한참 동안 서 있곤 했다. 단지 그뿐이었다.

"그 의미를 아시겠소? 우리는 마냥 날개에 각인된 전승 대신, 변화한 환경 앞에서 영특하게도 실리를 좇은 것이오. 우리의 먼 조상들은 왜 남쪽으로 가는가에 의문을 갖지 않았지. 하지만 눈 사이로 솟은, 영롱한 푸른 보리의 싹에 진실이 있었다오."

"싹을 먹어?"

"아니! 보리싹에 깃드는 벌레들이 있지! 귀하신 분이여, 언제 한번 그 만찬을 대접해 드리리다."

"아니…… 괜찮아."

보다시피 영 쓸데없는 이야기들이었으나 울리케는 초조함을 삭히기 위해서라도 보리울새의 왕과 어울려 주는 중이다.

발로프가 어떤 과격한 행동을 해 준다면 이쪽에서도 마찬가지로 결단을 내리겠건만, 그는 나우르라는 고블린의 벌을 끝내고 광산 안으로 돌려보낸 것 외엔 며칠째 아무것도 하지 않고 있었다. 딱히 서두를 일이 있는 건 아니라고 할지라도, 어쩌면 더 아무런 소득도 없을지 모를 이 노릇에 아주 많은 이들의 발이 묶인 상태이다. 그러니 울리케는 초조할 수밖에 없었다.

"하지만 네 계획은 전적으로 시간이 필요한 일이고, 우린 그 시간을 유의미하게 만들어 줄 매개다. 그렇게 멀리서 봐도 눈치챌 수 있을 만큼 안달복달하지 마라. 그러려거든 멀찌감치 떨어져 있던가. 네가 예툰드 상회에 속한 전령조였다는 걸 알아보는 이들이 있을지 모른다."

파헬름에 어둠이 찾아오자마자 고블린 포로들이 갇힌 우리로 뛰어든 울리케를 향해 아우케트가 던진 말이었다. 도래까마귀는 대꾸한다.

"말도 안 돼. 인간에게 그런 눈썰미는 없어."

"조심하라는 이야기다. 초조해하지도 말고."

그러나 그 위로에 울리케의 죄책감은 오히려 커진다. 공연한 꾀를 낸답시고 이들에게 불필요한 고통과 모욕을 안기고 있진 않은가. 그런 울리케의 기색을 읽기라도 한 듯, 아우케트가 말했다.

"우리의 첫 만남이 떠오르는군. 너는 담보로서 우리에게 억류되는 고초를 겪었지. 생각해 보니 한 번도 거기에 대해 사과하거나 보상을 논해 본 바가 없군."

"전혀 그럴 필요 없어. 그럴 가치가 있는 일이었으니까."

울리케는 말했다. 어둠 속의 까마귀를 보던 아우케트가 고개를 끄덕였다.

"그러면 이 또한 그럴 가치가 있는 일이겠지."

그들은 이 대화를 조어로 속삭이듯 나누고 있었다. 우리에서 멀찍이 떨어져 있긴 했어도 근처에 파헬름 상단의 경비가 있었기에, 혹시 들리더라도 그 내용을 알 길이 없도록 하기 위해서였다. 아우케트와 함께 팔린 여기의 고블린들은 모두 최소 오십장 이상의 전사들이라 대부분 이 대화를 이해하는 데 무리가 없었다. 비록 숲흑늑대를 동행시키지는 못했지만 유사시 무력을 쓸 일이 생길 경우를 대비해서 추리다 보니 이렇게 된 것이다.

울리케는 여기서 조용히 그들의 면면을 훑어본다. 시우부름 출신인 아우케트의 형제들은 비교적 담대하게 이 상황을 견디고 있는 반면, 확실히 새로이 합류하게 된 유하라의 오백장들은 좀 더 상태가 불안정해 보였다. 그 가운데 도래까마귀와 눈이 마주친 아흐가르가 말한다.

"얼마나 더 기다려야 되겠나?"

"글쎄. 원래라면 여기서 이실바프까지, 그리고 이실바프에서 여기까지. 아무리 신속하게 일이 처리된다 해도 일곱 날은 걸릴 거고, 관료주의를 한 숟갈 섞는 순간 스무날 이상 걸릴 수도 있지."

"스무날……?"

울리케의 대답에 아흐가르가 울컥하며 되묻는다. 순간 레렌트 출신이었다가 시우부름에 합류했던 고블린, 아난가크가 눈을 감은 채 입을 뗀다.

"형제의 믿음이 부족하군."

"무슨 믿음?"

"맹목적이고 절대적인 믿음."

아흐가르는 아난가크를 어처구니없다는 듯 노려보았다. 울리케는 그가 폭발할까 염려되어 재빨리 정색하고 말한다.

"하지만 모험가들이 이실바프에서 예튼드 상회와 접촉하고, 상회는 다시 암시장 조합과 접선했지. 그리고 이러한 정황은 시장에게 밀고되었어. 즉, 이 상행이 떠난 시점에서 이미 이실바프는 고블린 노예광산의 존재와 더불어, 너희가 사로잡히고 팔려 나간 것을 파악하고 있단 말이야. ……라는 설정이지."

"그리고 사로잡힌 우리들 가운데, 이미 이실바프에 통행료를 지불한 이들이 있다는 바로 그런 설정이기도 하고."

아우케트가 말했다. 도래까마귀는 고개를 까닥거린다.

"그래. 너희가 낸 세금은 한시적이나마 자유도시 이실바프에 체류권을 보장한다. 이는 고블린들과 시 사이의 상호 존중에 기반을 둔 권리야. 고블린들이 시의 법률과 공권력을 존중하리라는 전제 하에, 시 역시 고블린들의 안전을 보증한다는 뜻이지. 따라서 이실바프는 물론 모든 제국의 자유도시 연맹으로부터 너희는 보호되어야 할 일종의 자유민으로 간주돼. 이건 자유도시의 공무원이라면 고블린에 대한 호오와 관계없이 집행되어야만 하는 법적 책임이며, 자유도시의 칙허가 오늘날까지 유구하도록 지지하는 대원칙이야. 너희가 아직 보증금을 되돌려받지 않았으므로 체류권은 유효하다. 이실바프로서는 이 문제를 적극적으로 해결해야 할 의무를 진 셈이야. 더구나 고블린들을 상대로 막 용금화 장사를 시작하려는 때니까 이실바프에게는 적당히 예민하게 굴만한 내재적 동기도 충분해."

이것이 바로 이 계획의 골자였다. 울리케는 우선 고블린들의 문제에 인간의 법과 부를 엮어 접근하기로 했다. 권리나 윤리의 문제를 말하거나 인정에 호소하는 것은 뉘르뉴에게나 통할 이야기였다. 인간의 사회에서는 이로움이 올바름에 선행한다. 즉, 전통적인 영주들의 입장에서 자유도시라는 공동체가 용인되는 것은 그것이 우선 이롭기 때문이며, 시민의 권리라는 올바름은 그 이로움이 안정적인 체계를 구축한 뒤에야 비로소 설득력을 가졌다. 고블린들이 여태까지 인간들에게 백안시되는 골칫거리였던 것은 그들이 이 세계의 정당한 구성원으로서 이로운 구석을 보이지 못했기 때문이다.

"우릴 위해 인간들이 움직인다라."

아흐가르는 적어도 그 사실만큼은 맘에 든다는 듯 중얼거렸다. 하지만 다른 고블린, 시우부름의 형제 중 하나인 바르바크가 바로 반박한다.

"우릴 위해서가 아니지. 용금화를 위해서일 뿐 아닌가?"

만일 이게 용금화라는 독특한 재화가 아니라 평범한 인간들의 재산으로 집행되는 일이었다면 고블린들은 순순히 받아들이지 않았을 것이다. 하지만 기원을 알 수 없는 용의 금화가, 그것도 하필 그들의 성지, 잊힌 왕의 방 너머에서 나타났다는 사실이 고블린들로 하여금 불평할 여지를 빼앗았다. 더구나 그

금화의 봉인은 고블린들의 문화에 존재하지 않는 문짝과, 미지의 마법이었다. 아우케트는 그 사실을 떠올리며 새삼 묘한 기분이 된다.

한편, 울리케는 바르바크의 말을 듣자마자 요 며칠간 새들이 전해 준 이야기들을 떠올렸다. 그리고 이 계획의 성사를 거의 확신하면서도 자신이 초조해한 이유를 깨달았다. 용금화가 고블린들의 권리를 대납해 주기로 한순간, 어떤 인간들은 이들을 세계의 동등한 시민이 아니라 사로잡을 가치가 있는 존재로 인식했다. 명백한 부작용이었다. 울리케의 패착일까?

'아니야.'

울리케는 끈적하게 달라붙으려는 자책의 그늘을 떨치며 생각했다. 고블린들에게 가치가 생겼다는 사실이 문제가 아니라, 그 가치를 정당한 거래가 아닌 강탈로써 확보하려는 이들이 문제다. 울리케는 그렇게 확신하며 내키지 않는 부리를 떼었다.

"바르바크의 말이 맞아. 적어도 지금은. 실제로……."

울리케는 새들로부터 들은 이야기를 전했다. 용금화를 통행세가 아닌 몸값으로서 취하려는 움직임이 있다는 것을. 바르바크는 듣자마자 마치 그럴 줄 알았다는 듯 혀를 찬다.

"그것 보라지! 용금화라는 그 요물이 일으킨 사달을 봐라!"

"무일푼이었던 이가 어느 날 벼락부자가 되면, 도둑과 강도가 가장 먼저 찾아오기 마련이야. 문제의 대상을 헷갈리지 마라."

"대사의 말이 맞다."

아우케트는 두둔한다. 그러고는 말을 이었다.

"오히려 그런 공격이 실제로 벌어지면, 이제 우리는 저들을 상대로 칼을 들 명분을 갖게 된다."

"오, 아니. 난 정말 거기까진 바라지 않아."

울리케는 서둘러 말했다. 그러고는 자신을 침중히 들여다보는 아우케트를 향해 말을 이었다.

"저들은 너희와 용을 얕잡아 봤기 때문에 이런 무도한 일을 획책했어. 부당한 욕망 때문이지. 고블린과 인간이 싸우게 되면, 용금화는 정말로 너희의 몸값을 지불하는 수단으로 고착될 위험이 너무 커. 그럼 애초에 그게 너희의 권리를 보장하기 위해 나타난 세금이었다는 걸 아무도 기억 못 하게 될 거야. 이 범죄에 대한 처벌은 같은 인간들에 의해 주도되는 것이 옳아. 실제로 이실바프를 위시한 자유도시 연맹은 저들의 움직임을 결코 좌시하지 않을 거야."

"확신하나?"

아우케트가 물었다. 도래까마귀는 답한다.

"그렇게 되게 할 거야. 어느 쪽이 훨씬 이득이 되는지를 저들이 알게 해야지. 감수할 수 있는 위험이자 회복 가능하리라 여긴 손해가, 돌이킬 수 없는 패착이었음을 깨닫게 해주겠어. 잊었어? 현시점까지 여전히, 용금화의 최종 결제자는 나야."

"그것참…… 어느새 칭호인지 직위인지 모를 걸 또 하나 꿰찼군."

아우케트는 어딘지 우울한 목소리로 중얼거렸다. 그는 다시 말했다.

"나는 우리가 주체라기보다는 대상으로서 이 문제에 임하고 있다는 생각이 든다. 여전히…… 용금화 같은 것에 기대지 않고 해낼 수는 없었던 것일까?"

"용금화에 기대지 않아. 정말로. 그건 가상의, 허수의 쓰레기야. 너희는 인간들의 욕망이 충돌하며 만드는 빈틈을 노리고 들어가는 거야."

"정말로 형제들이 포로가 될 경우, 몸값을 지불할 건가?"

울리케는 한동안 부리를 닫았다. 우리 안에 어둠과 침묵이 한데 흘렀다. 마침내 도래까마귀는 다시 말한다.

"장기적으로 보자면 전혀 지불하지 않는 편이 같은 일의 반복을 예방하겠지. 하지만 그 경우, 포로들의 안녕을 보장할 방법이 없어. 사후 보상은 아무런 의미가 없지. 더구나 저들이 몸값으로 부를 금액은 확실히 통행세보다 비쌀 텐데, 그걸 들어주기 시작하면 인간들은 곧 그쪽이 더 돈이 된다는 걸 깨닫고 말겠지. 그럼에도…… 일단은 저들의 요구대로 할 거야. 고블린들의 안전을 위해."

아마도 이 순간 아우케트와 울리케는 동시에 소로드에게 죽은 십장들을 떠올렸을 것이다. 아우케트는 침착히 묻는다.

"그러고는?"

"그리고 그 책임을, 나는 이미 통행세를 받은 자유도시들과

영주들에게 물릴 거야. 그들이 몸값으로 받아낸 용금화를 뜯어
갈 권리를 줄 거야. 그럼 저들끼리 싸우기 시작하는 거지."

"그것만으로 인간들이 서로 싸움을 벌인다고? 너희는 형제
가 아닌가?"

유하라의 오백장 하나가 이렇게 물었다. 울리케는 냉소하며
대꾸한다.

"우리가 얼마나 돈에 눈이 멀었는지 너희는 아직 몰라."

그러자 유하라의 다른 오백장 하나가 또 입을 열었다.

"그걸로 충분한가? 우리는 이 싸움에서 아무것도 하지 않나?
너희끼리 지지고 볶고, 그러고 그냥 끝낸다고? 우리도 칼을 들
수 있는데?"

"그래, 그럴 테지."

울리케는 고개를 끄덕였다. 여기서 싸움은 무조건 옳지 않다
고 외칠 만큼 눈치 없진 않았다.

그들은 아직 자각하지 못하고 있었지만 이 감옥 안은 어느새
세 집단으로부터 유래한 고블린 장수들의 토론장이 되어 있었
다. 울리케라는 대사를 의장으로 하는, 일시적 고블린 의결체의
탄생인 셈이었다. 아우케트를 비롯한 이 자리의 오십장과 오백
장들은 매우 자연스럽게 형제들의 운명을 대리하여 결정하고
있었다. 울리케는 말한다.

"하지만 복수의 그림이 되어서는 안 돼. 정당한 자위권의 발
동과, 항거라는 인식이 필요해."

"항거라니? 우린 약자가 아니다!"

바르바크가 낮게 소리쳤다. 도래까마귀는 스스로가 눈을 동그랗게 떠 보이지 못하는 걸 아쉽게 여기며 말했다.

"무슨 소리야? 너희는 약자야. 그러고 보니 우선 그걸 먼저 좀 납득할 필요가 있겠군."

"뭐, 우리가 약자라고?"

또 다른 고블린 오십장이 어처구니없다는 듯 묻는다. 뒤이어 바르바크가 다시 말한다.

"우리는 너희보다 작긴 하지만 더 빠르고, 애초부터 근골의 질이 다르다! 어둠 속에서 볼 수 있고 성장도 빠르지! 또 숲흑늑대는 말보다 빠르며 심지어 말을 잡아먹어 버릴 수도 있어! 말이 나와서 말인데, 너희는 왜 말 따위를 타고 다니는 거냐? 그게 전투에서 적을 깨물 줄이나 아나?"

"숲흑늑대가 크긴 해도 군마보다 크진 않아⋯⋯. 그리고 적 대신 풀을 뜯지. 사실 너희가 가난한 이유의 팔 할은 늑대들의 밥을 대느라 그런 거야. 육식 동물을 승용물로 선택한 시점에서 너희 고블린은 군대의 규모를 포기한 것이나 다름없다고. 아니, 가만⋯⋯ 하지만 이런 이유들로 너희가 약자라고 말한 게 아니야. 나는⋯⋯."

도래까마귀는 설명을 이어가려다 멈칫한다. 이 자리의 고블린 장수들은 모두 자신의 가운데 이름을 가진 숲흑늑대들을 데리고 있는 것이다. 울리케의 앞선 비판에 다들 할 말이 아주 많은 눈치였다. 심지어 아우케트조차.

울리케는 한숨을 내쉬며 말한다.

"그래, 뭐. 시간은 있으니까……. 그래서……? 숲흑늑대가 말보다 낫다 이거지?"

다음 순간 모든 고블린들이 일제히 앞다투어 입을 열었다.

"말과 늑대를 한 저울에 올리다니, 내가 이걸 설명해야 한다는 게 어이가 없을 지경이군, 대사! 말은 늑대의 피식자일 뿐이야. 그것들의 혈통이나 훈련이 어떻건 간에, 이건 바뀌지 않는 섭리다. 이 사실 하나만으로도 모든 불편을 감수할 가치가 있다고 생각하지 않나?"

아흐가르의 열변이었다. 도래까마귀는 바로 응수한다.

"글쎄, 내가 숲흑늑대들의 전략적 가치를 폄하하는 게 아니래두? 그래, 늑대는 꽤 상위의 포식자지. 하지만 바로 그게 문제라는 거야. 나는 시우부름의 고블린들에게 농사를 권하고 알려준 바 있어. 그러면서 알게 된 것인데, 너희는 콩이나 감자를 먹고 살아도 아무 문제 없더라고. 하지만 늑대는, 불행히도 그렇지가 않지!"

"농사라고? 맙소사 형제여, 정말 너희가 농사를 지었나?"

아흐가르를 비롯한 유하라의 고블린들이 일제히 어처구니없다는 얼굴로 아우케트와 그 동료들을 본다. 아우케트는 어깨를 으쓱하며 대꾸했다.

"그렇다."

"……왜지?"

유하라의 오백장들은 한결같이 파렴치한 어떤 것을 목격한 듯한 표정을 짓고 있었다. 아우케트는 그런 동족들의 민낯을 오히려 신기하다는 듯 한동안 쳐다보다가 되묻는다.

"질문을 돌려 주지. 왜 안 되는 일이지?"

"우리는 그런 식으로 살아오지 않았으니까!"

아흐가르의 말이었다. 그가 계속 말한다.

"숲은 생명을 품고, 포식자는 그것을 취한다. 이 간단한 진리 앞에서 우리는 항상 겸손한 숲의 이용자로 머물 수 있지. 충분한 피식자가 없으면 포식자는 늘지 않는다. 그것이 숲이 우리에게 허용한 번영의 상한선이다. 설령 그 균형이 깨진다 해도 숲은 곧장 저울을 수평으로 돌려 둘 준비를 하지. 그런데 농사라고? 우리라고 그것의 유용성을 왜 모르겠나? 대사는 그것이 무슨 대단한 계몽이나 기술인 양 너희에게 알려 준 모양인데, 인간들이 농사를 시작하면서 숲을 허물고, 초목의 다양성을 밀어내며 원래는 불가능했을 군락의 번영을 되풀이하는 동안 범하게 된 우를 모르겠나? 인간은 감히 토지를 소유하지! 그 발상부터가 글러 먹은 재앙의 씨앗이야! 저들이 일으키는 모든 분쟁과, 문제의 근원이 바로 그것이란 말이다!"

"형제여, 지극히 동의한다."

아우케트의 담백한 대답에 흥분을 증폭시키고 있던 아흐가르는 맥이 빠진 듯 턱이 딱 벌어진다. 그러고는 아흐가르의 이

관점에 조금 놀라고 있던 울리케를 향해, 아우케트는 말했다.

"여태 이야기하진 않았지만…… 우리끼리도 내부적으로는 거의 유사한 이야기들이 오갔던 바 있다. 그러니 울리케, 아마도 아쉽겠지만 농사의 도입은, 바로 이 문제 때문에 생각보다 오래 걸릴 것 같다."

"아니…… 아쉬울 것까지야 없지만…… 아니, 그런데 왜……? 더 많은 입을 분쟁 없이 먹여 살릴 수 있는 일이야. 알잖아?"

이 대목에서 일전 우이라와 주고받았던, '농사의 폭력성'에 대해 떠올리고 있던 울리케는 약간 당황하며 물었다.

"분쟁 없이? 과연 그럴까?"

아우케트는 한숨처럼 말했다. 그러고는 근심을 추스리듯, 조심스레 입을 뗀다.

"나는 이미 경험했다. 경작은 그 자체로 자연스러운 일이 아니다. 우리가 숲흑늑대들을 먹이기 위한 목축조차도 하지 않았다는 걸 생각해 봐라. 너의 말대로, 수렵에 의존하는 것은 한계가 명백하지. 하지만 우리는 그 한계를 애초에 당연한 것으로 여겨왔다. 우리의 관점에서는 오늘날 이토록 널리 퍼져 우글우글한 너희 종족이 이상한 것이다. 숲이, 자연이 품을 수 있는 한계 이상의 수가 존재한다는 것은 분명히 어떤 부작용을 품게 된다. 당장 우리만 하더라도 뉘르뉴와 다툼이 일 뻔했지. 아니, 이런 이야기들은 미뤄 두더라도, 우리가 농사를 짓고 목축을 하기 시작한다는 것은…… 너희와 경제의 근간을 두고 경쟁하는 사이가 된다는 뜻이다. 그건 우리가 너희에게 약탈자로 인식되는 것보다 더 나쁜 미래를 가져올 수 있지. 이제 우리는 너희의 땅을 탐하고, 너희는 우리의 땅을 탐할 테니까. 그러면 그 싸움에서, 우리는 고블린이 아니라 인간의 방식으로 경쟁해야만 할 테고, 우린 질 거다."

울리케는 이 지점에서 약간 충격을 받았다. 그리고 지금까지 자신이 고블린들의 가치관을 얕보고 있었다는 걸 깨달았다. 인간인 울리케의 관점에서 농사는 자신들의 종족이 가진 하나의 신화였다. 성공과 번영의 초석이었다. 인류가 야만으로부터 벗어나 문명을 집결시키기 시작한 원동력이었다. 그런 농사의 가치를 고블린들은 정면으로 부정하고 있었다. 울리케는 혼란을 느끼며 말한다.

"그렇게 종족의 정체성과 경제 논리 양면을 들어 이야기하니 할 말이 없는걸……. 하지만, 너희가 수렵하는 약탈자로서 머무는 한, 우리의 번영을 따라잡을 가능성은 없어."

"우리는 한 번도 그런 걸 바란 적이 없다."

이건 아흐가르의 말이었다. 다른 유하라의 제장들도 고개를 끄덕여 동의를 표한다. 그의 말이 이어진다.

"우린 우리의 성지를 되찾고 왕이 서면 그만이다. 너희처럼 땅을 나누고 혹사시키며, 그것에 묶여 아등바등 살지 않을 거다. 너희가 방해하지 않는 한 말이지."

"번영하고 싶지 않은 거야……?"

"도대체 왜 그래야 하지? 먹을 게 줄어들 뿐인데."

올리케는 먼 훗날까지도, 이때 받았던 충격을 종종 기억했다. 그야말로 너무나 당연해서, 단 한 번도 의심해 보지 않은 대전제를 뿌리부터 뒤흔드는 말이었다. 그리고 이야기는 여기서 끝나지 않는다. 아우케트가 아흐가르의 말에 뒤이어 입을 열었다.

"그리고 네가 말하는 번영이란 도대체 무엇인가? 단순한 머릿수의 팽창이라면…… 그 많은 입을 먹이기 위해 더 많은 소출이 요구될 테니 계속해서 개간하고 점령해야겠지. 그런데 그것이 정말 구성원 개개의 풍요로 이어지나? 그저 빈자(貧者)의 팽창일 뿐, 극히 소수의 지배층만이 부유해지는 구조가 아니냐 말이다."

"아직 이런 이야길 부정할 지혜가 내게 없다는 걸 인정해."

도래까마귀는 탄식하듯 말했다. 그러고는 덧붙인다.

"하지만 너희가 말한 이 이야기들이야말로, 고블린들이 우리에 비해 약자일 수밖에 없다는 내 말의 완벽한 증거가 되는군. 그래, 우리에 비해 소수인 고블린들이 우리가 탐내지 않을 산과 숲에 머물며 유유자적하게 살고 있다 쳐. 하지만 우리는 팽창을 멈추지 않는 종족이고, 결국 언젠가는 너희의 터전까지 밀려가게 될 거야. 인간은 지도의 공백을 참지 못한단 말이야."

"너희는 미쳤어!"

아흐가르가 선언했다. 도래까마귀는 별로 타격받지 않은 목소리로 중얼거린다.

"시야프리테가 있는데."

"걔도 미쳤어!"

사로잡힌 고블린 포로로서 그들이 충실히 맡은 역할을 해내도록 숱한 세뇌와 모멸적 가해를 일삼았던 그를 떠올리며, 우리 안의 고블린들 모두가 일순 부르르 떨었다. 한 고블린이 중얼거린다.

"류그라가 우리보다 소수민족인 게 정말 다행이지!"

"아니, 그건 걔만 이상한 거야."

류그라 전반의 명예 회복을 위해 선량한 도래까마귀는 애써 부리를 연다. 울리케는 계속 말했다.

"어쨌거나, 나 개인의…… 아니 어쩌면 우리 모두 개개인은 그걸 바라지 않을지 몰라도 인간은 그렇게 생겨 먹었어. 그래서 호젓한 숲의 사냥꾼을 고집하는 한, 너희는 우리에게 약자일 수밖에 없고, 그건 왕이 있건 없건 아무 상관 없는 문제야. 약탈자라는 단어 자체도 제국의 관점에서 보면 대단히 지엽적인 해악을 말하는 거지. 만일 너희가, 우리가 결코 무시할 수 없을 만한 규모를 가진다면 약탈자가 아닌, 적이라 칭해지지 않겠어?"

"도대체 넌…… 아니, 대사는, 어느 편인 거냐? 우리더러 너희의 대적자가 될 만큼 번영하라고 말하고 있는 건가? 무슨 꿍꿍이지?"

아흐가르의 물음이었다. 도래까마귀는 바로 대꾸한다.

"꿍꿍이 따위는 없어. 불쾌하군."

그리고 울리케는 정색하며 말을 이었다.

"너희는 지금껏, 그래…… 우리 멋대로 규정한 영토의 곳곳에 흩어져 있던 이들이야. 지금에 이르러서야 뉘른스에크이자 흐로케냐르라는 한 장소에 집결 중이지. 이제 우리는 너희를 어쩌다 볼 수 있는 마수가 아니라 하나의 종족 단결체로 여기고 대응할 거야. 내가 대사라는 직함을 공인받는 한, 나는 인간이 고블린을 핍박하거나 고블린이 인간에게 손해를 끼치는 양쪽 모두를 용납할 수 없어. 이런 상황에서, 고블린들 몇만이 발트부름에 집결하게 된다면 어떻게 하지? 비록 발트부름이 큰 산이긴 하지만 거기에 그 숫자의 고블린들이 머물게 된다면, 그때도 수렵만으로 일족들을 지탱할 수 있겠냐고. 약탈? 그 산에서 하루 거리 이내엔 아무것도 없어. 아우케트는 알 테지. 즉, 너희는 이제 먹고살 궁리를 해야 한다는 거야. 참고로, 미리 말해 두지만 나는 용금화를 너희 살림에 보태게 하진 않을 거야."

"그건 우리 문제다. 왜 대사가 신경 쓰지?"

유하라의 오백장 중 하나가 물었다. 울리케는 그를 쏘아보며 말한다.

"너희의 곤궁이 너희 문제만으로 끝나진 않을 테니까! 기아에 허덕이는 수만의 고블린들이 주변 영지로 쳐들어가게 될 거 아냐? 그럼 그때부터는 귀여운 약탈 따위가 아닌 거라고! 전쟁이란 말이야!"

"그게 왜 안된다는 건가? 그게 우리의 방식이었다. 불가피한 귀결일 테지."

이건 바르바크의 말이었다. 울리케는 배신당한 듯한 기분을 느끼며 그를 노려본다. 있지도 않은 이를 악물 듯, 도래까마귀는 또박또박 말을 시작했다.

"그러면, 너희는 그 싸움에서 지게 될 거야. 애써 찾아온 성지고 뭐고 없게 될 거라고. 용도 서리심도 그 싸움을 돕진 않을 거야. 장담하지. 이 이야기가 그따위로 치달을 거였으면 여기까지 오지도 않았어! 이건 병사 개개인의 무력에 관한 이야기가 아니야. 인간과 고블린이라는, 두 공동체의 물질적 동원력을 말하는 거야. 물경 오만의 고블린? 겨우? 아우스뉘르 제국의 병사가 얼마나 될 거라고 생각해? 흐로케냐르라는 지하 요새의 존재 덕에 어쩌면 너희는 완전히 패배하진 않겠지. 하지만 굶어 죽는 건 피할 수 없어! 모험가 조합에서 발행하는 마수 도감에서도, 일정 규모 이상 발달한 고블린 산중요새의 공략으로 불가능할 직접 공격 대신 포위와 고립을 권하고 있다고. 말이 나왔으니 말인데, 거기엔 너희의 강력함만큼이나 약점들도 적혀 있어. 너희에게는 수성전과 산병전의 대가들이지만 인간의 대규모 공동체를 제압할 공성 전술이 전무해. 여기에다가 농사를 짓지 않고 숲흑늑대라는 승용물을 쓰는 데서 오는 보급의 문제가 발목을 잡고! 그러니 너희는 지게 되는 거야. 싸움이 아니라, 바로 돈에서 말이야!"

"대사의 말이 맞다고 생각한다."

아우케트는 조용히 말했다. 다른 고블린 장수들 또한 불쾌한 낯이 역력하긴 했지만 울리케의 말에 토를 달지는 못한다. 인정하기 싫어도 모두 사실이었다. 유하라의 고블린 오백장들은 자신들이 이실바프까지 오는 동안 우회해야 했던 인간의 도시와 촌락들의 규모를 떠올린다.

"우리가 어떻게 해야 한다고 보나?"

잠시간의 침묵 뒤에 입을 연 것은 그 가운데 아흐가르였다. 잠시 동안 생각을 정리하고 있던 울리케는 바로 대답할 수 있었다.

"농경과 목축을 선택할 수 없다면, 그건 인간인 우리에게 외주로 줄 수밖에 없겠지. 대신 너희는 무언가를 지불해야 해. 물건이 없다면 용역이라도 말이야. 피어클리벤에서 시우부름의 고블린들은 마수 경계의 역할을 맡았던 바 있고, 그건 꽤 괜찮은 해법이었다고 생각해. 마수들의 문제는 언제나 지방 영주들의 골칫거리니까 말이야. 너희는 어둠 속을 꿰뚫어 보고, 길이 없는 숲속을 뚫고 달리지. 야숙도 인간보다는 훨씬 잘 견디고. 타고난 마수 사냥꾼들이라고나 할까?"

"용병으로서 파견되라는 것인가?"

아흐가르가 턱을 쓰다듬으며 묻는다. 울리케는 답했다.

"그래. 너희의 정체성에 딱 부합하는 일이지. 이실바프의 시장님도 벌써 그 가능성에 주목하고 있던걸. 다만…… 이 이야기에 호의적인 이들이 아직은 적을 거야. 분명한 실적도 있어야 하는 만큼, 이것만으로 너희 모두를 부양할 만큼 본격적인 사업이 성립되려면 좀 시간이 걸릴 거라고 생각해."

"나도 그렇게 염려한다."

듣고 있던 아우케트의 말이었다. 울리케는 여기서 문득 부리를 닫고 멈칫거리더니 말했다.

"아니면……."

도래까마귀의 시선이 우리 바깥, 광산의 입구쪽으로 향했다. 그러고는 조심스레 말을 잇는다.

"여기 와서야 떠올린 건데, 너희는 산중요새를 직접 건설하는 만큼 뛰어난 채굴자들이겠지. 이 파헬름도 너희의 바로 그런 재주에 주목했던 것이고…… 내 생각이 맞을까?"

"그럴 것이다. 인간들은 우리와 달리 지하에서 오랜 시간을 견디지 못하니까."

아우케트의 이 말은 꽤 완곡하게 돌려 말한 것이었다. 고블린들이 인간 침입자들을 상대로 수성에 돌입할 때 가장 즐겨 사용하는 전술이, 그들을 빛 한 점 없는 완벽한 어둠의 미로로 몰아넣는 것이었으니까. 그건 보통 추가적인 후속 조치가 뒤따를 필요가 없을 만큼, 그 자체로 완벽한 대응책이었다. 제아무리 강건한 인간이라도 폐쇄된 어둠 속에서 헤매다 보면 그 정신이 하나씩 깎여나가는 것이다. 반면 고블린들은 그런 환경에서 아무런 타격을 입지 않는다.

"그게 어쨌다는 건가?"

유하라의 고블린 오백장 하나가 이상하다는 듯 물었다. 울리케는 잠시 그가 뭘 묻는지 몰라 의아해하다가 여기서 인간과 고블린의 관점 차이를 다시 깨달았다. 한마디로, 고블린들에겐 굴을 파는 일이 너무나 일상적인 노동이었기에 딱히 그것을 별나게 여기지 않는 것이었다. 반면 인간에게 있어 채굴이나 채광이란, 수형자들의 노역으로 여겨질 만큼 힘든 일이다.

"너희가 사냥만큼 잘하는 또 한 가지 일이 있고 그리고 그것이 인간들 대부분이 매우 꺼리는 일이라는 점에서 너희에게 돈이 된다는 말이야. 여기 상단주가 왜 고블린들을 노예로까지 잡아두면서 이 일을 시키겠어?"

"이게 돈이 된다고?"

울리케는 여기 와서야, 고블린들에게 산을 파고 굴을 뚫는 일이란 공간을 확보하는 작업일 뿐이라는 걸 깨달았다. 그 과정에서 철이나 석탄 같은 유용한 부산물들을 찾아내기도 하지만, 반면 인간이 열광하는 귀금속들은 고블린들의 관심 밖이라는 사실도. 그들의 설명에 따르면 날붙이의 광을 죽이기 위해 쓰이는 흑연이 훨씬 더 요긴한 자원이란다. 울리케는 오늘 이 자리에서 신선한 충격을 참 여러 번 느낀다고 생각하며 물었다.

"아니, 예전에 분명 팔 만한 게 없다고 하지 않았어, 아우케트? 지금 이야길 들어보니 다들 산채에 처치 곤란한 금붙이나 보석 원석들 정도는 몇 무더기 처박아 둔 느낌인데? 시우부름엔 정말 하나도 없었어?"

고블린 오백장은 여기서 약간 난처한 표정을 짓고 만다. 그는 떨떠름하게 말했다.

"있긴 하다……. 다만…… 아까 농사에 대해 말했듯이, 너희가 가치 있다고 생각하는 것을 갖는 순간 우리는 그걸 두고 너희와 경쟁하게 될 테지. 특히 그것이 반짝이는 돌들처럼 허무맹랑한 가치라면 더더욱 그럴 테고. 나는 그보다는 우리가 사냥꾼으로서의 능력을 파는 쪽이 훨씬 더 공평하고 건전하며 발전적이라고 생각했다."

"내겐 참 오랜 의문이 하나 있는데, 대사."

울리케가 아우케트의 말에 뭐라 대답하기도 전, 그때까지 눈을 감고 앉은 채 아무런 말도 하지 않고 있던 아난가크가 눈을 뜨며 별안간 말했다.

"대체 보석이나 금붙이 따위는 너희에게 왜 비싼 거지? 우리가 만일 금 한 덩이를 주고 피어클리벤으로부터 염소를 백 마리 사 왔다고 하자. 우리는 실제로 이용할 수 있는 자원을 얻었지만 너희는 아니지. 이건 너희에게 손해가 아닌가?"

"어, 피어클리벤도 그 금덩이를 팔고 필요한 자원을 사 올 수 있지. 염소든 뭐든."

도래까마귀의 다소 궁색한 대답이었다. 아난가크는 또 물었다.

"그럼 그 금덩이를 산 제삼자는? 또 다른 이에게 팔고? 이게 도대체 뭐 하는 짓인가? 바로 그걸 이해할 수 없다는 말이다."

"우리도 사실은 이해 못 해…… . 다만, 그 금덩이가 언제든 그만한 가치의 무언가와 교환될 거라는 믿음을 공유하고 있을 뿐이고, 다행히 여태까지는 그 믿음이 파괴된 적 없었다는 거야."

"염소 백 마리에 상응하는 가치를 지닌 다른 실물로의 교환이라면 이해할 수 있다. 하지만 귀금속이라! 다른 무언가로 바뀌지 않는 한, 결코 아무것도 아닌 것이지. 아닌가?"

"맞아."

울리케는 어쩐지 즐거움을 느끼며 대답했다. 도래까마귀의 말이 이어졌다.

"하지만 바로 그게, 이 요물들의 핵심이야. 바로 가치의 거의 완전한 이 저장이 가능해진다는 것 말이야. 그럼으로써 비로소 물물교환만으로는 불가능한 규모의 일들이 성립하기 시작하지."

울리케의 말은 탄력을 받은 듯 계속 이어진다.

"그리고 바로 이제, 그런 규모가 너희에게도 절실해질 거야. 어쩌면 우리는 농사를 지음으로써 모여 살기 시작한 게 아니라, 모여 살기 시작했기 때문에 농사를 지을 필요가 있었던 것인지도 모르지. 애초에 모여 살 이유가 뭐였는지, 인간은 이제 그걸 잊어버렸지만 말이야. 바로 그런 일이 너희에게도 일어날 거야. 어제까지 뿔뿔이 흩어져 있던 너희는 사냥만으로 스스로를 부양할 수 있었고, 근처에 땅을 선점한 인간도 딱히 없었다면 우리와 충돌할 일도 전혀 없었겠지. 하지만 흐로케냐르에 너희 대다수가 집결하는 순간, 이제 그 전통적인 생활 방식은 지속될 수 없어. 너희는 너희를 부양할 부(富)가 필요한데, 농사를 통해 스스로를 도모하지 않을 거라면, 간단히 말해 돈이 필요해."

울리케는 영주의 딸이며 영주란 지주이기에, 그는 일찍부터 토지를 항산의 기반으로 잡고 생각하는 방식의 사고에 매우 익숙해져 있었다. 하지만 까마귀로서 벌써 여러 날을 살아왔고 지금까지 누적된 경험들에 더해, 지금 이 고블린들과의 대화를 주도하면서 그런 가치관을 완전히 재구성하는 중이었다.

"그건 너희가 우리에게 물산을 팔 때의 이야기다. 돈이 있어도 팔지 않으면 돈이 다 무슨 소용인가? 우린 마냥 너희의 적으로 보일 수 있다."

유하라의 오백장 하나가 말했다. 울리케는 바로 장담했다.

"인간은 팔 거야. 믿어도 좋아. 용금화가 어떤 일을 가능하게 했는지 보았잖아? 일단 물꼬를 그렇게 텄으니, 평범한 황금의 힘도 곧 알게 될 거야. 인간의 탐욕을 얕보지 말라고. 그리고, 너희 모두는 이게 아주 중요한 시점이라는 관점을 좀 공유할 필요가 있어. 지금까지 고블린은 그저 마수 도감의 한구석에 적혀 있는 종족이었지. 하지만 이제 너희는 제국이 그 존재를 무시할 수 없는 규모를 갖춘, 역학의 한 축이 될 거야. 우리는 너희가 무엇을 바라고 어떻게 생존해 나갈 것인지를 신경쓰게 돼. 이제 너희는 우리의 부족함 없는 거래 상대이자 분명한 교섭 상대란 말이야. 이제 너희는 좀 짜증 나는 골칫거리였던 각 영지의 약탈자들이 아닌, 하나의 준국가단체로서 제국에게 인식될 거야."

우리 안에 침묵이 흘렀다. 고블린들은 울리케가 한 말을 곱씹으며 각자 장차 어떤 일들이 펼쳐질지를 가늠해보는 것 같았다. 하지만 그건 결코 쉬운 일이 아니었다. 결국 하나둘씩 고블린들의 시선이 도래까마귀에게로 귀결된다. 가장 늦게 울리케를 쳐다본 건 아우케트였다. 그가 말했다.

"확실히…… 용금화를 통해 우리가 너희와 처음으로 어떤, 관계를 맺기 시작했지."

"그래. 그렇지만 그건 양날의 검이야. 아까 내가 전했듯, 용금화는 이미 너희에게 해를 끼치기 시작했으니. 너희는 너희 고블린이, 단지 용금화의 담보가 아닌, 더 장기적이고 궁극적이며 발전적인 거래 상대라는 걸 인식시킬 필요가 있어. 안 그러면 용이 그려진 그 금붙이 따위에 먹히고 말 거야."

"글쎄, 말은 그럴싸하지만 별로 맘에 들지 않는군, 대사."

이건 바르바크의 말이었다. 그가 으르렁대듯 다시 말한다.

"여기서 보고 있지 않나? 우리가 유용한 존재임을 너희에게 '입증'해서 노예가 될 수도 있잖은가? 이미 너희가, 본래는 모든 생물에게 공유되어야 할 터전을 멋대로 다 선점해 놓고 우리더러 그 질서와 규범에 맞춰 생존하라니, 왜 너희에게 우리가 무엇인가를 증명해야 하지?"

"아, 그래?"

도래까마귀는 고개를 삐딱하게 기울이며 되받아쳤다.

"그럼 숲흑늑대들은 왜 너희와 함께하고 있는 거지? 그들 역시 먼 과거의 어느 시점에, 생존의 방식을 바꿔야 했을 거야. 이제 와서 말인데, 왜 그들을 여전히 늑대라고 불러? 가축화된 늑대를 부르는 말이 있잖아? 혹시 몰라? 그걸 개라고 해. 개."

"뭐라고!"

울리케의 빈정거림은 고블린들의 급소를 제대로 걷어찬 것이었다. 유하라의 오백장 하나가 침을 튀기며 소리쳤다.

"가축이라니! 숲흑늑대는 흐로킨께서 친히 맺어 준 우리의 혈맹이다! 우리의 또 다른 이름이다!"

"그들도 그렇게 생각해? 숲흑늑대랑 대화가 돼? 그러고 보니 왜 새랑도 이야기하면서 늑대랑은 말을 못 하지?"

그러자 고블린들은 일제히 말문이 막힌 것 같았다. 아우케트만이 여기서 어렵사리 입을 연다.

"우리의 신화에 그것에 대해 다룬 이야기가 있긴 하다……. 늑대가 사람의 언어를 시도하는 것 자체에서 발생하는 문제, 그러니까 소통 규범의 교착과 단일화가 가져오는 패권의 형성이, 어떻게 서로 다른 두 집단 간의 위계에 복무하며 이른바 식민성을 부여하는가를 경고하는 내용의 신화이지. 그러니까……."

아우케트의 말은 아쉽게도 더 이어지지 못했다. 우리 안의 고블린들 모두가 저마다 괴상한 표정으로 그를 노려보기 시작했던 것이다. 멀거니 턱을 열고 있던 유하라의 오백장, 아흐가르가 얼빠진 목소리로 말했다.

"형제가 알고 있는 신화란 게 도대체 뭐지……? 무슨 그런 내용이 있단 말인가……?"

그러자 아우케트가 다소 시무룩하게 답했다.

"있잖나. 흐로킨의 여덟 번째 수난 노래에……."

"그게 어떻게 그런 이야기가 되나! 규범, 교착, 패권, 식민성 같은 단어가 대체 무슨 놈의 노랫말에 등장한단 말이야!"

아흐가르는 심지어 화를 내기 시작했다. 시우부름의 형제들은 그저 이번에도 아우케트가 아우케트했거니 하는 반응이었지만 그럼에도 자신들의 오백장을 두둔해 줄 눈치는 아니다. 이에 아우케트는 약간의 한숨과 함께 말했다.

"그냥 내 해석이다……. 어쨌건, 늑대들과 우리는 언어 따위에 의존하지 않는 공감대를 지닌다. 말로 설명하기 어렵지."

"내가 아는 전직 염소치기 하나도 자기 흰이리개에 대해 분명 그렇게 말할걸. 그게 가축이 아니라는 이유가 되지는 않아."

고블린들의 신화 이야기가 퍽이나 궁금했지만 상황상 그걸 물어보기 어렵다고 판단한 도래까마귀는 짐짓 쌀쌀맞게 말했다. 그러고는 곧바로 말투를 누그러뜨리며, 설득하듯 천천히 부리를 떼기 시작했다.

"격변하는 환경에 임해 생존의 방식을 바꾸는 것은, 생물의 특권이야. 그리고 살아남는 승자의 전략이기도 해. 한낱 보리울새들도 그런 걸 할 줄 알잖아? 지금까지의 이야기를 통해 고블린이 인간과는 다른 가치관을 가졌다는 건 잘 알겠어. 하지만 너희가 존중하고 겸애(兼愛)하는 대자연의 모든 생물들을 봐. 끊임없이 번영하라는, 어떤 거대한 계시를 받은 것처럼 다들 살아가고 있잖아. 나도 너희가 종국에는 고블린들만의, 삶의 방식을 지킬 수 있을 만큼 융성해지기를 바라. 하지만 지금 당장은, 어쨌거나 너희는 우리와 각축을 벌이는 상황에 처해 있어. 인간은…… 그래, 무절제하게 개간하는 동물이야. 우리가 먼 훗날에, 이 모든 걸 다 뒤엎고 오로지 우리만이 가득 찬 황무지에서, 과거에 어쩌면 우리를 견제하고 일깨울 수 있었을지도 모를 고대의 종족마냥 추억 속의 너희를 떠올리지 않길 원해."

울리케의 이 말은 꽤 효과가 있었다. 고블린들은 다시금 골똘한 침묵에 휩싸인다. 그들의 생각이 어느 정도 정리되길 기다리던 울리케가 말했다.

"이제 너희는 너희의 성지로 갈 거야. 아마도 왕이 나타날 수 있겠지. 그건 내가 관여할 부분이 아니라는 걸 알아. 나는 너희의 대사이며, 대사란 그 맡은 세력의 최고 권위를 대표하고 의사를 전하는 직책이야. 너희는 나를 통해 아우스뉘르에 너희의 의사를 통보할 수 있어. 그건 왕이 없는 현재도 가능해. 단일하게 합의된 의견만 있다면 말이지. 그리고 나는 보다시피 사실, 더 이상 순전한 인간이라고 하기 어려운 상태고. 그러니 내가 제국인으로서 너희의 이득을 저울질할 걱정은 안 해도 좋아."

"너희의 왕에게 직접 말할 수 있는 게 아니라면 아무 소용 없잖은가?"

다시금 삐딱한 바르바크의 말이었다. 울리케는 잠시 그를 쳐다보다가 되묻는다.

"……그래 그럼, 지금 당장 물어볼까?"

고블린들의 눈이 일제히 커졌다. 아난가크만이 이런 상황에 면역인 듯, 평온하게 눈을 감고 있을 따름이었다.

같은 시간, 인간 울리케는 곧바로 자신의 천막을 박차고 나와 아스미르의 봉명사 행렬이 머무는 막사 쪽으로 향했다. 날이 저문 지 오래라 경계를 담당하는 고블린들 외에 이 복잡한 행렬의 대다수는 저마다의 천막을 펼치고 쉬는 중이었다. 울리케가 얼어붙은 눈 바닥을 조심스레 헤치며 다가서자, 마침 나와서 일꾼들과 함께 물자를 살피고 있던 시르게이르가 그에게 인사한다.

"저녁은 드셨는지요, 대사?"

"예. 숙수께서는?"

이들과 합류한 이후, 울리케는 봉명사 행렬이 옮기고 있는 짐의 대부분이 용을 위한 식자재라는 걸 알았다. 물론 흔히 구할 수 있는 것들을 구태여 황도에서 여기까지 실어 나를 필요는 없었으므로, 이 식자재들은 제국의 각지에서 공수하여 저마다 고유한 처리법에 의해 가공된 특산물들이 대부분이었다. 그러니까, 주식이라기보다는 용을 위한 고명과 양념들의 행렬이랄까. 시르게이르는 울리케의 말에 다소 어두운 표정을 지으며 답했다.

"저는 아직 용숙수가 아니랍니다. 영영 아닐 수도 있고요."

"빌러디저드 님은 그렇게 까다롭지 않아요."

울리케는 위로하듯 말했다. 용의 참을 준비하는 것이 자신의 공식적인 업무라고 여긴 적은 없었지만, 그간 빌러디저드가 먹은 것은 모두 울리케의 손을 거쳤다. 무너진 요새에서 처음 만났던 그 날 이후, 그 기묘한 검은 용은 아예 일체의 사냥을 끊고 오로지 울리케가 직접 대접하거나 보낸 음식들만을 먹었다. 때문에 울리케는 시르게이르가 빌러디저드의 공식적인 용숙수가 되는 걸 상상하며 어딘지 약간은 시원섭섭해지는 감정을 느꼈다.

하지만 울리케는 이제 더 이상, 한가롭게 용의 참이나 고민하며 시간을 보낼 여지가 없었다. 그리고 팔자가 그렇게 된 까닭의 팔 할이 바로 그 용에게 있으니, 빌러디저드로서도 불평할 염치는 없으리라. 게다가 힐드룬의 지식과 기술을 계승한 시르게이르의 요리 솜씨는 정말로 훌륭했다. 일부러 주문하지 않는 이상 외산의 물자를 구경할 일이 없었던 가난한 영지, 피어클리벤과 달리 힐드룬은 황성에 자리 잡은 부유한 명가였으며, 용에게 먹인다는 명목으로 제국의 행정력이 미치는 전역으로부터 모든 특산물을 수배하고 있었으니까. 울리케로서는 그런 게 있다는 글만 읽어 본, 처음 보는 식료들이 거침없이 시르게 이르의 짐꾸러미에서 튀어나오곤 했다. 그리고 시르게이르는 그걸 아까워하지 않으며 식사 때마다, 특히 울리케에게 대접하 듯 내 주었다. 울리케는 그가 왜 그러는지를 알았다. 그래서 이 렇게 덧붙인다.

"그리고 제 의견이, 영애의 취직에 영향을 주는 일은 없을 겁 니다."

"그건 좀 믿기 힘든 이야기인걸요."

시르게이르가 피식 웃으면서 말한다.

"대사께서는, 아니, 이 경우엔 사자라 불러 드려야 할까요…… 빌러디저드 님께 영향을 미칠 수 있는 거의 유일한 인물이라고 여겨지는데요? 애초에 그분이 그분께서 누릴 자유를 일정 부분 포기하고 속박을 선택한 까닭이 바로 당신을 만났기 때문이잖 습니까?"

"……네? 그렇게 생각한 적은 없는데요."

울리케는 여기서 잠깐 당황하며 말했다. 그의 말이 이어진다.

"그리고 자유라…… 산야의 들짐승마냥 아무 데나 쏘다니며 아무거나 주워 먹는 게 자유라면야. 하지만 그런 삶은, 단지 그 렇게 살기로 하는 것 외에 아무런 선택지가 없다는 점에서 전 별로 자유라고 생각하진 않아요. 자유의 정의는 선택의 정의죠. 빌러디저드 님은 저를 만나 바로 그 선택지 하나를 얻었고요.

그렇게 보면 그분께 자유를 드린 건 접니다."

울리케의 이 폭거에 가까운 장담 앞에, 시르게이르의 얼굴에서 웃음기가 사라지며 입 또한 살짝 열리고 만다. 하지만 울리케의 태도엔 이 발언을 철회할 의지가 없어 보였으며, 심지어 농담도 아닌 것 같았다. 이제 시르게이르는 약간 더듬기 시작한다.

"그…… 그런가요? 우린 아스미르와 여기에 대해 이야기를 꽤 나눴어요. 빌러디저드 님이 피어클리벤과 언약하게 된 이유가 도대체 무엇일까에 대한 이야기였죠. 지금 말씀을 듣고 보니…… 영애를 대화에 포함시키지 않은 게 실수 같군요."

"그런 강대한 존재들은……"

울리케의 입이 거의 자동 반사적으로 열렸다. 그의 눈은 시르게이르를 향해 있었으나 그 너머의 무언가를 보는 듯했다.

인간은 말한다.

"홀로 존재할 수 있죠. 따라서 관계가 필요치 않아요. 그러니 사회도 필요치 않을 테고요. 하지만 우리는 아니죠. 끊임없이 타인과 교류하고, 입장을 드러내고, 이해를 충돌시키죠. 인간은 그 태도와 선택에서 선악을 분별해 낼 수 있어요. 다만 천하에 독존할 뿐인 용은 선하지도 악하지도 않았어요. 그걸 증명할 기회가 없으니까요. 빌러디저드 님은 저를 섭식하지 않음으로써 최초의 사회적 선택을 했답니다."

"하지만……."

시르게이르는 예상치 못한 이 대화의 흐름에 굉장히 당혹해하는 듯, 여전히 더듬더듬 입을 연다. 그의 말이 이어진다.

"안타깝게도 현재 세간엔 뉘른스에크를 점령하고 피어클리벤 일가를 볼모로 잡은 폭군 용의 등장으로 알려져 있어요. 역병의 발호를 지휘한 존재이기도 하고요. 선악의 분별로 말할 것 같으면…… 안타깝게도 악한 편이죠."

그러자 울리케는 다소 뾰족하게 묻는다.

"영애께서는 어떻게 생각하시죠? 그런 사악한 용에게 취직하러 가시는 겁니까?"

"저야 물론…… 그렇게 생각하지 않으니까요. 이 상황이 아주 복잡하다는 걸 이해하고 있답니다."

시르게이르는 라핀다시르의 가신들과 고블린들, 그리고 울리케와 합류한 이래 그와 독대하며 이렇게 긴 이야기를 나누는 것이 처음이었다. 분명 자신보다 어린 영애였음에도 울리케에겐 이미 결코 얕잡아 볼 수 없는 풍모가 완성되어 있었다. 시르게이르는 처음 그를 보았을 때, 그것이 용이 부여한 어떤 권능의 일종이 아닐까 생각했었다. 하지만 바로 이 자리에서 시르게이르는 이 모든 인상이 울리케 스스로 완성한 것이 아닐까 의심의 방향을 바꾼다. 그건 시르게이르가 황성에서 보아 온 고관들 가운데서도 극히 일부만이 갖고 있던 느낌이었다.

"노력하고 있지만 그런 부분들까진 정말 어쩔 수가 없다고요."

시르게이르의 이런 내심을 아는지 모르는지, 울리케는 한숨을 내쉬며 말한다.

"사람들이야 겉에 드러난 현상만을 볼 테니까요. 그곳의 난장판이 어떻게 여기까지 달려왔는지를 모르죠. 아니, 그러고 보니 정말 짜증 나네? 우리 편 대응군은 대체 뭘 하는 거지? 소문조차 제대로 내질 못하다니! 정말 그러려고 그런 게 아니었다고요! 역병에! 드라우그르에! 고블린에! 눈보라까지! 이게 딱 폭군 용의 괴수 군단이 아니고 무어람!"

불현듯 억눌러 온 것들을 갑작스레 터트리는 울리케다. 시르게이르는 이런 면마저 그 고관들과 매우 유사하다는 느낌을 받으며 조심스레 추임새를 끼워 넣는다.

"그건 정말 그렇긴 해요……."

"모르시겠지만, 사실 거기에 마목도 있다고요!"

"저…… 대사? 그런데 어쩐 일로 오셨는지요?"

울리케의 눈에 핏발이 서기 시작한 걸 본 시르게이르가 조금 겁을 먹으며 서둘러 이렇게 물음으로써 주의를 환기시킨다. 울리케는 딱 입을 다물고 돌연 침묵하더니 차차, 어느새 그랬느냐는 듯 침착해졌다. 그가 말한다.

"선험관께 드릴 말씀이 있습니다. 주무시나요?"

시르게이르가 대꾸하기 위해 입을 달싹인 순간, 그의 등 뒤 천막이 젖혀지며 이드냐가 나타났다. 그가 웃으며 말한다.

"아뇨, 대사. 나는 깨어 있습니다. 천막이 얇은지라, 미안하지만 모두 듣고 있었답니다."

"격무에 시달리고 계시는군요. 잠시, 시간 되시는지? 고블린 들의 차를 대접하려고 합니다."

"그거 좋은 경험이겠군요."

선험관은 배시시 웃었다.

그로부터 잠시 뒤, 고블린 서기관 우이라는 약간 당혹한 심정 으로 전혀 예상치 못했던 한 무리의 손님들을 맞았다. 울리케 와 이드냐는 이 야영지의 한쪽에 자리 잡은 고블린들의 막사까 지 걸어왔는데, 기묘하게도 마법사인 하즈바 에써를 대동하고 있었다. 그리고 막 잠이 들려다 불려 온 뉘르뉴 역시 눈을 비비 며 그들 곁에 있었다. 울리케는 말했다.

"말린 개땅들쑥의 차를 부탁한다, 서기관."

"맡겨 놨나?"

우이라는 투덜거리면서도 고블린들을 시켜 차를 내오게 한 다. 울리케는 어리둥절해 있는 하즈바에게 말했다.

"묶음의 너울을 치실 수 있겠죠. 저와 선험관께만 걸면 됩니다."

"제 전공은 아닌데…… 그야 가능합니다만…… 아니, 왜 하필 접니까?"

울리케 역시 이걸 구태여 그에게 시키고 싶진 않았다. 하지만 마법을 부탁하기 위해 맨 먼저 시그리드를 찾았더니, 그새 정 신이 뉘른스에크로 출타해 있어 달리 방도가 없었다. 그렇다고 케틸에게 부탁하기도 껄끄러웠기에, 울리케는 하는 수 없이 지은 죄가 있는 하즈바를 끌고 왔다. 마법 없이 대화하는 것도 고려해 보았으나, 다른 누구도 아닌 아이비레인이 들을 수도 있다는 문제가 있었다. 선험관이 황제라는 사실을 안다면 백룡이 도대체 어떻게 반응할지 알 수 없었으나, 울리케는 그러한 상황에 대한 지식을 확장할 가능성을 열고 싶지 않았다. 울리케는 그의 질문을 무시하며 말한다.

"부탁합니다. 그리고 경 역시 이 대화를 들어서는 안 됩니다."

"아니 잠시만요…… 저는 유세트 경이 아니라구요. 그렇게 막 편리한 마법사가 못됩니다."

그는 잠시 고민하다가 한숨을 내쉬더니 이윽고 갑자기 웬 나뭇가지를 주워 들고 고블린들이 지펴 놓은 모닥불가 땅바닥에 조금 넉넉한 너비로 둥근 원을 그렸다. 그러고는 나뭇가지를 불 속에 던져 넣으며 말했다.

"이 안에서 하시는 대화는 완전히 차단됩니다. 저도 물론 못 듣고요. 그 이상 정교한 술수는 저로서는 무리군요."

"그걸로 충분해요."

"그럼 나는 이 자를 감시하면 되겠군?"

상황이 굴러가는 걸 보고 있던 뉘르뉴가 눈치 빠르게 말했다. 울리케는 고개를 끄덕인다.

"맞아. 귀찮겠지만 부탁해."

"달리 누가 있겠느냐."

그렇게 해서 하즈바는 영문도 모른 채 매우 불편한 상태로 마법을 부리게 되었다. 울리케와 이드냐가 동그라미 안에 좌정하자, 그 사이 준비한 차를 가져온 우이라가 이 괴상한 장면을 보고 묻는다.

"이게 뭣들 하는 짓인지 물어도 될까?"

"그렇고 말고. 거기 앉지, 서기관."

　울리케의 말에, 우이라는 땅바닥에 그어진 금을 보고 다시 묻는다.

"……이 웃기는 원 안에? 대체 이게 무슨 장난이지?"

"이래 보여도 고블린들의 운명을 결정하는 자리야."

　울리케의 얼굴이 워낙에 진지해 보였기에 우이라는 더 묻지 않았다. 그저 바닥에 그려진 동그라미가 무슨 저주의 주술이라도 되는 양, 질색하는 표정을 딛고 안으로 들어와 둘에게 차를 내민다. 그러고는 울리케의 권유대로 그 자리에 앉았다.

"꽤 시지만 괜찮군."

　차를 맛본 이드냐의 평가였다. 울리케가 말한다.

"그렇지요?"

"밖으로 도는 건 이런 재미가 있다니까? 황성에 처박혀서야 어디 이런 걸 먹어 보겠니?"

"그런가요?"

"인간들아."

　그때까지 꾹 참고 있던 우이라가 조용히, 하지만 이글거리는 목소리로 말했다.

"지금 뭐 하자는 거지?"

그러자 차를 한 모금 후루룩 마신 울리케가 이드냐, 아니, 이그드리드 시그렐 아우스뉘르를 향해 진중한 목소리로 또박또박 말을 꺼냈다.

"폐하, 뉘른스에크에 집결하게 될 고블린들의 공동체를, 아우스뉘르에서 공식적으로 인정하기를 요청합니다. 즉, 국가로서요."

"인정한다."

허무할 정도로 시원스런 즉답이었다. 하지만 울리케는 매우 무엄하게도 그 순간, 황제의 대답에 주의를 기울이지 않았다. 고개를 돌려 먼발치의 뉘르뉴와, 그가 팔짱을 낀 채 노려보고 있는 하즈바 에써의 웅크린 꼬락서니를 보았던 것이다. 울리케와 눈이 마주친 뉘르뉴가 살짝 고개를 끄덕이는 게 보인다. 울리케는 말했다.

"방음 마법은 제대로 작동하는 모양입니다."

"아이비레인만 없었어도 이렇게까지 할 필요는 없는데 말이지. 그래도 궁에서 나를 만나는 것에 비하자면 아주 간소한 절차일 것이다."

그리고 울리케가 자신의 대답을 그런 식으로 흘려 넘긴 게 아무렇지도 않은 듯, 황제는 이렇게 중얼거렸다.

한편, 우이라는 눈이 휘둥그레진 채 둘을 바라보고 있었다. 우이라 몫의 차를 뒤늦게 가져온 한 십장이 땅바닥에 그려진

동그라미를 보고 움찔하여 서성였으나, 우이라는 그를 돌아볼
여유도 없는 것 같았다. 이걸 본 울리케가 말한다.

"아니, 고블린들은 땅에 금을 그으면 못 넘어와? 이거 무슨
쓸데없이 정중한 문화야?"

"……폐하? 저자가 너희의 왕이냐?"

울리케 대신 황제가 직접 답한다.

"그렇다. 내가 이 강역의 군주이다, 시우부름의 고블린 서기관."

"……여자가?"

그러자 황제는 웃었다. 그는 되묻는다.

"고블린의 왕은 남자라고 정해져 있는가?"

"……우리의 왕은 장수의 정점이니까. 늑대는 수컷들의 것이지."

"예외는 없었는가?"

우이라는 대답하지 않았다. 황제는 부드럽게 그를 일별하고
는 다시 차를 마시며 울리케에게 말했다.

"그렇지만 용의 인상이 너무나 강렬해. 태반은 그 땅을 고블
린이 아니라 용의 땅이라 생각할 테지. 이는 자칫, 고블린들이
용의 권속인 듯한 대외적 인식을 가져올 거야. 이미 고블린들
에 대한 세금이 용금화로 지불되고 있으니 더욱 그럴 테고."

"골치 아픈 문제를 상기시켜 주서셔 감사합니다, 폐하."

울리케는 불평하듯 말했다. 황제는 빙긋이 웃는다.

"하지만 그렇게 시작할 수밖에 없을지도 모르지. 이게 잡음
이 가장 적을 수도 있겠고……. 소란을 뭉갠 대신 자주성을 잃

는 것이겠지. 거기다, 내가 알기로는 류그라들의 문제도 있다."

"그러합니다."

"류그라들 역시 그 땅을 자신들의 성지…… 아니, 신천지라 해야 할까? 그렇게 인식할 텐데? 두 종족이 같은 땅을 공유하게 되는 게 아닌가?"

"그럴 테지요. 하지만 둘은 그다지 서로 적대하진 않아요. 서로 피의 업보가 없죠."

"나도 그렇게 알고는 있다만. 아무리 생각해도…… 뉘른스에크가 어느 한 종족의 순전한 땅이 될 것 같지는 않다. 물론, 용은 이 모든 걸 싸잡아 융화시킬 만한 이름이 되겠지만."

"역사적으로는……"

울리케가 차를 마시고 입을 떼었다.

"뉘른스에크는 고블린들의 땅이 맞습니다. 하지만 현재 실질적으로 점유하는 건 용이고, 그 용의 재산이 흐로케냐르보다 더 오랜 역사성을 갖는다는 점에서, 진정한 주인은 용일지도 모르죠. 황실에 전해 오는 이야기는 혹시 없나요? 고블린 왕궁에, 그들의 문화에는 존재하지 않는 문짝이 달려 있고, 그 표면엔 나무의 문양이 아로새겨져 있었어요. 이제 생각해 보니 어쩌면 그건 류그네라스일지도 모르겠군요. 우리 모두가 그 땅에 권리를 주장할 근거가 있어요, 폐하."

"실로 그렇군."

황제는 골똘히 생각에 잠겨 말했다. 울리케는 또 말한다.

"그러니 차라리 용이 화끈하게 제 땅이라 주장한 게 나을지도 모르지요. 안 그랬더라면…… 정말 끝없는 혼란이 시작되었을 테니까요."

"하지만 이 모든 건, 용이 거기 머물지 않았더라면 애초에 알려지지도 못했을 사실이지?"

"맞습니다."

그러더니 둘은 한동안 말이 없었다. 우이라 역시 멀거니 그들을 쳐다볼 뿐, 대화에 섣불리 끼어들지 않고 있었다. 그러다 황제가 말했다.

"고블린들의 권리를 인정해 주는 것은 어려운 일이 아니다. 이들과 끊임없이 생존권 싸움을 해 온 각 영지의 입장에서, 어느 날 그들이 모두 알아서 한 땅으로 몰려가 준 것은 도리어 반가운 일일 테니. 물론 뉘른스에크와, 거기에 면한 영지, 자유도시는 전혀 안 좋아할 일이지만 피어클리벤과 이실바프는 이미 별문제가 없군. 있다면 여기, 시구르날프 정도인데 내 보기엔 그 또한 문제는 될 것 같지 않아."

"그렇게 생각하시나요?"

"네 계획이 아니냐, 울리케 피어클리벤? 피어클리벤은 이미 고블린들과 동맹이었고, 이실바프는 이들에게 통행권을 발행하는 대신 용금화를 받았다. 시구르날프는 고블린들에 대한 태도를 바꿀 수밖에 없지."

울리케는 대답 대신 고개를 끄덕였다. 그러자 황제의 눈빛이 일순 짙어지더니 그가 말했다.

"하지만 나는 제국의 황제다."

"그렇습니다만."

"제국의 정의가 무엇이지?"

"어…… 착취와 식민지요?"

황제는 기가 막혀 하는 표정을 여과 없이 드러내며 울리케를 바라보더니 말했다.

"노아크가 너를 대체 어떻게 가르친 것이냐? 아니, 너도 귀족 아니냐?"

"용서하시옵소서, 폐하. 하지만 아우스뉘르의 위광에 그림자라도 지지 않도록 발버둥 쳐 온, 여기 이쯤 되는 한미한 영지는 그저 약간 더 배부른 지주에 불과할 따름이었습니다. 세금을 걷는 입장에서 저도 그 착취의 공범이나, 다시 또 위로 세금을 바쳐야 했기에, 받은 이상 베풀 여력이 없던 피어클리벤은 언제나 최대한 덜 받는 쪽으로 자리 잡았지요."

"그렇게까지 돌려 비난하지 않아도 좋다."

황제가 한숨과 함께 말했고, 울리케는 잠자코 차를 마셨다. 잠시 조바심을 내며 울리케를 쳐다보던 황제가 마침내 참지 못하고 더욱 기가 막히다는 듯 따진다.

"아니, 이쯤이면, 빈말로라도 나를 나무랄, 그런 불충한 의도가 아니었다고 말해야 하는 것 아니냐?"

"그럴 의도였는데요?"

눈을 동그랗게 뜨며 되묻는 울리케다. 황제의 풀이 죽어 어깨가 축 처짐과 동시에 그가 중얼거렸다.

"그러니? 난 또 아닌 줄 알고……."

"그래서, 제국이 어떻다고요?"

차에 술이 들었나 의심하며 이 대화를 지켜보는 우이라에게는 참으로 어처구니없게도, 황제는 토라진 목소리로 말했다.

"아니다. ……그냥 해 본 말이니라."

그러더니 둘은 또 한동안 말이 없었다. 우이라가 괴상한 표정으로 입을 몇 차례 달싹이는 걸 발견한 울리케가 물었다.

"무슨 질문 있어?"

"……도무지 무엇부터 말해야 할지 모르겠는데, 우선, 정말로 저자가 너희의 왕이 맞나?"

"거룩한 황제 폐하시지."

울리케가 어깨를 으쓱하며 말했다. 우이라가 곁눈질로 황제를 보았으나, 인간의 황제는 토라진 기세 그대로였다. 고블린 서기관은 다시 묻는다.

"장난하는 게 아니고? 무얼 근거로?"

"뉘르뉴가 알아보았지."

"……그게 다란 말이야?"

"내 정체를 증명할 일 같은 건 있어선 안 되니까. 그런 수단은 갖고 있지 않다."

울리케가 우이라의 의문에 동조하듯 자신을 쳐다보자, 황제는 조용히 말했다. 그러면서 다음과 같이 덧붙였다.

"그런 수단이 있으면 들키기밖에 더하겠는가 말이야?"

"난 도대체가…… 믿을 수가 없군. 아니, 그래. 뉘르뉴가 알아보았다면 맞는 것이겠지. 다만, 내 예상과는 너무 달라서……."

"내가 정말로 황제로서 굴기 시작하면 이 모든 대화들은 원천적으로 불가능하다. 믿을 수 없을 만큼 길고 복잡하며 현기증 나는 절차들이 우리를 모두 압도해 버리지. 그건 나조차도 어쩔 수가 없어, 고블린 서기관."

우이라는 그게 대체 어떤 것일지 상상해 보려다 이내 포기한 듯 고개를 흔들었다. 그는 말했다.

"이해할 수 없군. 황제란 자가 여기 이러고 있어도 되나?"

"되고 말고. 용이 없어진 이래, 제국은 필사적으로 그 빈자리를 메워 나라가 굴러가게 만들려 애써왔다. 그대는 짐작도 못 할 것이야. 얼마나 어마어마한 행정의 바퀴들이, 규칙이라는 굴대에 걸려 맞물리고 있는지를. 설령 내가 십 년 정도 외유하며 돌아다닌다 해도, 이 제국의 경영엔 전혀 아무런 문제가 없지."

"그럼 도대체 황제가 뭐가 필요하나?"

우이라의 물음이었다. 이건 무엄함의 달인인 울리케조차 섣불리 물을 수 없을, 그가 고블린이기 때문에 감히 던질 수 있는 직설이었다. 황제는 묘하게 웃으며 답한다.

"글쎄. 나도 한동안 고민했던 시절이 있지. 하지만 여기서 그 답을 들려 주진 않을 것이다. 그보다는 너희의 왕에 대해 생각하는 게 낫지 않을까?"

우이라는 침묵한 채 식어가는 찻잔만 손에서 돌린다. 그때까지 잠자코 있던 울리케가 입을 떼었다.

"폐하."

"말하라."

"뉘른스에크를 흐로케냐르로서 조차하시겠다 하셨지요. 조건이 없습니까?"

"없다."

울리케는 못 믿겠다는 듯 눈을 부릅뜬다. 황제는 웃으며 말했다.

"이미 이뤄진 거나 다름이 없거든. 한번 생각해 보라. 용이 나타나기 전, 만일 제국이 아우스뉘르 전역의 고블린들을 모두 한곳에 모아 수용한다는 계획을 세우고 추진했다고 가정하자. 거기에 들 비용과 시간이 얼마나 되었을까?"

울리케는 미간을 한순간 좁히더니 신음을 토하며 말했다.

"음…… 아니, 비용 이전에 불가능했으리라 생각합니다. 고블린들의 격렬한 저항엔 당연히 유혈이 따랐을 것이고, 두 종족의 골은 더욱 깊어지겠지요. 아주 돌이킬 수 없을 만큼요."

"그렇다. 그런 일을 가능하게 만든 것이다. 백작령 하나 떼 주는 건 정말 남는 장사지."

"뉘른스에크 가문은요?"

"그들은 황도에도 꽤 자산을 갖고 있어. 네가 걱정할 일이 아니다, 울리케."

"그럼, 피어클리벤은요?"

"글쎄, 어떨까?"

황제는 눈을 빛내며 울리케에게 그 시선을 맞춰왔다. 그는 말한다.

"피어클리벤은 원래 뉘른스에크의 봉속령이지. 하지만 백작령으로 승격되었고, 따라서 더 이상 뉘른스에크의 아래에 있지 않아도 돼. 오히려, 변경백의 빈자리를 대신할 명분과 자격이 있지. 잡음이 아예 없지만 않겠지만, 어쨌거나 피어클리벤엔 용이 있잖은가? 이 나라가 어떻게 성립했는가를 생각해본다면, 정말로 단지 그것만으로 모든 것이 가능해지지. 원한다면……피어클리벤은 뉘른스에크, 아니, 이제는 흐로케냐르로 불러야 하나? 그 새로운 땅과 아우스뉘르를 중재하는 다리로서의 역할을 할 수 있어."

울리케의 예상과 다르지 않은 이야기였다. 그럼에도 황제와 직접 이야기한다는 건 울리케에게 그간 답답했던 것들을 한 번에 날려 버리는 통쾌함이 있었다. 하지만 울리케는 내색하지 않으며 조심스레 묻는다.

"그것이 폐하께서 바라시는 방향입니까?"

"이대로는…… 아마도 내전이 일어날 것이다, 울리케 피어클리벤."

돌연 황제의 음성이 가라앉았다. 그는 말한다.

"이제 내 집권은 정당성을 잃었거든. 아니, 물론 실제로는 그렇지 않지. 용이 없는 세계를 실제로 설계하고 이끌어 온 이들은 아무도 그렇게 생각하지 않아. 하지만 그 황성에서조차, 이 진실을 아는 이들은 극히 드물었어. 지방 영주들이 속아 온 것은 사실이지. 내게 허물이 있건 없건, 그들은 나를 공격할 아주 충분한 명분이 있어. 대헌장에 새겨진 대로 말이야."

울리케는 긍정도 부정도 하지 않았다. 황제는 이제 다 식은 차의 마지막 한 모금을 털어 넣고 말했다.

"그러니 나로서는 그대와, 또 그대가 중히 여기는 모두와 친해 두고 싶군. 용에게 미리 아첨도 좀 하고 말이야."

울리케가 입을 떼고 용에 대해 또 새로운 무엄함을 끄집어내려는 순간이었다. 그들을 둘러싼 원이 일그러지는 느낌이 들며, 어둠 너머 울리케의 주의를 잡아끄는 목소리가 들려왔다. 발프리드였다.

"누님! 스승님이 이상합니다!"

〈7권에서 계속〉

피어클리벤의 금화 6

1판 1쇄 찍음 2021년 12월 21일
1판 1쇄 펴냄 2022년 1월 7일

지은이 | 신서로
발행인 | 박근섭
편집인 | 김준혁
책임편집 | 정미리
펴낸곳 | 황금가지

출판등록 | 2009. 10. 8 (제2009-000273호)
주소 | 06027 서울 강남구 도산대로 1길 62 강남출판문화센터 5층
전화 | 영업부 515-2000 편집부 3446-8774 팩시밀리 515-2007
홈페이지 | www.goldenbough.co.kr

도서 파본 등의 이유로 반송이 필요할 경우에는 구매처에서 교환하시고
출판사 교환이 필요할 경우에는 아래 주소로 반송 사유를 적어 도서와 함께 보내주세요.
06027 서울 강남구 도산대로 1길 62 강남출판문화센터 6층 민음인 마케팅부

ISBN 979-11-7052-062-7 04810(6권)
     979-11-5888-545-8 04810(세트)

㈜민음인은 민음사 출판 그룹의 자회사입니다.
황금가지는 ㈜민음인의 픽션 전문 출간 브랜드입니다.